LE JAGUAR

Loup DURAND

LE JAGUAR

roman

FRANCE LOISIRS
123, boulevard de Grenelle, Paris

Édition du Club France Loisirs, Paris.
avec l'autorisation des Editions Olivier Orban

ISBN 2.7242.4972.0

... L'ultime vérité du Puzzle : en dépit des apparences, ce n'est pas un jeu solitaire : chaque geste que fait le Poseur de Puzzle, le Faiseur de Puzzle l'a fait avant lui; chaque pièce qu'il prend et reprend, qu'il examine, qu'il caresse, chaque combinaison qu'il essaie et essaie encore, chaque tâtonnement, chaque intuition, chaque espoir, chaque découragement, ont été décidés, calculés, étudiés par l'Autre.

Georges PEREC
La Vie mode d'emploi

Il y a fort longtemps que la vraisemblance a cessé de me préoccuper.

Alfred HITCHCOCK

I

À condition de le prendre très jeune, on peut élever le Jaguar dans une maison sans trop de difficulté. Il reconnaît vite son gardien, recherche même sa compagnie, et manifeste un grand plaisir à son approche.

II

Le Jaguar mange sans exception tous les gros mammifères dont il peut s'emparer et poursuit entre les joncs les oiseaux des marécages. Il est également bon pêcheur et sait attraper les poissons qui nagent dans les eaux peu profondes. Il semble qu'il ne recule pas non plus devant les caïmans et les serpents.

III

Tant qu'il trouve à se nourrir et n'est pas dérangé, le Jaguar demeure dans un endroit fixe. C'est toujours de nuit qu'il déménage. Très bon nageur, il traverse, s'il le faut, les fleuves les plus larges.

IV

Le cri du Jaguar ne ressemble en rien au classique rugissement des fauves. En fait, le Jaguar est un animal silencieux. Il se contente, au plus, de grogner sourdement. Mais beaucoup de voyageurs prétendent qu'on peut le repérer grâce au vacarme auquel se livrent les singes hurleurs sur son passage.

V

Quand il rencontre l'homme, le Jaguar l'évite. Même blessé, il est rare qu'il réagisse. Il ne devient mangeur d'hommes que dans des circonstances tout à fait exceptionnelles.

VI

Le Jaguar a toujours été traqué par l'homme. Les Indiens de l'Amérique du Sud le chassent à l'aide de flèches empoisonnées au curare. On peut aussi – mais c'est plus dangereux – le débusquer et le forcer à engager le combat avec les chiens. Il ne reste plus qu'à s'envelopper le bras d'une peau de mouton et à le frapper avec un poignard spécial, à double tranchant. On laisse les chiens l'achever.

VII

Lorsqu'un Jaguar s'est montré particulièrement féroce, les indigènes sont persuadés qu'il ne s'agit pas là d'un véritable animal, mais d'un être magique ou fantastique. Ils peuvent y voir aussi l'incarnation d'un homme particulièrement méchant, mort depuis longtemps.

PROLOGUE

Samantha ?

Où es-tu, Samantha ?

Je ne renonce pas, tu sais. Je ne renonce pas.

On a enfermé Candido le Jaguar dans le Grand Silence. Avant, il y a un certain temps, quand il était dans une prison ordinaire, en attente d'être fusillé croyait-il, on lui a fait cette piqûre. Il a perdu toute conscience ; sa mémoire est vide, il ne se souvient de rien, même pas de son transfert de la prison ordinaire à cet endroit. Puis la conscience lui est lentement revenue, il a ouvert les yeux, a regardé autour de lui... il a entendu le silence.

Un silence à faire éclater les oreilles.

À rendre fou.

D'accord.

Candido cesse enfin d'aller et venir. Il s'assoit au centre du sol du cube blanc. En tailleur. Il contraint ses mains à s'ouvrir, ses doigts à se détendre.

C'est ce qu'ILS veulent, Candido : que tu deviennes fou. Tout comme ILS ont voulu que tu sois un jaguar, le Jaguar.

D'accord.

Tu te calmes.

Reprends toute l'histoire depuis le début, dans ta tête. Pas celle qui commence à ta naissance, mais dix-neuf, vingt ans après. Quand tu es arrivé dans le Mato Grosso.

Bien avant que tu ne connaisses Samantha et Aliotchka Alekhine, le foutu Faiseur de Puzzles, et Afonka Tchaadaïev et les autres Griffes du Jaguar.

Quand tu étais dans le Mato Grosso et que tout a commencé vraiment.

Quatre ans plus tôt.

Il a dix-neuf ans et quelques mois et il marche. Les premières semaines, après avoir fui le village indien où les patrouilles de soldats lancées à sa poursuite ont bien failli le reprendre, il est allé d'un assez bon train. Maintenant il se traîne. Chaque mètre est désormais une torture et plus tard, dans le Grand Silence justement, il sera stupéfié par l'acharnement quasi animal et la formidable résistance dont a fait preuve en ce temps-là le jeune et tendre Candido.

Il avance plein nord, sauf erreur ; il se guide au soleil quand il y en a, et à la mousse des arbres. Une fois épuisées les quelques provisions dont les Indiens l'ont muni, il mange des fruits, des feuilles, des racines parfois, des serpents, des vers, jusqu'à des bébés caïmans, qu'il décapite d'un coup de sa machette et dévore tout crus. Mais jour après jour et même heure après heure il s'enfonce jusqu'à mi-cuisse dans la boue qui ne cesse de s'épaissir.

Car la pluie tombe sur le Mato Grosso, sur ces millions d'hectares du Brésil sauvage et à peu près inconnu ; elle tombe sur le rio Guaporé, affluent d'un affluent de l'Amazone, dont la rive opposée n'est pas brésilienne mais bolivienne. C'est une pluie d'été austral (quelques jours plus tôt, c'était probablement Noël), grasse et lourde, qui crible de cratères la boue rouge environnante et, pis que cela, noie inexorablement le pantanal, sorte de dépression qui, à l'étale, s'emplira sur vingt-cinq mille kilomètres carrés, du bassin du rio Paraguaï au sud à celui du Guaporé au nord. Au train où vont les choses, ce sont deux ou trois mètres d'eau qui bientôt couvriront tout, hormis les buttes tabulaires de basalte, que l'on nomme trombas.

Candido dès lors sera noyé.

Il n'a plus ses bottes, ni sa vareuse d'officier; ses pieds nus sont rongés par d'énormes chiques qui, en s'incrustant dans sa chair, y ont ouvert des plaies sanguinolentes semblables à des huîtres sans coquille. Des sangsues par dizaines sont accrochées à lui, jusque sur sa poitrine et sur son dos. L'océan de boue monte toujours et à présent atteint sa taille. Outre sa machette, qu'un lacet de cuir maintient heureusement à son poignet (il a perdu depuis longtemps son revolver d'ordonnance et s'est débarrassé de l'étui), il ne porte plus que le poncho caoutchouté avec lequel il s'est enfui de la garnison, voici environ huit semaines. Il n'utilise pas le poncho pour s'abriter; en fait, il l'a roulé en boule autour du Grimmelshausen. *Les Aventures de Simplicius Simplicissimus*, de Hans Jakob Christoffel von Grimmelshausen, en allemand. Candido le tient déjà presque à bout de bras, le hissant le plus haut possible chaque fois qu'il met le pied dans quelque fondrière.

Ainsi, quand il finira par être englouti, dans une heure ou demain, son livre de chevet lui survivra-t-il un peu.

Candido Stevenson Cavalcanti de Noronha est son nom complet. Cent soixante et quelques centimètres de taille, de jolis yeux verts et pour tout passé, celui d'un fils de famille : il est l'unique héritier de la très considérable fortune des Cavalcanti de Noronha, de São Paulo, car ses deux sœurs sont nées du deuxième mariage de dom Trajano son père (la mère de Candido est morte en le mettant au monde, et c'est d'elle qu'il tient sa petite taille, voire sa gracilité). En juillet dernier, la foudre lui est tombée sur la tête. Il s'est éveillé un après-midi, a sonné son valet de chambre, comme d'habitude, pour son petit déjeuner, mais en lieu et place du domestique, deux des avocats de dom Trajano sont entrés. Sans grandes précautions oratoires, ils ont annoncé que trop c'est trop, que l'incident avec la fille du ministre de la Guerre était, aux yeux de dom Trajano et de la haute société paulista, la goutte d'eau qui fait déborder le vase, surtout après tant de frasques. Trois heures plus tard, revêtu de l'habit militaire et d'un brevet de sous-lieutenant tout neuf, Candido s'est retrouvé dans un train roulant vers le nord, plongé dans une hébétude totale et incapable d'en vouloir à dom Trajano : il y a en ce temps-là, dans le caractère de Candido, une évidente inaptitude à se mécontenter de quoi que ce soit ou de quiconque. Surtout pas de son père. Que dom Trajano ne lui ait pas adressé la parole depuis plus de quatre ans l'a affecté, certes, mais son optimisme naturel lui avait fait espérer pour bientôt la fin de cette bouderie qu'il a mise au compte de la rigidité naturelle de l'auteur de ses jours. (Dans le monde selon Candido, un père ne peut haïr son fils, pas plus qu'un fils ne saurait détester son père ; et Candido est assurément le seul, à São Paulo ou Rio, à ignorer certaines rumeurs qui courent, précisément sur dom Trajano et lui.)

Dans la petite garnison du bout du monde à laquelle on l'a affecté, il ne faut pas deux semaines aux officiers et sous-officiers pour comprendre qu'on leur a envoyé la tête de Turc idéale. Eux-mêmes sont des militaires de carrière, condamnés par leur propre médiocrité et l'absence de toute relation en haut lieu, à cette existence terne ; et voilà que leur tombe du ciel un petit jeune homme sans défense, héritier d'une famille richissime de São Paulo (qui, dans le Brésil d'alors, ne s'enrage pas de l'arrogance et de la richesse paulistas ?), expédié chez eux, a bien expliqué le colonel, pour qu'ils en fassent un homme !

Il marche. Durant les dernières heures, il a progressé de quelques centaines de mètres à peine. Le rideau de pluie, toujours aussi épais, coupe la vue au-delà de trente mètres. Tenter un passage ici, en pleine saison des pluies, était pure démence. Je vais mourir, pense Candido, c'est bien dommage. Cela fera sans doute de la peine à dom Trajano, et bien sûr à Herr Doktor, mais c'est ma faute, je n'ai jamais été le fils que papa attendait...

Quant aux autres, ceux de l'armée, le colonel et tous ses officiers, ce sera bien fait pour eux. Pourquoi m'appelaient-ils le Jaguar? Je ne suis pas un jaguar féroce. Si je dois être un animal, je serais plutôt un petit chaton bien tendre, que les dames aiment caresser. La fille du ministre de la Guerre, par exemple : elle était d'accord, je n'ai pas eu à la forcer (c'était même le contraire, à être franc!).

Il n'a plus la force de soulever le bras qui tient la machette, afin d'écarter de sa route les bêtes qui nagent autour de lui. La nuit tombe, l'eau monte. Même en comptant au plus juste, il doit avoir encore dans les deux à trois cents kilomètres à parcourir avant de gagner la terre ferme, et la première habitation humaine.

À deux reprises déjà, comme il s'enfonçait soudain dans une fondrière, le poncho enveloppant le Grimmelshausen a disparu sous la surface. Candido a failli en pleurer.

L'obscurité gagne. Peu importe : ses paupières sont engluées par la boue. Il n'y voit plus rien.

... Ainsi escalade-t-il la tromba, une petite butte basaltique. Sans s'en rendre compte. Sans réaliser qu'il vient de se hisser sur un îlot que, peut-être, les eaux ne submergeront pas.

Il s'affale. Et se recroqueville autour du Grimmelshausen.

Il a écrit à dom Trajano deux mois après son arrivée dans la garnison. Quatre lettres. Il n'y dit rien de ce qu'on lui fait subir, les humiliations sans nombre, les marches forcées (où lui seul va à pied, les hommes du détachement qu'il est censé commander étant à cheval), les exercices qu'on le contraint à effectuer trente heures durant, l'insolence des simples soldats encouragée par les autres officiers, les deux raclées qu'il a reçues, la tentative de viol dont il a failli être la victime, la nourriture qu'on lui rationne sans raison, les vols (on lui a pris sa montre, sa chevalière, ses vêtements); ses livres ont été brûlés, sauf le Grimmelshausen qu'il avait caché, et sa guitare a été fracassée. Pas un mot sur tout cela; il se contente de demander, très poliment, avec la courtoisie un peu intimidée qu'il a toujours manifestée à son père, si dom Trajano voudrait bien intervenir pour qu'il reçoive une nouvelle affectation, n'importe où ailleurs. Pas de réponse, du moins directe, mais le colonel commandant les garnisons du Mato Grosso lui montre les quatre lettres, toutes retournées aux autorités militaires sans avoir été ouvertes, et lui inflige quinze jours d'arrêts de rigueur dans une baraque en tôle ondulée, sans rien manger ni boire, et par cinquante degrés à l'ombre.

Il tente de se suicider au début de novembre, après avoir échoué dans une tentative de fuite vers le sud et São Paulo. On intervient à temps et loin de s'apitoyer, on s'exaspère de ce que l'on considère dans les deux cas, comme une désertion; par un mouvement naturel aux communautés repliées sur elles-mêmes, l'armée renchérit sur sa cruauté initiale. Tout y concourt : la douceur passive de Candido, la preuve (administrée par le renvoi des lettres) qu'il n'a rien à attendre de la protection paternelle, les consignes répétées du ministre de la Guerre poursuivant sa vengeance.

Au début de la deuxième semaine d'octobre, il s'enfuit à nouveau. Vers le nord, cette fois. Il se réfugie dans un premier temps chez des Indiens jurunas, où il finit par être repéré, le colonel mettant un point d'honneur à le reprendre.

Alors, il file plein ouest et le pantanal l'engloutit.

Quand le jour grisâtre s'est levé, la situation lui est apparue sans espoir : aussi loin que porte la vue, de l'eau. Tout ou presque est noyé. La forêt-galerie elle-même a disparu, seules ses crêtes émergent çà et là. D'autres trombas se montrent à l'horizon, vers l'ouest, à peine visibles, à des kilomètres. Un morceau de terre ferme est plus proche ; mais il se trouve à deux ou trois mille mètres au moins, et ce n'est guère qu'un îlot de dimensions sensiblement égales à celles de la tromba où le hasard l'a conduit. L'atteindre ne servirait à rien.

Il s'allonge, se recouvre du poncho et lit *Simplicius*, dont il connaît par cœur des centaines de pages. Cette manie qui le poussait à toujours revenir au même livre, alors qu'il y en avait tant à découvrir, avait fini par agacer Herr Doktor. Depuis son enfance, il n'avait jamais reçu d'affection que de son précepteur allemand, Taxile Grussgott de son nom authentique ; en cet instant, il aurait peine à croire et même il rejetterait – non pas avec colère, il n'en est pas capable, mais assurément avec indignation et chagrin – la moindre insinuation que Herr Doktor lui aurait prodigué le plus étrange des enseignements.

Il réussit plus ou moins à lire mais par intervalles s'endort. Il a faim, des sortes d'étourdissements le prennent, précédant des périodes de stupeur assoupie. Il conservera le souvenir d'une succession indistincte de jours et de nuits, d'une pluie qui s'arrête pour chaque fois mieux reprendre, souvent avec violence.

Lorsque des mains le touchent et le soulèvent, tandis que quelqu'un lui parle, il se débat faiblement, croyant que les patrouilles du colonel l'ont rejoint.

... Un certain temps plus tard il s'éveille. Il boit le café tiède et sucré qu'on lui offre, il mange, se rendort, reprend conscience, mange et boit à nouveau, découvre que son corps a été lavé et soigné, et qu'il repose à présent dans un hamac, sur le pont d'un bateau.

– Le Jaguar seul pouvait faire ce que vous avez fait, dit alors une voix.

Et Candido replonge dans le sommeil avec cette vague pensée en tête : ça y est, les voilà qui remettent ça, avec leur histoire idiote de Jaguar. Il a donc bien été pris par les patrouilles du colonel, en fin de compte...

La preuve qu'il s'est trompé lui est apportée à l'aube suivante. Le lendemain en effet, il peut se lever, marcher. Ceux qui l'entourent, en le considérant avec une admiration fort surprenante, lui apprennent que ce fleuve grossi par les pluies sur lequel il navigue est le rio Paraguaï, qu'il fait route vers le rio de la Plata, que pas moins de cinq embarcations l'ont recherché pendant près de deux semaines à travers tout le pantanal, que ces recherches ont été conduites à la demande de Herr Doktor, qu'il sera transporté jusqu'à Buenos Aires, que l'armée brésilienne le tient pour un déserteur et un dangereux agitateur, qu'il a été jugé et condamné – par contumace – à mort.

– Je m'appelle Policarpo Moravec, dit un homme aux yeux extraordinairement enfoncés dans les orbites et au regard fiévreux (non sous l'effet de quelque maladie mais d'une sorte de fanatisme qui le brûle).

Il sourit à Candido ébahi.

– Et nous allons faire de très grandes choses ensemble, Jaguar, ajoute-t-il.

Il présente une lettre, écrite par Herr Doktor et qui recommande à Candido d'accorder toute sa confiance.

– Et quand je serai à Buenos Aires ?

Herr Doktor explique dans sa lettre manuscrite qu'il estime bien choisi le moment pour effectuer ce fameux voyage en Allemagne dont Candido et lui avaient depuis si longtemps formé le projet ; que Candido parte devant, lui le rejoindra plus tard, « le temps d'apaiser monsieur votre père et de le convaincre de passer sur vos espiègleries ».

Candido sait déjà qu'il va accepter. Il partira pour l'Europe. Il en rêve depuis si longtemps. Le Mato Grosso s'éloigne, la pluie a cessé. Sentiment d'un cauchemar qui prend fin.

– Oui.

Policarpo Moravec lui demande s'il accepte de s'embarquer pour l'Allemagne, par le premier paquebot en partance.

Oui.

Policarpo Moravec, quel nom ridicule. Et une fois en Allemagne, à cavalcader après les demoiselles aux tresses blondes, au moins, personne ne parlera plus du Jaguar.

La rive à droite du fleuve est à présent paraguayenne, et sur la gauche la serra de Amambaï dresse ses sommets coiffés de nuages bleus.

L'histoire commence vraiment.

CHAPITRE I

À condition de le prendre très jeune, on peut élever le Jaguar sans trop de difficulté. Il reconnaît vite son gardien, recherche même sa compagnie, et manifeste un grand plaisir à son approche.

– Tchéka, dit Aliotchka Mikhaïlovitch Alekhine.

Par la vitre baissée de la portière, il présente sa carte. Les soldats qui ont intercepté cette voiture roulant au ralenti s'écartent aussitôt, presque apeurés. « Nous devons faire en sorte que ce seul nom de Tchéka inspire la terreur, Aliotchka ; la terreur rouge ; et personne ne doit se juger à l'abri de notre rigueur, omniprésente et implacable », a dit Felix Dzerjinski à Moscou. « Les moujiks dans nos campagnes croient à la sorcière Baba-Yaga. Nous, nous devons devenir mythiques, une Baba-Yaga à l'échelle d'un pays. Et ne crains pas nos erreurs : elles serviront plus encore à notre légende que les plus justes de nos châtiments. »

En janvier de cette année 1920, Aliotchka Mikhaïlovitch Alekhine est depuis deux mois à Petrograd – ancienne Saint-Pétersbourg. Il est donc revenu dans sa ville natale, là même où son père tenait une élégante boutique de bottier, dans la rue Konyushennaya, fréquentée par le musicien Rimski-Korsakov, l'écrivain Tourgueniev, le danseur Nijinski. La voiture de marque française, une Mathis pétaradante, repart, conduite par Afonka Tchaadaïev ; bientôt elle rejoint les quais de la Fontanka, qu'elle suit. La Perspective Nevski s'ouvre devant son capot, Tchaadaïev s'y engage, dépasse Notre-Dame de Kazan et l'immeuble désaffecté où avait autrefois son siège la compagnie américaine Singer, avec son dôme de verre; elle dépasse de même le palais Stroganov à la façade vert bouteille et blanc.

Soixante-quinze jours plus tôt, Alekhine a été rappelé du front d'Ukraine, où la Cavalerie rouge achevait de mettre en pièces les armées blanches de Denikine et Wrangel. Il était commissaire politique. À Moscou, il a été reçu par Yagoda en personne, dans un premier temps, puis par le jeune Lavrenti Beria; et enfin par Dzerjinski – rien de moins que le créateur de la Tchéka et son chef suprême. Les mêmes questions chaque fois : les études qu'il a suivies, les langues étrangères qu'il parle, les séjours qu'il a effectués à l'étranger, avant 1917, et, bien entendu, ses états de service dans l'Armée rouge. Toutes informations figurant sans nul doute en détail dans le dossier que consultent ses interlocuteurs successifs. Mais les questions telles qu'elles étaient posées en disaient beaucoup : il a compris qu'on le destinait à quelque mission particulière. « Lavrenti Pavlovitch, a dit Dzerjinski, pense que tu peux nous être utile. C'est également mon avis. Tu pars pour Petrograd. Ensuite, nous verrons. » Alekhine a pris la route le jour même, après avoir obtenu de conserver avec lui son inséparable Tchaadaïev. Vingt heures de trajet en train, dans une tieplouchka, un simple wagon à bestiaux équipé de bancs de bois et chauffé par le bourjouika, petit poêle de tôle. À Petrograd, il a fait la connaissance de son supérieur immédiat, Iouri Naoumov, chef de la Tchéka dans l'ancienne capitale (un petit homme roux, rusé, râblé, sachant à peine lire et écrire mais fanatique), et surtout de Grigori Ievsseïvitch Zinoviev. Zinoviev avec ses couches de graisse et sa pelisse d'astrakan gris, d'une saleté repoussante, est depuis deux ans président du soviet de Petrograd – le plus important de Russie, au-dessus même de celui de Moscou. Il est également président de l'Internationale communiste et, à ce titre, responsable direct de l'expansion de la révolution à travers le monde. L'intuition d'Alekhine était donc bonne : la mission pour laquelle

Dzerjinski et les autres à Moscou ont pensé à lui va le conduire hors des frontières. Celui que l'on cite souvent comme un possible successeur de Vladimir Ilitch Lénine l'a dévisagé avec curiosité : « Tu es grand, Aliotchka. Combien mesures-tu ? Un mètre quatre-vingt-neuf ? J'aurais parié pour davantage. D'après Henri Yagoda, tu serais le plus bel homme de Russie... et avec quelque chose dans la tête, en outre. Comment est ton anglais ? Pas mal du tout, tu n'as pour ainsi dire pas d'accent. Voyons ton allemand, maintenant. Tu le parles à la perfection, tu pourrais passer pour un pur Berlinois... »

Le Palais d'Hiver est à gauche de la Mathis, sur cette berge de la Neva que parcourt lentement la voiture, presque au pas. Dans l'ancienne résidence impériale, on loge à présent des réfugiés, qui grelottent dans les immenses salles non chauffées. Petrograd est pétrifiée par le gel et la glace ; au-delà du fleuve, en dépit de la neige qui redouble, la forteresse Pierre-et-Paul allonge sa masse puissante, et l'on aperçoit l'université, dans l'île Vassilievski.

– J'ai fait mes études ici, Afonka. Comme d'ailleurs Lénine, mais pas en même temps.

Aliotchka Alekhine a trente ans. En 1917, il a balancé entre un camp et l'autre. Il aurait pu jouer la carte blanche de Kornilov puis de Denikine. Lorsque les Blancs, soutenus par la France et la Grande-Bretagne, sont parvenus à trois cents kilomètres de Moscou, lui venait de rallier Boukharine et ses égorgeurs. Il s'est cru perdu et condamné à l'exil. L'installation, en avril 1918, d'un gouvernement Lénine l'a rassuré. Si tant est qu'il ait eu peur. La peur est un sentiment qu'il ignore. Comme tous les autres. Il n'en est même plus à s'en étonner : il est et se veut un homme-machine, insensible à tout et conduit par son seul intérêt personnel. « Tu as quelque chose de monstrueux », lui a dit Dzerjinski, qui pourtant s'y connaît.

On va donc l'envoyer à l'étranger. Très bien. Il pense même savoir pourquoi. Si sa mission est bien celle qu'il a prévue, il lui faudra assurément imaginer un plan, un projet pour s'en sortir. Il trouvera, la chose est certaine. Sa seule passion, s'il en a une, est précisément là : dans son goût pour les lentes et méticuleuses machinations ; où l'on prévoit tout et essentiellement les moindres réactions adverses. Il a l'amour des puzzles qu'il aime concevoir encore plus que les reconstituer.

– On rentre, Afonka. Ramène-moi à la Schpalernaïa.

Prison où il a quelques hommes et femmes à interroger. La cruauté l'ennuie, mais à part cela l'indiffère : elle est utile ou non, c'est le seul critère qui compte.

Il ne connaît pas et n'a jamais entendu parler de Candido Cavalcanti.

Ni de Samantha Franck.

Dans la maison de la rue Schiller à Chicago, ceux qui sont allés au cimetière s'assemblent pour le repas de funérailles. Samantha attend que les convives soient installés puis, assurée de n'être pas dérangée, descend d'un étage et gagne ce qui était voici encore quelques semaines le cabinet de consultation de son père. Tout est en place, les innombrables livres en allemand et en anglais sur les étagères murales, les deux dessins à la plume qu'il aimait tant (l'un représentant l'Alexanderplatz à Berlin, l'autre un paysage de Forêt-Noire) ; et le bureau en chêne ciré avec son abat-jour en verre multicolore, le râtelier à pipes, le porte-plume dont il se servait pour rédiger ses ordonnances, le stéthoscope, les diplômes encadrés – le premier allemand et décerné à Berlin, le second américain et daté de 1889, trois ans après son immigration aux États-Unis.

Elle s'assoit un instant dans l'un des deux fauteuils qui font face à la table.

– Ne m'en veux pas pour ce que je vais faire, papa. Tu ne m'aurais adressé aucun reproche, je le sais. Tu aurais compris.

Du rez-de-chaussée la rumeur monte ; les conversations s'animent, il y a même des rires.

Bon. Elle prend parmi les livres les œuvres complètes en

trois volumes sur papier bible de Bakounine, regagne à temps sa chambre au-dessus : à peine vient-elle de boucler ses valises que l'on frappe à sa porte.

– Tu aurais dû descendre déjeuner avec nous, Sam. Ta mère est furieuse.

Cousin Herbie, avec sa tête d'imbécile.

– Ces deux valises, dit-elle.

Au bas de l'escalier, elle traverse le hall d'entrée sans même tourner la tête, oncle Moritz tente de l'intercepter mais déjà elle est dehors et s'est installée à l'avant de la Chevrolet.

Ils traversent le Loop en silence.

– Tu étais vraiment obligée de rentrer au collège dès ce soir ? demande enfin Herbie.

– Oui.

– Sam, je sais, nous savons tous combien ton père et toi...

– On n'en parle pas, Herbie.

Il insiste pour garer sa voiture, l'accompagner, lui porter ses valises, d'abord jusqu'au guichet des billets, puis jusqu'au train – dans le train même.

– Va-t'en à présent, Herbie. S'il te plaît. Et merci.

Enfin, il s'éloigne. Il était temps : le train partait. Elle cueille ses valises et saute sur le quai, sans perdre des yeux son cousin, au cas où il se retournerait ; et d'ailleurs, elle le suit à distance, attend cachée par la foule qu'il soit remonté dans sa voiture et s'en soit définitivement allé.

Alors, elle sort de la gare.

Une heure plus tard, elle monte à bord de l'autocar Chicago-New York. Elle dort un peu, durant l'interminable trajet. À une femme âgée qui voyageait à côté d'elle, elle a remis la lettre à sa mère préparée la veille, qui dit tout, ou presque, de ses projets, et qui arrivera trop tard. À New York, elle obtient une chambre dans l'établissement de la YWCA sur Lexington Avenue. C'est la deuxième fois qu'elle se rend à New York, la première c'était en 1917, quand son père et elle sont venus manifester contre l'engagement des soldats américains dans la guerre en Europe, et son père a été arrêté, mis en prison, pour avoir déversé un pot de peinture couleur caca d'oie sur un colonel, et il a fallu qu'oncle Moritz intervienne pour faire remettre son frère en liberté.

Oncle Moritz est vraiment le seul que je supporte à peu près. Et ça dépend des jours, encore.

Oui, cousin Herbie aussi. Il est un peu collant, c'est tout.

Le lendemain matin elle fait vérifier son billet, ainsi que son passeport. Au sujet de ce dernier, ses inquiétudes se dissipent : personne ne prête attention au fait que son année de naissance, raturée, lui attribue deux années de plus que ses dix-neuf ans.

Dans l'après-midi elle va à Brooklyn, à une adresse que lui a communiquée Werner Lingg. Elle trouve porte close. Après avoir attendu trois heures sur le palier, regagne sa chambre de Lexington à Manhattan, où elle passe la soirée et une partie de la nuit à lire. Elle a failli ouvrir Bakounine, que son père lui a lu et commenté. Mais j'ai le temps, je lirai sur le bateau. En fin de compte, en revient à sa chère Rosa, en l'occurrence *La Crise de la social-démocratie* et *La Révolution russe*. C'est sa dernière nuit en Amérique. Elle est tentée de sortir, d'aller par les rues, je serais un garçon je le ferais, mais elle ne peut s'y résoudre. Le simple vagabondage nocturne dans cette ville plus grande encore que Chicago ne lui fait pas peur. Ce qu'elle appréhende, c'est ce grand saut dans l'inconnu qu'elle s'apprête à faire, cette rupture avec tout ce qui a été sa vie jusqu'ici ; il s'y ajoute, par bouffées déchirantes, la douleur suscitée par la mort de son père, le poids de ces dernières semaines pendant lesquelles il agonisait rongé par le cancer, de moins en moins lucide à force de souffrance.

Pourtant je serais partie même s'il avait vécu. Il aurait compris. Rosa n'aurait sûrement pas hésité, à ma place.

Le matin suivant elle retourne à Brooklyn et cette fois la porte s'ouvre. Non, Emma Goldblum n'est pas chez elle, dit l'homme au visage froissé par le sommeil, Emma est en voyage, j'ignore où, je ne sais pas quand elle rentrera. (Il ment, c'est visible, il n'aura pas confiance en moi, les vrais anarchistes ne font confiance à personne, traqués comme ils le sont, je suis vraiment entrée dans la clandestinité, c'est exaltant.)

– Et tu viens de la part de Werner ? dit l'homme. Werner qui ? Je ne connais aucun Lingg à Chicago ou ailleurs. Mais entre, j'allais me faire du café.

L'homme parle allemand et la tutoie – son allemand est pourtant celui d'un Américain.

Elle hésite. Quelque chose dans le regard de son interlocuteur l'inquiète, au vrai elle panique. D'abord, il est bien plus grand qu'elle. Ça m'est arrivé mais pas souvent. Et puis il est tout nu, enfin presque, il a passé un pantalon mais sa braguette est restée ouverte, on voit des choses ; et qui plus est il est plein de poils partout, sur sa poitrine on dirait un ours. D'accord, c'est probablement un anarchiste authentique (puisque Emma lui a permis de dormir chez elle), mais quand même. Ou justement : Werner lui a bien expliqué la liberté des mœurs dont tout anarchiste se doit de s'enorgueillir – sauf que Werner Lingg a soixante-dix ans et que si on lui enlève ses lunettes, il ne voit même plus ses mains.

Elle balbutie quelques explications idiotes et bat en retraite.

Retour à Manhattan. Elle écrit à Werner Lingg dont le frère était parmi les cinq anarchistes (avec Engel, Fisher, Parsons et Spies) qui ont été exécutés à Chicago après avoir été accusés, à tort ou à raison, d'avoir lancé des bombes le 1er mai 1886 : « Je pars ce soir, Werner. Je suis allée deux fois chez E.G. mais elle n'est pas à New York. Je ne ferai donc pas sa connaissance, je suis très déçue. Vous allez peut-être désapprouver ce que je suis en train de faire, sachez que vous n'en êtes pas responsable. D'ailleurs, je ne vous en avais rien dit, c'est bien la preuve que je craignais que vous ne soyez pas d'accord... »

Dix heures encore à attendre. Dans ses deux valises, elle

répartit un peu mieux ses livres : *La Justice* de Pierre Joseph Proudhon, *Autour d'une vie*, les mémoires de Kropotkine et, du même, *Paroles d'un révolté* et *La Conquête du pain, Progrès et Pauvreté* de Henry George. Plus, bien entendu, les cinq textes de sa chère Rosa et les trois volumes de Bakounine. Au milieu de tout cela, *Les Quatre Filles du docteur March* font vraiment tache, tu crois que Rosa aurait emporté un truc pareil avec elle, tu devrais avoir honte.

Elle sort *Les Quatre Filles* de la valise et les cache derrière le siège des toilettes, les abandonne. À contrecœur. Tu es anarchiste ou tu ne l'es pas.

Elle compte sa fortune : deux cent onze dollars.

Huit heures à courir ! Elle fait une concession à sa curiosité et va arpenter les salles du Metropolitan Museum of Art. Jusqu'à ce qu'un gardien gentiment la mette dehors, à l'heure de la fermeture. Elle a toujours adoré les musées, capitalistes ou pas.

Elle embarque dans la soirée, trois heures avant l'appareillage. Dans sa cabine de troisième classe, il y a trois autres femmes. Des domestiques, dont les patrons voyagent sur le pont supérieur. Elles aussi vont en Allemagne. Après quelques heures d'efforts pour les convaincre de l'imminence de la révolution prolétarienne qui supprimera toutes les classes (sur les paquebots aussi), elle met fin à tout échange ; on ne peut pas discuter avec ces idiotes, qui pourtant sont concernées au premier chef ; elles ne savent parler que chiffons et hommes.

– Ce devait être vers la mi-août, dit Candido, j'étais dans le Mato Grosso depuis un mois. Un marchand ambulant de billets de loterie est passé par la garnison. Je ne voulais rien lui acheter, mais je n'ai pas pu faire autrement. Les autres m'ont obligé à donner toute ma solde. Et ce n'est même pas moi qui ai choisi les billets portant l'emblème du Jaguar[1]. J'ai dû acheter la série complète.

– Et vous avez gagné.

Oui. Il avait gagné un lot important. En se partageant l'argent, les autres, évidemment, ne lui ont rien laissé. Mais c'est à la suite de cet incident que tous se sont mis à l'appeler le Jaguar. Par moquerie.

– Je comprends, dit Policarpo Moravec.

Qui hoche la tête. Il est debout sur le pont du bateau qui descend le rio Paraguay en direction du rio de la Plata. C'est un homme des plus bizarres, tel que Candido n'en a jamais rencontré ; il est maigre, a une voix étouffée, qui semble cassée à force d'avoir crié ; son débit est précipité, haletant ; il semble ne jamais écouter vraiment ce qu'on lui dit ; il ne tient pas en place ; son regard toujours aussi halluciné fouille constamment les deux rives qui défilent, considère tout et chacun avec méfiance (mais sans paraître rien voir, en réalité) ; de temps à autre, il prend des notes, griffonne sur des morceaux de papier puis, aussitôt après, se hâte de les brûler, en broie méticuleusement les cendres qu'il jette à l'eau.

Un fou.

Sauf qu'il est, à n'en pas douter, un ami de Herr Doktor et que, sans lui, Candido serait sûrement déjà mort sur sa tromba, en plein milieu du pantanal inondé.

Candido se rendort, couché dans son hamac, tandis que se poursuit la descente au sud. Il rêve de plus en plus de l'Allemagne, entre deux poussées d'une fièvre qui va, à Buenos Aires, le tenir au lit. Dans la capitale argentine, une seconde lettre de Herr Doktor l'attend, elle confirme la première et la complète. Par de l'argent en quantité suffisante pour payer le billet de la traversée transatlantique, couvrir les frais à bord et ceux du voyage en train entre Le Havre en France et Berlin, via Paris. À Berlin, Candido sera hébergé par la sœur de Herr Doktor, en

1. Les billets de la plus populaire des loteries brésiliennes étaient classés en séries, chacune à l'emblème d'un animal : Cheval, Chien, Cochon... ou Jaguar.

attendant l'arrivée de celui-ci – en tout état de cause, écrit le précepteur, vous pouvez accorder votre confiance à M. Moravec, et donc, par suite, à toute personne qu'il vous indiquera en tant que point d'appui, en Europe.

– Il s'appelle Kuppelweiser, dit Policarpo Moravec de sa voix rauque, essoufflée. Oscar Kuppelweiser. N'écrivez nulle part son adresse, gardez-la en mémoire. Il sera prévenu de votre présence à Berlin et vous apportera son aide. Vous vous en souviendrez ?

Quatre jours seulement à Buenos Aires. Il s'en est fallu de peu que Candido traverse le rio de la Plata et prenne le premier train pour São Paulo où, bien sûr, il fût allé voir son père. Simplement, tout est allé trop vite et, d'ailleurs, il flageole encore un peu. Ses jambes commencent certes à désenfler et ses blessures sont en voie de cicatrisation, mais il n'est pas encore trop vaillant. Il embarque sur le paquebot français – il connaît le français, autant que l'anglais, l'allemand, l'espagnol et même un ou deux dialectes indiens ; il a assurément le don des langues, Herr Doktor en a convenu, lui qui en parle une bonne douzaine ; en revanche, s'il sait par exemple qu'une guerre a récemment eu lieu en Europe, il ignore qui l'a livrée, et qui l'a gagnée ou perdue.

Il embarque. Avec, pour seul bagage, le Grimmelshausen.

À Petrograd, le thermomètre est descendu à vingt-sept degrés au-dessous de zéro pendant la nuit ; le froid a tué près de neuf cents personnes en quelques heures. Sur tout le parcours de la Mathis encore pilotée par Afonka Tchaadaïev, des soldats entassent des cadavres sur la neige amoncelée des trottoirs, dans l'attente d'un hypothétique camion qui viendra les enlever – il arrive que les corps demeurent plusieurs jours d'affilée à l'abandon.

L'intuition d'Aliotchka Alekhine était bonne : on va

l'envoyer en mission à l'étranger. Il le devine dès qu'il entre chez Zinoviev, dans la suite luxueuse que ce dernier occupe à la Première Maison des Soviets; avant la révolution, c'était l'hôtel Astoria, palace construit en 1912, entre l'église Saint-Isaac et l'Amirauté; réquisitionné en 1914, puisque ses propriétaires étaient allemands, il est devenu l'Hôtel militaire, déjà réservé aux notables du gouvernement Kerenski; Zinoviev l'a fait remettre en état et l'a consacré à son usage personnel et à celui de ses amis; c'est le seul immeuble de Petrograd dont le chauffage fonctionne encore normalement et son restaurant offre aux heureux élus des mets inimaginables dans le reste de la ville : caviar, saumon fumé, zakouskis à rêver, viandes grillées, vins et fromages français, alcools écossais. Pour y pénétrer, en réponse à la convocation qu'il a reçue, Alekhine a dû patienter plusieurs minutes à la *Kommandatur*, c'est le mot, dans le hall d'entrée; le temps que les gardes lettons aient la confirmation qu'on l'attend.

Deux hommes se tiennent aux côtés de Grichka Zinoviev. Alekhine identifie l'un deux : Bela Kun, un Hongrois, membre du parti communiste depuis 1917 seulement (comme Alekhine lui-même), mais qui s'est pourtant vu confier par Lénine la direction de la propagande internationale – c'est également un ami personnel de Zinoviev. Quant à l'autre...

– Tu as vécu à Berlin, il paraît ?

Question de Bela Kun. Alekhine répond, avec sa froide concision. L'autre homme lui est présenté comme Karl Radek (de son vrai nom Karl Sobelsohn – la mémoire d'Alekhine ressort à la seconde la fiche de l'intéressé, avec la conclusion qui s'impose : on va l'expédier en Allemagne).

– Karl, dit Zinoviev, a fait un travail remarquable à Berlin. À cause d'erreurs commises par d'autres, il a été enfermé à la prison de Moabit. Il vient d'en sortir.

Je vais remplacer Radek ? C'est plus que je n'espérais, pense Alekhine.

– Nous avons besoin en Allemagne, poursuit Grichka

Zinoviev, d'un homme sans émotions. Un analyste à sang-froid. Felix Dzerjinski et moi-même pensons que tu peux être cet homme, Aliotchka. Tu partiras dès ce soir.

Avec pour tâche, qui n'est pas simple, d'étudier la situation allemande d'un œil neuf. Ce n'est un secret pour personne : au sein de l'Internationale on attend, on espère avec ferveur, sinon avec anxiété, que l'Allemagne à son tour se livre aux joies de la révolution prolétarienne. Eh bien, il s'agira de prédire où, quand et comment cette révolution allemande va éclater, le plus tôt étant le mieux ; et aussi de définir les moyens d'en hâter l'avènement.

– Tu as des attaches familiales, ici ou ailleurs ?

Question de Radek. Non, aucune et nulle part, répond Alekhine. (Et c'est vrai, il ne prendrait pas le risque de mentir : ses parents sont morts, son frère cadet a été tué lors de l'offensive allemande de novembre 1914 ; il est seul au monde, hormis quelques maîtresses qui ne comptent pas.) Radek le garde trois heures et lui remet une liste de noms, hommes et femmes qu'il pourra rencontrer en Allemagne et sur lesquels il pourra plus ou moins compter, ainsi que tout un dossier. Il ressort de l'ancien hôtel Astoria, retrouve Tchaadaïev et la Mathis. Peut-être ressent-il une exaltation légère – infime en vérité et néanmoins surprenante, lui qui jamais n'éprouve quoi que ce soit. Est-ce la perspective de ce voyage hors d'une Russie qu'en somme il n'a plus quittée depuis maintenant six ans ? Il s'examine. Non. C'est autre chose : l'imminence d'un danger, l'idée d'un défi à relever, la possibilité de mettre enfin en œuvre tout le machiavélisme dont il est certain d'être pourvu.

– Je viens avec toi, Aliotchka ?

Question d'Afonka Tchaadaïev, l'ancien chasseur sibérien de zibelines – s'il devait exister un être humain en qui Aliotchka Alekhine aurait un minimum de confiance, ce serait Tchaadaïev. Ils se sont connus dans les débuts de la guerre contre les Allemands, Afonka étant son ordonnance, et depuis ils ne se sont jamais quittés.

– Non.

Ayant regagné l'appartement de la place Sennaya, réquisitionné pour lui (la Tchéka en a fait fusiller le propriétaire par erreur), Alekhine compulse le dossier remis par Karl Radek.

– Tu veux que je t'allume le poêle ?

Non. Le froid indiffère complètement Alekhine. Il est en train d'enregistrer dans sa mémoire les centaines de noms dont la liste a été dressée à son seul usage. Parmi ceux-ci (mais dans l'instant, il n'a aucune raison particulière de s'y intéresser plus qu'à un autre), celui d'un certain Oscar Kuppelweiser.

Samantha est à Berlin depuis cinq jours. Elle a froid et elle est furieuse. Depuis son débarquement à Hambourg, rien n'est allé comme elle l'espérait. L'entrée en Allemagne, pour commencer. Une vraie catastrophe. On ne l'a pas arrêtée, ni jetée en prison (où elle ne serait restée que trois ou quatre jours, d'accord, rien à voir avec les mois de forteresse infligés à Rosa, mais c'eût été mieux que rien ; il faut bien débuter). Les policiers de l'immigration, en fouillant ses valises, ont pourtant vu les Rosa, les Kropotkine, les Proudhon, les Bakounine. Et qu'est-ce qu'ils ont fait, ces abrutis ? Rien. Rien du tout. L'un deux a même ricané : « Anarchiste, hein ? Mon beau-frère aussi est anarchiste, et il est employé du gaz. » C'est tout. Tu crois qu'ils m'auraient fouillée, moi (et alors ils auraient découvert le revolver qu'elle porte sous ses jupons, fixé contre sa cuisse par une jarretière) ? Tu parles ! « Bon séjour en Allemagne, mademoiselle », c'est tout ce qu'ils ont trouvé à dire.

Crétins !

Et puis, dès son arrivée à Berlin, nouvelle déception. Elle avait emporté avec elle le nom et l'adresse d'un homme – un anarchiste évidemment – dont son père lui avait souvent parlé comme d'un ami très cher. Reinhold

Plattnik, ébéniste-marqueteur, l'Étang Noir, route de la Forêt, à Biesenthal. Elle est allée à Biesenthal – une localité à cinquante kilomètres au nord de Berlin – en sautant d'un train dans un autre et sans même lâcher ses valises qui pèsent le poids d'un âne mort.

Après une marche interminable dans la campagne (toujours avec les valises puisqu'elle escomptait se voir accorder l'hospitalité par Plattnik), elle a fini par trouver, en bordure d'un canal triste à pleurer, une petite maison hermétiquement close. Elle a attendu des heures et des heures. L'apparition d'un cantonnier moustachu, pelle et pioche sur l'épaule, a ravivé un court instant l'espoir de Samantha : peut-être était-ce un agent spécial de la police secrète anti-anarchiste déguisé en cantonnier ? Le cantonnier a ri : Reinhold Plattnik ? Oui, il habite bien ici. Quand il n'est pas en prison. Où pour le moment il doit être, en général ils le mettent à Tegel. Son atelier ? En prison aussi. Plattnik est si souvent incarcéré, avec une telle régularité, qu'il a converti sa cellule en atelier d'ébénisterie ; c'est pratique pour tout le monde ; ainsi l'administration pénitentiaire sait où le dénicher lorsqu'elle a besoin d'un meuble. Au vrai, on l'emprisonne à chaque fois que l'on a une commande.

Elle a regagné Berlin. Il ne restait plus que les Plück, son grand-oncle et sa grand-tante. Propriétaires de trois petites salles de cinéma qui donnent en permanence des films cochons, ils habitent une maison dans la rue de Rosenthal.

Je les hais.

Ils l'ont accueillie avec réticence, en raison des frais que son séjour allait entraîner et aussi à cause de ses opinions politiques. Qu'une chose soit claire, ont-ils dit : ils ne se mêlent pas de politique mais s'ils devaient un jour s'y intéresser, ce serait dans l'espérance de voir enfin aux commandes de l'Allemagne un homme fort, capable de les débarrasser de toute cette racaille socialo-anarcho-communiste et juive.

Finalement, ils l'ont acceptée. Sous la double condition

qu'elle se tienne tranquille au plan politique, et qu'elle travaille pour gagner sa vie. Quel travail ? Ils ont immédiatement fourni la réponse : il manque, justement, une caissière dans leur cinéma rue de la Monnaie. À prendre ou à laisser.

Ainsi s'est-elle retrouvée vendeuse de billets pour un salaire qui couvre tout juste, paraît-il, les frais de son hébergement.

Je les hais.

Et s'il n'y avait eu que cela. Il y a eu pire. Elle venait de rentrer après avoir terminé son travail de caissière de nuit. Elle lisait dans son lit *Paroles d'un révolté*, quand elle a précipitamment éteint la lumière en entendant des pas, par crainte de se voir à nouveau reprocher des dépenses somptuaires. Sentant une présence dans sa chambre, elle a rallumé et a découvert son oncle Emil Plück tout nu, souriant, s'avançant vers elle clairement précédé par une excroissance monstrueuse – à se demander comment il la range d'habitude dans sa culotte. Et il n'était pas seul : tante Roswitha Plück le suivait, deux pas derrière, nue elle aussi, elle aussi souriante. Et oncle Emil Plück a dit qu'elle (Samantha) n'avait pas à faire des façons, tout le monde sait bien que les anarchistes sont pour l'amour libre, qu'elle avait certainement déjà eu des tas d'amants, avec toutes ces idées que son père lui avait mises en tête. Alors, elle s'est jetée hors de la chambre et s'est enfermée au petit coin. Dans un premier temps, elle s'est arc-boutée, omoplates contre la porte et les pieds solidement plantés contre le bas du siège des toilettes ; puis, le silence se faisant, elle a pris place sur le siège, couvert d'un abattant décoré de pompons roses.

Voici trois heures qu'elle est là.

Elle grelotte et réfléchit. Sa haine des Plück est définitive, voilà le premier point déterminé par sa méditation. Il y en a un deuxième : il lui faut quitter cette maison (et son travail de caissière), mais elle ne sait où aller – comment me procurer l'adresse d'anarchistes ?

Enfin, elle établit un point numéro trois : elle est vierge. Pour une anarchiste, c'est un handicap. À dix-neuf ans, Rosa avait déjà un amant officiel (Léo Jogiches) et avait même contracté un mariage blanc – j'ai un retard terrible.

L'idéal serait de trouver un amant anarchiste. Les problèmes deux et trois seraient résolus d'un seul coup. Mais qui ? Et où ?

Et un amant qui ne serait pas couvert de poils, ni ratatiné comme oncle Emil Plück, un amant doux et propre, avec qui ça ne tirerait pas à conséquences.

L'oiseau rare (et le mot est faible).

Elle contemple ses orteils glacés et ricane avec amertume : non mais, tu as vu les pieds que tu as ? Papa chaussait du quarante-six et tu as tout pris de son côté.

Il faudrait que ce soit carrément un héros, ton amant.

Aliotchka Alekhine est à Stockholm. Il vient de sortir de la cathédrale et se dirige vers une ruelle en pente, aux maisons médiévales, la Storkyrkobrinken. Un homme l'accompagne, du nom de Tieck. C'est pour le rencontrer que sitôt débarqué, à l'aube, d'un petit cargo finlandais qui a traversé le golfe de Finlande et la mer Baltique aux lourdes vagues grises amollies par le froid, il s'est directement rendu à la basilique. Le rendez-vous avait été fixé devant le saint Georges de bois terrassant le dragon. Tieck et lui ont échangé les codes convenus, pour identification. Ce petit homme aux allures de souris inquiète arrive d'Allemagne, où il a été emprisonné deux fois, à Berlin-Moabit puis à Munich...

– À Brême, j'ai pu sauter par la fenêtre et filer.

... Mais trois des hommes avec qui il tenait réunion ont été abattus, deux autres sont derrière les barreaux, lui-même est recherché.

– Ne t'attends pas à une promenade touristique, camarade. Au mieux, s'ils te prennent, ils te traiteront comme

Radek. Lui, ils l'ont ménagé parce qu'ils jugeaient utile de conserver un contact avec la Russie. Et aussi parce qu'il a négocié, d'après des bruits qui courent. J'espère qu'ils ne lui font pas trop confiance, à Moscou.

La ruelle débouche sur une place, fort jolie, où se dresse la blancheur immaculée du palais de justice. Plus loin, un pont enjambe un canal et une voie de chemin de fer, avant de conduire à une église de brique rouge à la flèche ajourée. Le premier séjour de Tieck en Allemagne remonte à décembre 1917, avec pour mission, directement assignée par Vladimir Ilitch Lénine lui-même, d'observer et de rendre compte, sans participation active.

Tieck est intelligent et fanatique (c'est la seule chose qui surprendra toujours Alekhine : qu'on puisse apparaître intelligent et, dans le même temps, être fanatiquement convaincu de quelque chose – idéologie ou religion). Tieck est parvenu à deux conclusions : le prolétariat allemand n'est pas à l'heure actuelle disposé à entreprendre et conduire quelque révolution que ce soit, marxiste ou autre; et cependant cette révolution n'en finira pas moins par triompher, c'est inéluctable.

– Elle est dans le sens de l'histoire, dit Tieck, farouche.

Alekhine sourit. Parmi les centaines de personnes qu'il a fait fusiller à Petrograd, au nom de la Tchéka, se trouvait un étudiant coupable d'avoir apposé, sur un mur de sa chambre, une pancarte fixée par un clou permettant de l'orienter dans n'importe quelle direction et sur laquelle il avait écrit SENS DE L'HISTOIRE, mots soulignés par une flèche.

– La tâche qui t'attend, ajoute Tieck, sera longue à mener à terme. Ce sera peut-être l'affaire d'une génération, sinon de deux. Il est possible que ni toi ni moi n'en voyions l'achèvement. Mais s'il nous faut crever pour la voir accomplie, j'y suis prêt tout autant que toi.

– C'est l'évidence, répondit Alekhine.

Tieck a terminé son rapport. Alekhine lui sourit. Et pense : je pourrais lui briser la nuque de deux doigts. D'ailleurs, pourquoi ne pas le faire?

Non.

– Bonne chance, camarade, dit Tieck, en s'éloignant d'un pas rapide, l'œil en alerte.

... Non, je le laisse vivre. Il va bientôt regagner la Russie. À Moscou il rencontrera Dzerjinski, Beria, peut-être Vladimir Ilitch en personne. Il fera son rapport... et on le fusillera. Parce qu'il sera rentré porteur d'espoirs déçus.

Parce qu'il n'y aura jamais de révolution allemande. La mission qui conduit Alekhine au pays de Goethe est vouée à l'échec depuis le début.

Il pourrait prendre le large, émigrer en Amérique. Il y a songé. Jusqu'à ce qu'il ait découvert en lui, comme une sorte de maladie incurable, un amour irrémédiable pour son pays.

... Non, je trouverai quelque chose, d'ici à mon retour au pays. Quelque chose qui sauvera d'abord ma peau, mais qui, mieux que cela, me rendra irremplaçable.

Devenir un Faiseur de Puzzles, au lieu de n'être qu'un joueur.

Je trouverai.

Il embarque le même soir et, pendant la nuit, débarque sur la côte allemande.

Candido cavalcade gaiement sur Unter den Linden, entre les tilleuls de l'avenue pour l'heure frigorifiés. Il vient d'arriver à Berlin et va tout à fait bien; le long voyage depuis Buenos Aires a effacé les dernières traces de ses aventures dans le Mato Grosso. À bord du paquebot, il a trouvé deux ou trois dames très accueillantes qui lui ont fait toutes sortes de câlins, au point que l'une d'elles aurait bien voulu qu'il s'attardât à Paris, et dans sa chambre. Bon, il a été héroïque et a poursuivi sa route – pour se faire pardonner sa défection, il a consacré ce qui lui restait de l'argent donné par Policarpo Moravec à un achat massif de fleurs. Il n'a plus un sou mais qu'importe. De toute manière, il n'a jamais eu d'argent en poche; au Brésil, il se trouvait toujours quelqu'un mandaté par dom Trajano pour passer derrière lui et régler ses dépenses, si folles qu'elles fussent. Et puis ici en Allemagne, Herr Doktor, qui va le rejoindre bientôt, prendra soin de ces choses.

En somme il a recouvré l'allégresse insouciante qui était sienne avant de partir pour l'armée. Il est très pimpant.

Affamé mais pimpant.

La porte de Brandebourg se dresse devant lui, à l'extrémité de l'avenue. Il est chez lui dans cette ville, dont il a tant et tant de fois examiné le plan, sous la direction de Herr Doktor; il pourrait presque circuler les yeux fermés dans Berlin, tiens je te parie que la rue suivante est la Kanonierstrasse...

Gagné.

Il arrive à hauteur de l'hôtel Adlon avec son dais de toile rouge et blanche : Herr Doktor Taxile Grussgott de São Paulo au Brésil aurait-il laissé un message pour lui?

Non. Il repart. Soit Herr Doktor n'est pas encore arrivé, soit il l'attend chez sa sœur à Wilmersdorf, où Candido se rend. Il traverse un grand parc, le Tiergarten, oblique sur la gauche jusqu'à croiser le Kurfürstendamm et débouche dans la Uhlandstrasse. Une maison jolie, à deux étages. Une femme qui ouvre et qui croque un bretzel...

... Mais qui n'est pas la sœur de Herr Doktor. Oui, dit-elle, Mme Fajngold habitait ici, avec son mari et ses enfants, mais elle a déménagé voici deux mois. Pour la Bavière. Une lettre arrivée du Brésil? Oui, en effet, il y en a eu une, renvoyée à la poste. Le charmant jeune homme veut-il entrer, boire ou manger quelque chose?

Candido s'est enfui. Il rêve certes de frauleins blondes, mais pas de ces dimensions-là, pas aussi monstrueuses. Reste qu'il eût peut-être dû accepter l'invitation, simplement pour avaler des bretzels. Mais ce serait bien le diable s'il ne trouvait pas rapidement dans Berlin une dame, de gabarit convenable, disposée à lui ouvrir les bras et le reste.

Et puis, en cas d'extrême urgence, il aurait encore la

solution d'aller demander assistance à cet homme dont Policarpo Moravec lui a indiqué le nom et l'adresse, comment se nomme-t-il déjà? Ah oui : Oscar Kuppelweiser, Andreasstrasse 39, près de la gare Schlesischer.

Quoique je pourrais y aller maintenant. Il hésite, reprend sa marche, en attendant de s'être décidé repasse par le Jardin zoologique et à nouveau le voilà dans le Tiergarten, avec ses allées, ses canaux, ses petits ponts, ses étangs, et de la gelée blanche sur ses pelouses. Les promeneurs y sont rares, par ce froid.

Si bien que la silhouette solitaire attire l'œil de Candido. En premier lieu parce qu'elle est réellement intéressante. Mais il y a autre chose, sans quoi il eût peut-être poursuivi sa route. L'attitude de la jeune fille est bizarre; elle se tient tête basse, son visage est grave, à croire qu'elle se recueille et prie; et qui plus est, elle se tient tout au bord d'un canal, on pourrait craindre qu'elle n'ait l'intention de s'y jeter.

Il s'approche, enjambe la petite barrière métallique qui sépare la pelouse de l'allée, vient s'immobiliser à quelques pas, deux ou trois au plus, derrière la jeune fille. Dont il constate alors qu'elle est beaucoup plus grande que lui, une géante, *puxa vida,* elle fait au moins trois mètres de haut. Il va parler et dire quelque chose comme s'il-vous-plaît-ne-sautez-pas-dans-cette-eau-glacée, je-sais-très-bien-nager-et-vous-m'obligeriez-à-sauter-aussi, mais d'un seul coup elle se retourne et le considère, d'un air lointain et triste, avec des yeux extravagants tant ils sont beaux.

– C'est ici qu'elle est morte, dit-elle.

Candido examine l'eau du canal et n'y distingue aucun cadavre.

– Ils l'ont battue pendant tout le trajet en voiture. Ils lui ont rompu les os du bassin et de la poitrine puis, arrivés ici, lui ont fracassé le crâne, toujours à coups de crosse. Et ils ont jeté le corps dans le canal, ici même.

La voix de la jeune fille tremble légèrement, avec ce mélange d'indignation et de sombre fureur dont il parviendra, au fil du temps, à prévoir les éruptions volcaniques. La jeune fille est tête nue, quoiqu'un chapeau de paille noire orné d'une fine écharpe de mousseline bleue soit accroché à la ceinture de son manteau ; une espèce de chignon la coiffe, surmonté d'un petit toupet rigolo ; son nez est droit, un peu retroussé sur la fin, et il est un peu trop grand ; sa bouche est trop grande, ses mains sont trop grandes, ses pieds aussi, ses yeux sont carrément immenses.

Elle est absolument merveilleuse.

– Quelqu'un de votre famille ? demande Candido.

Elle hausse les épaules comme s'il venait de proférer la plus grande ânerie du siècle. Il la considère, émerveillé, tandis qu'elle décroche son canotier et le juche sur le sommet de sa tête. Et puisqu'elle se met alors en marche, il l'imite, allant à côté d'elle.

Ils vont ensemble vers la porte de Brandebourg et Unter den Linden.

– Rosa Luxembourg, dit la jeune fille. La femme assassinée se nommait Rosa Luxembourg.

– Comme je vous le disais, j'arrive tout droit du Brésil où j'ai connu des aventures incroyables.

Cela s'est fait très simplement. D'abord, elle a parlé de cette Rosa Luxembourg dont il ne sait strictement rien mais qui, apparemment, devait être une espèce de révolutionnaire. Candido s'est bien gardé de l'interrompre, visiblement la jeune fille s'adressait plus à elle-même qu'à lui. Ils ont parcouru presque tout Unter den Linden et enfin elle s'est tue. Silence. Il a craint alors de la voir partir et, faute de mieux, a dit qu'il était brésilien, qu'il avait faim et mangerait bien quelque chose. Elle n'a pas semblé l'entendre, puis soudain, après avoir lancé une remarque incompréhensible à propos de gens appelés Plück et de soupe aux fèves qu'elle avalait avec eux depuis près d'une semaine, elle a changé de direction, est entrée dans une brasserie, s'y est assise, a commandé des saucisses et du chou pour deux, et du chocolat chaud.

Ils mangent.

– Et je n'ai pas d'argent du tout, dit Candido.

Aucune réaction. Pour avoir de l'appétit, elle en a.

– Mais je vous rembourserai. J'aurai de l'argent dès demain.

Elle ne répond pas, semblant l'ignorer, et engloutit ses saucisses au chou. Il se lance. Il entreprend de raconter ce qui lui est arrivé dans le Mato Grosso, évoque les caïmans, les serpents, le pantanal, la boue, les trombas, les chiques sous sa peau.

Résultat nul. Certes de temps à autre son regard glisse sur Candido, avec une expression parfaitement indifférente. Je la passionne, ça saute aux yeux. Il jette un coup d'œil sur la rue : la nuit est tombée, il va geler à pierre fendre et je serai dehors. En désespoir de cause, il élargit son récit et improvise. Il explique que, s'il a été exilé au fin fond de la jungle, c'est pour des raisons politiques : son pauvre père (si dom Trajano m'entend, il me tue) est un libéral, ardemment voué à la défense des travailleurs, en sorte que les Cavalcanti père et fils sont poursuivis par la haine d'un ministre, lequel est un assez épouvantable...

– Politiques ?

Le miracle. Sans savoir au juste pourquoi et comment, Candido constate qu'il a enfin réussi à susciter de l'intérêt chez son interlocutrice.

– Politiques, dit-il très fermement.

Elle repose sa fourchette et le scrute – qu'est-ce qu'elle est méfiante !

– Vous seriez un révolutionnaire ?

Qu'est-ce que tu réponds, Candido ? Oui, ou non ? Il se laisse guider par son instinct.

– En quelque sorte, dit-il enfin, avec une modestie charmante.

La jeune fille le fixe avec une soudaine intensité, et Candido se demande s'il n'est pas allé trop loin. Mais son élan l'emporte, il assène le dernier coup.

– Au Brésil, ils me surnomment le Jaguar, tant je suis redouté.

Elle a payé l'addition. Ils sont sortis ensemble, ont pris ce que Candido estime être la direction d'Alexanderplatz. Il neige un peu, par flocons légers qui ne prennent pas. La jeune fille est songeuse, elle n'a pas dit un mot depuis qu'il a lancé ce nom du Jaguar. Je l'ai impressionnée.

Enfin, je crois.

Ils débouchent dans une rue et brusquement s'arrêtent. Candido lève la tête : ils sont devant un petit cinéma où l'on donne un film appelé *Das Mädchen und die Männer*. La Jeune Fille et les Hommes.

– Vous pouvez entrer. Au moins, vous aurez chaud, à l'intérieur.

– Et le billet ?

Elle passe derrière le guichet, ouvre la caisse avec une clé tirée de son aumônière et en détache un billet qu'elle lui tend.

– Je vous le rembourserai aussi, dit Candido.

Elle hoche simplement la tête et sans plus s'occuper de lui, s'assoit face au guichet, referme sur elle la porte de verre, déploie sur ses épaules une couverture de laine de couleur verte, très laide. Des clients arrivent. Candido pénètre dans la salle et s'installe, en constatant qu'il est bien fatigué – il n'a pas dormi dans le train qui l'amenait de France et, avant cela, à Paris, cette dame qui voulait tant le garder avec elle, ne lui a guère laissé le temps de prendre du repos.

Il ne voit presque rien du film. Il s'interroge : que va faire la jeune fille à la fin de la séance ? L'emmener chez elle ?

C'est bizarre, ce que tu ressens pour elle, Candido

Stevenson, vraiment bizarre. Une sorte de pincement dans la poitrine, et presque de la timidité. Ça surprend. Ce n'est pourtant pas faute d'avoir connu des demoiselles et des dames, au cours des cinq ou six dernières années ; il y en a eu des quantités. Tu as toujours été du genre frétillant, avec elles. Tandis que là...

Elle est grande. Dans les quinze centimètres de plus que moi, c'en est ridicule. Dommage que je n'aie pas la taille de dom Trajano – un mètre quatre-vingt-cinq, tout de même. (À propos de dom Trajano, il faudrait qu'il lui écrive une lettre. Ou alors, il attend l'arrivée à Berlin de Herr Doktor, qui ne devrait plus tarder et aura des nouvelles fraîches ? C'est mieux d'attendre.)

Il finit par s'endormir dans la tiédeur de la salle de cinéma. Et c'est un coup de balai qui l'éveille. Il ouvre les yeux et découvre que le film est terminé, la salle vide ; quant à la jeune fille, debout devant lui, elle tient un balai avec le manche duquel elle lui tapote doucement la jambe.

– J'ai réfléchi, dit-elle. Je n'ai pas assez d'argent moi-même pour vous en prêter, mais vous pouvez dormir ici. En haut, dans la cabine du projectionniste, où il y a un lit de camp. Je vous y ai porté ma couverture.

Personne ne le dérangera, dit-elle encore. Jusqu'à la prochaine séance le lendemain soir. Elle-même reviendra en fin de matinée, mais dans l'intervalle, s'il le souhaite, il pourra sortir.

– Par l'issue de secours, là-bas au fond. La clé est sur la serrure.

– Merci.

Elle le fixe à nouveau, toujours avec cette expression pensive qu'elle avait déjà en sortant de la brasserie. Puis soudain elle se détourne et s'en va. Bruits de clé, provenant de l'entrée sur la rue. Toutes les lumières du cinéma sont éteintes, sauf une, qui précisément est celle de la cabine de projection.

Tu es déçu qu'elle soit partie de la sorte ?

Oui. Oui et non.

Quand je te dis que c'est bizarre, ce que je ressens.

En tout cas, il ira voir cet Oscar Kuppelweiser dès demain. Peut-être Kuppelweiser voudra-t-il lui prêter un peu d'argent ?

Aliotchka Alekhine est en Allemagne. Une chaloupe vient de le déposer sur la côte. Le cargo finlandais qui l'a amené de Suède est maintenant invisible dans la nuit, à un ou deux milles au large, tous feux éteints, dans le golfe de Poméranie. Silence total, pas une lumière en vue. Les nuages qui déjà à Stockholm accouraient forment à présent une chape. Alekhine s'accroupit, il laisse à ses yeux le temps de s'accommoder à l'obscurité. Un alignement de genévriers se dessine. Des pins derrière. Mais la végétation est rare. Il pleut. Bref éclair de la torche électrique à l'abri de l'imperméable façon terre-neuvas : la montre indique minuit vingt-trois, la boussole le nord. Alekhine se met en route.

Il prend à gauche, sud-sud-est. Trois kilomètres plus loin, la route, comme prévu. Et le panneau annoncé : Peenemünde à cinq kilomètres à droite, Karlshagen à six cents mètres à gauche.

À gauche.

Il vient de laisser derrière lui les dernières maisons quand l'appel retentit. Voix d'homme, soulignée aussitôt par la lueur d'une lanterne.

– Werner ?

Alekhine s'est figé. Il attend.

– C'est toi, Werner ?

Un homme s'approche, le faisceau de la lanterne sourde s'élargit.

– Vous n'êtes pas Werner Brandl, j'ai été trompé par votre taille. Qui êtes-vous ?

Alekhine sourit, le visage en pleine lumière. Il distingue enfin son interlocuteur. Un douanier. Qui est seul.

– Vous n'allez pas en revenir, dit-il, mais je suis un agent révolutionnaire russe expédié ici par le Komintern en vue de mettre l'Allemagne à feu et à sang.

La lame de son poignard pénètre sous la mâchoire et s'enfonce, clouant la langue et pénétrant jusqu'au cerveau. Sa main gauche soutient le corps qui s'effondre. Il transporte le cadavre sur le bas-côté – pour plus de sûreté il broie les vertèbres cervicales, des seuls doigts de sa main droite. La bicyclette de l'homme est restée sur l'asphalte, la roue avant tourne encore, avec un cliquetis léger.

Une quinzaine de minutes lui sont nécessaires pour enfouir le douanier dans la boue, sous des centimètres d'eau. Il fait également disparaître la lanterne, vérifie attentivement que rien n'est demeuré sur la chaussée.

Il enfourche le vélo et reprend sa route.

Grâce à la bicyclette du douanier, il parvient au bac vers une heure quarante du matin, avec cinq minutes d'avance.

La petite barque est à l'endroit fixé, cent mètres sur la droite de l'embarcadère. Sur l'autre rive du Peenestrom, les lumières de Wolgas. Il prend le vélo avec lui dans le canot. Au départ de Petrograd, on avait prévu pour lui une halte dans une maison amie, d'où une camionnette l'eût transporté sur le reste du parcours. Il s'y est refusé par principe. Ne jamais se fier à personne. Quelqu'un le verrait. Et puis pédaler l'enchante.

Cinquante-six kilomètres ensuite, avec la traversée de villages endormis et quelques rares aboiements de chiens.

Il est à Demmin aux alentours de trois heures trente. Il y repère la gare par un premier passage, s'en éloigne, trouve une sorte d'entrepôt désert, dans lequel il s'abrite. L'endroit convient : après avoir ôté son imperméable et ses bottes, qu'il enterre, de même que la torche électrique et la bicyclette, il enfile les chaussures, coiffe la casquette, nettoie ses vêtements de la moindre tache de boue et gonfle un peu la musette de toile d'un morceau de métal ramassé sur le sol et d'un vieux journal roulé en boule, en sorte qu'elle donne l'impression de contenir le casse-croûte de midi.

Deux heures d'attente. Qui ne provoque chez lui aucune impatience. Je n'ai pas de nerfs, c'est un fait ; je pourrais demeurer ici trois jours s'il le fallait.

Il laisse volontairement passer le premier train, qui le mettrait trop tôt en ville. Mais il prend le deuxième, muni d'une carte d'abonnement semblable à celle des ouvriers et employés qui l'entourent, et auxquels il ressemble par la tenue. Aucun incident. Le jour se lève à partir de Neustrelitz. Le paysage, surtout sous ce ciel blafard et cette pluie incessante, annonciatrice de neige sitôt que la température baissera d'un ou deux degrés, est sans le moindre intérêt : des lacs, des étangs, des rues minuscules, des fermes, des maisonnettes isolées – dont la modicité est pourtant du luxe, si on les compare à celles de Russie. Des gares de grande banlieue s'égrènent dont Lehnitz-Biesenthal (il reconnaîtra le nom par la suite).

Oranienburg puis Berlin. Au temps où Aliotchka Alekhine vivait ici, avant 1914, les grandes lignes ferroviaires étaient indépendantes, mais les autorités municipales de la capitale avaient déjà prévu un raccordement général et l'aménagement d'une gare centrale, reliée aux autres par le Stadtbahn. C'est fait aujourd'hui. Il pénètre donc dans la ville par la gare de la Friedrichstrasse sur les bords de la Spree. Quelques gepäcktrager, des porteurs, recherchent le chaland parmi les voyageurs de l'aube, un schutzman aux allures raides de sous-officier prussien est posté à la sortie et distribue des jetons de cuivre, percés en leur centre et portant des numéros, pour la réservation soit d'un taxi automobile, soit d'un fiacre à galerie ; mais il n'accorde à Alekhine qu'un regard indifférent, trompé par les vêtements d'ouvrier et la musette banale.

Cette nuit sans sommeil, surtout agrémentée d'exercices physiques, lui a ouvert l'appétit. Il prend néanmoins le temps de vérifier qu'il n'est l'objet d'aucune filature puis, dans un Fruhkost-Salon, choisi parce qu'il comporte deux issues, il engloutit un copieux petit déjeuner à la scandinave. Des emplettes ensuite : chemises et cravates ici, costumes dans une autre boutique, valise un peu plus loin, chaussures ailleurs, pardessus, chapeau, sous-vêtements, chaussettes.

Une chambre au Wittelsbacher Hof, au 35 de la Wilhelmstrasse. Sous son identité du moment : Karl Mohren, profession acteur – il a choisi lui-même cette couverture, à la surprise de Zinoviev et autres Radek, et s'en amuse : peut-être ce choix est-il la preuve de quelque vocation refoulée.

Vers onze heures, vêtu en bourgeois, avec cependant une touche de fantaisie dans la tenue pour faire artiste, il va s'inscrire comme figurant dans les studios des deux seules sociétés de production cinématographique d'importance en Allemagne, la Bioscop et surtout l'UFA – celle-ci a été fondée deux ans plus tôt (Alekhine a étudié ses dossiers) par Krupp, l'I.G. Farben et un consortium de banques. On lui demande s'il a déjà travaillé. Il répond oui. Il a notamment été retenu, avec quinze mille autres il est vrai, pour *Peste à Florence* de Joe May, scénariste de Fritz Lang; et il a surtout tenu de petits rôles pour la Biograph et la Messter.

– La Pagu également. J'ai été dans une scène avec Max Reinhardt. Vous pouvez vérifier.

Il ne ment pas. À l'époque il avait trouvé ce moyen de financer son séjour berlinois et, dans le rôle d'un portier d'hôtel au physique de colosse blond, avait tourné une scène avec le célèbre acteur allemand.

On relève son nom et son adresse. On lui écrira.

Il ressort des studios. La pluie a cessé, le ciel est très bas.

Au cours des dernières heures, en fait depuis qu'il s'est séparé de Tieck à Stockholm, il est en quête de cette fameuse idée dont il a besoin, afin de pouvoir regagner Moscou avec non seulement des chances raisonnables de survie, mais plus que cela, d'y faire carrière. Il n'a rien trouvé.

Pas encore.

Candido a découvert deux marks à son réveil, sur le lit de camp du projectionniste. L'argent a dû être placé là par la jeune fille. Elle est vraiment gentille.

Il sort du cinéma par l'issue de secours, tourne la clé dans la serrure et la glisse sous la porte. Il va prendre dans sa valise, à la consigne de la gare où il l'a déposée la veille, des sous-vêtements de rechange et fait un peu de toilette. Un rapide petit déjeuner et il se remet en route.

Kuppelweiser Oscar, Andreasstrasse 39.

Si je pouvais lui emprunter cinquante marks, ce serait bien. Ou même cent. Herr Doktor les lui rendra.

Le 39 d'Andreasstrasse se révèle être une boutique. Il y entre et immédiatement s'immobilise. Ce n'est pas tant le spectacle que le bruit, très étrange : un fond sonore de centaines de tic-tac, de cliquetis et de déclics, de caquetages mécaniques – jusqu'au plancher qui couine et craque sous ses pieds. La pièce est vaste et des plus obscures ; passé les deux premiers mètres, la pénombre y règne. Il flotte dans l'air empoussiéré une odeur d'huile de rouage et des relents de fourrures. Et, sur des étagères montant jusqu'au plafond, sont entassés des peluches et des poupées, ainsi que des automates de tailles variées.

Tout cela en marche simultanément, c'est fou.

– Il y a quelqu'un ?

Pour toute réponse, ça cliquette, à tire-larigot.

– Je cherche M. Oscar Kuppelweiser, le fabricant de jouets, énonce Candido, haussant le ton.

On bouge enfin, à l'extrémité d'une tranchée entre deux étagères ; où, pour s'y glisser, on doit progresser de profil, comme les Égyptiens. Une vieille dame apparaît, petite et trotte-menu, si régulière dans son pas et dans ses gestes rares, que l'on pourrait la croire, elle aussi, automatique.

Elle considère Candido de ses yeux myosotis, ses lèvres sont en lame de couteau, son regard est celui de quelqu'un qui toise un assassin d'enfants.

– M. Kuppelweiser, dit Candido. M. Oscar Kuppelweiser. Je viens de la part de Policarpo Moravec.

La vieille dame part mécaniquement vers le fond de la boutique et Candido se demande un instant s'il doit la suivre ou non. Il la suit, lui emboîte le pas, s'infiltre entre des murs de lapins qui tapent sur des tambours rouges et blancs, puis de poupées qui agitent sur son passage leurs bras blancs de celluloïd, l'air de vouloir le capturer.

– Hurler en public le nom de Policarpo, où avais-tu la tête ?

L'homme qui émet la remarque peut avoir dans les cinquante ans ; il est blême de teint, ses yeux bleu pâle sont très enfoncés dans les orbites et abrités sous d'épais sourcils, une raie médiane sépare en deux ses cheveux hérissés. Sa physionomie est inquiétante.

– Je n'étais pas en public, mais dans votre magasin.

– Quelqu'un d'autre que ma mère aurait pu y être caché, pour espionner.

– Je me suis d'abord assuré qu'il n'y avait personne, réplique Candido avec assurance, bien décidé à ne pas se laisser intimider. J'ai même regardé sous les jupes des poupées. Êtes-vous Oscar Kuppelweiser ?

– Tu veux peut-être voir mes papiers ? demande Kuppelweiser.

Autant lui dire oui, ça a tellement l'air de lui faire plaisir...

– Et comment ! répond Candido. Je ne me fie à personne.

Kuppelweiser lui montre ses papiers. Il est bien Kuppelweiser.

– À toi maintenant, dit le fabricant de jouets. Prouve-moi que tu es toi.

Candido lui présente son passeport.

– D'accord, dit Kuppelweiser, mais ce n'est pas tout. La

lettre que j'ai reçue à ton sujet précise que tu lis un livre particulier.

Simplicius Simplicissimus de Hans Jakob von Grimmelshausen.

Kuppelweiser lui offre du café au lait et des beignets aux pommes. Ils mangent et boivent, assis sur des chaises, en se regardant de temps en temps comme des chiens qui viennent juste de faire connaissance.

– Tu n'as vraiment pas l'air d'un révolutionnaire, constate Kuppelweiser qui avale beignet sur beignet avec férocité, comme s'il leur en voulait pour des raisons politiques.

– Camouflage, dit Candido, la bouche pleine.

Les beignets sont très bons, en plus.

– Tu es à Berlin depuis longtemps ?

– Un certain temps.

Ils finissent les beignets.

– Bon, dit Kuppelweiser, il paraît que je dois t'aider en toutes choses. Qu'est-ce que je peux faire ?

Candido hésite. Il a en tête le chiffre de cent marks, montant de l'emprunt qu'il est venu contracter. Est-ce le chiffre exact ?

– Tu peux parler. Maman surveille la rue. Quel genre de bombe veux-tu ?

– Toute la question est là, répond Candido, déconcerté.

– Explosion rapide ou explosion lente ? Pour tuer ou pour blesser seulement ? Pour faire du bruit ou pour détruire un immeuble ? Et de quelle taille, l'immeuble ? C'est bien un immeuble que tu veux faire sauter, hein ? Je l'ai lu dans tes yeux. Quel immeuble ?

Meus deus !

– Ça restera entre nous ?

– Tu me prends pour qui ?

– Je pensais au Reichstag, dit Candido, qui a hésité entre le Reichstag et la porte de Brandebourg.

Silence. Je lui en ai bouché un coin. Moi-même, je n'en reviens pas. Qu'est-ce qui m'a pris ? Le Reichstag ! Je suis fou.

– Extraordinaire, fait Kuppelweiser, pensif. Quelle idée de génie !

– N'exagérons rien. Ce n'est qu'un projet entre autres.

Et il pense : je vais lui emprunter cinq cents marks. C'est la moindre des choses, pour quelqu'un qui accepte de m'aider à faire sauter à la dynamite la moitié de Berlin.

Quelques minutes plus tard, il est dehors et s'éloigne, éberlué. Et s'il retournait au magasin de jouets à seule fin de se convaincre qu'il n'a pas rêvé, qu'il est bien entré une première fois dans cette boutique-ci, et qu'il y a réellement rencontré un fou disposé à lui fournir une bombe assez grosse pour faire exploser le parlement d'Allemagne ?

Mais il tient la liasse, enfouie dans la poche de son manteau. Mille marks. Prélevés sur les fonds secrets, a dit Oscar Kuppelweiser.

Mille marks, *puxa vida !*

Un court instant il se demande ce que diable pouvait contenir la lettre, adressée par Policarpo Moravec au marchand de jouets, à son sujet.

Quelle importance ? Ce sont des fous, l'un comme l'autre. Herr Doktor va arriver, je rendrai les mille marks, et on n'en parlera plus.

Il se rend à l'hôtel Adlon dans une voiture-taxi qui témoigne de sa nouvelle opulence. Rien. Aucun message de Herr Doktor. Il n'en est pas pour autant désappointé, le remboursement de Kuppelweiser n'en est pas à quelques jours près.

Il gambade, allègre.

... Mais déchante quelque peu dans la soirée : le cinéma Opal dans la rue de la Monnaie fait relâche, et la jeune fille ne se montre pas.

Aliotchka Alekhine n'a pas perdu de temps : il en est déjà à son troisième rendez-vous. Encore a-t-il évité de voir Paul Lévi, qui dirige le parti communiste berlinois – afin de ne pas se montrer trop. À chacune de ces trois rencontres, il s'est présenté sous une identité différente en exigeant d'avoir face à lui, au plus, cinq ou six interlocuteurs. Le réseau de Karl Radek a fait le nécessaire.

Il n'est ni surpris ni atterré par la médiocrité des comptes rendus. Il s'y attendait. Sa conviction est à peu près définitive : un siècle ne suffirait pas pour voir éclater une révolution en Allemagne – et dans un siècle, la révolution russe elle-même n'existera plus que dans les livres d'histoire.

Au soir de sa deuxième journée berlinoise, il regagne sa chambre au Wittelsbacher Hof dans la Wilhelmstrasse. Il en sourirait presque : on lui a remis des rapports écrits – plusieurs d'entre eux soigneusement dactylographiés. De l'amateurisme intégral. Des centaines de pages, qu'il s'oblige cependant à parcourir, avant de les brûler dans le feu de cheminée qu'il a fait allumer tout exprès.

Il lit pendant des heures cet océan de platitudes, enregistrant dans sa mémoire un nom, un fait, une adresse pas tout à fait dénués d'intérêt. Vers trois heures du matin, il tombe sur une note brève, manuscrite. Le code correspondant à un certain Oscar Kuppelweiser, qui possède, paraît-il, un remarquable talent d'artificier, capable de fournir à discrétion tout explosif dont on aurait besoin.

Rien de passionnant. Quoique la somme, « prélevée sur fonds secrets », soit relativement importante : mille marks – c'est le salaire d'une année pour nombre de Berlinois. L'opération date du jour même.

Mais ce qui retient le plus l'attention d'Aliotchka, et l'amuse assez, est le nom du bénéficiaire d'une telle générosité. Le code est inconnu : JAGUAR.

Il est trois heures trente du matin, c'est un peu tard. J'irai voir ce Kuppelweiser la nuit prochaine.

– Et où avez-vous trouvé tout cet argent ?

– Il a été prélevé sur les fonds secrets, répond Candido sur le ton dont il livrerait un secret d'État.

Et la voilà qui le scrute encore, sans se gêner. Je ne l'impressionne pas mais je l'intrigue. C'est déjà ça. Mes jolis yeux verts ne lui font pas grand effet (ou alors elle le dissimule), en revanche chaque fois que je parle révolution, boum, elle est rivée à mes lèvres.

D'accord. Si elle y tient.

– Je m'appelle Samantha Franck, dit-elle brusquement. Je suis américaine.

– Je parle anglais, dit Candido.

Elle ne répond pas, repose une nouvelle fois sa fourchette, ainsi qu'elle l'a déjà fait la veille, s'écarte de la table et s'appuie au dossier de moleskine.

– Et je ne crois pas du tout que vous soyez un agent révolutionnaire brésilien, avec des fonds secrets et des machins pareils. C'est de la blague.

La veille, quand il a constaté que le cinéma faisait relâche, Candido a été tenté d'aller s'installer dans une suite à l'hôtel Adlon. Ce n'est qu'au moment de héler un taxi qu'il s'est ravisé et finalement a pris une chambre dans le premier hôtel venu, à un jet de pierre d'Alexanderplatz. Le hasard a fait le reste : il n'a pas couvert deux cents pas, le lendemain matin, quand il l'aperçoit marchant sur le trottoir d'en face, sortant de la rue de Rosenthal. Il lui court après, la rejoint, lui rend l'argent qu'il lui devait, l'invite à déjeuner. Et elle accepte, visiblement après avoir failli dire non ; toujours aussi déconcertante : d'abord elle te foudroie du regard, te toise de haut en bas (tu pourrais croire qu'elle va te tuer sur place parce que tu l'as accostée), puis son regard s'écarte, se porte sur le lointain, revient, t'examine de nouveau et soudain elle acquiesce, et elle dit oui, d'accord. Et c'est elle qui choisit le restaurant, et passe commande – pour deux, sans te consulter. Et toi tu laisses faire; il n'a jamais été dans ton caractère de t'opposer aux gens.

– C'est de la blague, répète-t-elle et, saisissant sa fourchette, elle se remet à manger.

Très paisible, voire fort satisfaite d'elle-même; l'air, si tu veux, d'avoir enfin trouvé la réponse à une question qu'elle se posait. Mais soudain, Candido s'affole : il est en train de perdre la partie, le déjeuner se termine et la jeune fille, enfin Samantha si c'est son prénom (c'est vraiment joli), va partir, il ne la reverra plus.

Trouve quelque chose à dire, n'importe quoi.

– En réalité, dit-il, je suis comme un homme vivant qui marche derrière son propre cadavre.

Elle en reste bouche bée. J'ai vraiment fait fort, pense Candido. Elle finit par demander :

– Et ça veut dire quoi, au juste?

– C'est une phrase de l'un de mes écrivains préférés, Franz Grillparzer.

– Connais pas.

– C'est un écrivain autrichien. 1791-1872.

(Herr Doktor l'adore, Candido n'a jamais compris pourquoi).

– Vous aimez lire?

– Énormément, dit Candido.

Le regard de Samantha une fois de plus s'écarte, revient encore :

– Vous avez lu Karl Marx?

(Qui c'est celui-là? Herr Doktor n'y a jamais fait la moindre allusion. Il ne doit pas être très connu).

– Je l'ai dévoré.

– Et Engels?

– Deux fois.

– Et Bakounine?

(*Puxa vida*, d'où elle sort tous ces noms?)

– Les cent premières pages seulement, dit-il. Ce n'était pas très facile de lire, dans le Mato Grosso, avec tous ces caïmans.

Silence. J'ai marqué des points.

Sauf que soudain elle pouffe. Décidément, il est un sacré menteur.

– D'accord, dit-il. Je n'ai lu aucun d'entre eux. Mais c'est parce que je suis avant tout un homme d'action.

... Et un mot en entraînant un autre, Candido se laisse emporter. Les yeux de Samantha reflètent tantôt un scepticisme narquois, tantôt un intérêt pensif. Elle lui a demandé ce qu'il entendait par ces mots, un « révolutionnaire » et un « homme d'action ». Au hasard, il a répondu : quelqu'un qui fait sauter des choses.

N'importe quoi ?

N'importe quoi, répond-il. S'il avait besoin d'explosifs, il pourrait s'en procurer dans l'heure, il sait où s'adresser, ce n'est pas une preuve, ça ?

Et alors elle dit que cela tombe très bien, justement elle voudrait faire sauter quelque chose.

Un cinéma.

Le cinéma des Plück.

Les voilà en route pour la boutique de jouets d'Oscar Kuppelweiser.

– Oscar qui ?

– Kuppelweiser. Ne criez pas son nom dans la rue, s'il vous plaît. C'est un agent secret. Nous ne sommes pas deux à connaître ses activités, dans toute l'Allemagne.

Elle hausse les épaules. D'évidence elle ne croit pas un mot de tout ce qu'il raconte. Peut-être que ça vaut mieux.

Ils approchent d'Andreasstrasse. Candido a failli parler de Herr Doktor, en le présentant comme son maître à penser s'agissant de révolution. Il s'est ravisé. Ce soir, ou demain, ou dans les jours suivants, Herr Doktor arrivera, Samantha pourrait fort bien le rencontrer, la vérité éclaterait. « On nomme révolution, jeune Candido, tout mouvement subit par lequel, au terme d'un circuit fermé, on revient à son point de départ », c'est Herr Doktor qui parle. Moins révolutionnaire que lui, il n'y a pas.

À part moi.

Samantha avance d'un grand pas rapide, avec une détermination qui déprime Candido. Comment en suis-je arrivé là ? Il est un peu inquiet, mais pas trop. On verra bien. Il est strictement impossible qu'Oscar Kuppelweiser leur fournisse une bombe, pourquoi se ferait-il du souci ? C'est plutôt amusant, comme situation, en somme. D'un coup, sa gaieté naturelle refait surface. À table, il a lorgné la jeune fille. Avec tous ces vêtements d'hiver qu'elle porte, il n'est pas facile de déterminer comment elle est faite. Bien, à son avis. Mieux que bien. Il a toujours eu du discernement pour ces choses, tu vois le poignet ou la cheville et tu imagines parfaitement le reste, avec un pourcentage d'erreur quasiment nul, ça ne s'apprend pas, c'est de naissance.

C'est quand même curieux qu'elle t'émeuve à ce point.

Ils parviennent au magasin de jouets. La vieille dame aux yeux myosotis et à la bouche en fil de fer barbelé sort à nouveau de l'ombre comme un fantôme. Elle scrute Samantha, de bas en haut, et s'enquiert de son identité.

– Je réponds d'elle, affirme Candido.

Sur quoi l'on repart pour un tour, comme lors de sa visite précédente, et enfin c'est l'atelier.

Et Oscar Kuppelweiser.

– Cette fois, je voudrais une bombe, dit Candido.

Le fabricant dc jouets – et peut-être aussi de bombes – le considère d'un œil impénétrable. Ensuite son regard passe, monte et descend sur Samantha.

– Et pour quoi faire, cette bombe ?

– En quoi est-ce que ça vous concerne ? dit Samantha.

– Nous... je vais faire sauter un cinéma, dit Candido.

Et il ajoute en anglais, à l'intention de Samantha :

– Il vaudrait peut-être mieux que vous me laissiez faire.

– Si c'est un vrai fabricant de bombes et vous un vrai poseur de bombes, dit Samantha, il n'a pas à vous poser des questions.

– Je comprends l'anglais, dit Kuppelweiser.

– C'est un vrai fabricant de bombes, dit Candido à Samantha (il n'a pas entendu la remarque de Kuppelweiser et continue à s'exprimer en anglais).

– J'ai des doutes, rétorque Samantha en anglais aussi. Et de toute façon, il n'a pas à poser des questions.

– C'est vrai, acquiesce Candido, en anglais encore.

– Un cinéma ? dit Kuppelweiser en allemand. Pourquoi un cinéma ?

– Pas de questions, dit Candido en allemand.

– Je vous laisse faire, répond Samantha en anglais.

Kuppelweiser les contemple.

– Il faut quand même que je sache de quelle taille il est, ce cinéma.

– Dans les cinquante-soixante mètres de long, avance Candido.

– Plus petit, dit Samantha en anglais. Mais d'après moi, cet homme ne saurait même pas faire exploser une boîte à chaussures.

– Je peux faire exploser n'importe quoi, affirme Kuppelweiser en allemand.

– Il dit qu'il peut faire exploser n'importe quoi, traduit machinalement Candido en anglais.

– J'avais compris, dit Samantha. Et il ne s'agit pas de faire sauter tout l'immeuble. Seulement la cabine du projectionniste.

Candido traduit. (J'ai l'impression que je ne m'en tire pas trop bien, il y a quelque chose qui cloche quelque part.)

– Et aussi la caisse de la caissière, ajoute Samantha.

– Alors il vous faudra deux bombes, dit Kuppelweiser. Tu as déjà posé des bombes ? C'est à toi que je parle, pas à elle.

– Je manque peut-être un peu d'expérience.

– Ça ne doit quand même pas être sorcier, remarque Samantha. Des tas de gens y arrivent.

– J'y arriverai, dit Candido à Kuppelweiser.

– Je vais faire quelque chose de simple, lance Kuppelweiser. Ça vaudra mieux pour tout le monde.

– Et nous les aurons quand ? s'informe Samantha.

Oscar Kuppelweiser fait semblant de n'avoir pas entendu, et continue, avec une adresse sidérante, à réparer une de ces poupées qui font « maman » quand on les place la tête en bas.

– Quand aurai-je les bombes ? demande Candido.

Silence.

– Vendredi après-midi, six heures, dit Kuppelweiser.

– C'est la semaine prochaine, souligne Candido.

– J'ai remarqué, moi aussi, dit Kuppelweiser.

Qui déplace la tête de la poupée et culbute le petit corps de celluloïd.

– Maman, dit la poupée.

– Ça marche, dit Kuppelweiser.

À présent il repose la poupée sur une étagère et, leur tournant le dos, choisit un autre jouet à réparer. Il est fort possible, pense Candido, qu'il soit simplement en train de rigoler ; je n'en serais pas surpris et à vrai dire, j'aimerais mieux – je préfère ne pas penser à ce qui arriverait s'il nous prenait au sérieux.

Et voici le moment de poser la question pour laquelle Candido est venu :

– Vous avez bien reçu une lettre de Buenos Aires, à mon sujet ?

Oscar Kuppelweiser acquiesce.

– Est-ce que dans cette lettre on vous disait comment ils m'ont surnommé, au Brésil ?

– Le Jaguar, répond le fabricant de jouets et de bombes, en leur faisant face.

Et s'il riait jusque-là, il ne rit plus. Candido a guetté la réaction sur le visage de Samantha, il n'est pas déçu : elle est vraiment impressionnée, ce coup-ci.

Ils viennent de déboucher sur Alexanderplatz, et c'est elle qui la première s'immobilise. Depuis leur départ de la boutique d'Andreasstrasse, elle n'a pas dit un mot. Il est un peu plus de trois heures de l'après-midi. Candido a froid, il aimerait assez proposer n'importe quoi – gagner son propre hôtel, entrer dans une brasserie, aller au cinéma ou déambuler devant les boutiques de la galerie Kaiser pour se mettre à l'abri de cette pluie glacée. Il se garde bien d'ouvrir la bouche et se contente de glisser des regards en coulisse à Samantha.

Elle est en train de prendre une décision, ne la dérange pas, ne dis rien, tu as fait tout ce que tu pouvais.

Le silence et l'immobilité se prolongent. Enfin, elle se décide :

– Vous tenez à rester dans cet hôtel où vous êtes ?

– Pas vraiment.

Elle hoche la tête.

– Nous pouvons prendre un taxi ?

Ils en prennent un. Elle indique une adresse dans la rue de Rosenthal, demande au chauffeur d'attendre, descend, entre dans un petit immeuble. Elle en ressort bientôt, transportant deux valises. Une heure plus tard, ils sont tous deux dans un train. Elle n'a toujours pas donné la moindre explication et lui se tait.

– Je peux porter vos valises.

– Je suis plus forte que vous.

– C'est bien possible, dit Candido.

Ils marchent en pleine campagne. Candido a fini par prendre les lourdes valises de Samantha, qui, elle, transporte le bagage de Candido ainsi qu'un sac dans lequel ils ont mis les provisions, achetées dans une épicerie au sortir de la gare. Le paysage brandebourgeois est un pauvre désert dont la tristesse est encore augmentée par cette neige qui tient mieux qu'en ville. Bientôt ils arrivent devant une petite maison solitaire. Candido parvient à en ouvrir la porte de derrière, en soulevant le loquet grâce à la lame d'une bêche rouillée. Il était temps : la nuit gagne.

– Je vais faire du feu. Je peux savoir où nous sommes ?

Candido n'a jamais allumé le moindre feu – au Brésil, c'était l'affaire des domestiques –, mais miracle il s'en tire, se servant de vieux exemplaires d'un journal intitulé *Die Rote Fahn*, le Drapeau rouge. Le feu prend. Samantha explique que la maison appartient à un certain Reinhold Plattnik, un anarchiste actuellement en prison. Elle n'a pas bougé depuis qu'elle est entrée ; à peine a-t-elle déposé son fardeau ; elle a croisé les bras, plus justement ses grandes mains se sont refermées sur ses bras, ainsi que font les femmes, épaules un peu remontées ; et elle fixe les flammes, dont les reflets dansent sur son visage.

– Asseyez-vous devant le feu, dit-il.

Il tire une chaise en face du foyer. La nuit est complètement tombée. Candido allume la lampe à pétrole et referme la porte à clé. La maison se compose d'une seule vraie pièce, avec un lit, une table, deux chaises, un bahut déglingué qui contient quelques vêtements et quatre ou cinq assiettes ; huit ou dix livres sur une courte étagère ; de part et d'autre de l'entrée minuscule, il y a une cuisine (équipée d'un fourneau à bois avec sa réserve de bûches, de deux casseroles et d'un chaudron, de trois verres, deux cuillers, une fourchette, un seul grand couteau), puis un réduit. Dans lequel Candido commet l'erreur d'entrer sans lumière. L'odeur de souterrain l'alerte à la dernière seconde : un puits se trouve là, sans margelle, ouvert au ras du sol ; un demi-pas de plus et il y tombait.

Bataille avec le fourneau. Il doit s'y reprendre à trois fois avant de pouvoir chauffer une des six bouteilles de lait qu'ils ont achetées. Ensuite, nouveau problème : comment fait-on du chocolat ? Bien qu'il réussisse plus ou moins à la fractionner en morceaux plus petits, à l'aide d'une cuiller, la grosse barre de chocolat ne fond pas du tout. Je ne suis vraiment bon à rien. Il obtient tout de même une sorte de soupe, avec des grumeaux gros comme des noix, qui du moins est chaude. Il regagne la pièce principale et sur le moment croit Samantha partie.

– J'avais froid.

Elle est dans le lit, presque invisible dans la pénombre, sous l'entassement des couvertures.

Qu'est-ce que je suis censé faire ? Dormir sur une chaise ? Elle est bizarre.

– Vous voulez un peu de chocolat chaud ? Il est chaud.

Un bras s'extrait du lit, une main se tend. Il emplit un verre. Elle boit ou plutôt avale.

– Le chocolat n'est pas fondu.

– Je suis désolé, dit Candido. Encore ?

Elle tend à nouveau son bras. Elle vide trois autres verres coup sur coup.

– Encore ?

Vague mouvement de tête : non. Il finit le lait au chocolat, à même la casserole. Après quoi, il ne sait plus du tout que faire, debout près du lit où elle lui tourne le dos, dans ce silence. Et en plus, il a faim, son déjeuner a été très léger, il était davantage préoccupé de parler que de manger. Il y a bien du gros pain de campagne et de la charcuterie, dans la cuisine, avec les cinq autres bouteilles de lait, mais il n'ose pas bouger et ne trouve rien à dire.

– Qu'est-ce que vous attendez ?

– Pour quoi faire ?

– Venez vous coucher.

Ah.

Sa gorge se contracte. Je ne suis pas dans mon état normal, c'est sûr. D'habitude...

Il ôte son manteau puis, réflexion faite, son veston ; desserre sa cravate. Il se glisse dans le lit comme s'il contenait une bombe (ne me parle pas de bombe), et s'allonge sur le dos, mains sagement posées sur sa poitrine. Le lit est vraiment étroit, ce qu'il sent contre sa cuisse est rond, courbe. Chaud.

– Vous ne croyez pas que vous auriez dû enlever vos chaussures ?

– Excusez-moi.

Il se lève, se déchausse, en profite pour défaire sa cravate et se débarrasse de son chandail. Il garde cependant son pantalon, ainsi que ses chaussettes. Il se recouche, dans la même position. Avec le même contact contre sa cuisse. Silence.

– Touchez-moi, dit-elle.

– Où ?

La question est idiote, (quoique), elle lui a échappé.

– Où vous voulez. Et elle ajoute, d'une voix calme : là où il faut.

« Là où il faut. » *Meus Deus !* Il pose une main un peu au hasard. La courbe d'une hanche ronde vient sous ses doigts. Il en suit le tracé, en montant un peu le long du buste, puis en descendant. Pour être rond, c'est rond, qu'est-ce que je suis intimidé, c'est la première fois que ça m'arrive. Il se déplace un peu dans le lit et se colle presque à elle, afin d'allonger la portée de sa main. Qui escalade la hanche et s'infiltre sur l'autre versant.

– Là ?

– J'ai dit : là où il faut, ce n'était pas assez clair ?

– C'est très clair, dit Candido.

– J'espère que vous avez de l'expérience.

– Oh, je sais ce qu'il faut faire, pas de doute.

– Alors, faites-le.

– Excusez-moi, mais il vaudrait mieux enlever votre culotte.

Elle ne réagit pas tout de suite mais quand elle le fait, c'est avec le soupir excédé de quelqu'un que l'on dérange.

– Je dois enlever mes bas aussi ?

Il répond qu'elle peut les garder. Je vais finir carrément hagard, pense-t-il. Elle demande sans se retourner :

– Qu'est-ce que vous fabriquez ?

– Je me déshabille.

– Ça traîne.

– Sur le dos, vous seriez mieux.

Elle change de position dans la seconde.

– Comme ça ?

– Oui.

J'enlève ma chemise et mon tricot de corps ou non? Non. Où en étais-je? Il retrousse la combinaison qu'elle a gardée. Les seins viennent dans ses paumes. Il les dénude et se hasarde à y poser sa langue.

– C'est nécessaire, ça?

– Ce n'est pas absolument nécessaire mais c'est agréable. Je peux m'arrêter si vous voulez.

Un temps.

– Non. Continuez, dit-elle enfin.

– Merci.

– Vous n'avez pas à me remercier. C'est vous qui me rendez service.

Il s'interrompt, interdit. Qu'est-ce qu'elle raconte? Mais il commence à avoir l'esprit ailleurs. Il est assez expérimenté pour connaître quelles caresses il faut faire et à quel rythme, et combien parfois l'on doit prendre son temps.

Elle ne dit plus rien. Dans l'ombre il devine qu'elle a fermé les yeux et il la sent qui se cambre et commence à bouger. Il guette le souffle, en note l'accélération et, le moment venu, se glisse sur elle.

Il va se souvenir de chacune de ces secondes, plus tard dans le Grand Silence, de ces secondes-là et des suivantes.

Le magasin de jouets a déjà tiré son rideau de fer quand Aliotchka Alekhine arrive Andreasstrasse. Alekhine fait le tour de l'immeuble, par réflexe, inscrivant dans sa mémoire la configuration des lieux, enregistrant la possibilité d'une entrée par l'arrière, au prix d'une petite escalade.

– Montre-moi cette lettre.

Il est devant Oscar Kuppelweiser, dont il s'est fait reconnaître. Son opinion a été vite établie : du dévouement sans aucun doute, probablement une certaine dextérité en matière d'explosifs mais à part cela, une médiocrité irrémédiable. Comme tous les autres, rencontrés hier et aujourd'hui, dans des réunions vaines. D'une cachette prétendument secrète mais au vrai enfantine, le marchand de jouets extrait des liasses de documents et lui tend la lettre, ainsi que le dossier de Policarpo Moravec.

– Tu connais ce Moravec personnellement ?

– Depuis trente ans.

– Il t'envoie souvent des gens comme ce Cavalcanti ?

– Ça s'est déjà produit une fois ou deux.

La lettre est courte ; elle demande qu'on apporte aide, « sous toutes formes possibles », s'il se présente, à un certain Candido Cavalcanti de passage à Berlin, identifiable par un livre dont il ne se sépare jamais : le *Simplicius* de Grimmelshausen. (Alekhine connaît de nom l'écrivain allemand, qu'il situe vers le XVIIe siècle, mais n'a jamais rien lu de lui.)

Le dossier ne porte aucune marque d'expédition postale, il a été acheminé par un moyen plus discret, séparément de la lettre. Il se compose de deux feuillets finement écrits, dont une moitié de verbiage sans intérêt sur les possibilités d'une révolution au Brésil, à laquelle l'auteur (Moravec ?) paraît croire avec ferveur ; l'autre feuillet présente « le Jaguar ». Alekhine va à l'essentiel : de son vrai nom Cavalcanti de Noronha, fils unique et héritier de Trajano Cavalcanti, plus grosse fortune du Brésil et personnage extrêmement influent quoiqu'il n'ait jamais occupé de poste politique de premier rang ; mésentente entre le père et le fils, des rumeurs courent selon lesquelles le jeune Candido serait en réalité un fils adultérin, né de la liaison de sa mère avec son grand-oncle Amilcar Cavalcanti (oncle de Trajano) ; le jeune Candido parle cinq ou six langues, son évasion de la garnison dans le Mato Grosso, où il avait été expédié par son père, a frappé les imaginations ; la possibilité existe d'employer le garçon, et surtout le nom et le surnom qu'il porte, comme figure de proue d'une révolution ; soit avec son accord (et un endoctrinement en Russie serait dès lors souhaitable), soit éventuellement contre son gré, par tout moyen à étudier – il est d'un caractère docile et très malléable. Le surnom du Jaguar lui a été donné par moquerie, mais on ne saurait sous-estimer l'impact qu'un chef surnommé le Jaguar pourrait avoir sur les populations.

L'idée.

Une idée commence à naître dans le cerveau d'Aliotchka Alekhine. Rien à voir avec le Brésil.

– Qui d'autre a lu ce dossier, à part toi et moi ?

– J'en ai transmis un double avec mon rapport.

– Le rapport où tu mentionnais le prêt de mille marks ?

– Oui.

Le dossier aura été mal classé, ou bien on aura oublié de le lui communiquer. Alekhine vérifiera. Mais c'est surtout cette idée qu'il vient d'avoir, encore embryonnaire, qui occupe son esprit.

– Tu sais où habite ce Cavalcanti, à Berlin ?

Non. Mais Kuppelweiser sait où trouver le Brésilien : chez lui le vendredi suivant.

– Il va revenir chercher deux bombes. Enfin, il le croit.

– Des bombes ?

Kuppelweiser secoue la tête : il n'a jamais eu l'intention de fabriquer la moindre bombe pour ce gamin. Surtout pour faire sauter un cinéma. Il a transmis un deuxième rapport à ce sujet, Matthaus (c'est le nom sous lequel Alekhine s'est présenté) ne l'a donc pas reçu.

– Explique-moi toute cette histoire, dit Alekhine.

Le marchand de jouets s'exécute. Il décrit la jeune fille qui accompagnait Cavalcanti. Alekhine écoute à peine. L'idée vient de s'élargir, infiniment, par un enchaînement fulgurant de raisonnements, de perspectives, de corrélations.

Je tiens quelque chose. Ce que je cherche depuis le moment où, à Petrograd, j'ai eu le pressentiment qu'ils allaient m'envoyer en Allemagne pour une mission suicidaire. Ça y est : j'ai trouvé.

Il n'éprouve aucun sentiment de triomphe, pas la moindre exaltation.

Une machine.
– Tu vas leur fournir ces bombes, dit-il à Oscar Kuppelweiser. Tu brûles tous ces papiers sans exception et tu prépares les bombes. Telles que le Jaguar te les a demandées.
Le Jaguar.
Une ombre de sourire manque de lui venir aux lèvres.

C'est à la fin du troisième jour passé à Biesenthal, dans la maison de Reinhold Plattnik, qu'elle s'explique. Ils ont fait et refait l'amour ; elle avec une fougue grandissante, de telle sorte que Candido a été vite débordé. Il a dû expliquer (tu parles si c'est facile !) qu'il ne pouvait pas, qu'aucun homme ne peut, enfin, faire ça en permanence, qu'il y a des limites ; et ces questions ! « Est-ce qu'une femme peut, comment dire, participer ? – Oui, oui, sûrement – Et comment ? – C'est-à-dire que... – Comme ceci, par exemple ? – Oui – Et comme cela ? – (Ô Dieu Vivant !) Oui – Et ça, ça peut se faire ? (Pas de réponse de Candido sur le moment) – C'est le genre de choses que peut faire une femme honnête ? Je veux dire une femme qui ne soit pas une prostituée ? – Il n'y a pas de règles, ce n'est pas codifié comme le football-association – Candido, est-ce que vous... – Je crois que l'on pourrait se dire tu – D'accord, on se dit tu. Est-ce que tu es un homme absolument pareil aux autres ? – À quel point de vue ? – Combien de fois tu peux, par jour. Tu es moyen, au-dessous de la moyenne ou au-dessus ? – Moyen, je dirais – En tout cas, tu es extrêmement doux. Avec, comment dire, des accélérations au bon moment – (*Puxa vida*, elle parle de moi comme d'une voiture !) Je fais de mon mieux – Réflexion faite, je crois que j'ai eu beaucoup de chance de tomber sur toi. On est bien. J'ai faim. Tu n'as pas faim, toi ? Non, attends, je m'en occupe, je ne suis pas très forte en cuisine, mais les œufs je sais les faire cuire. Tu veux chanter encore ? J'aime.

Tu ne voudrais pas me rechanter la chanson de la Cachaça? C'est ma préférée. C'est joli, une chanson brésilienne dans ce silence, avec cette neige qui tombe dehors». Et les derniers doutes de Candido se sont effacés: il est amoureux d'elle; ça lui a dégringolé sur la tête comme un orage des Tropiques. Le matin de ce troisième jour, ils sont allés à pied chercher des provisions. Samantha voulait confectionner un pudding. Elle passe la journée devant le fourneau, avec un résultat catastrophique. Ils sont maintenant au lit, devant le feu; une fois de plus ils ont fait l'amour. Il se tait, sans même l'envie de chanter. Il mesure la gravité du moment au silence qui les unit.

Et soudain, elle parle. D'une voix un peu sourde mais ferme, avec un mouvement qui l'écarte de lui autant que le lit le permet. Ils n'ont pas quarante ans à eux deux, commence-t-elle; ils viennent tout juste d'arriver en Allemagne. Mais elle a des projets; elle veut devenir une nouvelle Rosa Luxembourg, il y a des années qu'elle en rêve; être amoureuse est donc hors de question; certes, elle a de la reconnaissance pour le service qu'il lui a rendu, et pour son extraordinaire gentillesse; mais un avenir commun est exclu, elle préfère être franche; elle a bien réfléchi et ne veut pas d'équivoque; dans trois jours, elle a rendez-vous avec le marchand de jouets, elle comprendra qu'il refuse d'y aller; bien sûr, faire sauter le cinéma des Plück est dérisoire, même un peu bête; mais il faut bien débuter, et elle ira jusqu'au bout; s'il veut partir, qu'il s'en aille, dès l'aube du lendemain; si toutefois il restait, ne serait-ce que pour l'aider à obtenir les bombes de Kuppelweiser, qu'il sache que leur liaison serait de toute manière condamnée à court terme.

– Il fallait que je te le dise, Candido, tu comprends?

– Je comprends.

– Samantha, tu n'as pas remarqué quelque chose?

– Remarqué quoi ?

Elle porte l'une des bombes dans un cabas de ménagère recouvert d'un fichu ; Candido a enveloppé la sienne dans l'imperméable anglais acheté par Policarpo Moravec à Buenos Aires.

– Chez Oscar Kuppelweiser, dit Candido. Je l'ai trouvé bizarre.

– Pas moi.

– Il parlait d'une drôle de façon. Il n'était pas naturel.

Pas de réponse. Les bombes sont enfermées dans des boîtes à chaussures, Kuppelweiser leur a expliqué comment les mettre à feu. Samantha en a prévu toutes les modalités. Ils opéreront après minuit, quand la salle de cinéma sera vide et la rue de la Monnaie déserte, afin de ne pas faire de victimes. Ensuite, ils dormiront quelques heures au Grand Hôtel de Russie, rue George, près de la gare de la Friedrichstrasse, où ils prendront le premier train, à cinq heures quarante-deux.

Il est sept heures du soir, encore cinq heures à attendre. Le mieux pour occuper le temps, a-t-elle également décidé, est d'aller d'abord dîner, puis... au cinéma.

Samantha a également choisi le programme. Le film est allemand, il s'appelle *Madame du Barry* et a pour sujet la Révolution française.

Aliotchka Alekhine marche derrière le couple dans la Koenigstrasse. Il les suit depuis leur arrivée chez Kuppelweiser où, caché derrière un panneau, il a assisté à la remise des bombes – cet abruti de Kuppelweiser parlait faux, n'importe qui sauf ces deux gamins s'en serait aperçu. Car ce sont des gamins, voilà la première surprise. Cavalcanti est un petit jeune homme, au demeurant fort joli garçon, non sans souplesse, mais aussi peu intimidant que possible ; il n'a vraiment rien du révolutionnaire à la mexicaine ; tant de candeur et d'innocence constitue presque un déguisement. Quant à l'autre, la jeune fille... Aliotchka Alekhine en est presque sidéré, lui que rien n'étonne. Elle est américaine, probablement ; elle est grande – un bon mètre soixante-treize ; grands pieds, grandes mains ; le profil tendu, volontaire ; le regard foudroyant. De l'impatience dans le débit ; une certaine maladresse dans le mouvement... Mais par instants, la nuque se courbe mollement, le grand corps un peu dégingandé acquiert soudain une grâce langoureuse, très sensuelle ; il n'est que trop facile, et presque douloureux, de l'imaginer faisant l'amour.

Ils vont vraiment poser ces bombes ?

Dans l'après-midi, à son retour de Brême où il a tenu des réunions aussi dénuées d'intérêt et de perspectives que celles de Berlin, Alekhine a reçu le dossier sur Moravec qu'il avait demandé. Janos « Policarpo » Moravec, natif de Prague ; vieux routier de la révolution ; bolchevik dès 1902 (groupe de l'Iskra à Genève, en compagnie notamment de Kamenev) ; ami de Mikhaïl Markovitch Grunenberg, dit Borodine ; comme ce dernier, émigré aux Amériques ; d'abord aux États-Unis, à Valparaiso dans l'État d'Indiana, puis au Mexique, puis plus au sud encore, en Argentine et au Brésil ; intelligent et sûr, quoiqu'un peu exalté ; s'est voué à une hypothétique révolution au Brésil, pays dont il a pris la citoyenneté.

Alekhine avance en réglant son allure sur le couple, son cerveau de machine recueille et classe quantité d'informations. Celle-ci, par exemple : le gamin est fou d'elle, et ferait n'importe quoi ; y compris transporter et poser des bombes qui pourtant le terrifient. Intéressant.

Il a encore développé son idée, celle qui a pris naissance dans l'atelier d'Oscar Kuppelweiser. Il en est sûr, désormais : elle répond assez exactement à sa hantise de ne pas rentrer à Moscou en messager porteur d'une mauvaise nouvelle – aucune révolution en Allemagne ne viendra jamais étayer la révolution russe ; elle prend forme et consistance, bientôt il sera prêt à l'exposer devant quiconque; Vladimir Ilitch inclus. Mort assurée en cas d'échec. Mais il ne sera pas seul, pour imposer sa théorie : ce Djougatchvili qui s'est lui-même baptisé l'Homme de Fer, c'est-à-dire Staline, consentira peut-être à l'appuyer (Alekhine l'a connu au temps où Staline était commissaire politique à Tsaritsyne[1]) ; il faudra certes affronter Trotski, dont la préférence va à une révolution en constante expansion et tous azimuts, mais seuls les petits desseins sont faciles.

Reste à intégrer l'idée du Jaguar dans ce grand ensemble. Cela peut se faire et donc se fera. On a toujours besoin de quelque exemple flamboyant, symbolique, pour faire passer l'essentiel.

Sept heures trente. Le couple est en train de dîner. Posté en vue directe, dans une brasserie de l'autre côté de la rue, Alekhine dîne aussi, réglant son addition par avance, au cas d'un départ précipité. La précaution se révèle inutile; les gamins prennent leur temps.

Un peu plus tard, ils entrent dans une salle de cinéma. Ils ne vont quand même pas la faire sauter? Alekhine prend place deux rangées derrière eux, conscient des risques qu'il encourt : si le couple s'esquivait en abandonnant les bombes sous les sièges, il devrait sortir; et l'inconvénient, ce sont sa taille et sa stature : on pourra se souvenir de lui, après l'explosion.

À peine a-t-il eu le temps de jeter un coup d'œil à l'affiche : en film principal, on donne *Madame du Barry*. Mise en scène d'Ernst Lubitsch. Qui a bien du talent d'ordinaire.

Candido n'a pas aimé le film. Cette Révolution française, dont jamais Herr Doktor ne lui a parlé, l'a laissé de marbre. A fortiori les malheurs de l'héroïne et d'un certain Armand, à qui, pour finir, on coupe la tête avec une machine bizarre. Il aurait bien rigolé, mais un coup d'œil à Samantha l'en a dissuadé : Samantha pleurait, très émue (comme la plupart des spectateurs autour d'eux). C'est moi qui ne suis pas normal, voilà.

1. Future Stalingrad, puis Volgograd.

– Tu as faim, Candido ?

Pas du tout. Il a la gorge trop serrée pour manger. Mais il a horreur de contrarier Samantha en ce moment où elle est si nerveuse. Ils entrent dans une nouvelle brasserie et commandent des chocolats chauds, plus des brioches. Elle mange, le regard vide mais pleine d'appétit, apparemment.

Je ne la quitterai pas. Il faudra que ce soit elle qui me dise de m'en aller. Et encore.

Onze heures trente. Ils laissent sur leur droite le Château Royal avec sa haute balustrade hérissée de statues très peu visibles dans la nuit, et sur leur gauche les arbres enneigés du Lustgarten. Nouvelle traversée de la Spree. La rue de la Monnaie, la Münzstrasse, est à sept cents mètres devant eux.

Alekhine passe à son tour le pont sur la Spree. Les gamins ont toujours les bombes, soit ils ont renoncé à leur projet, soit leur objectif est autre.

Lubitsch l'a déçu. Peut-être parce que j'ai toujours estimé surfaite cette Révolution française ; comme toutes les autres, les premiers massacres terminés, elle s'est achevée par l'avènement d'un dictateur – tel celui que nous vénérons aujourd'hui en Russie et qui nous gouverne avec un cynisme glacial dont même un Napoléon n'eût pas osé rêver.

Alekhine consulte sa montre : bientôt minuit. Autrefois, il a vécu dans ce quartier ; c'était le temps où il envisageait d'écrire, voire de se consacrer à la peinture ; il lisait *Die Aktion* – qui sait si la revue existe encore – et fréquentait Kandinsky et Marc, Heinrich Campendonk et Jacoba van Heemskerck ; une autre vie.

Le couple s'engage dans la Münzstrasse, les passants sont rares. Certains cinémas de la rue de la Monnaie sont spécialisés dans des films vaguement libidineux. L'Américaine et le Brésilien marchent vers l'un d'entre eux. Ils ont ralenti d'un coup et Alekhine pressent qu'ils vont se retourner; il se glisse dans l'ombre d'un couloir d'immeuble. Un temps. Il risque un coup d'œil. Les gamins sont arrêtés devant une salle appelée l'Opal, le film à l'affiche est *Das Mädchen und die Männer*.

– Arrête de chuchoter, tu m'énerves, dit Samantha.

– Excuse-moi, dit Candido d'une voix étranglée.

Ils ont examiné la rue de la Monnaie dans les deux sens, sans y voir personne. Bizarre : Candido avait pourtant l'impression très vague que quelqu'un marchait derrière eux.

Il interrompt net le geste de Samantha.

– Il ne faut pas que tu te serves de ta clé pour entrer, voyons!

– Et pourquoi pas? J'en avais deux, les Plück l'ignoraient et je leur ai laissé celle qu'ils m'avaient donnée.

– À mon avis, il faut entrer par effraction.

Elle acquiesce, en haussant les épaules. Ils renoncent à ouvrir le cadenas de l'entrée principale et contournent le bâtiment jusqu'à la sortie de secours. Qui est bouclée, mais comporte une imposte vitrée. Samantha s'escrime sur la serrure. En vain.

– Le mieux, dit Candido, c'est que tu éternues.

– Que je *quoi*?

– Tu éternues et dans le même temps on casse la vitre, on passe la main, on soulève le machin qui tient la porte et, clé ou pas, on entre.

– Si je réveille tout le quartier en éternuant, je ne vois pas quelle différence ça fera.

– S'il te plaît, Samantha.

– Atchoum.

– Tu as éternué trop vite, et pas assez fort. Je compte jusqu'à trois...

– ATCHOUM !

Une lumière s'allume au troisième étage au-dessus de la konditoreï Lanbschad, une tête pointe en bonnet de nuit puis, ne voyant rien, disparaît. La lumière s'éteint.

– Candido, je te signale que tu fais un boucan infernal, en marchant sur ces débris de verre.

– Je suis désolé.

Ils pénètrent dans la cabine de projection et l'une des inquiétudes de Candido se dissipe : personne ne dort cette nuit-là dans le lit de camp.

Elle n'explosera jamais, pense-t-il en plaçant la première des deux bombes sous l'appareil du projectionniste ; cet Oscar Kuppelweiser est un fou complet, avec sa prétendue poudre noire qu'il aurait soi-disant fabriquée grâce au salpêtre lessivé sur les murs d'une écurie ; si je comprends bien, c'est parce que des chevaux de fiacre ont fait pipi contre des murs en dormant que cette cabine va exploser. N'importe quoi.

– Allume la mèche, qu'est-ce que tu attends ? dit Samantha.

– Je n'ai pas d'allumettes.

Elle en a emporté trois boîtes. Heureusement qu'elle est là, dit-elle.

Dans le hall d'entrée. Samantha s'assoit une dernière fois sur le siège de la caissière, hoche la tête avec une satisfaction visible, se relève, met sa propre bombe en place et entreprend de l'allumer.

– Kuppelweiser nous a recommandé de couper environ quatre centimètres de mèche, rappelle Candido (pourquoi est-ce que je m'en mêle ?).

Samantha fouille son aumônière et en retire des ciseaux à ongles.

– Tu coupes trop, ne peut s'empêcher de remarquer Candido.

– La barbe.

– Kuppelweiser s'est peut-être trompé ? Et si nous faisions exploser tout le quartier ?

– Viens.

Nouvelle traversée de la salle. Ils sortent par l'issue de secours qui donne sur une ruelle latérale. Puis ils débouchent dans la rue de la Monnaie, où ils manquent de se trouver nez à nez avec un couple qui passe. Ils battent précipitamment en retraite. Samantha sourit et secoue la tête : on ne s'énerve pas. Quelques instants plus tard, la voie est libre. Ils s'éloignent, sans courir.

– On est à cent mètres au moins, ça doit suffire, dit-elle.

– Il vaudrait mieux aller un peu plus loin.

Elle secoue la tête en signe de dénégation, tandis qu'il est saisi d'une furieuse envie de la prendre dans ses bras. Les secondes courent comme des heures. Samantha s'impatiente :

– Avec quoi il a dit qu'il fabriquait ses bombes, Kuppelweiser?

– Du pipi de cheval de fiacre et de la bourrache.

– De la bourrache, tu es sûr?

– Il a bien dit *boretsch*.

– Mais on fait des tisanes, avec de la bourrache!

– C'est bien possible, mais il paraît que ça contient aussi du nitrate de machin-truc.

C'est alors que le cinéma des Plück explose.

– En tous les cas, ça marche, dit Samantha. Mais je suis déçue : c'était une toute petite explosion.

Une autre encore.

Plus faible que la première.

Des lumières s'allument néanmoins un peu partout.

– Je suis vraiment déçue, répète Samantha. C'est carrément ridicule, ces explosions.

Il l'entraîne.

Alekhine patiente encore une vingtaine de minutes, dans le cas où le couple ressortirait du Grand Hôtel de Russie. Mais à une heure pareille c'est peu probable, et il décide de prendre le risque. Ils sont probablement en train de faire l'amour, après toutes leurs émotions – petit agacement, assez surprenant, à la pensée de l'Américaine dans les bras du Brésilien, allons-allons Aliotchka.

Le dernier tramway en service le dépose sur Holzmarkt, il fait à pied le reste du chemin. Dans Andreasstrasse il gagne l'arrière de la boutique du marchand de jouets par l'un des jardins repérés à sa première visite. Dans la nuit sombre, à peine distingue-t-il le haut mur de pierre, qu'il franchit. Un chien aboie aux alentours, quand il saute et retombe sur quelques planches qui craquent sous son poids – quatre-vingt-quinze kilos et pas une once de graisse. Le sentiment agréable, comme il y a une huitaine de jours à bicyclette, d'un corps puissant et souple, apte à tous les efforts. Un deuxième mur. De l'autre côté, comme prévu, l'atelier. Et la maison, séparée de ce dernier par une porte que ferme une simple targette. C'est un jeu d'enfant de l'ouvrir sans y laisser la moindre trace. Il est dans la maison : boutique sur la gauche, salon et cuisine à droite; et entre les deux, l'escalier. Il se déchausse. Une fois sur le palier en haut, il attend, jusqu'à ce que les bruits des dormeurs dans leur sommeil lui aient fourni une indication suffisante. Il pénètre dans la chambre à sa droite et constate qu'il ne s'est pas trompé : la vieille est là, ronflant légèrement, étendue sur le dos et la bouche ouverte.

Il l'étrangle. Fouillant la gorge du pouce et de l'index à la recherche des cervicales, puis imprimant une sèche rotation. L'habituel petit claquement, caractéristique. Ça se tue facilement, à cet âge.

Aux autres âges aussi, d'ailleurs.

Il passe dans la seconde chambre, dont il referme la porte derrière lui. Le halo du réverbère de la rue est ici moins sensible. Il tire silencieusement les rideaux, vient au bord du lit, se penche, met sa paume sur la bouche du dormeur.

Qui sursaute et se débat.

– Du calme, camarade. Ce n'est que moi, Matthaus. Tu vas crier?

Il ne voit à peu près rien, mais le mouvement de dénégation opéré par la tête est sans équivoque. Alekhine retire sa main.

– Allume ta lampe, Oscar.

Aliotchka Alekhine s'assoit au bord du lit – l'odeur du corps et des draps est répugnante.

– Oscar, ton jaguar du Brésil et ton Américaine ont bel et bien posé tes bombes. Et elles ont explosé.

– Mes bombes explosent toujours, dit Kuppelweiser.

Alekhine sourit, chaleureux :

– Je te crois. Tu es décidément un homme sur qui l'on peut compter. Nous allons faire du bon travail, toi et moi, dans les mois et les années à venir. Tu n'aurais peut-être pas dû parler à qui que ce soit de ma première visite, mais c'est un détail sans importance.

La surprise dans les yeux bleu myosotis est immédiate.

– Mais je n'ai parlé de toi à personne !

Il ne ment pas.

– Puisque je te dis que c'est un détail sans importance.

– Personne, insiste Kuppelweiser avec de l'indignation dans la voix. Même à ma mère, je n'ai pas dit qui tu étais.

Alekhine hoche la tête en souriant :

– Je suis sûr de pouvoir vous faire confiance, à ta mère et à toi. Tout à fait sûr. Et je ne suis pourtant pas homme à accorder ma confiance à la légère.

Kuppelweiser acquiesce et esquisse un sourire, définitivement rassuré. Le poignard lui entre alors dans la gorge, le sang jaillit en un jet puissant, mais Alekhine s'est écarté à temps – incroyable ce que ça peut saigner, un être humain.

– Ai-je une tête à faire confiance à quiconque, Oscar ? Je te tue parce que tu m'as vu et pour une autre raison, plus importante encore. Tu es la première victime du Jaguar.

Tout en parlant, il réfléchit. Un simple meurtre ne suffit pas, il faudrait imaginer une sorte de signature.

Il tranche la gorge d'une oreille à l'autre. C'est mieux, mais c'est encore banal.

J'ai trouvé.

Il incise les joues, partant de la commissure des lèvres et remontant jusqu'au centre de l'oreille.

– Tu ris à gorge déployée, Oscar.

Il retourne dans la première chambre et pratique des incisions identiques sur la gorge et les joues de la vieille femme.

Parfait.

Coup d'œil à sa montre : il a interrompu sa surveillance devant le Grand Hôtel de Russie depuis trente-sept minutes. J'ai le temps. Il effectue une fouille en règle de la maison, de la cour arrière, de l'atelier; il découvre pas moins de cinq caches, toutes vides; apparemment Kuppelweiser a bien exécuté son ordre, et a brûlé le moindre document. Pour l'argent des fonds secrets, il en laisse une partie – quelques centaines de marks – mais éparpille les billets; un tueur agissant pour des raisons politiques ne s'intéresse pas à l'argent.

Il laisse de même volontairement entrebâillée la porte donnant sur Andreasstrasse : Oscar Kuppelweiser connaissait son assassin, et celui de sa mère; il l'aura fait entrer, ou lui avait confié une clé.

Il repart par le chemin suivi à l'aller, en consultant de nouveau sa montre : soixante-quatorze minutes. Et si le couple avait filé en son absence? Il a horreur des incertitudes mais il ne pouvait éviter celle-là, à moins d'embaucher quelqu'un pour monter la garde devant le Grand Hôtel de Russie.

Il a sa réponse vers quatre heures quarante du matin.

Candido ne dort pas. La sonnerie du téléphone le fait immédiatement se dresser dans le lit. L'appareil, ancien, est fixé au mur. Candido décroche.

– Oui?

Il s'attend à tout, y compris à entendre la voix de Herr Doktor qui serait enfin arrivé à Berlin et par miracle l'aurait retrouvé, dans cette chambre d'hôtel où nul ne connaît son nom.

– Cavalcanti? Candido Cavalcanti de Noronha?

L'homme s'exprime en allemand, sans le moindre accent.

– Qui êtes-vous?

– Quelqu'un qui sait que vous avez placé deux bombes dans un cinéma de la Münzstrasse, cette nuit, en compagnie de la jeune fille qui dort près de vous. Je ne cherche qu'à vous aider. Kuppelweiser vous a trahis, ou quelqu'un d'autre. La police connaît vos noms...

– Qui est-ce? demande silencieusement Samantha qui ouvre de grands yeux embrumés par le sommeil.

– ... mais ne sait pas encore où vous êtes. Bouclez vos valises et quittez l'hôtel au plus vite, chaque seconde compte. Ne courez pas, restez calmes. Ne me dites pas où vous allez, je ne veux pas le savoir. Si vous avez besoin d'aide, trouvez-vous lundi prochain au café Josy sur la Postdammerplatz, à huit heures trente du matin, au fond de la salle. Souvenez-vous : lundi, huit heures trente, café Josy, Postdammerplatz. Et une dernière chose, Cavalcanti : n'allez surtout pas chez les Kuppelweiser, la police est en route pour les arrêter. Fichez le camp, et vite.

Samantha s'est emparée d'autorité du récepteur depuis déjà quelques secondes et a entendu. Elle considère l'appareil, puis Candido.

Alekhine raccroche. En quelques pas le voici hors de la gare de la Friedrichstrasse, ainsi il pourra voir les deux sorties du Grand Hôtel de Russie. Trois minutes. Le couple apparaît. Le petit Brésilien porte un sac de voyage.

Voyons ce qu'ils vont faire.

Ils marchent tout bonnement dans sa direction. Il s'esquive, puis les suit, alors qu'ils se dirigent vers le guichet des billets, les entend demander deux billets de troisième classe pour Lehnitz-Biesenthal. Le Brésilien paie, puis l'Américaine et lui prennent place dans la salle d'attente des troisième classe.

Alekhine part donner son dernier coup de téléphone de la soirée.

... au commissariat central de Dirksenstrasse, près d'Alexanderplatz. Cette fois il s'exprime avec un effroyable accent russe, qui rend son allemand à peine compréhensible :

– Au sujet de l'attentat de cette nuit contre un cinéma de la Münzstrasse. Les anarchistes en sont responsables. Ils entament une campagne terroriste. Ils ont fait venir un professionnel du meurtre et des explosifs surnommé le Jaguar. Le nom sur son passeport est Cavalcanti, Candido Cavalcanti (Alekhine épelle). Le Jaguar est très dangereux. Il a assassiné l'homme qui lui a fourni les explosifs, Oscar Kuppelweiser, Andreasstrasse 39, ainsi que la mère de celui-ci. Si vous faites vite, vous pourrez le trouver au Grand Hôtel de Russie, chambre 311, en compagnie de sa complice, une Américaine.

Alekhine raccroche. La pendule de la salle des pas perdus indique quatre heures cinquante-neuf. J'aurais peut-être dû attendre un peu avant de mettre la police en branle, il ne manquerait plus qu'on me les arrête.

La salle d'attente des première classe est parfaitement située : on y a vue sur tout. Il va s'y asseoir, feuillette des magazines berlinois, *Lustige Blätter* ou *Der Junggeselle*; sur les murs, des affiches de la Riviera française; un employé lui apporte les journaux du matin, avec du café. Seul le *Berliner Tageblatt* consacre quatre lignes, « en dernière minute », à une « explosion de faible puissance, peut-être accidentelle, dans un cinéma de la Münzstrasse ».

Samantha ne décolère pas. Si la décision n'avait tenu

qu'à elle, ils se seraient rendus chez Oscar Kuppelweiser, «je suis sûre que tout ça est un mensonge, ou même une blague imbécile, je ne vais tout de même pas me mettre à courir comme un lapin parce qu'un type inconnu nous téléphone au milieu de la nuit... ».

Et ainsi de suite. Elle a été jusqu'à dire (mais elle voulait plaisanter, certainement) qu'au cas où la police viendrait l'appréhender, elle s'envelopperait dans un matelas et tirerait sur ces sales flics avec son browning, comme la bande à Bonnot.

Je ne sais pas du tout qui c'est, la bandabonno.

Candido a eu un mal fou à la convaincre de fuir l'hôtel, de monter dans le train et de revenir à Biesenthal.

– Je n'ai pas envie de faire le tour de cette saloperie d'étang, dit-elle. Je n'ai pas envie de marcher dans cette neige idiote. Je n'ai pas envie de rester des jours dans cette baraque, ni d'aller lundi prochain à ce rendez-vous d'abrutis au café Josy sur la Postdammerplatz. Je n'ai pas envie d'être dehors. Ni dedans. Et je n'ai pas envie de te parler, ni de t'entendre.

– Tu veux du chocolat ?

– Non.

Candido croque le chocolat, dont il a empli ses poches. Ils font le tour de l'étang noir derrière la maison de Reinhold Plattnik, et piochent dans la neige comme des bêtes. Samantha stoppe net, dix mètres avant lui. Il s'immobilise aussi, se met à chanter la chanson de la Cachaça : *Voce pensa qua caxaza e agua, caxaza não a agua não, caxaza vein de alambico et agua vein do ribeiro...*

– Et je te défends de chanter, dit-elle.

– Nous autres révolutionnaires, nous n'acceptons pas les dictatures.

– Tu n'es pas un révolutionnaire.

– C'est vrai que j'ai des doutes, à ce sujet, répond-il de sa voix brésilienne, nonchalante, douce et un peu triste.

– Je vais rentrer, dit-elle.

Il la contemple, elle est vêtue d'un vieux manteau et

coiffée d'un vieux chapeau de Reinhold Plattnik. Et pourtant, elle te fend le cœur.

– D'accord, rentrons.

– Je ne veux pas dire rentrer à cette saleté de maison, Candido. Je veux dire rentrer à Berlin. D'où je n'aurais jamais dû partir, hier. Je vais prendre le premier train.

– D'accord.

– Arrête de dire : d'accord. Je vais rentrer seule. C'est fini, Cavalcanti. Je ne veux plus de toi, ni de personne.

Même dans le Mato Grosso, quand il se frayait un chemin dans toute cette boue, au milieu des caïmans, des serpents et des bestioles qui s'acharnaient sur lui, même alors il n'avait éprouvé ce qu'il ressent à présent. Une sorte de mort, bien pire que la vraie, c'est incroyable comme les choses sont allées vite.

Samantha est en train de revenir vers la maison. Il marche sur ses traces.

– Ne dis rien, surtout, lui lance-t-elle.

Elle vient d'atteindre la porte ; la main sur le loquet, elle regarde derrière lui comme si déjà il n'existait plus pour elle.

– Je ne suis même pas en colère contre toi, Candido. Je te remercie pour tout. Alors, ne dis rien et laisse-moi partir. Sans me suivre, s'il te plaît.

Le geste de Candido est machinal : il sort un morceau de chocolat de sa poche et le croque. Il s'en veut aussitôt : je suis un révolutionnaire en chocolat, comme le soldat de George Bernard Shaw. Même si je trouvais quelque chose à dire, je ne pourrais pas parler, avec ma bouche pleine de chocolat.

– Et tu n'entres pas, ajoute-t-elle. Je fais mes valises et je les porterai seule.

Elle disparaît dans la maison. Il croque à nouveau du chocolat et considère l'étang. Il fait trois pas, s'appuie contre le tronc d'un pin ; de la neige lui tombe sur la tête – je fais rire jusqu'au bout.

– *Candido.*

La voix de Samantha a un ton bizarre. Il hésite, par orgueil.

– Candido, veux-tu venir, s'il te plaît ?

Il se détache de l'arbre, marche, pousse le battant de la porte et entre. Il se fige. Quelqu'un est dans la pièce avec Samantha. Un homme blond, aux yeux bleus. Immense, à croire que la maison de Reinhold Plattnik a d'un seul coup rapetissé de moitié, même Samantha en paraît petite, par comparaison. L'inconnu est extrêmement beau. Il porte sur le visage et dans toute son attitude une expression d'extraordinaire confiance en lui ; il semble que rien ni personne ne peut l'arrêter : une impression écrasante.

– Regarde, Candido, dit Samantha.

Des journaux sont étalés sur la table, disposés de façon que les titres en soient tous lisibles : UN TERRORISTE ATTAQUE BERLIN, proclame le *Berliner Tageblatt*. Variations sur le même thème dans les autres quotidiens ; certains parlent de terreur « noire » – « noire » parce que anarchiste. Tous mentionnent son nom, son nom complet, Candido Stevenson Schiller Cavalcanti de Noronha, sa date et son lieu de naissance, la date de son entrée en Allemagne, le numéro de son passeport, son signalement. Il est le Jaguar, c'est son nom de guerre, recherché dans plusieurs pays, officier déserteur de l'armée brésilienne, tueur impitoyable, tueur-né, expert en explosifs. Lui et sa complice, sa maîtresse en fait, Samantha Elizabeth Franck, née dans une famille anarchiste notoire de Chicago, ont déjà fait sauter un cinéma – mais ce n'était qu'une répétition, il paraît que le Reichstag lui-même est visé – et ils ont aussi assassiné. Sauvagement, avec une férocité inhumaine. Ils ont égorgé un certain Oscar Kuppelweiser et sa vieille mère à qui, horrible détail, ils ont fendu les joues, comme pour les envoyer à la mort dans un épouvantable sourire « jusqu'aux oreilles ». Oscar Kuppelweiser était un militant communiste ; nul doute, c'est l'opinion générale, que ce drame affreux ne s'inscrive dans le conflit opposant les communistes aux anarchistes, ces derniers se révélant de loin les plus dangereux.

On a failli capturer le Jaguar et son infernale maîtresse. L'enquête policière, admirablement menée comme toujours, a conduit la brigade du commissariat de Driksenstrasse jusqu'au Grand Hôtel de Russie. Mais quelques minutes trop tard : alerté au téléphone par un mystérieux inconnu, le couple diabolique venait de quitter la chambre 311 où il s'était caché après son double crime.

– Je suis l'inconnu, dit l'inconnu en souriant à Candido et Samantha.

Candido reconnaît la voix.

– Et sans moi, ajoute l'homme, vous seriez entre les mains de la police depuis une trentaine d'heures. Peut-être auriez-vous déjà subi le sort réservé l'an dernier à Rosa Luxembourg et Karl Liebknecht.

Aliotchka Alekhine a disposé d'une vingtaine de minutes, pendant que les gamins entreprenaient leur tour de l'étang noir. Il a pu fouiller entièrement la maison, dont il a appris qu'elle appartenait à un certain Reinhold Plattnik, doux anarchiste aimé de tous – surtout du directeur d'une prison berlinoise. Ce n'est pas par hasard qu'il vient de prononcer le nom de Rosa Luxembourg : il a examiné le contenu des valises.

– Il vous faut maintenant quitter au plus vite cet endroit, dit-il. J'ai des contacts au sein même de la police ; les recherches se resserrent, on sait comment vous avez quitté Berlin l'autre nuit, tôt ou tard, on viendra ici. Que cette maison soit celle d'un anarchiste notoire n'arrange rien. Toutes les gares sont désormais surveillées.

Il dit qu'il s'appelle Hary Hass, qu'il est un ami personnel de Reinhold Plattnik, son maître à penser de longue date. Bien sûr il ignore si miss Franck et M. Cavalcanti sont en quoi que ce soit mêlés au double meurtre de l'Andreasstrasse... Non ? Il ne demande qu'à les croire. Mais ils doivent comprendre quelque chose :

lui-même travaille dans la clandestinité, il risque sa vie en les aidant, il tient la promesse qu'il a faite à Plattnik mais n'ira pas plus loin : au cas où ils refuseraient de le suivre, il serait dans l'obligation de les abattre. Puisqu'ils l'ont vu et savent son nom réel. Il n'a pas le choix.

Bruit de moteur dehors. Alekhine ne se retourne pas. C'est l'homme qu'il a réclamé à la filière de Karl Radek, un certain Hagler, qui est à l'heure, à la seconde près.

– Où nous emmenez-vous ?

Question de l'Américaine.

– Là où vous serez en sécurité, le temps que la fièvre des premières recherches retombe. Vous avez trois minutes pour vous décider. Je vous en supplie : ne m'obligez pas à me servir de cette arme. Mon seul but est de vous faire sortir librement d'Allemagne. Mon organisation vous fera gagner Petrograd. De là, vous pourrez passer aux États-Unis, ou au Brésil, ou n'importe où. Il reste deux minutes.

Candido pense : Samantha était sur le point de te quitter et voici que vous allez rester ensemble, qu'est-ce qui compte auprès de ça ? Et puis si le géant avait simplement voulu les enlever, il n'avait pas besoin de se donner tant de mal : un seul de ses coups de poing écraserait Candido. Sans parler de son pistolet, ni du deuxième homme, habillé en facteur, avec sa camionnette des postes allemandes.

La maison a été entièrement vidée, on a effacé la moindre trace de leur séjour. Reinhold Plattnik pourrait rentrer chez lui, il ne s'apercevrait pas que quelqu'un y est venu.

Samantha est déjà cachée à l'arrière du fourgon des postes, derrière l'entassement des colis.

– Allez-y, Cavalcanti.

Encore un coup d'œil sur la campagne et il grimpe, le Grimmelshausen dans sa poche. Samantha lui prend la main et l'étreint, pour une fois elle est gentille ; elle bouge doucement la tête.

L'Autre referme les portes sur eux. L'*Autre*. Candido n'a pas envie de l'appeler autrement. Il n'a pas aimé la façon dont l'Autre regardait Samantha.

Ni la façon dont Samantha regardait l'Autre.

Il a peur et froid, d'un coup.

CHAPITRE II

Le Jaguar mange sans exception tous les gros mammifères dont il peut s'emparer et poursuit entre les joncs les oiseaux des marécages. Il est également bon pêcheur et sait attraper les poissons qui nagent dans les eaux peu profondes. Il semble qu'il ne recule pas non plus devant les caïmans et les serpents.

À peu près quatre semaines après le retour d'Alekhine en Russie (un mois et demi avant que Candido et Samantha soient transférés de Petrograd à Moscou), Aliotchka Alekhine est au Kremlin depuis cinq heures d'horloge. C'est sa cinquième entrevue en onze jours. Les élèves de l'école de mitrailleurs qui assurent la garde extérieure lui sourient presque, à force de le voir passer. Mais une fois franchis ces premiers contrôles, les gardes attachés à la Commission extérieure de Russie le font attendre debout, après avoir vérifié à quatre reprises son laissez-passer spécial.

Lors de chacun de ses rendez-vous précédents, il a patienté des heures. En vain. Rien n'indique qu'aujourd'hui sera différent. Au fond du large corridor qui s'ouvre devant lui, se trouve l'appartement de Vladimir Ilitch. Cinq pièces en enfilade, modestes; en face, le bureau dans lequel on va peut-être l'introduire et qui précède la salle où, en 1918, voici deux ans à peine, se tenaient les réunions du Conseil des commissaires du peuple – le gouvernement –, à présent transféré dans une autre aile. Juste après l'installation au Kremlin des chefs de la révolution, ce corridor servait de salle du télégraphe; Grichka Zinoviev a décrit à Alekhine l'atmosphère de ce temps-là, l'agitation fébrile, les allées et venues presque sans aucune vérification. Ce n'est plus le cas. Et sans doute faut-il voir une preuve de l'établissement définitif du régime dans la surveillance implacable qui est désormais de mise, ainsi que dans cette atmosphère feutrée – la sainte horreur du bruit que professe Vladimir Ilitch a maintenant force de loi.

Alekhine sait que sa vie dépend de cette rencontre – le petit et fébrile Tieck, qu'il a croisé à Stockholm, est rentré en Russie avec des conclusions identiques aux siennes (l'impossibilité d'une révolution en Allemagne) : on l'a fusillé, comme prévu.

Alekhine s'examine. Sur le point de jouer le coup le plus décisif de son existence, il ne découvre en lui aucune trace de nervosité. Rien. Il ne prend même pas la peine de repasser dans sa tête les arguments qu'il va avancer, si la possibilité lui en est offerte. Le calme total, à la limite de l'indifférence.

Il est bien devenu la machine qu'il a toujours souhaité être.

– À toi.

Une secrétaire vient soudain de lui faire signe. Il marche dans le corridor.

– Tu as dix minutes exactement.

Il acquiesce et sourit. La pièce où il entre est banale, c'est-à-dire sans apparat aucun, six mètres de long au plus ; les deux fenêtres n'ont pas de rideaux, pas plus que les portes ne comportent de tentures ; les stores ne sont pas baissés. Le bureau occupe à peu près le centre ; c'est un meuble à tiroirs latéraux, dont le plateau est surchargé : trois téléphones à droite, équipés d'un amplificateur ; des dossiers dans des chemises verticales à gauche, un jeu de crayons parfaitement taillés, des porte-plume, un pot de colle en verre à bouchon verseur de caoutchouc ; au centre, une lampe dont l'abat-jour est en verre, un encrier de carbolite surmonté de deux autres petites lampes, un cendrier assorti d'un briquet en forme d'obus et une sculpture offerte par le financier américain Armand Hammer : un singe contemplant pensivement un crâne humain. Partout ailleurs, des dossiers, sur une des piles une paire de grands ciseaux et un vieil indicateur de chemin de fer qui sert visiblement de bloc-notes.

Une carte de la Russie trône entre les deux fenêtres; un dispositif à manivelle permet de la monter ou de la descendre. Des bibliothèques murales – environ deux mille livres, dont les œuvres complètes de Tolstoï, Gogol et Dostoïevski. De part et d'autre du bureau, d'autres étagères, tournantes : des encyclopédies et des dictionnaires (Vladimir sait, dit-on, parfaitement le français et l'anglais).

Une deuxième table, près de la porte : atlas et cartes géographiques.

Une troisième table, placée perpendiculairement au bureau et flanquée de deux fauteuils eu cuir vert.

– Tu t'appelles Alexis Mikhaïlovitch Alekhine et tu es né à Petrograd, dit Vladimir Ilitch Lénine. Ton père était cordonnier.

– Bottier.

Sourire du petit homme chauve.

(Il connaissait la réponse.)

– Assieds-toi, Aliotchka.

Alekhine obéit. Vladimir Ilitch déplace son propre fauteuil canné, de façon à rompre l'opposition imposée par le burcau entre eux.

– Il y a un très grand joueur d'échecs du nom d'Alekhine.

– Nous ne sommes pas parents.

(Il le savait aussi.)

– Tu m'intrigues, Aliotchka.

(Ne dis rien.)

– Tu m'intrigues, dans la mesure où des hommes aussi divers que Zinoviev, Tchitcherine, Kamenev, Sokolnikov, et surtout Staline et Felix Edmundovitch Dzerjinski m'ont parlé de toi durant ces dernières semaines, en me recommandant de te recevoir. Tu les as entrepris un à un, n'est-ce pas ?

– Oui.

– La tactique de l'encerclement. Tu joues aux échecs ?

– Je préfère que les pièces soient vivantes.

– Et avec moi, tu te montres à nu. En jouant la franchise. C'est la première fois ?

– Oui.

Silence. Les yeux sombres de Vladimir Ilitch brûlent, le voile ordinaire de la courtoisie s'est effacé. Cet homme est un fanatique comme je n'en ai jamais rencontré. Je ne supposais même pas qu'il pouvait en exister. J'en suis presque déconcerté.

– Je suppose, dit Vladimir Ilitch, que ta franchise se veut un hommage à mon intelligence. Tu en as sûrement pesé les risques. Comment te définirais-tu toi-même ?

– Une machine de guerre sans faille. Sauf l'amour de mon pays.

– Tu es au bord de la paranoïa, tu le sais ?

(Et toi tu te trouves en plein dedans.)

– Je n'y tomberai pas, répond Alekhine.

Silence. (Je suis très près de la mort en ce moment même.)

– Tu n'es pas banal, Aliotchka. Mais Felix Edmundovitch m'avait prévenu. Et il se porte garant de toi, ce qu'il n'a jamais fait pour personne. Ton rapport sur l'Allemagne.

Alekhine parle, dans un silence total, sans un mot de trop, avec surabondance d'ellipses (j'ai face à moi quelqu'un d'une intelligence hors du commun – intelligence pervertie par la croyance en une mission, mais sans cette perversion je n'aurais aucune chance). Il énumère toutes ses rencontres allemandes, à Berlin, Brême, Hambourg, en Saxe et en Rhénanie, à Munich et en Bavière ; il est allé jusqu'à Zurich (d'où Vladimir Ilitch a été réexpédié en Russie, dans un wagon plombé). Les dates, les faits, les noms, les chiffres défilent, flot continu déversé par son irréprochable mémoire.

Il se tait.
– Tes conclusions, Aliotchka ?
Toujours les mêmes. Son périple allemand ne les a pas modifiées, loin s'en faut.
– Il n'y aura jamais de révolution en Allemagne.
Vladimir Ilitch se lève, marche dans la pièce (comédie : il n'est pas en colère), joue avec les grands ciseaux dont l'une des pointes heurte l'abat-jour en verre. Le tintement est léger mais apparemment l'agace.
– Il me faudrait un abat-jour en tissu. Ce bruit est désagréable.
Il passe derrière Alekhine. Face au bureau, accroché au mur, un calendrier mural édité par le Gosizdat, les éditions d'État créées depuis peu. Il le contemple :
– Et dire que nous faisons chez nous des choses aussi techniques. N'est-ce pas étonnant ?
Le ton est malicieux (comédie).
Il revient s'asseoir :
– Quand un abat-jour fait trop de bruit, on peut demander qu'il soit changé. Quand quelqu'un vous annonce une nouvelle déplaisante, on peut le faire disparaître. Mais l'abat-jour continue de faire du bruit après avoir été déplacé, et la nouvelle reste déplaisante, même si celui qui vous l'a apportée est mort.
(Comédie. Il me déçoit.)
Vladimir Ilitch repose les ciseaux, s'accoude aux bras du fautcuil canné, joint les pointes de ses doigts :
– Tu connais ma position sur la révolution en Allemagne ?
(Enfin nous en venons à l'essentiel.)
Alekhine cite :
– « Nous n'atteindrons la victoire finale qu'avec les ouvriers réunis des autres pays. » Ou : « On ne peut achever victorieusement la révolution en se bornant à la seule Russie, sans l'étendre à d'autres pays. » Ou encore : « Nous sommes un peuple faible et arriéré... Le drapeau de la révolution socialiste internationale est entre des mains

faibles... Les ouvriers du pays le plus arriéré ne pourront le garder en mains que si les ouvriers des pays avancés lui viennent en aide. »

– J'ai bien écrit cela, Aliotchka. Comment expliques-tu que tous ceux qui m'ont fait un rapport sur l'Allemagne soient d'un avis différent du tien ?

– Ils mentent ou se trompent.

– Et ces étrangers que nous accueillons et qui nous viennent du monde entier ?

– Ils ne représentent qu'eux-mêmes. Des romantiques.

– Tu les méprises ?

– Je chercherais à les utiliser.

– Ton noir pessimisme ne serait donc pas total ?

Ne va pas jusqu'au bout, Aliotchka. Le communisme est une utopie telle que le monde n'en a jamais connu, et il ne saurait y avoir qu'une manière d'imposer une utopie et de la faire perdurer : la terreur permanente et le sang. Même lui Vladimir Ilitch – qui est en train de militariser ce pays à outrance, avec l'aide de la Tchéka qu'il a créée, et qui applique tout bonnement la terreur comme principe de gouvernement – n'aimerait pas entendre ce genre de vérité. Au fond de lui-même, il conviendrait que tu as raison, mais il ne t'en ferait pas moins tuer.

– Je crois à la victoire finale de notre révolution, dit Alekhine. Mais je crois qu'elle sera unique. Sauf à l'imposer à d'autres par la force. Je crois qu'il nous faut avancer cette solitude définitive comme un postulat. Et nous constituer en forteresse. Nous donner les moyens de lancer des incursions en territoire ennemi. Secrètement. Par une organisation nouvelle à l'échelle mondiale, usant de toutes les armes imaginables, sans aucune considération morale.

Silence. Le regard de Vladimir Ilitch dans le sien. La porte s'ouvre, la secrétaire se montre.

– Une minute encore, lui dit Vladimir Ilitch.

La femme disparaît. Vladimir Ilitch se remet à jouer avec les ciseaux. (Il est d'une intelligence immense mais il me déçoit. Cette façon de s'accrocher à une manipulation d'objet, de se lever, de marcher dans la pièce, chaque fois qu'il est troublé. Est-ce que je bouge, moi ? Son choix est simple : soit il me fait disparaître, soit il m'engage, comme l'on prend un chien d'une férocité extrême à condition d'en être le seul maître).

– Une machine, disais-tu, Aliotchka ?

– Une machine, sans autre ambition que d'en être une.

Nouveau silence.

– Tu peux t'en aller, dit Vladimir Ilitch Lénine.

Dans le corridor, il a reconnu Trotski et Kalinine avec sa tête de paysan madré. Échange de regards – mais seul Trotski compte, Kalinine n'est rien.

Au bas de l'escalier, il croise Preobrajenski et Lounatcharski, commissaire du peuple à l'Instruction publique – un dilettante beau parleur, qui a tout de même eu le courage, en novembre 1917, de démissionner pour protester contre les destructions infligées par l'artillerie rouge aux bâtiments du Kremlin.

Un jeune factionnaire vérifie pour la dernière fois son laissez-passer.

– Tu as vraiment parlé à Vladimir Ilitch ?

– Pendant onze minutes.

– Comment est-il ?

– C'est le plus grand génie de ce siècle. Sans parler des autres.

Les tours du Kremlin arborent encore – personne n'a dû penser à le faire disparaître – l'aigle à deux têtes des Romanov. Alekhine s'en éloigne à grandes enjambées souples et puissantes, ses larges épaules très droites. Tu as lancé les dés, Aliotchka, et ils roulent.

Tu ne ressens strictement rien. L'excitation de ce jeu pourtant mortel ne t'effleure même pas.

Une machine sans faille.

Un souvenir lui revient : sur sa table, Vladimir Ilitch avait le dossier Jaguar.

Six semaines s'écoulent, pendant lesquelles aucune réponse n'est donnée, aucun verdict n'est rendu. Alekhine y voit plutôt un signe favorable, mais il ne considère pas pour autant que la partie est gagnée. Face à Vladimir Ilitch, il a préconisé la création d'une « organisation nouvelle, à l'échelle mondiale, usant de toutes les armes imaginables, sans aucune considération morale »; elle ne remplacerait pas la Tchéka, elle la compléterait, par une activité en dehors des frontières; elle utiliserait une infime minorité, très soigneusement choisie, de ces étrangers accourus au pays des Soviets comme l'on va à Rome ou à La Mecque; et permettrait entre autres l'élimination des concurrents, par exemple les anarchistes – à qui, de surcroît, l'on ferait endosser la responsabilité de toutes les éliminations physiques qui se révéleront nécessaires.

Le projet est hardi et il est neuf. Alekhine a justement misé sur la hardiesse. Il n'avait pas le choix, c'était cela ou subir le sort d'un Tieck. À aucun moment il n'a postulé la direction de cette « organisation nouvelle », si elle devait un jour exister; il n'en demande pas tant : qu'on lui permette d'y entrer et, tôt ou tard, patiemment, avec son machiavélisme glacé, il saura s'y faire une place. L'idée surgie dans l'atelier d'Oscar Kuppelweiser commence à prendre forme. Et les choses ne vont pas si mal : il a présenté son projet à Lénine, et il est toujours vivant.

Pendant les semaines qui suivent sa visite au Kremlin, il travaille d'arrache-pied. Staline le soutient, Zinoviev le conseille, tout en demeurant assez prudents l'un et l'autre pour ne pas se déclarer ouvertement pour lui. Un « non » venu de Vladimir Ilitch, ou de Felix Dzerjinski, chef de la Tchéka, le condamnerait à mort. Grichka Zinoviev a obtenu qu'il soit déchargé de l'essentiel de ses fonctions de chef-adjoint de la Tchéka à Petrograd et couvre de son autorité tous les déplacements qu'il effectue.

Il en profite pour régler le sort des gamins. Le petit Brésilien et l'Américaine. Après leur avoir fait quitter la maison de Biesenthal dans la campagne brandebourgeoise, il les a cachés pendant un mois dans une villa sur les pentes du Kreuzberg, à Berlin, sous la surveillance d'hommes du réseau Radek. Il leur a fait apprendre des rudiments de russe; enfin, surtout à la fille, car le petit Brésilien est resté boudeur.

Et il a continué après leur sortie clandestine d'Allemagne et leur acheminement à Petrograd. Refusant de se mêler aux manifestations des apprentis révolutionnaires de tous pays, Cavalcanti s'est enfermé, replié sur lui-même. N'utilisant pas d'autre langue que son portugais. Sauf avec l'Américaine – bien qu'il ne l'ait guère vue, à Petrograd, elle était trop accaparée par ses amis révolutionnaires, surtout ses compatriotes Emma Goldblum et Harvey Bloggs. Alekhine a consacré un peu de temps à l'Américaine, autant que le lui permettait son propre programme de travail; à deux ou trois reprises il a dîné avec elle – sans le Brésilien. Il l'a lu dans les yeux de Samantha : il ne lui est pas indifférent, loin s'en faut. Et alors ? Il ne voit pas le danger qu'il courrait à coucher avec elle.

D'accord. À la première occasion qui se présentera.

Il a affecté Afonka Tchaadaïev à la garde du petit jeune homme. Avec ordre de ne pas le lâcher.

Deux jours plus tôt, il a fait venir les gamins à Moscou. Aucun rapport avec son désir, si curieusement insistant, d'avoir l'Américaine près de lui, et en quelque sorte à sa disposition.

Non, simplement le moment est arrivé de voir comment le petit Jaguar va se débattre avec le puzzle créé à son intention.

Assis près de l'une des fenêtres de leur chambre, à l'hôtel Métropole, Candido lit *Vojna i Mir, Guerre et Paix* de Lev

Nikolaïevitch Tolstoï. Dans le texte et donc en russe, en s'aidant du dictionnaire de Samantha pour certains mots.

Un pâle soleil descend sur Moscou. De l'avenue en contrebas quatre étages au-dessous, pas un seul bruit de voiture, mais un piétinement sourd, des milliers et des milliers de gens qui vont quelque part ou en reviennent, comment une foule peut-elle être à ce point silencieuse et morne ?

Samantha est sortie depuis le matin. Il paraît qu'elle est à une conférence, un congrès de ce qu'ils appellent la IIIe Internationale, ou Komintern.

Ne te demande pas où elle est réellement. Tu te fais du mal pour rien. On verra bien.

Du bruit à côté, dans l'antichambre. Une porte qui s'ouvre et des messes basses. Afonka qui reçoit des copains. C'est rare, mais pourquoi pas ?

Silence revenu dans l'autre pièce. Une qualité particulière de silence. Tu te fais peut-être des idées. Une minute.

Il n'y tient plus, pose le livre et de son pas si léger, un vrai chat, va jeter un coup d'œil : l'antichambre est vide. Afonka aurait rompu sa surveillance, pour la première fois en cinquante ou soixante jours ? Ne rêve pas.

Candido ouvre néanmoins la porte palière. Bon, Tchaadaïev est bien là. Mais à quinze mètres dans le large couloir, en discussion avec un autre homme.

– Je ne dois pas quitter le Brésilien, dit-il.

– Je ne bougerai pas de devant la porte, juré, répond l'autre, un employé de l'hôtel en blouse serrée à la ceinture et bottes de feutre. Ce n'est pas de ma faute si c'est toi que l'on demande au téléphone. Cet homme appelé Aliotchka insiste. Tu te décides ?

La pelisse de loup et la toque de Candido sont à portée de main sur une patère. Tout se passe comme dans un rêve. En moins de deux secondes il est dehors, file comme le vent sur quelques mètres, atteint l'angle voisin du corridor, s'y tapit. Tu ne sais même pas où tu vas ! Et en plus, il a oublié de refermer la porte de l'appartement. À vingt mètres de lui, la conversation se termine. Léger bruit de pas, puis de battant refermé. Nouveau coup d'œil prudent, furtif : c'est l'employé qui vient de faire claquer la serrure et maintenant s'installe, bras croisés.

Au fond du couloir, Afonka Tchaadaïev entre dans l'ascenseur.

Je vais juste faire un petit tour, c'est tout. Candido marche le long d'un autre couloir à angle droit. Un passage réservé au service, un escalier.

Deux minutes plus tard, sans avoir croisé personne, il est dehors, en plein air, dans la rue où il se laisse un moment porter par la foule.

– Une montre, une belle montre en or.

Un bonhomme lui agrippe le bras de ses doigts crochus, et de son autre main lui présente une montre de gousset.

– Je ne veux pas acheter de montre, dit Candido.

Ce sont les premiers mots qu'il a jamais prononcés en russe. Ils lui sont venus aux lèvres sans effort. Quelques secondes d'inquiétude suivent : ce type va comprendre que je suis un étranger, il va me prendre pour un espion, d'ici à ce que je me retrouve en prison, il n'y a pas loin.

Mais non. L'homme regarde à gauche et à droite, il a plus peur que moi, c'est rassurant.

– Et je n'ai pas d'argent, dit Candido. Laisse-moi.

Je parle vraiment russe ! L'homme s'écarte. Quand il découvre qu'il est sur le point de déboucher sur la grande place où il y a ce château, le Kremlin, pleine de soldats à étoile rouge et de policiers, Candido revient sur ses pas.

– J'en ai d'autres comme celle-là.

Comment dit-on « fous-moi la paix » en russe ?

– Oublie-moi, dit Candido en russe.

– Des montres et des bijoux. Je n'habite pas loin, je te fais voir.

Un groupe de policiers se dirige droit vers lui sur le trottoir. Il traverse l'avenue et s'enfonce dans la première rue qu'il trouve.

– Tu as sûrement de l'argent pour m'acheter des montres. Avec la fourrure que tu portes, et ces belles bottes !

Candido lorgne derrière lui : je me trompe ou ces policiers me suivent ? Il change de rue.

– J'ai des icônes, aussi. Très belles.

Pourquoi aurais-je peur des policiers ? Je n'ai rien fait de mal en Russie, sinon avoir quitté mon hôtel sans en avertir Afonka Tchaadaïev ; mais m'a-t-on jamais dit qu'il fallait que je le prévienne et que j'étais sous sa surveillance ? Jamais. Et l'autre abruti, le vendeur de montres, d'icônes et de n'importe quoi, qui n'arrête pas de me tanner.

À droite, à gauche. Il déboule sur un marché en plein air, d'où monte une forte odeur de poissons à l'étal. L'hôtel Métropole n'est pas très loin, sur sa droite. Il hésite. Il se retourne, et c'est alors qu'il croise pour la première fois le regard du vendeur ambulant de montres.

Alerte. Quelque chose dans ces yeux éveille d'un seul coup une incompréhensible méfiance. Il démarre en trombe, court entre les étalages. Un sifflement retentit. Il évite un premier homme qui se dresse, mais le deuxième lui croche le bras d'une poigne de fer, et lui lance en allemand :

– Ne bouge pas !

– Je ne bouge plus.

On lui colle quelque chose entre les deux yeux. Il louche : c'est le canon d'un revolver.

– Tu avances et tu ne cries pas.

– Absolument, dit Candido.

Il se laisse entraîner. Ils sont trois, et solides, deux pour lui tenir les bras, un troisième qui suit de près.

– Nous te tuons sur place si tu n'avances pas.

– Je n'ai aucune envie d'être tué, je suis bien trop jeune.

– Tais-toi.

– S'il y a un bon âge pour mourir. Est-ce que vous connaissez Herr Doktor ?

– Tais-toi. Tu devais être moins bavard dans l'Andreasstrasse à Berlin, quand tu égorgeais Kuppelweiser.

Dans la seconde, il en oublie de marcher et reste bouche ouverte, figé par la stupéfaction et l'horreur. Mais les deux hommes qui l'encadrent le soulèvent et le portent, ses pieds à dix centimètres du sol, sur dix ou quinze mètres. Et quand il reprend contact avec le trottoir, il déplace machinalement les jambes.

– Vous êtes fous, je n'ai jamais tué personne.

– Tu es le Jaguar, on sait ce que ça veut dire. Tais-toi.

Qu'est-ce qui m'arrive ? On entre dans un immeuble. Un couloir. Un escalier que l'on descend, évidemment vers des caves. Ils ne vont quand même pas me tuer ? *Samantha !* Une porte dont on tourne la clé et qui s'ouvre, puis apparaît, non pas une cave, mais une sorte de logement ; il y a là un entassement de meubles, de tableaux, de livres, des choses sous des couvertures. Il n'a guère le temps d'en voir plus, une violente poussée dans le dos le précipite dans ce capharnaüm : dégringolant les quelques marches d'un escalier de pierre, il est projeté vers une table et il s'écroule au milieu de la vaisselle et des casseroles. Derrière lui, il entend claquer la porte.

Le silence.

On m'a enfermé. Mais au moins on ne m'a pas tué. C'est sa première pensée. Il commence à se relever, ce qui entraîne de nouveaux écroulements, d'autres assiettes et soupières se brisent sur le sol. Enfin il est debout. Un soupirail grillagé éclaire à peine et pourtant il distingue, droit devant lui, une ombre un peu plus dense que les autres, la silhouette d'un homme assis, qui lui fait face et le regarde, immobile, un faible rai de lumière éclairant la monture en métal de ses lunettes.

– Je ne sais vraiment pas ce que je fais ici, dit Candido.

L'homme continue de le fixer, ses formes et son visage se font plus nets. Il a l'air de rire, mais en silence.

– Je ne parle pas bien le russe, comme vous voyez je suis étranger. Je peux parler allemand, anglais, français, espagnol ? Ou portugais, peut-être ?

Candido indique la porte en haut de l'escalier de pierre :

– Je marchais tranquillement dans la rue, l'homme a voulu me vendre une montre, j'ai vu ses yeux et j'ai filé, mais ils m'ont repris, ils m'ont mis un revolver sur le front puis sur le ventre, et m'ont jeté ici.

Je le fais rire. Candido Bozozo le Clown brésilien, c'est moi. Il veut aller vers l'homme, mais un amoncellement de choses l'en sépare. De sorte qu'il fait le tour, piétinant des débris de vaisselle et zigzaguant entre des meubles et des armoires.

C'est alors qu'il bute sur quelque chose de mou. Il baisse la tête, découvre le cadavre, dans la lumière dispensée par le soupirail. *Ô Dieu Vivant !* Le mort a à peu près son âge, et sa corpulence. Mais il a, surtout, la gorge ouverte et les joues fendues, d'une oreille à l'autre.

Et l'autre ?

Il s'approche de l'homme assis :

– Gospodin ? Monsieur ?

À peine a-t-il touché l'épaule que le deuxième cadavre bascule et s'effondre. À lui aussi, on a tranché la gorge, et fendu les joues, c'est donc pour cela qu'il avait l'air de rire. Et les blessures sont toutes fraîches, le sang y gargouille encore.

Il s'est d'abord attaqué à la porte. Fermée à clé de l'extérieur, son battant n'a même pas frémi quand il a assené des coups de poing, puis des coups de pied.

Le soupirail.

Une grille l'obstrue, parfaitement infranchissable, d'autant qu'elle est située au sommet d'une pente raide à trois bons mètres du sol. Malgré cela, il a fracassé une espèce de desserte, a tiré un bahut et, monté dessus, a tenté de casser la vitre, que la poussière opacifie. Je n'y arriverai jamais.

Convaincu de l'impossibilité d'une fuite par l'une ou l'autre de ces deux issues, il a commencé son exploration. Car la pièce où il est se prolonge par une succession de caves, toutes pareillement voûtées et fort sombres. De plus en plus obscures à mesure qu'il s'y enfonce, au point que bientôt il n'y voit plus goutte. Il revient sur ses pas et cherche dans le capharnaüm. Pas de lampe.

Avec répugnance il se décide à fouiller les cadavres, trouve des papiers d'identité, de l'argent, un canif de poche et pour chacun une montre.

Ça doit bien faire deux heures que je suis ici.

Enfin, sur le deuxième mort, celui avec les lunettes, il met la main sur un briquet à mèche, une pipe et du tabac. Comment faire pour fabriquer une torche? Il replonge dans le capharnaüm et pour finir s'empare des papiers des deux morts, et, à regret (l'idée de brûler des livres le gêne énormément), emporte même des livres, dont il arrachera les pages l'une après l'autre.

Six pièces en tout. Il bat son briquet dans la dernière et c'est la mauvaise surprise : aucune porte, l'enfilade des caves s'achève en cul-de-sac.

Odeur de terre fraîchement remuée. Et souffle d'air. Il découvre le trou, percé dans une des parois; on a déchaussé de la maçonnerie ancienne et par terre gît encore l'instrument dont on s'est servi : une pioche. L'idée se forme à la seconde dans la cervelle de Candido : peut-être étaient-ils trois, avant son arrivée, et le troisième aura tué les deux autres, avant de s'enfuir par là.

Autrement dit, tu le suis, tu tombes sur lui, ça le met de mauvaise humeur, et il te tue.

En voilà une idée.

Bon, j'y vais.

Il ramasse la pioche à tout hasard et enflamme un nouveau tortillon de papier. Le trou dans le mur est une sorte de boyau où il se met à ramper. Rapidement, il abandonne sa pelisse qui l'engonce et surtout l'oblige à forcer le passage si étroit par endroits, au risque d'entraîner un éboulement. Plus question de ramener les bras en arrière pour prendre le briquet dans sa poche : il est dans l'obscurité la plus noire. Par moments, il ne peut faire autrement que de creuser, comme a dû le faire celui qui l'a précédé dans ce boyau à rats. Vient un passage, où il a l'impression d'être enchâssé dans la maçonnerie et pour de bon, c'est la panique : je ne peux plus ni avancer ni reculer !

Si tu te chantais quelque chose ?

Ça va mieux. Avec la pioche qu'il poussait devant lui, il parvient à accrocher une prise. Dès lors il tire, se hissant à l'horizontale comme un alpiniste avec son piolet. Celui qui a creusé ce passage ne devait pas être plus gros que moi, et même plus mince.

Il débouche dans une nouvelle cave. À la lueur de quelques pages torsadées qu'il a enflammées, il aperçoit de grosses malles en bois et en osier, toutes moisies ; certaines à demi calcinées.

Dans la pièce suivante, sur le sol en ciment reposent d'autres malles, des dizaines, très vastes, portant de gros numéros peints en noir, bleu, vert et rouge. Une ampoule électrique est suspendue au plafond.

Il part à tâtons à la recherche d'un interrupteur. Trois pièces plus loin, ayant suivi le fil électrique chaque fois qu'il le pouvait, il le sent sous ses doigts.

Il hésite avant de l'actionner : si l'assassin ou les assassins des deux hommes de la première cave l'ont précédé et le guettent ?

J'allume.

La seconde suivante, il hurle, c'est comme si son cœur lui remontait entre les dents : à moins d'un mètre de lui, un formidable géant se dresse, bardé de métal, coiffé d'un casque à pointes évasées façon cornes d'aurochs.

– C'est vraiment intelligent, tu peux te vanter de m'avoir flanqué une belle frousse !

Le géant n'est pas seul, ils sont bien cent cinquante. Tous hauts d'environ deux mètres cinquante. Tous juchés sur des socles de bois ronds. Il y en a habillés en Tartares et d'autres en centurions romains, certains en officiers de marine, en dame de pique, en trouvère, en Suisse des montagnes, en mandarins, plus des marquis à gogo, avec leurs dames.

Des mannequins supportant des costumes de théâtre.

Je serais sous le Bolchoï que ça ne m'étonnerait guère, qu'est-ce que j'ai adoré *Le Lac des cygnes*, hier! Candido est assis dans le grand fauteuil du roi des Perses, à moins que ce ne soit le trône personnel de Boris Godounov. J'ai faim. Il y a bien, sur des étagères, des poulets rôtis, des gigots, des cuisseaux, des dizaines de miches de pain et même un bœuf entier embroché de la barbe à la queue, mais c'est du carton-pâte. Et les bouteilles de vin, les flacons d'élixir, les fioles de poison, les hanaps et autres cratères sont vides, pas une goutte. J'ai faim et soif. Au moins n'a-t-il pas froid : il a enfilé ce qui est peut-être la houppelande de Falstaff ou du barbier de Séville, par-dessus la cape en fausse hermine d'Othello.

Parce que pour ce qui est de sortir d'ici, nenni. Il s'est heurté à une unique porte, en fer, sans serrure, qui ne doit s'ouvrir que de l'extérieur, et tous les coups qu'il a pu y donner n'ont éveillé aucun écho. Pour peu que le Bolchoï fasse relâche un certain temps, il va devenir le Fantôme de l'opéra.

Un bruit de voix le tire de son sommeil. À trois mètres de lui, par-delà la muraille des mannequins en costume de scène, deux hommes transportent une malle. Une seconde plus tard, Candido se glisse entre les alignements de porte-manteaux surchargés. La porte de fer est ouverte et seulement après l'avoir franchie, il se réveille complètement, se souvient où il est, et pourquoi et comment.

Un escalier puis un autre, il va droit devant lui et si deux ou trois machinistes le considèrent avec curiosité, pas un ne lui fait de remarque.

Des couloirs, des bureaux, des loges, une dernière porte : c'est la bonne, l'air glacé de la nuit lui saute au visage. Il part d'un bon pas puis réalise : la nuit ? Mais je suis sorti de l'hôtel il n'était pas dix heures du matin !

Samantha doit être vraiment inquiète. Peu de monde devant son hôtel, pas d'Afonka en maraude ; il doit se demander, lui aussi, où je suis passé.

À moins, bien sûr, qu'il ne m'ait laissé filer *exprès*.

Ce qui n'est pas impossible.

Il évite l'entrée principale, traverse les cuisines où les rares employés de service à une heure aussi tardive ne lui accordent qu'une attention distraite. L'un d'eux pourtant lui offre quelque chose à manger. Il secoue la tête d'un air rogue et s'éloigne.

– Où vas-tu ?

Au deuxième étage de l'escalier de service il n'a pas vu le policier en faction, dans un angle.

– Tchéka, dit sèchement Candido, saisi d'une impulsion subite.

– Excuse-moi, dit le policier.

Le couloir du troisième étage est désert. Et si la porte de l'appartement était fermée à clé ? Elle ne l'est pas. Il entre sur la pointe des pieds. À l'intérieur, les lumières sont éteintes – elle doit dormir. Il gagne directement la salle de bains et, dans le miroir, s'admire. Juste à ma taille. C'est Samantha qui va en faire une tête !

Il ressort et gagne la chambre, allume.

Le grand lit est vide.

Il ne s'inquiète pas sur le moment. Au plus, une légère déception. Il aurait aimé la trouver là, la surprendre par sa tenue, lui raconter enfin son aventure. Il y a un dîner froid préparé sur la table du salon. Il s'installe et commence : jeunes poireaux bien tendres et charcuterie, ainsi que des blinis garnis de crème fraîche et accompagnés de harengs et d'anchois ; on a également prévu de la vodka mais il n'y touche pas, une seule expérience lui a suffi, il ne supporte pas l'alcool. Et il en est à son sixième grand verre d'eau glacée quand il entend la porte palière. Il ne voit pas l'entrée.

– Samantha ? Je suis ici. Regarde.

Il se lève et étend les bras, pour faire admirer son costume. Entrent trois hommes, suivis d'Afonka Tchaadaïev. L'un des nouveaux venus transporte un gros paquet, un sac de toile. Qu'il dépose sur la table. Qu'il ouvre :

– Ton costume, camarade. Et ta pelisse.

Il est ahuri. Ce sont les vêtements qu'il a abandonnés dans les sous-sols du Bolchoï, et que ses passages en rampant à travers le boyau avaient trempés, maculés d'une boue jaunâtre et fort nauséabonde, au point qu'il a préféré s'en débarrasser.

Mais ils sont pleins de sang, à présent. Inondés.

– Et nous avons également récupéré le couteau dont tu t'es servi pour les égorger, ajoute l'homme. Tous les six. Tu as eu une journée chargée, on dirait.

Felix Edmundovitch Dzerjinski est pâle de visage, il porte une moustache, et pour l'heure ne présente aucun stigmate de la crise cardiaque qui le tuera dans six ans, au sortir d'une réunion au sommet qui lui aura fait bouillir le sang. Il est très calme d'apparence et s'exprime d'une voix douce.

– Tu me répètes ce que tu as dit à Vladimir Ilitch, Aliotchka. Mot pour mot.

Alekhine s'exécute. Les deux hommes marchent côte à côte dans le petit square de la Lubyanskaya. L'immeuble face à eux, que l'on commence à appeler la Lubyanka, est le siège central de la Tchéka. Il a été installé, deux ans plus tôt environ, dans les bureaux de la Compagnie d'assurances Rossya ; le nom a été donné par des émigrants venus au XVe siècle de Nijni-Novgorod. Un timide soleil baigne Moscou, premier signe du printemps qui approche ; c'est à cause de ce soleil que Felix Edmundovitch a voulu sortir pour marcher un peu ; à moins qu'il n'ait eu l'intention de se mettre à l'abri des oreilles indiscrètes. Dzerjinski rentre de Nijni-Novgorod-Gorki, où il a passé deux jours dans la maison de campagne de Vladimir Ilitch et a chassé le renard avec lui. Il hoche la tête :

– Le moins qu'on puisse dire est que tu l'as irrité. Tu t'en es aperçu, bien sûr.

Alekhine sourit pour toute réponse.

– Il n'aurait pas été tout à fait convaincu que tu as agi sciemment, pesant le moindre risque avec la plus fine des balances...

– C'était ma seule chance de le persuader, dit Alekhine.

– Il s'en est fallu d'un cheveu. Heureusement que je l'ai vu le soir même et les deux jours qui ont suivi. Ne me remercie surtout pas.

– Je n'ai pas à le faire, Felix Edmundovitch. Que je sois mort ou vivant ne change rien à la justesse de mon analyse.

Silence.

– As-tu jamais ambitionné de prendre ma place, Aliotchka ?

Alekhine se met à rire :

– Non. C'est bien la dernière chose au monde que je voudrais.

Le regard un peu triste du chef fondateur de la Tchéka glisse sur la cime des arbres nus. Son visage de Polonais est mince, prolongé par une maigre barbiche blonde.

– Le plus surprenant est que je te crois.

– Si tu ne me croyais pas, je serais déjà mort, dit Alekhine avec indifférence.

Acquiescement songeur, sans aucun sourire pour l'accompagner, ce qui donne l'exacte mesure du danger encouru.

– Premier point, reprend Felix Edmundovitch, la révolution en Allemagne. Vladimir Ilitch rejette ta thèse. Qu'il la juge ou non fondée est sans importance. Il est nécessaire que nous continuions à croire à la possibilité d'une révolte des prolétaires allemands, et à la prise du pouvoir par ceux-ci. La thèse contraire que tu soutiens est non seulement repoussée, mais tu ne l'as jamais exposée.

– Très bien.

Nous pourrions arrêter ici cette conversation. L'essentiel a été dit. Et je sais déjà ce qui va suivre.

– Toutefois, reprend Dzerjinski, nous allons mettre en place un dispositif nouveau, distinct de la Tchéka, inconnu d'elle ou peu s'en faudra. Avec d'autres hommes, qu'il conviendra de recruter et former. À usage uniquement externe, comme certains médicaments. Gueorgui Vassilievitch Tchitcherine en sera avec moi le responsable...

La mémoire d'Alekhine fonctionne avec d'autant plus d'aisance qu'il s'attendait à ce que ce nom-là, entre tous les autres, fût avancé. Tchitcherine, né en 1872, d'origine aristocratique; a débuté comme archiviste en 1896 au ministère des Affaires étrangères; évolue vers le marxisme au début de la guerre; se lie avec Trotski dont il devient l'adjoint, puis le successeur en tant que commissaire du peuple aux Affaires étrangères; type d'homme: intelligent, cultivé, d'une exceptionnelle érudition, parlant six langues, très consciencieux, exécutant hors pair, organisateur médiocre.

C'est Dzerjinski qui commandera. Tchitcherine n'est qu'un pion.

– Tous les ordres viendront de l'un de nous, ou bien sûr de Vladimir Ilitch en personne, tous les rapports devront nous être adressés. Il faudra de l'argent en devises étrangères. Tu m'avais dit savoir où t'en procurer.

– Oui.

La première idée sur le sujet lui est venue à Berlin, lors d'une de ces fastidieuses réunions: il existe en Allemagne – pas seulement en Allemagne, d'ailleurs – un nombre certain de grands industriels, hommes d'affaires et financiers qui sont d'ores et déjà disposés à croire à l'avenir de la révolution russe.

– Pour commencer, nous pouvons leur vendre des terrains. Il y a une demande.

– D'ici peu, Vladimir Ilitch va préciser ce que sera notre nouvelle politique économique : fin des réquisitions, liberté totale pour le commerce et la production artisanale, liberté d'entreprise, accueil des capitalistes étrangers.

Alekhine connaissait déjà la nouvelle, Boukharine lui a parlé de la NEP. Il n'y croit pas une seconde. Il est persuadé que Dzerjinski partage son scepticisme mais ne l'avouera jamais ; le surréalisme nous enveloppe chaque jour davantage. Qu'importe. Le milliardaire allemand Stinnes, qu'il a approché, et beaucoup d'autres, y croiront (ou feront semblant d'y croire, puisque ça les arrangera, l'Utopie a tant de charmes); et cela seul compte. Sitôt que les déclarations de Lénine seront rendues officielles, et donc communiquées au grand capitalisme mondial, il suffira de tendre les mains pour recueillir l'argent.

– Ces cons finiront par nous donner la corde pour les pendre, dit Dzerjinski avec presque de l'exaltation.

Voici exactement en quoi nous divergeons, un Dzerjinski et moi, voire un Lénine et moi. Moi, je ne crois pas que « ces cons » seront un jour pendus. Mais durant le siècle à venir ils nous aideront à survivre.

Moi surtout.

Dans le ciel de Moscou, décidément, le soleil persiste. Il en prendrait presque des couleurs. Les deux hommes se dirigent à pas lents vers la Lubyanka.

– Venons-en maintenant à ton Jaguar, Aliotchka. C'est une idée un peu surprenante, avoue-le.

– Je crée un personnage de terroriste international. D'autant plus insaisissable qu'il n'existe pas vraiment. J'en fais un mythe. Il frappe dans le monde entier ceux que nous voulons éliminer, quand nous le voulons. Il épouvante et à lui seul sécrète l'angoisse, par son ubiquité, le fait qu'il soit implacable et impossible à stopper. Grâce à lui, je peux retourner une situation pour qu'elle nous devienne favorable, aider à l'instauration d'un régime bien disposé à notre égard. C'est l'idée de base. Il me fallait un pantin, un portemanteau à quoi accrocher le nom du Jaguar. J'ai choisi ce gamin. Parce que justement il est inoffensif et dénué de toute personnalité. Si un jour on le prenait, qui croirait qu'il est le Jaguar coupable de tant de massacres ? Qui plus est, il a pour maîtresse une jeune Américaine dont les sympathies anarchistes sont officiellement établies. Il sera facile d'imputer aux anarchistes les exécutions commises par le Jaguar.

– Combien de meurtres le Jaguar a-t-il déjà à son palmarès ?

– Six cette nuit. Les hommes qui ont été égorgés...

– Je sais qui ils étaient, Aliotchka. Ils auraient été fusillés, de toute façon. Tu les as bien choisis. Ma question portait sur les morts en Allemagne.

– Dix-huit. Le gosse était dans la villa sur le Kreuzberg. La police allemande les recherche, lui et la fille.

– Le Brésilien s'est-il rendu compte qu'il avait été manœuvré, hier, quand ton Tchaadaïev l'a volontairement laissé filer ?

– Cela n'a aucune importance, dit Alekhine.

– Et la fille ?

Les regards des deux hommes se croisent. Ne te trompe pas sur la question qui t'est posée, Aliotchka, et surtout, ne mens pas.

– J'ai dîné et couché avec elle la nuit dernière.

– Et cela non plus, ça n'a aucune importance ?

– Aucune. En la tenant, je le tiens mieux, lui. Il est fou d'elle.

Felix Edmundovitch le considère un instant mais Alekhine sourit, assuré de lui-même – il est convaincu que s'il devait envoyer à la mort Samantha Franck, il le ferait sans la plus petite hésitation. Quant à être jaloux de Cavalcanti, ce serait invraisemblable. Dzerjinski hoche la tête :

– Quand quittent-ils Moscou ?

– La semaine prochaine. Lundi.

– Ils devraient être là-bas dans un mois. Toute mon équipe est déjà en place.

– Ils ont peu de chances d'en sortir vivants. Surtout si l'opération réussit. Tu ne crains pas d'y perdre ton Jaguar ?

– J'en trouverai un autre. Mais j'ai pris quelques précautions.

Silence. Ils sont à vingt mètres des portes de la Lubyanka.

– Cette histoire de jaguar amuse assez Vladimir Ilitch, dit soudain Dzerjinski. Il voudrait rencontrer le garçon. Arrange-toi pour organiser quelque chose. Pas les deux gamins seuls. En groupe.

– Évidemment.

– J'ignorais que tu savais jouer de la guitare, dit Harvey Bloggs.

– C'est une balalaïka, pas une guitare, répond Candido. Nous autres Brésiliens, nous savons tous jouer de la guitare et au football-association. Le reste du temps, nous mangeons des haricots.

Harvey Bloggs rit.

– Et nous plantons et buvons du café, pour faire passer les haricots, ajoute Candido.

Cette fois, tous éclatent de rire. Ils sont dans un train. Ils ont quitté Moscou en petit comité, il paraît que c'est un honneur exceptionnel que d'avoir été choisi. Outre Harvey – « appelle-moi Harv » – Bloggs, avec ses grosses dents jaunes en avant, ses grosses pattes qui vous claquent si violemment le dos, son rire chevalin et son goût pour les histoires cochonnes, ils sont une quinzaine d'invités spéciaux. Candido regrette d'avoir ouvert la bouche – c'est la première fois depuis l'affaire de la Cave Sanglante, qui remonte à une semaine. Il baisse la tête et fixe son attention sur les cordes de la balalaïka, qu'il commence à maîtriser.

Sauf que c'est plus fort que lui : il ne peut s'empêcher de regarder Samantha. Elle est loin de lui, assise à l'autre extrémité de la voiture, au côté d'Afonka Tchaadaïev avec qui elle parle – en russe.

On est dans un wagon « mou », c'est le qualificatif que

l'on donne en russe aux wagons de première classe. On va à Nijni-Novgorod – ou Gorki, il paraît que c'est la même ville. Un certain Vladimir Ilitch Lénine doit nous y recevoir. La nuit est venue, puis s'en est allée, un peu à la façon des nuits blanches de Petrograd. Le jour s'est levé maintenant et, par les fenêtres à double vitrage, éclaire des forêts de pins sombres, dans lesquelles les feuillages printaniers des bouleaux font des taches claires. Le train les secoue peu. Harvey Bloggs, qui sait tout, a expliqué que c'était en raison de l'écartement des voies, plus large que sur les autres réseaux dans le monde, « tout est là, camarades, dans ce souci de procurer du bien-être à chacun ; il n'est pas surprenant que la révolution ait triomphé en Russie avant de conquérir le reste du monde ; voilà un pays où l'on pense à l'être humain avant toute chose ». Les doigts de Candido ont recouvré leur toucher sur les cordes de l'instrument de musique. Tout à l'heure, quand chacun s'est éveillé, à l'arrivée des samovars et du petit déjeuner, un homme qui s'appelle Borodine lui a demandé de jouer *L'Internationale*. Il n'a pas répondu.

Samantha et l'Autre. Samantha dans les bras de l'Autre. Il ne ressent pas de colère, non. Il s'en prend plutôt à lui-même de n'être pas capable de fureur ni de haine, même pas de vrai ressentiment. Ça fait mal. C'est tout.

Il n'a pas parlé à Samantha depuis. Elle, elle a essayé. Il est allé se coucher sur le canapé du salon.

Et il ne l'a pas touchée, bien sûr.

Il joue doucement, trop faiblement pour que quelqu'un puisse entendre, avec le bruit du train. Il chante dans sa tête. La nostalgie mélancolique, celle du soleil, du Brésil, de la musique qu'il faisait avec les Noirs au grand dam de dom Trajano, de la douceur, du parfum de la peau, des lèvres, des cheveux de Samantha. Il chante : *Voce pensa que Samantha...*

On arrive à Nijni-Novgorod.

Un canot à moteur leur fait traverser un fleuve – l'Okra, dit Harvey Bloggs – qui mêle ses eaux aux eaux de la Volga, sous la surveillance d'une forteresse, une sorte de Kremlin en plus petit. Des télègues à chevaux sont venues les chercher et par des rues défoncées les ont transportés jusqu'à un hôtel, où ils ont fait toilette et pris un déjeuner. Vers quatre heures, de vraies voitures sont arrivées.

Candido voit défiler un parc, apparemment très vaste. Il repère des soldats à des centaines de mètres, qui montent une garde discrète. La voiture où il est, avec Harvey Bloggs et deux Chinois, plus un chauffeur en blouse bouffante et serrée à la ceinture, s'arrête devant une maison à un étage, qui n'est ni très neuve ni très luxueuse. Harvey Bloggs est agité :

– Nous allons rencontrer le plus grand génie de ce siècle, vous vous rendez compte ?

Des femmes font entrer les visiteurs dans un salon de grande taille, garni de meubles vieillots ; aux murs, de nombreux tableaux, quelques-uns de travers.

– Quelle extraordinaire simplicité ! Quelle leçon ! s'exclame Bloggs, et tous les autres de renchérir. Candido s'assoit dans le coin d'un canapé dont les ressorts pointent et lui piquent les fesses. Ce Lénine doit être quelque chose comme le président de la Russie. Grand bien lui fasse. Candido a déjà vu des présidents de la République. Au Brésil, où ils sont presque plus nombreux que les termites, ils venaient tous manger chez dom Trajano. Il boit du café et mange des gâteaux, remerciant d'un signe de tête. Au bout de trente ou quarante minutes, un petit homme chauve descend de l'étage et chacun se dresse avec un air extasié. Les présentations sont faites. L'homme chauve, lorsque vient son tour de lui serrer la main, le considère avec une expression insistante :

– Vous êtes brésilien, je crois ?

– De São Paulo.

– Depuis combien de temps votre famille se trouve-t-elle au Brésil ?

– Trois cents ans à peu près. Peut-être un peu plus.

– Vous parlez parfaitement le russe et votre accent est excellent, dit l'homme chauve.

– Vous aussi, répond Candido.

Sur quoi l'assistance éclate de rire et il s'en veut de toujours faire rire quoi qu'il dise, et surtout de s'être laissé surprendre à parler russe. Mais bon, tous l'oublient et durant la demi-heure suivante, il n'intéresse plus personne. Il sent le regard de Samantha qui parfois cherche le sien, mais il l'évite.

– Vladimir Ilitch vient d'apprendre que vous étiez un excellent fusil, malgré votre âge. Il souhaiterait que vous l'accompagniez à la chasse, demain.

C'est à lui que l'homme s'adresse, au moment où, la réception étant terminée, il se tenait sur le seuil, heureux de s'en aller.

– Demain ?

– Demain matin. Bien entendu, il n'est pas question de décliner une invitation aussi flatteuse. Un chauffeur passera vous prendre, à quatre heures. Soyez prêt. On vous fera porter à votre hôtel l'équipement nécessaire.

– À environ deux cents sagènes d'ici, précise le chasseur qui se nomme Porochine.

– Je ne sais pas ce que c'est, un sagène, dit Candido.

Il tient sa tête détournée et son regard, au loin, tremble un peu : l'Autre est là.

– Un sagène vaut un peu plus de deux mètres, explique le chasseur en riant. Deux cents sagènes font quatre cent vingt-cinq mètres à peu près. Vous comprenez ?

– Non, répondit Candido.

– Là-bas, dit le chasseur Porochine. Sur la droite des trois bouleaux. C'est très boueux, attention.

Il est quatre heures quarante du matin, l'endroit s'appelle Zavidovo, ce n'est pas loin de Nijni-Novgorod. Depuis qu'il a quitté la relative chaleur de la voiture,

Candido a marché pendant deux kilomètres, se conformant aux signes que lui faisaient des hommes ; parfois, il s'est enfoncé jusqu'à mi-mollet dans une gadoue épaisse qui lui a rappelé le Mato Grosso. Au lever du jour, l'Autre est soudain apparu au bord du sentier et lui a tendu un des deux fusils qu'il portait. Ils ne se sont pas dit un mot et ont avancé côte à côte. La disproportion de leurs tailles rendait la scène comique.

N'y pense pas, Candido, tu ne pourras jamais tuer personne. Même pas lui.

Il suffisait de suivre les traces de pas récentes, sur le chemin détrempé par les pluies de la nuit ; et ainsi ils ont fini par rejoindre le chasseur de métier Porochine et deux autres hommes, dont un qui ressemble assez à Lénine et qui se nomme Dimitri Ilitch Oulianov. Porochine a dit qu'on formerait deux groupes, l'un pour chasser le coq de bruyère, et l'autre – dont feront partie Candido et Vladimir Ilitch –, le tétras.

Il est seul, désormais. Un sagène, deux sagènes, trois sagènes. Il doute énormément que chacune de ses enjambées couvre un sagène, mais quand je serai à cinq cents, je ne serai pas loin du compte. Il a déjà chassé ; et plus gros que des tétras ; son père l'emmenait souvent avec lui, autrefois, au temps où il espérait encore que Candido serait le fils qu'il souhaitait avoir ; il a eu son premier fusil à huit ans ; un anglais à deux canons, incrusté d'argent, fabriqué par James Purdey & Sons de Londres, South Audley Street 57, il s'en souvient très bien. Ichmael Tavarès, le capataz de la fazenda de Bragança Boa Vista, lui avait appris à s'en servir.

Quatre cent quatre-vingt-dix-sept sagènes. Normalement, tu devrais maintenant tomber sur le président de la République de la Russie, ou dans un piège à loups que l'Autre aura prévu pour toi. Il est dans les roseaux d'un marécage et l'eau couvre ses cuissardes jusqu'à ses genoux.

– Ce sur quoi vous marchez est mon pied gauche, dit Lénine. Je ne vous ai pas entendu arriver. Vous faites étonnamment peu de bruit.

– Je vous prie de m'excuser, dit poliment Candido.

Deux autres hommes sont là. Mais l'un d'eux n'est pas un chasseur : il est armé d'un fusil de guerre, et d'un revolver Nagant, dans un étui de cuir noir, par-dessus sa veste de toile fourrée. Un garde du corps. À cause de moi. Je pointe mon fusil sur leur Lénine et il me troue de balles avant que je puisse presser la détente.

Lénine lui fait signe de s'accroupir près de lui – on va avoir l'air de deux types qui posent culotte.

– Normalement, dit le président de la Russie, les tétras ne vont pas tarder à se manifester.

– Je guette, répond Candido en chuchotant.

Le garde du corps ne le quitte pas de l'œil.

– Pourquoi vous a-t-on surnommé le Jaguar?

La question prend Candido par surprise. Samantha ne la lui a jamais posée, et c'est au président de la Russie, le derrière dans l'eau glacée d'un marécage, à l'affût des tétras, qu'il doit répondre.

Il dit la vérité, sans y rien changer : les premiers temps de son séjour dans le Mato Grosso, l'histoire du bilheteiro, le marchand de billets de loterie qui est passé à la garnison.

Au Brésil, on ne joue pas toujours sur des numéros, des suites de chiffres, mais sur des représentations d'animaux familiers : cochon, coq, cheval...

– Et jaguar, dit Lénine en souriant.

Ainsi Candido s'est retrouvé acquéreur de toute la série Jaguar; et des semaines plus tard, il a appris qu'il avait gagné cinq contos; un conto valant mille milreis...

– Cela fait beaucoup d'argent?

Candido n'en a aucune idée, lui qui n'avait pas l'habitude de manipuler l'argent au Brésil. En tout cas, il ne lui est rien resté des cinq contos, que ses compagnons de garnison ont dépensés en boisson.

– Ils vous ont du coup baptisé le Jaguar.

– Pour rire, dit Candido. Seulement pour rire et se moquer un peu de moi.

Et sur ces mots, il épaule et tire et abat un tétras qui vient de prendre son envol. L'oiseau tombe dans l'eau trente mètres plus loin.

– Je n'avais rien entendu, remarque Lénine. On m'avait vanté votre coup de fusil, mais les éloges étaient justifiés.

– J'ai eu de la chance, dit Candido.

L'impression a été brève, et cependant extraordinairement forte. Comme lorsque tu touches du courant électrique. Juste avant d'avoir lâché son coup de feu, il s'est naturellement retourné vers le président de la Russie, histoire de voir s'il était impressionné. Mais les yeux noirs de Lénine ont exprimé bien autre chose que de l'admiration. Un voile qui s'écartait, un regard fulgurant, suraigu, féroce : ce n'étaient pas les tétras qu'il épiait mais moi, tu as failli t'y laisser prendre, Candido ; tu avais donc oublié que c'est lui le chef de l'Autre, qu'il le commande en tout ? Et il dirige un pays plus grand que le Brésil, et bien plus peuplé.

– Vous êtes trop modeste, mon jeune ami, dit Lénine, et le voile de la douceur est revenu sur ses yeux.

L'un des hommes, pas le garde du corps mais l'autre, est allé repêcher le tétras et le rapporte :

– Très beau coup de fusil, ajoute-t-il. Mais il est inutile d'attendre davantage, la chasse est terminée pour aujourd'hui, les tétras se sont accouplés et nous n'en verrons plus.

– On rentre, déclare Lénine. Il commence à faire un peu frais.

Candido claquait déjà des dents et quant au président de la Russie, c'est simple, il pelait de froid. Ils reviennent vers les voitures, piétinant la boue. La deuxième compagnie de chasseurs rallie à son tour, avec des gibecières pleines. L'Autre, bien sûr, a le meilleur tableau de chasse.

– Moi, dit Lénine en riant, je reviens bredouille. Mais notre jeune camarade brésilien est un tireur de tout premier ordre, outre qu'il marche comme un chat et sait raconter d'amusantes histoires. Voyez donc ce gros tétras qu'il a tué, et dont pourtant aucun de nous n'avait perçu l'approche.

Candido note l'échange de coups d'œil entre Vladimir Ilitch et l'Autre – il s'appelle Alexis Mikhaïlovitch Alekhine et tu n'arrives même pas à prononcer son nom. Il jurerait qu'entre les deux hommes, un message muet vient d'être passé. Comme si Lénine disait : je suis d'accord, il convient.

Le lendemain, ils repartent de Nijni-Novgorod. Mais le groupe formé à Moscou s'est réduit : seuls embarquent sur le bateau, en plus de Samantha et Candido, les deux Chinois, un Allemand à lunettes qui jamais ne parle, et Harvey Bloggs. Plus Afonka Tchaadaïev. Et l'Autre, évidemment. L'appareillage s'est fait avant l'aube, le petit vapeur qui semble presque neuf a mis le cap sur le soleil levant. C'est un voyage étrange et beau. De grandes plaines s'étalent de chaque côté de la Volga qui roule les eaux déversées par la fonte des neiges.

À bord du vapeur, le groupe a été installé dans les meilleures cabines, sur le pont supérieur que dessert un restaurant spécial ; et aux deux repas qu'ils y prendront, on leur offrira des gélinottes, de la kacha de semoule, du bortsch, du caviar ; tandis qu'au-dessous d'eux, sur les ponts avant et arrière, et jusque dans les coursives de la salle des machines, s'entasse une foule de passagers ordinaires, beaucoup nu-pieds malgré le froid, ou chaussés d'écorce de bouleau, vêtus de hardes, affamés mais d'une résignation sereine. La cabine affectée à Samantha et Candido comporte deux couchettes.

– Je voudrais te parler, Candido.

Il l'a évitée toute la journée en demeurant sur le pont, plongé dans son livre habituel. Le soir, il s'est attardé à la table du restaurant autant qu'il était possible, feignant toujours de lire. Mais il a bien fallu qu'il se décide. Il vient d'entrer dans la cabine. Elle a ôté ses vêtements d'homme, l'horrible pantalon qu'elle porte depuis quelque temps, sa veste, son chandail...

Elle est dans les draps, Dieu merci. Mais elle est nue. Pense à autre chose.

– Tu sais où nous allons?
– Kazan, dit-il.
– Et ensuite?
Il hausse les épaules.
– Tu t'en fiches, c'est ça?
C'est ça. Absolument. « Pourquoi ne lui poses-tu pas la question à Lui? Il doit certainement connaître la réponse. » Bon, il se tait. Il se déshabille en un éclair et se glisse sous les couvertures, visage tourné vers la cloison.
– On nous transporte comme des colis, Candido.
Qu'est-ce que tu veux lui répondre?
– Tu n'as rien à me dire?
– Rien de spécial.
– Tu as rencontré Vladimir Ilitch en tête à tête. Pendant au moins une heure. De quoi avez-vous parlé?
– J'ai tué un gros tétras.
– Qu'est-ce que c'est?
– Un truc avec des plumes, qui se mange.
Silence interminable. Puis elle interroge :
– Tu vas continuer longtemps?
Ne lui demande pas *quoi*. Tu le sais très bien. Elle est agacée parce que tu lui fais la tête.
Non. Tu ne vas pas craquer!
Elle se lève et va éteindre la petite lumière au plafond, qu'il avait oubliée.
Elle attend.
Meus Deus, ne lâche pas...
Elle finit par regagner sa propre couchette. Alors elle pleure et ça, vraiment, c'est pire que tout. Elle pleure très doucement, en silence. Il faut une oreille drôlement fine pour l'entendre.
Mais elle ne pleure pas pour m'émouvoir. Elle pleure pour elle-même.

Il a ouvert les yeux avant les premières lueurs de l'aube, et quand il a deviné qu'elle s'éveillait aussi, il est sorti sur le pont. Il s'est installé tout à l'avant, là où le grondement des moteurs est le plus assourdi. Une brume bleuâtre montait de la Volga ; de la berge droite lui parviennent le claquement d'un fouet et le cri rauque d'un cocher encourageant ses chevaux. Alors, à travers le brouillard, sur le chemin de halage, est apparue une grosse charrette, tirée par cinq chevaux ; et sur les bancs perpendiculaires aux essieux, il a discerné une vingtaine d'hommes enchaînés, tête basse – apparition brève comme un rêve – puis le brouillard de nouveau a tout enveloppé, et quelques minutes plus tard, droit devant, des clochers bizarres ont surgi.

– Des minarets.

Candido reconnaît la voix. Et la main qui s'est posée près de la sienne sur le bastingage.

– Kazan est surtout peuplée de Tatars musulmans, nous ne sommes déjà plus en Europe, dit encore la douce voix d'Alekhine.

Il attend que je lui pose des questions, où il nous expédie vers l'est, et pour quelles raisons. Je ne lui demanderai rien.

– Vous avez fait bonne impression sur Vladimir Ilitch, Cavalcanti.

Candido se tait.

Aux minarets qui étaient jusque-là comme suspendus en l'air ont succédé d'autres formes. Une ville. Et un embarcadère, déjà peuplé de voyageurs en attente.

– Kazan, dit l'Autre. C'était une très belle ville, autrefois, avant d'être pillée et aux trois quarts détruite par Pougatchev et ses révoltés. Vous y prendrez le train qui vous emmènera à Perm. Là vous embarquerez sur le Transsibérien. Vous connaissez le nom de Pougatchev ?

Il s'attend toujours à une question de moi. Il peut attendre jusqu'à ma mort. Et en plus, mes questions ne serviraient à rien, il me dirait seulement ce qu'il veut que je sache, ou que je croie.

Candido lâche le garde-corps et s'en va. Dans la cabine,

Samantha a achevé sa toilette. Elle s'est habillée et coiffe ses cheveux encore humides.

– Nous allons en Sibérie, dit-il.

Harvey Bloggs à son tour leur fausse compagnie. Il prend le train, mais pas le même ; il s'en retourne à Moscou. Ne restent plus avec Candido et Samantha que l'Allemand taciturne, qui s'appelle Otto Krantz, et les deux Chinois. Et Afonka. Des istvotchiki – des fiacres à deux chevaux – les ont transportés de l'embarcadère à la gare de Kazan, située à plusieurs kilomètres du fleuve.

Dans la salle d'attente, Harvey Bloggs leur décrit le Transsibérien. Il prétend avoir voyagé à son bord, en 1914, de Kharbin en Mandchourie à Moscou en neuf jours.

– Il y avait une salle de gymnastique, une de musique, une voiture salon-observatoire, une autre avec un bar et un restaurant, une où l'on pouvait prendre son bain à la russe, une bibliothèque, un deuxième bar ouvert nuit et jour pour les noctambules, et même une voiture-chapelle...

Il n'y a plus de voiture-chapelle, ni de bibliothèque ; il ne reste pas grand-chose, sinon deux voitures-lits, très luxueuses, pleines de fanfreluches, portant encore le nom de la compagnie internationale belge qui en assurait l'exploitation. Chacune est gardée par quatre soldats, baïonnette au canon, postés aux deux extrémités du couloir latéral.

Pour empêcher que des indésirables ne montent ; ou pour que nous ne descendions pas.

Candido voudrait bien avoir une carte, afin de savoir où est la Sibérie.

– Normalement, dit Samantha, si nous allons de plus en plus à l'est, on doit arriver en Amérique, à un moment.

Elle n'est pas trop forte en géographie, elle non plus.

Harvey Bloggs avait raison sur au moins un point, en décrivant le Transsibérien d'avant la guerre et la révolution : on y trouvait des livres. Afonka Tchaadaïev en a rapporté quelques-uns à Candido, découverts sous le siège de la minuscule cabine réservée jadis au chef de train, et que lui-même occupe : *Zapiski iz Mer Tvogo Doma, Souvenirs de la maison des morts*, de Dostoïevski ; en russe également, deux Tourgueniev et deux Saltykov-Tchedrine ; en allemand, *Les Hymnes à la nuit*, de Novalis ; en anglais, *Les Aventures d'Arthur Gordon Pym*, de Poe (Candido les a déjà lues) ; en français, le *Michel Strogoff* de Jules Verne, trois Dumas et le huitième volume d'un certain Élisée Reclus, la partie de *La Nouvelle Géographie universelle* consacrée à l'Asie orientale.

Un choix intéressant. Qui l'a fait ?

Tu le sais.

Il lit. Cinquième, sixième, septième jour du voyage. Le Transsibérien a dépassé depuis longtemps les monts de l'Oural. Les vitres sont férocement cinglées par la pluie, mais aux étapes, quand la permission est donnée de descendre sur les petits quais de planches disjointes ou sur le simple remblai de terre (que parfois prolongent d'épouvantables charniers, avec des cadavres par centaines, à peine recouverts de terre, et, au loin, des alignements de pendus), et qu'on parvient à ignorer ces visages encore meurtris par la guerre civile et angoissés par la terreur, on sent que le froid déjà n'est plus si vif et qu'il se glisse dans l'air de fragiles senteurs printanières, des bouffées tièdes. Candido lit les *Souvenirs de la maison des morts*, relit Novalis que Herr Doktor lui avait fait découvrir ; c'est beau, Novalis.

Sauf qu'il faudrait admettre que si l'Autre a choisi Novalis, c'est parce qu'il a le sens de la beauté.

Pas question.

Samantha est nerveuse, elle s'ennuie et lui cherche sans arrêt des querelles.

Par exemple, elle s'en prend à Herr Doktor :

– D'abord, il a un nom ridicule. Taxile Grussgott, je vous demande un peu ! Personne ne s'appelle ainsi.

– Lui, si, répond Candido, placide.

– Et il ne t'a pas rejoint à Berlin. Il t'a laissé tomber, oui !

– Il est arrivé trop tard, ce n'est pas sa faute. Il me croyait tranquillement installé chez sa sœur.

– Quant à l'enseignement qu'il t'a donné, poursuit Samantha, parlons-en ! Tu ne sais même pas qui était Napoléon Bonaparte !

– Herr Doktor préfère les poètes aux hommes de guerre. Moi aussi.

– Et Alexandre le Grand, Attila, Jules César, Hannibal, Davy Crockett ?

Il ne lève pas le nez de son livre.

– Davy Crockett, je connais, dit-il. Mais pas les autres, c'est vrai.

(Il connaît bien un Julio Cesar, mais qui joue intérieur droit dans le club de football-association de Botafogo ; ce ne doit pas être le même.)

– Tu es complètement ignorant, Candido.

– Absolument.

Le jour qui se lève dévoile des montagnes bleues, de l'eau claire qui court en abondance en torrents et rivières.

Ils arrivent à Irkoutsk.

Afonka Tchaadaïev a présenté leurs passeports à tous (il faut un passeport pour aller d'une ville à l'autre, dans ce pays). Les deux Chinois disparaissent, nous n'aurons pas échangé trois mots avec eux. Otto Krantz le taciturne les quitte aussi ; deux hommes l'ont emmené sans dire qui ils sont, ils avaient des yeux de policiers.

Irkoutsk n'est rien du tout. Candido aperçoit une cathédrale, et un palais – une forteresse, plutôt – qui se dresse sur la rive escarpée de l'Angara, le fleuve séparant la ville de ses faubourgs. La cité se présente comme un enchevêtrement moyenâgeux de maisons en bois, qu'on dirait faites de planches assemblées à la diable, aux toits pentus et débordants, le plus souvent de tôle verte, où s'accrochent les dernières neiges. Même cette longue et large avenue aux trottoirs de bois, dont une vieille pancarte noircie et oubliée donne le nom, avenue de Bolchoïa, n'offre rien qui vaille et peu de façades de pierre. Parfois, cependant, surgit le bulbe vernissé d'une église, tuilé comme d'écailles de serpent ; ou bien une maison à la russe, en briques à facettes.

Devant l'une de celles-ci, Afonka ordonne au conducteur chinois de stopper la voiture.

– Oui, c'est ici, dit-il, répondant à une question que personne ne lui a posée. Vous êtes désormais chez vous, camarades. Et le chauffeur n'est pas un Chinois, ajoute-t-il, mais un Bouriate. Certes, on rencontre de vrais Chinois à Irkoutsk, mais moins nombreux qu'on ne pourrait le croire ; presque tous ces hommes et femmes aux yeux bridés n'en sont pas : ce sont des Bouriates ou des Mongols.

– Et les deux Chinois venus avec nous par le Transsibérien ? demande Samantha.

Afonka Tchaadaïev hésite, puis secoue la tête en riant :

– Des Mongols.

La maison est vaste et confortable. Deux étages. Le chauffeur, qui s'appelle Khoro, et sa femme serviront de domestiques. Les pièces sont meublées ; des coffres et des armoires contiennent encore des vêtements d'hommes et de femmes, d'enfants aussi, qui ont abandonné jusqu'à leurs jouets ; beaucoup de livres, en russe et en anglais, sur les étagères.

– Qui habitait là, Afonka ?

– Je ne sais pas.

– Est-ce que vous avez fusillé les gens qui vivaient ici pour nous laisser la place ?

Tchaadaïev répond à Samantha :

– Je ne sais pas.

– Combien de temps allons-nous rester ?

Il ne sait pas.

Et il rit et sourit, écarte les mains pour se faire pardonner son ignorance, se dandine d'un pied sur l'autre, balance ses bras courts, mais terriblement musclés. Il n'est pas très grand. Il a vingt-cinq ans. Il est massif, carré. Mais il bouge très vite; on le croirait endormi et il se détend avec une rapidité incroyable. *Incroyable.* Son visage est un peu aplati; le nez surtout, qui n'a pour ainsi dire pas de racine. Pommettes hautes et larges. Il sourit tout le temps. « Il est doux et gentil », dit de lui Samantha. Oui. À condition de ne pas trop regarder ses yeux. Ses yeux sont si clairs que l'on dirait de la neige à peine grisée; sauf le centre des prunelles : au milieu de ce gris si pâle, deux minuscules points noirs – comme de petits insectes, qui s'agitent, et donnent froid dans le dos.

Et là justement, tandis qu'il se dandine et répète qu'il ne sait pas, ne sait rien et en est désolé, les petits insectes noirs gesticulent au fond de ses prunelles blanches d'aveugle.

– Et qu'est-ce que nous sommes censés faire à Irkoutsk?

– Attendre, dit-il. Attendre.

Dix, quinze jours s'écoulent. Certains matins, au hasard des promenades, l'air transporte des senteurs de crêpes et de vodka. Le printemps s'installe. Khoro le chauffeur les conduit où ils veulent; parfois il suggère des destinations. Candido a souhaité voir le Baïkal; c'est l'affaire d'une heure et demie en voiture. En le regardant au nord-est, le lac n'en finit plus; d'après Élisée Reclus et deux ou trois ouvrages trouvés dans la bibliothèque de la maison, il s'allonge sur près de six cent cinquante kilomètres; une vraie mer; et la largeur varie entre trente et cent kilomètres.

Khoro parle un russe très pur. Il sait lire et écrire. Cinq ou six ans plus tôt, il était contremaître sur les chantiers du Transsibérien, affecté aux travaux de la voie de contournement du Baïkal par le sud, pour laquelle il a fallu percer trente-trois tunnels. Avant ce contournement, terminé en 1916, le train traversait le lac embarqué sur des bateaux, l'hiver sur des brise-glace, les uns et les autres capables de transporter vingt-cinq wagons d'un coup. Au plus froid de l'hiver, quand la glace devenait trop épaisse, le train passait carrément dessus ; sans locomotive, c'étaient des chevaux qui tiraient l'un derrière l'autre les wagons ; les voyageurs étaient quant à eux acheminés à bord de troïkas sur les soixante et quelques kilomètres jusqu'à l'autre rive.

– Il y avait même des auberges et des relais de poste au milieu de la glace. Et les chevaux des troïkas et des télègues portaient des clochettes qui tintaient.

– Ce devait être très joli, dit Samantha.

Qui demande :

– En arrivant à Irkoutsk, tous les passagers sont descendus, le train s'est vidé. Il ne va donc plus au-delà ?

– La ligne du Transsibérien est coupée, pour l'instant, au-delà des trente-trois tunnels. L'ataman Semyonov et ses troupes de bandits tiennent de larges portions de la voie ferrée en Transbaïkalie, vers la frontière mongole.

Et puis il y a le Baron Fou.

– Le Baron Fou ?

Pour une fois, Candido étonné a manqué de poser la question lui-même. Mais Samantha l'a précédé.

Ils sont assis au soleil au bord du lac, sur une plage sablonneuse avec des pins.

Khoro parle du Baron Fou en baissant la voix et en s'assurant de temps à autre qu'il n'est pas à portée d'oreille d'Afonka Tchaadaïev.

Candido écoute à peine.

– Tu as entendu cette extraordinairc histoire, Candido ?

– J'en ai bu chaque mot. Il nous parlait du Baron Fou.

Tous les quatre sont en train de remonter dans la voiture.

– Menteur, dit Samantha. Tu n'as rien écouté du tout. Tu n'écoutes jamais rien, d'ailleurs. C'était pourtant une histoire formidable. Ce Baron Fou me fait rêver, moi.

Le ton est sans méchanceté.

Depuis quelque temps, elle le fixe avec tristesse, c'est évident qu'elle attend qu'il fasse le premier pas.

Je ne sais même pas pourquoi je tiens encore. C'est de l'orgueil.

Au lieu de revenir directement à Irkoutsk, la voiture prend à gauche et passe sur la rive sud de l'Angara.

– Nous allons encore voir ta famille, Khoro ? demande Afonka Tchaadaïev.

– Nous y allons encore, répond le Bouriate. Sauf si tu n'es pas d'accord.

– Je suis d'accord, dit Afonka en riant.

Ce sera la troisième visite que l'on rend à la famille de Khoro, vers la pointe sud du Baïkal.

La voiture a quitté la route stratégique et s'est arrêtée. Samantha et Candido grimpent côte à côte un sentier de chèvre. Khoro ouvre la marche, Afonka paresse un peu en serre-file. Trente mètres plus haut, ils atteignent une gorge étroite où l'eau se précipite à gros bouillons, et la traversent en utilisant de gros rochers noirs et luisants, à croire que ce sont des bêtes vivantes. Candido se retourne. Le panorama est toujours aussi magnifique, avec en contrebas le Baïkal dont on mesure l'immensité, cette île en son milieu, très loin, à peine visible ; et l'écrin des montagnes bleues ; et cette odeur de résine de sapin qui se décongèle et emplit l'air. Qu'est-ce que je fais ici, moi ? Son regard croise celui de Tchaadaïev. Afonka aussi s'est immobilisé, à vingt ou trente pas ; il y a dans les yeux presque blancs aux insectes à l'affût quelque chose de glacial.

– Si tu continuais à avancer ? dit Afonka souriant.

J'avancerai si je veux.

Candido se remet en marche. Immédiatement après la gorge, le sentier bascule, la vallée s'étale. Sur la gauche, à huit cents mètres environ, le groupement des yourtes en écorce de bouleau et feutre ; quatre ou cinq en tout, que complètent des barrières de bois bruni par les neiges de nombreux hivers. La famille de Khoro fait partie du clan des Bouriates ekhirits, il paraît ; ils descendraient tous de Boukha-Noyon (tu ne connais que lui), le Taureau Gris ;

elle ne cultive pas la terre et moins elle voit de Russes, mieux elle se porte; cette vallée est son campement d'hiver, bientôt elle gagnera les pâturages d'été, plus haut; elle élève des moutons et du bétail, dont elle consent à vendre une partie sur les marchés d'Irkoutsk, mais garde pour elle, farouchement, ses rennes et ses chevaux; elle est de religion bouddhiste (tu ne sais pas ce que c'est au juste) et chamaniste (alors là, c'est carrément le mystère) en même temps... Et ils vont encore nous offrir leur lait caillé, du thé plein de grains de millet, du mouton trop gras et pas assez cuit.

Coup de feu.

Le roulement sonore de la détonation descend dans le petit défilé rocheux vers la vallée. Candido est déjà en mouvement quand deux autres coups retentissent. Il se jette sur Samantha, la renverse et la traîne vers un creux dans la muraille de pierre. Tu es touchée? Non, ça va, tu m'as à moitié étranglée, tu sais. Il faut toujours qu'elle râle.

Devant eux, Khoro s'est accroupi et s'abrite, lui aussi, ses yeux parcourant en tous sens les crêtes à la recherche des tireurs.

Et ce crétin d'Afonka, qui est armé, lui : pourquoi ne fait-il pas quelque chose?

Afonka Tchaadaïev est tombé par terre, sur la joue gauche. Il a un gros trou au milieu de son blouson de cuir noir. Il a eu le temps de tirer de sa ceinture ses deux Nagants. Mais pas de s'en servir. L'un des revolvers est resté dans sa main, l'autre lui a échappé.

– Tu es mort, Afonka?

Oh, l'expression terrifiante dans ses yeux, dans ses yeux d'aveugle! Avec les petits insectes qui s'agitent, fous de rage. Afonka Tchaadaïev essaie de soulever la tête, de sourire à Candido, mais deux ou trois gros caillots de sang, comme une vomissure rouge et noire, lui sortent soudain des lèvres, son menton frappe le sol, et il demeure là, le regard fixe et le sourire figé.

– Vous pouvez rentrer à Irkoutsk, dit Khoro. Mais sans moi.

– Ce n'est pas toi qui l'as tué, dit Samantha. Nous pouvons en témoigner.

Les paupières bridées du Bouriate se plissent davantage. Il secoue la tête : ça ne changera rien, qu'il ait ou non tué Tchaadaïev. On va accuser sa famille, de toute façon. Tuer un homme de la Tchéka, ce n'est jamais une bonne idée, même si c'est un cousin au centième degré qui l'a fait, il vaut mieux être loin quand ça se produit.

Des cavaliers ont surgi ; ils sont montés sur de très petits chevaux, sans selle, armés de mousquets et de fusils d'il y a quarante ou cinquante ans, coiffés de bonnets en peau de mouton aux oreillettes retournées et montrant la fourrure. Ils battent un peu les environs, puis font sortir Candido et Samantha de leur abri.

Ils fouillent le cadavre, en retirent les passeports de Samantha et Candido, une liasse de documents : une carte établissant l'appartenance de Tchaadaïev à la Tchéka ; une lettre signée par quelqu'un appelé Felix Edmundovitch Dzerjinski, ordonnant sans ambages qu'on donne aide et assistance, en tous domaines et sous quelque forme que ce soit, au camarade Alphonse Anfimovitch Tchaadaïev, avec prééminence sur n'importe quelle autorité civile ou militaire ; des ordres de mission autorisant n'importe quelle réquisition, en hommes ou en matériel, des ordres moins généraux nominalement adressés à tel ou tel responsable sur le parcours du Transsibérien, tout ceci mêlé à une lettre de femme, à deux photos représentant Afonka en compagnie d'une jeune blonde un peu poupine et qui tient un très jeune enfant dans ses bras – Afonka était marié ? Il ne nous en a jamais rien dit –, à deux autres portraits (ses parents, sans doute), à des billets de train, à beaucoup d'argent dont des dollars et des livres, à...

Une seconde, Candido !

– Samantha, regarde ça.

– C'est dégoûtant, c'est plein de sang.
– Viens voir.

Quatre ordres de réquisition, tous signés de F.E. Dzerjinski. Aux noms d'Afonka Anfimovitch Tchaadaïev, de Samantha Elizabeth Franck, de Candido Stevenson Cavalcanti, d'Otto Herbert Krantz. Enjoignant que toutes dispositions soient prises, « dans les meilleures conditions possibles, avec priorité absolue », pour que ces quatre personnes soient acheminées à Krasnoïarsk.

Ils se dévisagent.

– Le train s'est arrêté à Krasnoïarsk, dit-elle. C'est là qu'il y avait tous ces pendus.

– La date de départ est dans cinq jours. Il aura reçu ces ordres après notre arrivée à Irkoutsk.

– Je ne veux pas aller à Krasnoïarsk, dit Samantha avec détermination.

À des centaines de mètres, le village achève de charger ses chevaux de bât, assemble ses bêtes, commence à faire mouvement. On amène un cheval à Khoro, qui attend, impassible.

En Mongolie, au moins, nous ne serions plus à portée de l'Autre. Mais bien sûr si Samantha ne veut pas y aller, je n'irai pas non plus.

Des mouches tournoient en bourdonnant, attirées par le sang répandu sur le sol ; elles tentent de s'infiltrer sous la couverture recouvrant le cadavre de Tchaadaïev. Candido fait quelques pas et s'adosse à un rocher.

– Il n'est peut-être pas si fou que ça, dit soudain Samantha.

Il se demande de qui elle veut parler. Est-ce que par hasard elle voudrait dire que...

– Je veux parler du baron Ungern, précise-t-elle. Il a un joli nom, en plus : Roman Nicolas Feodorovitch von Ungern-Sternberg. Il paraît que c'est un vrai baron. D'Estonie.

Candido hurle, de toute la force de ses poumons. Répondant à son appel, un cavalier bouriate s'arrête, puis un autre. Khoro revient vers eux, menant à la bride deux chevaux de selle. Sans selle, on les harnachera plus tard. Il y a longtemps que je n'ai pas monté. J'ai toujours beaucoup aimé ça.

On verra bien, Candido Stevenson. Il fait beau, le printemps est venu, c'est un fort joli temps pour aller se promener en Mongolie.

CHAPITRE III

Tant qu'il trouve à se nourrir et n'est pas dérangé, le Jaguar demeure dans un endroit fixe. C'est toujours de nuit qu'il déménage. Très bon nageur, il traverse, s'il le faut, les fleuves les plus larges.

Quatorze jours, jusqu'à seize heures de marche par jour; jamais sur des vraies routes, mais en empruntant des pistes perdues au travers des montagnes. Le campement initial des Bouriates s'est divisé : femmes et enfants et hommes de grand âge ont rallié avec les troupeaux un autre village, auquel ils se sont joints et qui migre aussi vers le sud, mais plus lentement. Le reste, qui comprend Samantha et Candido, a vite pris les allures d'un peloton de partisans : « Est-ce cela, Khoro? Vous partez en guerre? – Il va bientôt y avoir une autre guerre en Mongolie. Jamais nous n'avons aimé les Russes, rouges ou blancs; ils nous prennent nos terres et mettent des frontières où il n'y en avait pas. Un paysan russe, tu lui donnes un lopin et il est heureux et le cultive. Tandis que nous, avec nos chevaux et nos bêtes... La mort de l'homme de la Tchéka a seulement précipité les choses – Qui l'a tué? – Ce n'est pas important – C'est l'un d'entre vous? – Ce n'est pas important. »

La colonne s'est maintenant ordonnée en une seule file. Elle descend une forte pente dans un grand bois de sapins noirs, depuis des heures elle progresse au sud-sud-est, après s'être dirigée, les quatre derniers jours, vers le soleil levant, abandonnant sur sa gauche les rails désertés du Transsibérien.

– Ils vont vraiment nous laisser seuls, Candido?

– Tu as entendu Khoro comme moi.

Il est dans les huit heures du matin. La colonne atteint le bas de la pente, où des bouleaux prennent la place des sapins. L'horizon s'élargit.

– Fatiguée ?

Elle hoche la tête. Les Bouriates ont fait de leur mieux pour aménager sa selle avec des peaux de mouton. Jamais elle n'était montée sur un cheval. Elle ne s'est pas plainte. Il la fixe, tandis qu'elle baisse la tête, et se sent fondre de tendresse.

– C'est l'heure, dit Khoro immobile sur son cheval, alors que la colonne s'éloigne plein sud. Nous n'allons pas plus loin ensemble. Pour gagner Ourga, marchez toujours au sud-est, ce n'est pas difficile. Suivez cette combe. Vous verrez une piste en terre, marquée par des traces de voitures. À gauche, elle conduit à Ulan Udé, à droite à Ourga. Vous la prenez et vous continuez tout droit. Vers midi, vous devriez rencontrer un village. Les hommes de l'ataman Semyonov y sont peut-être déjà. Défiez-vous de lui.

L'éclair d'un sourire passe dans ses yeux bridés.

– Adieu et bonne route. Je demanderai aux cinquante-cinq tengris blancs de vous protéger, et aux quarante-cinq tengris noirs de détourner leur regard de vous.

– C'est vraiment très aimable à toi, dit Samantha.

Les yeux fendus du Bouriate se posent sur Candido qui se contente d'un mouvement de tête. Le Bouriate met au galop son petit cheval. Ils le regardent partir.

– Tu veux qu'on s'arrête ici, Samantha ? Rien ne nous presse.

Non. Elle voudrait de l'eau. Une rivière. Pour prendre un bain.

Une émotion puissante et délicieuse envahit Candido : pour la première fois depuis trois ou quatre mois, depuis Biesenthal en fait, il est seul avec elle.

Ils ont rejoint la piste en terre, qui en effet porte les

traces du passage de maintes voitures. Quinze cents mètres plus loin, enfin, ils découvrent de l'eau, suintant d'un minuscule escarpement.

– Ici ?

– Continuons encore un peu.

En effet, plus loin, les minces ruissellements s'assemblent, un ruisseau se forme. Coulant vers l'est, ce qui n'est pas la direction indiquée par Khoro.

– On va à l'est, remarque Samantha.

– Je sais. Nous suivons l'eau, c'est tout.

L'un derrière l'autre, ils avancent ainsi pendant une quarantaine de minutes. Le ruisseau à présent s'est fait rivière, encaissé entre deux talus. L'eau est peu profonde, mais suffisamment.

– Ici ?

– Oui.

Tandis que Samantha descend de cheval avec un soupir d'aise, Candido regarde autour de lui : selon son estimation, ils doivent être à dix ou quinze kilomètres de la route que leur avait conseillée le Bouriate.

Allongée sur un tapis de mousse, Samantha a ôté sa veste d'homme et son chapeau cabossé. À cet endroit, la petite rivière se courbe et s'élargit un peu jusqu'à deux brasses.

– Nous ne trouverons pas mieux, dit-elle.

Candido fixe le bois.

– Qu'est-ce qui te prend ?

– Attends-moi, Samantha. Je reviens.

Cent mètres au plus à parcourir. Et un bourdonnement à peine perceptible. Il entre au pas dans le bois. Sans autre odeur affleurant ses narines que cette senteur d'alcool des arbres au printemps. Il avance encore. On a dans ce bosquet effectué des coupes, les baudets en double croix qui ont servi aux scieurs sont toujours là. Nouvelle odeur : de sciure. *Il n'y a rien, je me fais peur tout seul.* Rien sauf le bourdonnement, qui va crescendo. Cent mille guêpes en même temps, tu dirais. Déjà l'autre orée du bois lui apparaît, à deux cents pas au plus, dans les grands flamboiements d'une blancheur d'acide produits par le soleil. Il est sur le point de tourner bride, malgré le bourdonnement qui reste inexplicable et semble maintenant atteindre son paroxysme.

Un renflement bizarre sur un tronc attire son attention.

Un homme. Entièrement nu. Dont les bras, dressés au-dessus de la tête, sont liés par les poignets à l'arbre, de même que ses chevilles. La gorge est ouverte, jusqu'à la trachée artère qui a été sectionnée. On a également fendu les joues, de la commissure des lèvres aux oreilles.

Le visage affiche un sourire dément.

Le bourdonnement vient de là, de ces milliers de grosses et grasses mouches bleues qui s'entassent en essaim sur les plaies fraîches.

Il y a trois hommes et non pas un.

Le même traitement pour chacun.

Candido arrive à la lisière du bois. Horizon vide, sur des kilomètres. Quoiqu'il y ait, sur ce plateau peu vallonné, suffisamment de creux et de dépressions pour dissimuler une armée entière.

Seul mouvement à faible distance : un feu qui se consume. Il va voir : on a soigneusement brûlé des vêtements.

Des uniformes ? Mais de quelle armée ?

– Tu ne revenais plus.

Samantha est debout, accrochée d'une main au pommeau en bois noir de sa selle. Elle le suit des yeux tandis qu'il fait redescendre le talus à son cheval.

– Tu as repéré des Sioux, Davy Crockett ?

– Tout est tranquille, dit-il.

Il parvient à sourire. Il n'a même pas vomi, devant les

trois égorgés. Je m'accoutume, encore quelques-uns et je ne les remarquerai même plus. Et ma voix est normale, Samantha ne se rend compte de rien.

Elle se déshabille.

– Tu devrais en faire autant, dit-elle. Te laver, je veux dire.

– Oui.

Samantha est nue. Elle entre dans l'eau, qui ne lui vient qu'au genou. Elle s'étire dans le soleil, debout, bras écartés, tournoyante, visage offert et renversé :

– Elle n'est pas trop froide. Je parle de l'eau. Tu vas rester sur ton cheval ?

Il jette encore un coup d'œil aux alentours, puis met pied à terre. Du troussequin de sa selle il détache le tapis de tente en cuir et la couverture roulée, qu'il étale sur le sol avec minutie.

Il se déshabille à son tour et prend soin de ne pas être dans le champ de vision de Samantha. Il pénètre dans la rivière et s'y assoit d'un coup.

Ô Dieu Vivant que c'est froid !

– Elle est un peu fraîche au début, mais ça passe.

– J'en suis sûr. Ce sont les cinquante premières heures qui sont pénibles.

Pas question de conserver cette position. Il s'engloutit et se maintient au fond de l'eau en s'accrochant à des pierres ; Herr Doktor l'a entraîné à demeurer très longtemps sans respirer : « C'est une simple affaire de volonté, jeune Candido. Avec un peu d'exercice, cinq minutes vous seront une performance accessible... Pourquoi ressortez-vous si vite ? Il n'y a guère que trois minutes et quarante-neuf secondes que vous avez la tête plongée dans la baignoire. Vous manquez de force de caractère... »

Petite douleur aiguë sur la fesse droite. Il jaillit hors de la rivière, persuadé d'avoir été piqué par une bête.

Samantha rit, à genoux sur le lit de couvertures.

– Ne cherche pas, dit-elle. Je t'ai jeté un caillou. Qu'est-ce que tu fabriquais au fond de l'eau ? On ne voyait que ton derrière.

Tu es un crétin, Candido Stevenson.

– Allez, sors, dit-elle encore. Nom d'un chien, tu sais que tu es resté sous l'eau deux minutes et plus ? Tu respirais comment ?

Elle le fixe de ses yeux extravagants :

– Candido, s'il te plaît.

D'accord, il sort. Il s'assoit sur la couverture et rien ne se passe comme il l'avait prévu : c'est elle qui le frictionne. Très doucement, très gentiment.

– Tu es gelé, imbécile. Viens contre moi.

Elle lui ouvre les bras. Elle est nue et chaude.

– Qu'est-ce qu'il y avait dans le bois ?

– Quel bois ?

– Celui où tu es rentré prudemment sur ton cheval, et dont tu es ressorti, le visage blanc comme un linge. Ne me demande pas quel bois, il n'y en a pas cent cinquante.

– Trois hommes morts, dit Candido. Égorgés au couteau. Attachés à des arbres et tout nus, leurs uniformes brûlés. Et leurs joues fendues pour agrandir un peu leur sourire. Ils rient jusqu'aux oreilles, maintenant.

– Je vois.

– Il vaut mieux que tu ne voies pas, justement.

– Je ne suis pas fragile.

Elle l'embrasse. Sur les cheveux, sur le front, sur le nez. Bouche ouverte elle exhale et promène son haleine sur son visage.

– Je me fiche de ces hommes morts, Candido.

Ils ont de quoi manger, dans les fontes de leurs selles : de la caillebotte, des morceaux de mouton vaguement fumé, et un sac plein d'abricots secs.

– On pourrait faire du feu et cuire un peu de cette saleté de mouton.

– Si nous faisons du feu, tous les Mongols de Mongolie vont voir la fumée et savoir où nous sommes.

– Il n'y a personne.

Ils mangent, à l'écart l'un de l'autre, pas très éloignés mais quand même.

– Khoro nous a conseillé d'aller à Ourga, dit Candido la bouche pleine. Autant que je me souvienne de l'atlas, Ourga, c'est la capitale.

Elle acquiesce, sans autre commentaire. Candido est déçu, il préférerait une discussion au silence qui s'installe entre eux. Il se sent un peu triste. Encore la mélancolie brésilienne.

– C'est ma faute, dit Samantha. Nous n'aurions pas dû faire du feu.

Il ne comprend pas de quoi elle parle et relève les yeux : deux, trois, dix et vingt hommes sont là, coiffés de papachas cosaques, moustachus et barbus, hérissés d'armes autant que de poils. Formant en haut de talus un cercle presque parfait dont Samantha et lui occupent exactement le centre.

Au premier regard, ils sont frappés par leur taille : ce ne sont pas des Bouriates et ils ne montent pas de petits chevaux; et qu'ils soient perchés au sommet du talus grandit encore leurs silhouettes. L'un d'eux interpelle les jeunes gens, leur demande qui ils sont ; c'est un colosse plus grand que les autres; de la barbe jusqu'aux yeux et une balafre sur le front, évoquant un coup de sabre; il n'a pas l'air de croire un seul instant les réponses de Candido et Samantha : ils ne sont pas russes, ni rouges ni blancs d'ailleurs, simplement des voyageurs perdus, étrangers à tout et à tous, descendus du Transsibérien à Irkoutsk faute de pouvoir poursuivre jusqu'au terminus de la ligne.

On les fouille. D'abord Samantha, et lui, Candido, bondit et prend un premier coup de crosse qui l'expédie au sol. Puis on fouille les fontes et les sacoches accrochées aux selles, alors la surprise éclate : non seulement on découvre au fond de la caillebotte un revolver, enveloppé de caoutchouc, mais, sous l'un des quartiers de la selle de Samantha, dissimulé par les peaux de mouton destinées à lui donner un peu plus de confort, un couteau dont la lame de cinq à six pouces est affûtée comme un rasoir. « Alors comme ça, vous n'aviez pas d'armes ? Et ça, c'est quoi ? Et ces traces de sang sur la lame, ce n'est pas du sang séché, à votre avis ? C'étaient qui, ces trois bonshommes ? Pas des rouges ; quelqu'un qui tue des rouges, ici, on l'honore, c'est presque mieux qu'une recommandation de l'ataman Semyonov, ou un passeport signé par le général-baron en personne ; alors, c'était qui ? Des blancs qui vous auront démasqués ? Vous ne seriez pas des espions ? Et d'abord, vous parlez un peu trop bien le russe, pour des voyageurs de passage... »

Un coup de plat de sabre atteint Candido à l'omoplate. Il tombe, convaincu que tous les os de son épaule ont été cassés mais peu importe, ce qui peut lui arriver l'indiffère, seule compte Samantha. Deux cavaliers se sont élancés vers elle, l'ont soulevée entre eux, et lorsqu'elle est retombée des mètres et des mètres plus loin, sa veste a été arrachée. Ce qui va suivre est facile à deviner. Les cavaliers, hurlant leur joie, se jettent au galop deux par deux, penchés au ras du sol, et, à chaque passage, enlèvent une pièce des vêtements de Samantha à l'aide de leurs poignards recourbés et tranchants : le chandail, la chemise, la combinaison courte qu'elle porte en dessous et qu'elle a lavée ce matin dans la rivière. Dix fois au moins Candido s'est relevé, exaspérant les cavaliers par son obstination folle ; il sent bien les terribles morsures des fouets aux queues de cuir lestées de plomb qui lui déchiquettent la peau, mais rien ne l'empêcherait, rien au monde, d'aller vers elle qui debout au milieu des cavaliers tournoyants, les insulte, pleine de fureur, quelle femme, ô Dieu Vivant !

... La galopade s'arrête d'un coup, les cavaliers s'immobilisent : dans le silence qui s'établit, on n'entend plus que la voix de Samantha, une voix que seule la rage fait trembler, tu peux parier qu'elle n'a pas peur du tout, mais pour ce qui est d'être en colère, elle l'est !

Et lui rampe, aveuglé par cet idiot de sang qui lui coule de partout; il rampe mètre après mètre en direction de la voix. Samantha essaie de le relever, lui prend le visage entre ses mains en sanglotant, il faut croire qu'elle a quand même un peu de tendresse pour moi, elle dit : « Oh! Candido, qu'est-ce qu'ils t'ont fait mon Dieu! Candido, tu m'entends? Réponds-moi, réponds-moi... »

– Ça va?
– Je vais vraiment très bien.

Cela fait trois jours qu'ils chevauchent.

Candido a un peu de mal à se tenir en selle, qu'est-ce que c'est que ces trucs autour de ma taille et de mes cuisses? Un crétin m'aura attaché, je me demande pour quoi faire.

Tous ses membres et son dos lui font un mal de chien. Mais ça va, je vais vraiment très bien. Samantha est là. Sur un cheval à sa gauche. Debout dans l'automitrailleuse qui cliquette à vingt mètres en avant, un homme aux cheveux blancs et aux lunettes carrées sans monture promène ses jumelles aux quatre coins de l'horizon – quel est son nom déjà, à celui-là? Ah oui, Pamphile Merkoulov (comment ça se fait que tu le sais?).

Le colosse balafré est là aussi, en arrière, avec ses Cosaques.

J'ai mal à la tête en plus, tiens! J'avais oublié cette douleur. Il touche son front et constate qu'il porte un bandeau autour du crâne. Des souvenirs lui reviennent. La rivière avec ces cavaliers surgis comme par magie; puis un trou noir; le village où Samantha, penchée sur lui, le caresse et lui parle; autre grand trou noir; ensuite on le met sur un cheval, on l'attache pour qu'il n'en tombe plus; enfin, l'homme aux cheveux blancs qui dit s'appeler Pamphile Merkoulov; ça y est, je me souviens de presque tout.

Il y a du bon et du moins bon chez Pamphile Merkoulov.

Le bon : il a arrêté les Cosaques qui se préparaient à violer Samantha, et il a ordonné qu'on me soigne.

... Le moins bon, c'est qu'il soit un fou complet. Pamphile Merkoulov semble être le lieutenant de l'ataman Semyonov. Comme Herr Doktor, il emploie des mots qu'il va chercher Dieu sait où : en ce qui le concerne, il n'« opine » pas pour savoir si Samantha et Candido sont ou non des espions rouges, son seul travail est d'amener les prisonniers (Samantha et moi) à Tchita; où l'ataman Semyonov prendra sa décision; dans l'intervalle Tatartchuk (c'est le tas de muscles à la balafre) les découpera en rondelles s'il leur prenait la fantaisie de n'être pas dociles.

Et Pamphile Merkoulov n'est pas du genre à plaisanter : l'autre jour pendant qu'on était au village, le Tatartchuk a ramené des prisonniers plus ou moins rouges, hommes et femmes; Pamphile leur a fait ciseler à même la peau une faucille et un marteau, soit au couteau soit au fer rouge, après quoi il les a fait rôtir tout vifs; en leur administrant un cours magistral (le même ton que Herr Doktor m'expliquant Socrate) sur les imbécillités du communisme.

– Ça va, Candido?

– Écoute, tu me l'as déjà demandé il n'y a pas deux minutes! Je vais toujours très bien.

– C'était il y a deux bonnes heures, pas deux minutes. Et entre-temps, tu as failli six ou sept fois dégringoler de ton cheval. À un moment, tu t'es retrouvé sous son ventre. J'ai supplié cet enfant de salaud de Merkoulov de te prendre dans son automitrailleuse, mais il paraît que tu es guéri.

Mais qu'est-ce qu'elle raconte, que je serais tombé de mon cheval? Je monte à cheval depuis l'âge de deux ans et demi. Je me suis peut-être un peu assoupi, c'est tout. Je vais vraiment très bien.

– Ça va, Candido?

Elle recommence! C'est de l'obsession, ma parole! Il ouvre les yeux et découvre qu'il est couché à plat ventre. C'est vraiment curieux comme position.

– J'ai un peu froid.

– Ce n'est pas étonnant : tu es tout nu. En pleine nuit! Nous sommes arrêtés depuis des heures. Ils sont en train d'interroger d'autres prisonniers. Ne bouge pas. Oh, mon Dieu!

Elle a entrepris de soigner son dos. À croire qu'elle s'amuse à le peler vivant, en tirant la peau lambeau après lambeau. Ça fait horriblement mal.

– Quand tu veux t'arrêter, c'est bon pour moi, dit-il.

Il croit que ça va la dérider, mais non : elle sanglote.

– Oh! mon pauvre chéri, dit-elle, je fais ce que je peux. Mais si je ne change pas tes pansements, ils vont pourrir.

– Il n'y a pas de quoi pleurer.

– Ne joue pas les héros, s'il te plaît.

– C'est moi qui crie comme ça?

– Les prisonniers qu'ils interrogent.

Il serre les dents pour ne pas hurler lui aussi. Samantha n'est pas juste, avec moi : jamais je ne me suis pris pour un héros. À propos de héros, Herr Doktor disait...

Cette fois, il sent nettement qu'il s'évanouit.

Il reprend connaissance.

– En réponse à ta question, dit-il, je vais vraiment très bien.

Elle lui soulève le visage et l'embrasse à n'en plus finir. Il sent sur ses lèvres le goût salé des larmes. Je dois pleurer sans m'en rendre compte. Il interroge :

– C'était quoi, ce que tu mettais sur mes épaules et mon dos?

– De l'eau. Je n'ai rien d'autre. Il y a un médecin à Tchita, où nous serons demain. Essaie de te rendormir.

– Ne t'en va pas.

– Pas de danger.

« Pas de danger ». C'est vraiment gentil, ça. Le ton sur lequel elle l'a dit, surtout. Quand je pense que je n'ai même pas été capable de la protéger de ces foutus Cosaques!

– Samantha?

– Je suis là.

Il s'en veut terriblement de l'avoir appelée : il a failli lui demander pourquoi elle lui avait dit « mon pauvre chéri », tout à l'heure. Mais tu l'embarrasserais. Et d'ailleurs, en anglais, ça n'a pas tout à fait la même importance ; ma nurse, miss Robertson, disait bien *darling* à son idiote de chienne.

– Rien, dit-il. Je crois que je n'ai plus de fièvre.

– Tu vas vraiment très bien, je sais.

– Merci de m'avoir soigné.

– Ne sois pas bête, en plus.

Il va vraiment très bien, le lendemain aux aurores. Il essaie de monter à cheval tout seul mais pour finir c'est Tatartchuk qui le plante en selle, d'une main ou peu s'en faut.

– Où va-t-on ?

La voix tranquille de Pamphile Merkoulov :

– Nous allons d'abord nous arrêter dans le train blindé de l'ataman Semyonov. Ensuite, si vous êtes encore vivants, vous irez à Tchita.

Le train blindé est peint en ocre et noir. Il ressemble à une chenille hérissée d'antennes à laquelle, lors de la traversée d'un buisson, des feuilles seraient restées collées n'importe comment. Candido compte deux locomotives avec leurs tenders, une devant, une derrière. Sur les toits des voitures, des mitrailleuses ont été placées, deux par voiture, à l'abri d'empilements de sacs de sable et de madriers. Trois des wagons sont de simples tombereaux ordinaires, sauf que les portes coulissantes ont été remplacées par des panneaux abattants, qui doivent permettre d'embarquer ou de débarquer des cavaliers avec leurs chevaux.

Les deux dernières voitures du convoi sont enveloppées de blindages, de plaques piquetées de boulons, et fendues de meurtrières.

Le train roule très lentement. Cent cavaliers

accompagnent le convoi, réglant leur allure sur la sienne. Aucune maison en vue. Seule trace, un bon kilomètre en arrière : la saignée ouverte dans la forêt, où la bête s'est approvisionnée en bois.

Très peu de bruit. Seulement le halètement sourd du monstre et le piétinement des chevaux. À part cela, c'est un étrange silence.

La colonne conduite par Pamphile le Maître d'École rallie le convoi par l'arrière.

– L'ataman va vous recevoir, dit Pamphile.

Grimper dans le train en marche a été un peu difficile pour Candido. Il y est parvenu, refusant l'aide de quiconque. Samantha est montée la première, passant agilement de la selle au marchepied, puis par la porte blindée qui s'est ouverte pour eux. Ils sont passés dans un des wagons de tête. La voiture où ils se trouvent a été débarrassée de ses cloisons intérieures, mais on ne découvre que le premier tiers de sa longueur : un rideau empêche de voir plus loin. La partie visible a été aménagée en chambrée; des matelas à même le sol, jonchés de couvertures, de pièces d'uniformes et d'armes de toutes sortes; odeur de vin, de vomi, d'autre chose qui est plus fade et écœurant; le centre est occupé par une table improvisée, faite de deux caisses de dynamite, sur laquelle s'entassent des bouteilles de vin du Caucase et de Crimée, au milieu des reliefs d'un repas; deux ou trois hommes dorment en ronflant, bouche grande ouverte; leurs mains et leurs avant-bras sont noircis de sang séché, qui a également éclaboussé leur poitrine.

– Vous arrivez trop tard pour assister au spectacle, dit Pamphile Merkoulov. Les interrogatoires sont terminés. Ces hommes se reposent après leur dur labeur. Mais rien ne vous interdit une visite.

On écarte le rideau. La main de Samantha qui tenait

celle de Candido se crispe brusquement. Lui Candido ne bronche pas. Il s'attendait à quelque chose de ce genre.

Cette partie du wagon a été entièrement vidée. Plus de cloisons ni de banquettes. Les fenêtres, obturées par les plaques de blindage avec leurs meurtrières fines, ne dispensent que peu de lumière. Des lampes à pétrole ont toutefois été suspendues à une longue barre d'acier scellée au plafond, à laquelle on a fixé des crocs de boucher. C'est bien assez pour reconnaître l'usage que l'on fait de cet endroit. Un abattoir. Une demi-douzaine de cadavres, jetés comme de la viande, saignent encore. Deux hommes, torses nus, nettoient le sol à grande eau. Ils ont l'air tranquille des ouvriers à leur travail. L'un d'eux sourit à Samantha. Et il lui manque des dents, en plus.

– Vous en avez assez vu, je pense, dit le Maître d'École en anglais. Je crois que l'ataman sera disposé à vous recevoir à présent. N'oubliez surtout pas : vous ne parlez presque pas le russe.

Le soufflet, puis l'autre wagon capitonné. De l'installation d'origine subsistent le couloir latéral et l'un des compartiments. On a supprimé les cloisons des autres, afin de dégager un long salon dont tout le fond est occupé par un lit gigantesque. Trois femmes dans ce lit, nues : l'une, grassouillette et blonde, une autre de type asiatique; la troisième, une brune aux yeux gris-vert est grande et fort belle – mais elle se tient très droite, avec un air de mépris sur son visage qui porte la trace de coups. Le reste du salon contient une table à cartes d'état-major, une autre garnie de victuailles, deux canapés qui se font face, deux ou trois fauteuils. Des lampes allumées sont disposées un peu partout. Debout dans un coin, un autre homme est adossé contre la paroi, revolver à la ceinture et un fouet à la main.

– Tu leur as fait visiter mon train, Pamphile?

– Ce qu'il y avait à voir.

L'ataman Semyonov est de petite taille mais solide, ses jambes sont un peu torses, ses pommettes bombées, ses yeux légèrement bridés (sa mère était bouriate); il porte une épaisse moustache. À l'évidence, il est ivre. Il jette un rapide coup d'œil à Candido, mais c'est à Samantha qu'il s'intéresse, de haut en bas.

– Elle est comment, nue?

– Banale, dit Pamphile.

– Elle a de grands pieds et de grandes mains.

– C'est ce que je voulais dire, Grigori.

– *Go fuck yourself*, dit Samantha, sur le ton dont elle dirait : "Quel joli temps nous avons aujourd'hui!"

– Elle m'insulte, Pamphile?

– Elle ne se le permettrait pas. Personne ne se le permettrait. Elle dit simplement que son ami est blessé.

– Espèce de boucher ignoble, dit Samantha, toujours en anglais et avec un grand sourire. Vous êtes une charogne répugnante.

L'ataman lui sourit. Il relève son bras au bout duquel pend un nagaïki, l'un de ces fouets dont les Cosaques se sont servis pour arracher l'épiderme de Candido; ce fouet-là est en cuir et aux extrémités des lanières, en plus des petits éclats de plomb, on a fixé de minuscules morceaux de fer, tranchants comme des rasoirs. Le nagaïki vient frôler les seins de Samantha.

La poigne de Pamphile accroche par le collet Candido qui a fait un pas en avant, et le retient.

– Et ce seraient ces deux gamins qui m'auraient tué trois de mes Cosaques?

– Je ne crois pas.

– Tatartchuk me l'a dit.

– Tatartchuk se trompe. Je ne pense pas que cette Américaine et ce Brésilien aient pu tuer qui que ce soit, à plus forte raison trois Cosaques de l'ataman Semyonov. En outre, ce n'était pas de tes Cosaques. J'ai ramassé ceci, à côté de l'endroit où l'on a brûlé les vêtements des morts.

Dans la paume du Maître d'École apparaît une pièce de monnaie légèrement tordue par le milieu.

– Et qu'est-ce que c'est ?

– Un des signes de reconnaissance employés par les espions communistes. Nous en avons déjà trouvé plusieurs semblables à celui-ci sur des agents rouges que nous avons exécutés.

L'ataman s'écarte enfin et se laisse tomber sur l'un des canapés. L'autre homme lui sert à boire, tandis que la petite blonde grassouillette vient prendre place près de lui. Il vide son verre et immédiatement s'en fait emplir un deuxième. Son regard reste fixé néanmoins sur Samantha.

– Elle comprend ce que je dis ?

– Si tu parles lentement et avec des mots simples, peut-être.

– *You can just piss off, sod you*, dit Samantha d'une voix égale. *And go screw yourself.*

– Qu'est-ce qu'elle dit ?

– Elle te demande de prendre soin de son ami. Elle t'en prie très poliment.

– Tu es sûr qu'elle est américaine ?

– Certain, dit Pamphile. J'ai vérifié son passeport et parlé anglais avec elle. Elle est de Chicago et va rejoindre son père en poste à l'ambassade de Pékin.

– Et l'autre ?

– C'est également le fils d'un homme très important, un ami personnel du maréchal Tchang Tso-Lin. Chez qui il se rend. La jeune fille et lui croyaient pouvoir rallier Kharbin par le Transsibérien. Ils sont l'un et l'autre soulagés d'avoir pu échapper aux rouges. Tatartchuk a bien failli les tuer. Heureusement que je suis arrivé à temps. C'est à toi que l'on aurait reproché leur mort.

L'ataman éclate de rire. C'est vrai que Tatartchuk manque parfois un peu de délicatesse.

Ses yeux se ferment de plus en plus souvent, sous l'effet de l'alcool qu'il ne cesse d'ingurgiter.

Candido n'en peut plus et s'effondre.

Il est à nouveau couché sur le ventre, mais dans un vrai lit . Il sent d'abord l'odeur de bois brûlé. Puis le parfum de l'eau de toilette de Samantha, et ce dernier détail l'intrigue considérablement : comment a-t-elle pu se remettre de l'eau de toilette? Nos bagages sont restés à Irkoutsk!

– Je vais vraiment très bien, annonce-t-il.

– Ne parle rien d'autre que l'anglais.

Voix chuchotante de Samantha.

– *I feel quite all right*, dit docilement Candido.

Dans la minute suivante, quelqu'un lui passe un onguent sur les épaules, les omoplates, les reins, les fesses, les cuisses. C'est frais. Une voix inconnue déclare :

– Il a plusieurs fractures des côtes, ce qui n'est pas grave. Son épaule gauche était déboîtée mais il semble qu'elle s'est remise en place d'elle-même; il y a eu arrachement de quelques ligaments. J'ai cru un moment à une fracture de la hanche mais non, ce n'est qu'une grosse contusion. Il n'urine plus de sang, c'est bon signe, ses reins n'ont pas trop souffert. Le reste n'est que superficiel. À mon avis, il n'aura plus de pertes de conscience; il était surtout à bout de forces. Ne recouvrez pas les plaies, laissez-les sécher. Elles aussi sont en voie de guérison. Il n'en a pas l'air, mais il est extrêmement solide.

– Et très courageux, dit Samantha.

– Pour avoir pu rester sur un cheval dans l'état où il était, certainement.

L'inconnu parle en allemand avec un fort accent russe. Il s'en va. Murmures en russe à la porte. Qui s'ouvre et se referme.

– Je peux me retourner? demande Candido en anglais.

– Et parler toutes les langues que tu voudras.

Il se met à quatre pattes puis, précautionneusement, s'assoit. Un feu de bois flambe dans la cheminée. Samantha est là, bien sûr, mais aussi l'autre, l'homme aux cheveux blancs, Pamphile Merkoulov. Qui a fait de si gros mensonges à l'ataman Semyonov.

– Tu as faim, Candido?
– Faim et soif.
Il boit du lait au goût si particulier, il paraît que c'est du lait de yak – une espèce de vache des montagnes aux yeux bridés, dit Samantha –, et mange des galettes de millet pilé parfumées à l'angélique, ainsi que de l'agneau rôti et froid.
– J'avais vraiment faim.
– Et pour cause : tu viens de dormir trente heures d'affilée.
Samantha est habillée en femme, pour la première fois depuis un temps fou, et il en prend un grand coup au cœur. Elle porte un chemisier à manches bouffantes et poignets serrés, avec un col en dentelle haut sur le cou; une longue jupe, épaisse, à petits carreaux verts et bleus très sombres; ses pieds sont chaussés de bottes fines; elle a relevé ses cheveux comme il les aime : une grosse couronne avec un mignon petit toupet au sommet – je me demanderai jusqu'à la fin de mes jours comment elle arrive à les faire tenir presque sans épingles – lui dégage la nuque, en n'y laissant que de petits frisotis.
– Où sommes-nous?
– À Tchita. Chez lui.
D'un mouvement de tête, elle indique Pamphile Merkoulov.
– Encore du lait?
– Je veux bien.
Il vide le bol tendu par Samantha, en même temps que son regard parcourt la pièce. Une chambre assez grande, et basse de plafond, avec un petit bureau devant la fenêtre, quelques livres sur une étagère.
– Qui t'a procuré ces vêtements de femme?
– Moi.
Pamphile a précédé la réponse de Samantha. Mais Candido continue de s'adresser à elle, comme s'ils étaient tous deux seuls dans la pièce :
– Tu as demandé à Pamphile pourquoi il avait menti à notre sujet devant l'ataman, Samantha?

– Il prétend que Khoro a été l'un de ses élèves, du temps où il était instituteur à Irkoutsk. Khoro lui aurait transmis un message pendant qu'il nous faisait traverser la frontière, et l'a convaincu de nous aider.

– Tu y crois, toi ?

– Plus ou moins.

Candido assemble ses idées. Il continue d'ignorer Pamphile Merkoulov.

– Il t'est venu à l'idée que Khoro, Pamphile et même Tatartchuk pouvaient être d'accord ?

– Avec Aliotchka ?

– Avec Alekhine, rectifie Candido. Et ils feraient tout ça pour nous amener quelque part.

– Pamphile dit que nous allons partir bientôt avec l'ataman Semyonov. Nous nous rendons chez le baron Ungern.

– Je n'ai pas trop confiance en ce Pamphile. Et toi ?

– Nous n'avons pas le choix. Je te signale que Tatartchuk et quelques-uns de ses hommes montent la garde autour de cette maison.

– Non, vous n'avez pas le choix, confirme Pamphile Merkoulov. Tatartchuk est là pour vous protéger. À Tchita, on tue au moins autant qu'on y boit. J'ai réussi à calmer l'ataman mais je ne suis pas certain d'y parvenir la fois prochaine.

– D'après Pamphile, dit Samantha, Tatartchuk est uniquement là pour nous protéger.

Candido réfléchit et demande encore :

– Pamphile t'a donné une seule bonne raison pour que nous ne partions pas tout seuls vers l'est ?

– Les hommes de l'ataman sont à l'est, et devant eux ils ont l'Armée rouge. Auprès de qui tu n'es pas trop populaire, et dont nous devrions traverser les lignes. Toujours d'après Pamphile, tu aurais assassiné des tas de gens, pendant que nous étions à Irkoutsk en compagnie d'Afonka Tchaadaïev.

– Je suis au courant, pour le Jaguar, intervient Pamphile. Soit dit entre nous, je ne crois pas une seule seconde que vous ayez jamais tué quelqu'un, Cavalcanti.

– Samantha, est-ce que Pamphile t'a dit pourquoi nous devions aller chez le Baron Fou ?

– Parce qu'un Ungern, dans cette partie de la Mongolie, est certainement le seul à pouvoir vous faire gagner Kharbin, et, de Kharbin, les États-Unis ou quelque endroit que vous voulez atteindre, dit Pamphile.

Candido boit encore un peu de lait.

– Je suis d'avis, dit-il, de nous rendre chez le Baron Fou.

Par la fenêtre il vient d'apercevoir la colossale silhouette de Tatartchuk.

– Je pense aussi que c'est la chose à faire, acquiesce Samantha.

– Sage décision, dit Pamphile.

Dix jours plus tard, ils quittent Tchita à bord du train blindé de l'ataman Semyonov, en direction de Daouryia. Où le Baron Fou est en train de constituer son armée personnelle, en vue de conquérir la Mongolie, dont il deviendra le roi-empereur ou quelque chose de ce genre. Ensuite, avec ses divisions de cavalerie asiatiques, il affrontera et vaincra les rouges jusqu'au bord de la mer Baltique, et peut-être même aussi annexera-t-il toute l'Europe. Rien de moins.

Le train blindé de l'ataman Semyonov a été redécoré ; le wagon qui sert d'habitude de salle d'exécution et de torture a été pourvu de tapis, de tentures et de meubles – il ressemblerait à une voiture ordinaire n'était cette odeur de sang, de mort et de tripaille charcutée. L'ataman est du voyage. Pamphile Merkoulov l'accompagne, ainsi que l'escorte habituelle conduite par Tatartchuk. Semyonov et ses officiers ont revêtu leur uniforme de gala. À l'arrivée à Daouryia, Candido en comprend la raison : une haie d'honneur formée par des cavaliers attend l'ataman et, en retrait, d'autres soldats à cheval, rigoureusement alignés, dont la discipline contraste avec celle du ramassis d'égorgeurs et de traîne-lattes qui tenaient garnison à Tchita.

– Voici l'Asiatskaïa Konnaïa Divisïa, la Division asiatique de Cavalerie du général-baron von Ungern-Sternberg, dit Pamphile.

Il chuchote, en anglais. Un mouvement se produit dans les rangs figés, une sorte de raidissement supplémentaire. Un nuage de poussière se forme et une voiture rouge apparaît, roulant à vive allure. Elle stoppe devant le train dont personne n'est encore descendu. Le moteur de la voiture et le souffle de baleine de la locomotive cessent au même instant, un grand silence s'établit.

– L'officier au volant est le major Jeremeïev, murmure Pamphile. Le militaire japonais en uniforme de général se nomme Suzuki. Détaché par le gouvernement de Tokyo auprès du baron Ungern, c'est un membre de l'organisation ultra-nationaliste du Dragon noir et sa présence a pour but de préparer l'expansion de l'empire nippon jusqu'aux ultimes confins de l'Asie, Chine et Mongolie comprises, jusqu'à la Birmanie, voire jusqu'aux Indes. Quant à l'autre, c'est lui, Ungern.

Samantha se penche en avant, même Candido regarde de tous ses yeux. Roman Feodorovitch von Ungern-Sternberg a trente-cinq ans. Pamphile Merkoulov a beaucoup parlé à son sujet : il est vraiment baron, s'il n'est pas vraiment général (lieutenant de l'armée du tsar, il s'est promu lui-même, tout comme Grigori Semyonov s'est nommé ataman de Cosaques de sa propre initiative) ; il est né en Estonie, sur les bords de la Baltique, d'une famille poméranienne et hongroise ; sorti de l'école des cadets de Petrograd puis de l'école spéciale de l'infanterie Paul Ier, il a combattu durant la guerre russo-japonaise et parle une dizaine de langues ; de taille moyenne, il porte une barbe courte et de longues moustaches tombantes. Les yeux sont extraordinaires : gris clair et enfoncés sous la dure barre des orbites ; son front impressionne également, d'une hauteur et d'une largeur anormales; il a ce pli de la bouche propre aux taciturnes; quand le regard ne se pose pas, ne fusille pas, il semble se tourner vers l'intérieur, et alors s'emplit de rêve.

Il vient d'ôter sa toque de fourrure. Ses cheveux coupés à la diable et ses terribles yeux dégagent une expression sauvage, d'indifférence au jugement d'autrui, de passion ardente, de violence prête à éclater à tout instant.

L'ataman Semyonov est enfin descendu, lui et Ungern – qui affiche un mépris hautain – s'embrassent à la russe: sur la bouche. Ils se haïssent, la chose est claire. Bon, et alors? Candido voit mal pourquoi il devrait s'intéresser à cet antagonisme. Son regard croise l'œil songeur de Pamphile – je ne sais vraiment pas quoi penser de celui-là –, puis, au-delà des rangées de la Division asiatique de Cavalerie, découvre un petit groupe d'individus. Machinalement, il les observe...

Et c'est comme s'il recevait une décharge électrique. Il se souvient très bien de ces deux hommes, là, parmi les autres, en train de considérer avec une satisfaction plus ou moins feinte les retrouvailles des deux seigneurs de la guerre. Il les reconnaît, pas de doute. C'était à Moscou, quand on lui a posé sur le front le canon d'un revolver pour le faire tenir tranquille et qu'ensuite on l'a traîné dans la Cave Sanglante. Ils étaient trois, ils ne sont plus que deux, mais ils se trouvent bel et bien au fin fond de la Mongolie.

– Il y a celui qui a des lunettes carrées et qui n'arrête pas d'allumer des cigarettes, les unes après les autres, sans jamais regarder ses mains.

– Ici, ils l'appellent Otto Krantz.

– C'est bien possible. Il y a lui et il y a l'autre. À Moscou, il me tenait d'un seul bras et me portait comme si j'avais été un enfant.

– Ils leur ressemblent, c'est tout.

– Mon œil, dit fermement Candido.

Tchita n'était pas grand-chose, Daouryia est moins encore. C'est à peine un bourg, centré sur une petite-forteresse, une redoute qui sert de quartier général au Baron Fou et où l'on n'entre pas : la garde y est féroce, comme d'ailleurs par toutes les rues dès la tombée de la nuit ; à dix heures, chaque soir, les lumières doivent être éteintes, qu'on laisse une seule lampe allumée, que l'on batte sans précaution son briquet pour allumer sa pipe et les fusils partent tout seuls.

– Pas à l'aérodrome, Candido. Là-bas, c'est éclairé.

Trop éclairé, justement. Et que voudrait-elle faire ? Voler l'un des aéroplanes venus du Japon et s'enfuir avec lui ? Elle sait piloter un aéroplane ?

– Tu ne sais même pas conduire une automobile.

Lui, si. Sous réserves, il est vrai : parmi les centaines de raisons qui selon Candido expliquent la mauvaise humeur de dom Trajano à son égard, il y a le fait qu'il a pulvérisé plusieurs des voitures paternelles. Ainsi la Chenard & Walcker de 1913 – vingt chevaux, six cylindres et expédiée de Gennevilliers en France (écrasée contre un mur) ; puis la Locomobile de 17,7 litres que les frères Stanley, à Bridgeport dans le Connecticut, avaient tout exprès dessinée dans le style des engins de course Gordon Bennett (neuf tonneaux à la sortie d'un virage, record du Brésil, avant de finir dans une rivière) ; et enfin et surtout l'orgueil de dom Trajano, la Rolls Royce Silver Ghost à intérieur en acajou amazonien (passée sous un train ; comme les fois précédentes, Candido a pu sauter à temps).

– Il faut partir d'ici, répète-t-elle.

Et de développer une fois encore les arguments en faveur d'une fuite. Attention : elle ne veut pas dire qu'elle est d'accord avec les soupçons de Candido, selon lesquels on les aurait fait venir exprès jusque dans ce trou infâme dans le seul but d'y assassiner quelqu'un, en mettant ce crime ou d'autres sur le dos du Jaguar.

– Moi.

– Ne me fais pas rire. Personne au monde ne pourrait croire que tu es le Jaguar assoiffé de sang.

Non, elle veut filer d'ici parce qu'elle en a assez. Voilà des jours qu'ils languissent, à attendre une audience du général-baron. Et pour quoi ? Dans l'espoir que le général-baron les conduira à Ourga.

– À condition qu'il prenne la ville. Il la prendra, mais quand? Nous avons vraiment besoin d'une armée pour nous ouvrir la route? Tu m'écoutes, Cavalcanti?

– Oui.

– Tu n'en as pas l'air. Si je t'ennuie, dis-le-moi.

Il ne relève pas. Samantha et lui font leur promenade quotidienne dans les rues de Daouryia, Tatartchuk sur leurs talons, quelques pas en arrière, avec deux de ses hommes, qui sont paraît-il des Mongols khakas. Tatartchuk et ses Klaklas, il y aurait de quoi faire une chanson. Quoi que Samantha en dise, il croit profondément en une espèce de machination; Irkoutsk n'était qu'une étape; seule la mort d'Afonka Tchaadaïev ne cadre pas avec sa théorie; mais pour le reste... Tu vas voir que quelque chose va se produire; aujourd'hui, demain ou dans les jours suivants; et à défaut d'expliquer l'impossible, il se révélera que l'Autre était derrière toutes ces manigances – sauf qu'il sera trop tard.

Ils marchent en bordure du petit terrain d'aviation tenu par un détachement de l'armée japonaise. Voici trois jours, d'un avion a débarqué un gros Chinois que l'on a accueilli avec solennité. D'après Pamphile, il s'agissait d'un certain maréchal Tchang Tso-Lin, qui serait un seigneur de la guerre tenant sous sa domination la Mandchourie et une partie de la Chine, dont Pékin, la capitale. Et ce Tchang-machin, allié des Japonais, serait en train de conclure une alliance avec Ungern, notamment contre les Russes rouges. Grand bien leur fasse, Candido n'est pas le moins du monde intéressé.

Il se retourne pour jeter un dernier regard aux appareils et ce faisant intercepte le signal de Tatartchuk : il est temps de rentrer.

Ils rentrent. Il doit être onze heures du matin et sitôt qu'ils parviennent en vue de la petite place d'armes sur laquelle se trouve le quartier général du Baron Fou, une sorte de fièvre dans l'air attire l'attention de Candido. Des choses se préparent, pas de doute...

La preuve :

– Deux informations, dit Pamphile Merkoulov qui les attendait dans la maison où ils logent. La première : c'est pour aujourd'hui, la décision vient d'être prise, l'armée fait mouvement en direction d'Ourga.

La seconde : Ungern va les recevoir, il a pu dégager quelques minutes dans son emploi du temps si chargé.

– Je vous ai présentés à lui comme je l'ai fait pour Semyonov : Cavalcanti, votre père est un ami personnel de hautes personnalités chinoises, avec qui il est en relations d'affaires et quant à vous, mademoiselle, vous êtes la fille d'un membre éminent de l'ambassade américaine en Chine. Ne me démentez pas, je vous prie. Ce sont des mensonges faciles à soutenir.

L'audience est prévue pour le soir même, à six heures.

Tout l'après-midi, la Division asiatique de Cavalerie a manœuvré sur la place, pour une ultime revue de détail. Des renforts n'ont cessé d'affluer et parmi ces hommes ralliant les étendards jaune d'or frappés d'un grand U noir, il y avait, outre des Mandchous envoyés par Tchang Tso-Lin, dc tout petits guerriers armés d'arcs et de flèches aux empennages bariolés, montés sur de minuscules chevaux pleins de poils : des Tibétains. L'artillerie est partie la première, en avant-garde : quatorze canons et trente-huit mitrailleuses, tandis que dans le ciel vrombissait l'aviation d'Ungern : un seul et unique avion aux ailes chauve-souris, un Taube allemand. La cavalerie enfin a pris la route, sous l'œil indifférent des habitants de Daouryia; la conquête d'Ourga ne fait de doute pour personne, d'ailleurs il paraît que le Bouddha Vivant, qui n'est rien moins que le grand chef religieux établi dans la capitale mongole, est un ami personnel du Baron Fou.

La place s'est vidée, le silence est retombé, la ville semble presque morte; ne sont plus demeurés, devant l'entrée de la redoute, que les deux Hotchkiss du même modèle – l'une rouge et l'autre blanche – attendant le général-baron et son état-major, ainsi qu'un détachement d'escorte de vingt ou trente Cosaques en papachas. Pamphile arrive, il est presque six heures. Maintenant, a-t-il dit. Il est accompagné d'un lieutenant qui se nomme quelque chose comme Volovitchenko – chez qui Candido, à tort ou à raison, dénote une bizarre nervosité.

Ils sont donc quatre à franchir le poste de garde, un tunnel voûté sous l'enceinte fortifiée. Ordre a été donné par le major Jeremeïev au détachement d'escorte de se mettre en selle : le général-baron le rejoindra en voiture, que l'on parte devant, exécution. Candido passe en dernier la poterne, précédé de Samantha, et trois ou quatre pas plus avant, de Pamphile Merkoulov et du lieutenant Volovitchenko. Il se retourne, éprouvant de plus en plus un sentiment d'étrangeté, et découvre que pour la première fois depuis des jours, Tatartchuk et ses Klaklas ne marchent plus derrière lui – ils ont disparu, quelque part dans la petite ville où rien ne bouge. La nuit tombe. La cour où ils sont sur le point d'entrer apparaît petite, carrée, des baraquements de bois s'y dressent; devant l'un de ceux-ci, deux hommes qui doivent être des secrétaires achèvent d'entasser dans une cantine métallique des documents et des cartes. Une porte est ouverte, à gauche; la silhouette d'Ungern s'y dessine; le général-baron arpente un bureau; il braque un instant son regard clair, si lourd, sur ces quatre personnes qui avancent vers lui à vingt mètres. Candido débouche du tunnel, et tout survient en même temps : Pamphile Merkoulov, qui a soudain ralenti le pas, s'esquive et manœuvre pour être dépassé et rester en arrière; Volovitchenko amorce un mouvement en portant la main à son revolver d'ordonnance; quatre ou cinq hommes à droite, en civil, qui viennent de déposer des valises ou des sacs, en tirent des armes – et parmi eux se trouvent l'individu du Bolchoï et l'individu à lunettes carrées, aux gestes mécaniques, qui serait Otto Krantz.

Candido bondit – tu réfléchiras plus tard, Candido Stevenson.

– Vite!

Il agrippe le bras de Samantha et l'entraîne. Ils filent dans le tunnel, mais au moment d'en sortir pour atteindre la place, le major Jeremeïev y pénètre. Candido le heurte de plein fouet, le major crie, les deux ou trois gardes postés à l'extérieur surgissent. C'est alors que des coups de feu éclatent dans la petite cour carrée. Jeremeïev lâche sa prise et fonce au triple galop vers son cher général. Ses hommes l'imitent, la voie est libre.

– Monte.

– Tu es vraiment cinglé, espèce de Brésilien de poche.

Samantha est calme. Surprise, mais calme, il en faut plus pour l'affoler. Cela dit, elle part les quatre fers en l'air, dans un grand envol de jupes et de jambes, lorsqu'il la projette à l'intérieur de l'une des Hotchkiss. Et je te tourne la manivelle, je lance le moteur, je me rue au volant, je pars comme un obus.

Il traverse la place, cherche une ruelle par où s'engouffrer, n'importe laquelle, aperçoit soudain le grand Tatartchuk et trois de ses hommes, est frappé par leur immobilité, leur absence de réaction à sa fuite – mais peut-être est-ce la surprise? Enfin il repère une ruelle, y précipite la voiture. D'un coup la Daouryia déserte se révèle encombrée : des Mongols hommes et femmes, des chameaux, des ânes, des chevaux, des étalages. Au milieu de cette foule il passe en trombe, à grands coups de volant. Et miraculeusement les voilà dehors, sur une piste. Samantha s'est assise normalement et recompose sa coiffure :

– On n'est pas partis un peu vite, de chez le général-baron?

– Je suis le Jaguar Féroce, dit Candido.

– Il est fou.

Pas d'autre piste que celle-là, de toute façon.

– Tu veux répéter, Candido ?

– Je suis le Jaguar Féroce et j'aurais égorgé ton Baron Fou et les autres ; l'Otto Krantz et Vololomachin nous auraient tiré dessus en disant qu'ils avaient abattu l'assassin du général Ungern, alors qu'en réalité ce sont eux qui l'auraient fait ; mais ils nous accuseraient et on ne pourrait rien dire parce qu'on serait morts.

– Au moins, ça, c'est clair, dit-elle, sarcastique.

– Tu n'as pas entendu les coups de feu ?

– Je les ai entendus. Ceux qu'on nous tirait dessus, puisque tu as cru malin de nous faire partir en courant.

– Mais on ne tirait pas sur nous ! C'était dans la cour qu'ils se mitraillaient !

Elle hausse les épaules : si ça lui fait plaisir de le croire.

– L'essentiel est que nous ayons filé, dit-elle.

– Ils voulaient tuer Ungern, je te dis. C'est clair comme de l'eau de roche. Et ils avaient besoin que je sois sur les lieux, moi, le Jaguar.

– Et ils se seraient donné tout ce mal uniquement pour que le Jaguar soit officiellement accusé de la mort d'Ungern ? Après quoi ils auraient exécuté le Jaguar, c'est-à-dire toi ?

Un détail et même deux reviennent à l'esprit de Candido : la curieuse absence de Tatartchuk et de ses Klaklas quelques secondes avant l'entrée dans la forteresse et, surtout, la surprenante passivité de Tatartchuk au moment de leur fuite.

– J'ai compris, dit-il. Il fallait que le Jaguar soit accusé mais qu'il ne meure pas. Pamphile a tout combiné pour nous permettre de nous échapper.

Il est très content de sa déduction. Content mais déçu : Samantha qui voulait tant s'évader ne manifeste guère d'enthousiasme, et moins encore d'admiration pour la façon, pourtant admirable, dont il s'y est pris.

Elle secoue la tête. Il freine à fond, d'un coup; la Hotchkiss se met un peu en travers, hoquette sur les cailloux de la piste mais s'arrête, dans la nuit presque tombée.

– J'ai une idée géniale, dit-il. On fait demi-tour et on va leur demander s'ils voulaient ou non nous tuer en même temps que le Baron Fou.

– Tu es bête.

– Oui, mais je cours vite.

Elle enjambe la portière (de son côté, épaissie par la roue de secours dans son étui métallique), et descend. Elle se tourne vers Daouryia dont ils sont déjà à dix ou douze kilomètres. On n'y voit plus grand-chose, sauf lorsque la lune se décide à ne pas se cacher derrière les nuages.

Samantha fait le tour de la voiture – on dirait qu'elle envisage de l'acheter.

– Il y avait deux voitures pareilles, il a fallu que tu voles la blanche.

– Ce n'était pas le moment de faire de la politique, dit Candido.

Elle lui sourit, s'approche, s'accoude à la portière, se penche et l'embrasse :

– C'est vrai que tu es rudement vif, quand tu veux.

Elle n'est plus fâchée du tout, la vie est vraiment belle.

Samantha remonte, cette fois encore en enjambant la portière au lieu de l'ouvrir.

Il redémarre, à la seule allure qu'il connaisse quand il est au volant : accélérateur au plancher.

Vraiment belle.

Il ouvre les yeux, sort du sommeil. La tête de Samantha est posée sur ses genoux, ils sont tous les deux sur la banquette arrière de la Hotchkiss.

– Tu dors, Samantha?

– Profondément.

Il regarde autour de lui et l'étrangeté de leur situation lui saute aussitôt à la figure : ils flottent sur une mer de nuages ou de brume. On ne distingue pas le sol, rien d'autre que ces moutonnements grisâtres sous la lune et si ça se trouve, cette nuit, à force d'escalader des montagnes, je serais arrivé tout en haut de l'Himalaya. Nous ne devrions pas tarder à voir passer des anges, battant des ailes.

– J'ai faim, dit Samantha.

Il a roulé aussi loin et longtemps qu'il a pu. Sans oser allumer les phares pour ne pas se faire repérer à des kilomètres. En grimpant cette saleté de piste. En n'y voyant plus rien du tout – même pas le capot. Avec à un certain moment un pressentiment subit, « il y a le vide devant nous ». Et il a stoppé, bien trop fatigué pour descendre et aller vérifier.

– J'ai faim, Candido.

... Avec un peu de chance, nous aurons traversé la Mongolie et la Mandchourie d'un trait et au lever de ce brouillard si épais, nous découvrirons la mer, l'océan Pacifique. Avec la Californie juste en face.

N'y compte pas trop, tout de même. Il a faim, lui aussi, ils n'ont pas dîné, hier soir, et pour cause : nous étions supposés être des égorgeurs en fuite – ou morts. Il écarte avec douceur la tête de Samantha, se lève, ouvre la portière et avance un pied avec circonspection : peut-être sont-ils perchés sur un pic, avec rien que du vide autour d'eux ? Il marche, enfoncé jusqu'à mi-cuisse dans la brume, à croire qu'il est amputé. Une cantine de bois a été fixée à l'arrière de la Hotchkiss, et à cette cantine on a assujetti par des courroies de cuir pas moins de six bidons. Il examine le contenu : cinq d'essence et un d'eau.

– Il y a du thé, des galettes de millet et d'avoine, de la viande séchée et des bouteilles de je ne sais quoi, annonce Samantha après avoir farfouillé dans la cantine, dont elle sort un uniforme d'officier, des bottes de rechange, trois chemises, quatre caleçons, des jumelles, deux livres dont un missel, un fusil avec dix boîtes de cartouches, des photos dans un portefeuille de cuir noir.

– Nous avons volé la voiture d'un certain général Riesouchine, Candido. Tu connais?

Non. L'un des adjoints du Baron Fou, probablement.

Il ramasse quelques branches d'un arbre rabougri, des mètres en contrebas, en pleine purée de pois. Le bois est vert et humide, mais un peu d'essence le fait flamber.

– Assieds-toi, je fais le service, dit-elle. Tu as bien conduit, hier soir et cette nuit. Et j'ai certainement mieux dormi que toi, avec tes genoux comme oreiller.

Ce qu'elle peut être gentille, par instants! Il s'installe sur le marchepied de la Hotchkiss, avec un sentiment de confort, de liberté et de satisfaction extraordinaires; nous sommes tout seuls, elle et moi; comme l'autre jour sur les bords de la rivière, sauf que, cette fois-ci, quelles que soient les machinations de l'Autre, il nous a perdus.

– La voiture est une Hotchkiss 40/50 six cylindres, carrossée en Angleterre par Gill. Mon grand-oncle Amilcar de Rio de Janeiro avait exactement la même. Modèle 1913. La même. Je reconnais ses yeux.

Samantha n'est pas du tout intéressée. Sa cuisine l'occupe trop. C'est vraiment joli, une femme qui fait la cuisine. Dans une grosse gamelle suspendue à une courroie tendue entre le pare-chocs et une branche verticale, elle jette des morceaux arrachés à la brique de thé – le thé mongol se présente en briques, et pour confectionner celles-ci, les Mongols n'utilisent pas les feuilles de la plante, seulement les vrilles. Puis elle y ajoute deux galettes d'avoine émiettées et, tant qu'à faire, un peu de viande, ainsi qu'ils ont vu faire les Mongols klaklas de Pamphile, à Daouryia et avant à Tchita.

– Que va-t-on faire quand on sera en Amérique, Samantha?

Pas de réponse. Bon sang, qu'est-ce qui t'a pris de lui demander ça? Résultat : elle s'est assombrie, c'est malin!

Change de sujet, crétin.

– Je te parlais à l'instant de mon grand-oncle Amilcar. Il n'avait pas exactement la même voiture, en réalité. La sienne était jaune et verte, avec des coussins bleus. Le drapeau du Brésil. J'aime beaucoup grand-oncle Amilcar. Dom Trajano, c'est-à-dire papa, et lui ne s'entendent pas beaucoup. Dom Trajano pense que grand-oncle Amilcar est un fou dangereux, un irresponsable, la honte de la famille. Il y a de cela pas mal de temps, grand-oncle Amilcar est sorti un matin pour aller s'acheter des bretelles. Il est revenu cinquante-trois ans plus tard, de Paris, avec des cadeaux pour tout le monde. À dom Trajano par exemple, il a envoyé par la poste, de Rio à São Paulo, livraison franco de port, une demoiselle parisienne toute nue, sauf un ruban dans les cheveux et un pompon bleu-blanc-rouge sur le derrière, dans une caisse capitonnée de soie rose, marquée HAUT, BAS et FRAGILE.

Elle rit, Candido, tu lui as fait oublier ta question imbécile.

Assis côte à côte sur le marchepied de la Hotchkiss, ils avalent leur soupe et contemplent la brume. Mais le soleil se lève, le soleil et un vent léger.

– Tu as une idée d'où nous sommes, Candido?

Non. Il a roulé vers l'est, au sortir de Daouryia, cela il en est sûr. Du moins tant qu'on y voyait à peu près. Parce que ensuite...

– On a fait cent vingt kilomètres, calcule-t-il. À cent kilomètres près.

– Une chose est sûre : pour être seuls, on est seuls.

... C'est à ce moment-là que ça commence. Une rumeur chuchotée, venue de nulle part et de partout à la fois. Au pire des moments. Alors que déjà il lorgnait la banquette arrière, qui n'est pas gigantesque, mais tant pis, elle aurait bien suffi pour un câlin. Puis un grondement sourd, continu, qui monte, fait du martèlement de sabots, du cliquetis d'armes et d'étriers.

Alors à travers le voile déchiré du brouillard, apparaît un promontoire rocheux qui s'élève vers le ciel, et l'à-pic qui le termine sur lequel la Hotchkiss est parquée, *puxa vida* il était temps que je m'arrête, trois mètres de plus et il nous fallait un des aéroplanes japonais...

En bas, à soixante-quinze mètres au-dessous d'eux, presque à la verticale, la Division asiatique de Cavalerie au grand complet, en campagne.

– Si je comprends bien, tu as tourné en rond. Où as-tu appris à conduire? Sur un vélodrome?

– Je me guide au soleil, moi. La nuit, il n'y a pas de soleil, dit Candido. Pousse.

– Je ne fais que ça, nom d'un chien!

Ça ne tient pas debout. N'importe quel imbécile qui aurait été assez fou pour s'en aller hisser une Hotchkiss de douze ou quinze cents kilos à la pointe extrême d'une falaise n'aurait eu aucun mal à l'en faire redescendre : il lui aurait suffi de faire demi-tour, ou même de repartir en marche arrière; il aurait desserré le frein, et vogue la galère!

Pas moi. Je suis maudit. Comment est-ce que j'ai fait pour escalader ces pierres? « Votre obstination à pulvériser toutes les voitures qui vous passent par les mains, jeune Candido, et dans laquelle on pourrait voir l'effet de quelque complexe freudien, n'a d'égale que votre génie singulier à sortir indemne de tout » – je voudrais bien que Herr Doktor soit là : il nous aiderait à pousser.

– J'en ai marre!

Il n'en peut plus; ses jambes flageolent et il en vomirait presque, d'épuisement. Il examine l'obstacle : une longue pierre dessinée comme un tremplin; facile à aborder en montant, par son plan incliné, mais qui, dans l'autre sens, est haute comme deux trottoirs; il a pourtant tout essayé, entassant une coulée de pierres plus petites. Rien à faire.

À moins de mettre le moteur en route.

Mais on nous entendrait jusqu'à Irkoutsk.

Il se traîne jusqu'à Samantha et s'allonge sur le dos. Reprend son souffle.

– Comment m'as-tu appelé, hier?

– Souviens pas.

– Au moment où nous sommes sortis de chez le général-baron, un peu avant que je te projette dans la voiture.

– Souviens pas.

– Mon œil.

– D'accord : Brésilien de poche.

Il ne dit rien. Je suis brésilien et pas grand, c'est une évidence.

– Tu es vexé ?

– Non.

Il se relève et va fouiller la cantine. Il s'empare des jumelles et les braque sur la Division asiatique de Cavalerie : si tu peux les voir, ils peuvent te voir aussi, attention au reflet du soleil dans les verres.

– Je suis désolée, dit-elle. Je veux dire : désolée que tu te sentes vexé. Je ne voulais pas être blessante.

Je suis juste un peu en colère, pense-t-il tout en promenant ses jumelles en avant de l'armée en marche. Et c'est ridicule. Elle ne t'a quand même pas traité de nabot. Quoique l'idée soit la même. Tu es fou : tu es plus en colère que lorsque tu as compris que l'Autre et elle... Là, tu étais mélancolique. Et maintenant tu es en colère, pour un mot de travers. Tu es vraiment bizarre.

– Tu as été absolument formidable à Daouryia, reprend-elle. Tu as pensé et agi si vite que j'ai été surprise. J'ai dit n'importe quoi.

Elle cherche à m'amadouer.

Néanmoins, elle a raison : j'ai sûrement établi le record de Mongolie pour la sortie de chez un baron fou.

– Qu'est-ce que tu cherches, avec tes jumelles ?

– Des éclaireurs.

– Tu en vois ?

– Non.

– Tu aperçois quelque chose ?

– Oui, un Mongol klakla qui me regarde lui aussi avec des jumelles.

– Pas besoin de jumelles, dit-elle. Si tu parles de ce type debout sur le toit d'un camion à environ quatre cents mètres de nous, je le vois aussi. Ce n'est pas un Klakla, mais un Khakas.

– C'est pareil.

Il baisse ses jumelles un instant. Sa conviction est faite : le Mongol klakla n'est pas tout seul, il y en a cinq autres. Plus Tatartchuk et Pamphile Merkoulov.

– C'est le désert le plus peuplé que j'aie jamais vu, dit Samantha.

Sur quoi, il arrive quelque chose d'assez singulier.

D'abord, Pamphile Merkoulov est descendu du camion, où il était assis à côté du chauffeur. Et il fait des signes, dont les jumelles donnent bien le détail. Sa mimique est fort claire : ne faites aucun bruit, laissez s'éloigner la Division asiatique de Cavalerie !

– Est-ce que par hasard Pamphile serait en train de nous dire de ne pas bouger, et que lui-même ne lancera pas son camion aussi longtemps que le bruit des moteurs pourra être entendu par l'armée du baron ?

– Je crois que c'est à peu près ça, dit Candido.

– Et toujours si je comprends bien, sitôt que cette armée sera hors de portée d'oreille, et à ce moment-là seulement, il recommencera à nous poursuivre ?

– Voilà. Monte et ferme la portière.

Il prend position avec la manivelle, devant le capot.

Coup d'œil sur sa gauche : côté klakla, c'est Tatartchuk qui remplit la fonction de préposé au démarrage.

– Qu'est-ce qu'on rigole ! dit Samantha. J'ai envie de me dresser en brandissant un drapeau à damier, pour donner le départ. Tu es toujours fâché contre moi ?

– Je ne suis pas fâché.

– Tu as un caractère impossible, tu sais. Ce n'est pas méchant, « Brésilien de poche ». Tiens ! il s'est remis à gesticuler, l'autre ahuri.

– Qui?

Samantha observe le camion avec les jumelles, debout dans la Hotchkiss.

– Pamphile. Qui d'autre? Il a l'air de vouloir nous expliquer que nous devrions éviter d'aller vers le sud-est. On va où?

– Au sud-est, dit Candido.

Il réfléchit : Pourquoi Pamphile Merkoulov, après nous avoir conduits tout droit dans un piège chez Ungern, nous protège-t-il maintenant? Il klaxonnait, criait ou faisait tirer un coup de fusil, voici moins d'une minute, toute la Division de Cavalerie asiatique nous tombait dessus. Encore une fois, je ne vois pas où il veut en venir. À moins que...

– Candido!

Tatartchuk tourne sa manivelle. Candido l'imite.

Rien dans les deux cas.

– Est-ce qu'il ne faut pas mettre de l'essence, dans une voiture? demande gaiement Samantha.

– C'est fait.

Cinquième tour de manivelle. Le moteur de la Hotchkiss ne bronche pas.

Celui du camion non plus, ça me console.

– Ne t'énerve pas, cette espèce de gros monstre n'y arrive pas lui non plus, dit Samantha. Tu vas voir qu'on y sera encore demain!

Elle est merveilleuse.

Quatorzième tour de manivelle.

– Je pourrais essayer, dit-elle.

– Non. C'est un tour de main à prendre.

La Hotchkiss bat le camion par dix-sept tours de manivelle à dix-huit, elle escalade la grosse et large pierre plate qui la bloquait, commence à rouler, immédiatement, comme une bombe.

– Prends-le comme tu voudras, Cavalcanti, dit Samantha, mais « Brésilien de poche », c'est même affectueux, en quelque sorte.

– Ils nous suivent toujours, dit-elle.

À genoux sur le siège, elle braque les jumelles. De temps en temps, un cahot un peu plus fort que les autres l'envoie valdinguer, soit contre sa portière, soit contre Candido. Le vent tiède et l'effet de la très relative vitesse plaquent sur elle sa jupe et sculptent son corps. C'est très joli.

– Un moment, j'ai cru qu'ils avaient abandonné. Mais non, ils sont toujours là. Des rochers me les cachaient. Je dirais qu'ils sont à deux miles et demi, trois miles.

– Dans les quatre kilomètres, dit Candido.

– C'est possible. Tu irais seulement un petit poil plus vite, on les perdrait.

Il réfléchit : quatre kilomètres est à peu près la distance qui les séparait déjà du camion trois heures plus tôt. Autrement dit, Pamphile et ses Klaklas ne se sont pas encore arrêtés pour remettre de l'essence. Il faudra pourtant qu'ils y pensent. Ils ont dû eux aussi faire le plein avant le départ. Le problème est de savoir si un camion a une autonomie plus grande qu'une Hotchkiss. Si c'est le cas, nous sommes pris.

La piste traverse une large plaine ondulante, qui s'allonge sur des kilomètres. De-ci, de-là, des troupeaux de chevaux, de yaks ou de moutons, et même des yourtes, dont s'élève une petite colonne de fumée. Voici une heure, la Hotchkiss a dépassé deux bonzes en robe couleur safran et au crâne rasé, qui à la vue du monstre se sont rués pour se jucher sur des rochers.

– C'était affectueux, plus j'y pense, dit Samantha. Si tu crois un seul instant que j'avais en tête un mot comme nabot, tu te trompes. Tu n'es pas un nabot et tu n'es pas trop petit, c'est moi qui suis trop grande. Et je regrette aussi... Oh ! mon Dieu ! Candido, ils s'arrêtent !

Il roule encore cent mètres puis stoppe, au sommet d'une butte.

– Je ne vois rien du tout, dit-il.

Elle lui tend la double lorgnette.

– On ne voit qu'eux! Là-bas, à côté des rochers qui ressemblent à un moulin à café.

Aucun moulin à café. Elle lui reprend les jumelles et s'exclame. Comment ne les voit-il pas?

– Tu as besoin de porter des lunettes, Cavalcanti. Ils sont là tous les sept, Pamphile Merkoulov est au volant, Tatartchuk est assis près de lui, et il y en a deux qui transportent des bidons. Les trois autres courent.

– Ils *courent*?

– Ils courent. Et vite. Ils viennent vers nous.

Candido réfléchit : comme prévu, les Klaklas ont dû stopper pour remplir leur réservoir; de deux choses l'une; ou bien je continue mais je risque de tomber en panne sèche dans très peu de temps, ou bien...

Il ouvre la portière et descend, déjà préoccupé par un autre calcul : Pamphile sait que nous allons devoir nous ravitailler incessamment, alors il m'envoie ses coureurs à pied; toute la question est de savoir en combien de temps les Mongols klaklas couvrent disons quatre kilomètres.

– Qu'est-ce qu'ils vont vite, Candido!

Probablement dix à quinze minutes.

– Ils se rapprochent, Candido.

– Grand bien leur fasse.

Herr Doktor m'entraînait sur cinq mille mètres, pour les jeux Olympiques, *mens sana in corpore sano*, disait-il.

– Candido, je dis ça rien que pour causer, mais ils commencent à nous tirer dessus.

Il s'éloigne de la voiture et cherche un coin tranquille.

– Où vas-tu, Candido?

Faire pipi. Elle est marrante, Samantha, je ne peux quand même pas faire dans ma culotte. J'en ai envie depuis des heures.

Il se remet au volant et démarre.

– Content de toi, hein? dit-elle. Je voyais déjà le blanc de leurs yeux.

C'est vrai que je suis assez content de moi, et de la vie en général. Je suis dans une belle voiture blanche, en compagnie de Samantha Elizabeth Franck, de Chicago, et nous roulons en Mongolie, je ne vois pas pourquoi je serais tellement mélancolique.

... Et soudain un détail, qui dans l'instant ne l'avait pas frappé, lui revient.

– Combien as-tu dit qu'ils étaient, Samantha?

– Il y avait Pamphile Merkoulov, le grand Cosaque et les Mongols khakas.

– Non. Tu as dit que Pamphile était au volant, que Tatartchuk était assis près de lui, qu'ils étaient là tous les sept. Et ils étaient huit, ce matin.

Il manque un Klakla.

– Il était peut-être derrière le camion ou il est allé faire pipi comme toi.

Candido secoue la tête, tandis que la Hotchkiss se fraie un passage au milieu d'un océan de moutons, comme les Hébreux traversant la mer Rouge. J'aurais dû y penser plus tôt, je suis d'une bêtise à pleurer.

– Samantha, nous sommes en plein pays klakla, d'après Élisée Reclus. Et sûrement celui qui manque est parti sonner le tocsin, il prévient tout le monde. Et comme il y a un Klakla sous chaque pierre, par ici, ils seront bientôt des mille et des cents à nous poursuivre.

Nous n'irons plus très loin.

– On s'arrête, ça suffit, dit Samantha.

Avant la tombée de la nuit, un nouvel arrêt-essence a été nécessaire. Les deux derniers bidons y sont passés, il ne reste plus qu'une goutte en réserve. Et seulement très peu d'eau.

– Arrête, je te dis.

Candido dodeline de la tête. Pour être franc je suis crevé, et surtout je n'y vois plus rien, ce n'est pas une piste, ça, mais le lit d'un torrent, il y a des cailloux gros comme Tatartchuk, et il faut que je me faufile avec la Hotchkiss.

– Pour l'amour du ciel, arrêtons-nous. Nous allons finir dans un ravin, Candido, tu as fait tout ce qu'il était humainement possible, tu es vraiment d'une résistance incroyable.

Elle dit ça pour m'encourager et m'empêcher de m'endormir. *Meus Deus*, elle serait un tout petit peu amoureuse de moi, ce serait une pure merveille.

– Mais je t'en prie, arrête. Ils ont cessé de nous poursuivre, il y a des heures que je ne vois plus leurs phares. Arrête, mon chéri.

Il arrête. Il a mal à la nuque, aux bras, aux reins; ses paumes sont pleines d'ampoules; il vient de conduire près de vingt heures d'affilée, sur des pistes innommables, et le pneu avant droit est crevé depuis il ne sait plus combien de temps. Face à lui, le lit de la rivière se resserre en une espèce de gorge.

Samantha demande :

– Comment éteint-on les phares?

Il les éteint, ses yeux se ferment.

Elle m'a dit « mon chéri ».

– Viens, Candido, viens t'allonger.

Elle le prend dans ses bras et il s'abandonne, quelle femme l'a jamais tenu comme cela? Pas dona Isabel sa mère, qu'il n'a pas connue; évidemment pas sa belle-mère, deuxième épouse de dom Trajano; quant à la gouvernante écossaise, miss Robertson, elle disait à Candido : « Allez embrasser Madame, Monsieur Candido », il y allait et la corvée était finie pour tout le monde. Samantha l'embrasse sur le visage.

– *Uhé or hu auli enl'oi anta*, dit Candido.

– Je n'ai pas compris.

Tu es encore plus jolie dans le noir, Samantha. Est-ce que je rêve?

Nous sommes à la fazenda de Bragança Boa Vista, ce n'est pas la plus grande des fazendas de la famille, mais c'est ma préférée, regarde-moi ces manguiers et ces jacarandas, et ces bougainvillées et ces roses. Ça? C'est un jaboticabeiro, en octobre je te ferai goûter ses fruits, comment te dire? C'est un peu une prune et un peu une groseille. Tiens, mange, ça va te rougir les lèvres, que tu es belle, j'en ai envie de pleurer. Et tu as mis ta robe blanche avec tes rubans bleus. Ma préférée. C'est gentil. Je t'aime. Maintenant on va aller faire un tour en baquet à cheval, un baquet c'est un buggy en anglais; je l'ai fait banner de toile blanche rayée de bleu, assortie à ta robe...

– Candido!

... D'accord, on peut aller à la piscine, si tu préfères. Mais oui, bien sûr qu'il y a une piscine dans la fazenda. Cent vingt pieds de long et toute bleue. Avec le profil de dom Trajano dans le fond, mais rien n'est parfait...

– Candido, vite, réveille-toi!

Il ouvre les yeux. Je rêvais.

Il se redresse :

– J'ai dormi longtemps?

– Une vingtaine de minutes. J'ai entendu des bruits.

Elle chuchote, lèvres collées à son oreille. Il élargit ses prunelles vertes comme font les chats. Dans la pénombre, des silhouettes se dessinent. Des rochers. La gorge étroite en face, le lit asséché de la rivière, un arbre ou deux, des rochers comme s'il en pleuvait...

Stop!

Deux hommes.

Il s'est glissé au volant, après avoir tourné la manivelle. Il va enclencher la première vitesse, quand des feux s'allument. Un et deux, quatre, huit, dix.

Tu l'as toujours su, qu'ils finiraient par vous reprendre.

Ces foutus Klaklas sont une trentaine. Samantha enjambe le dossier de son siège avant et vient s'asseoir près de lui. Elle se recoiffe, une épingle entre les dents.

– Je ne sais pas ce que tu en penses, Cavalcanti, mais je prendrais bien une douche.

– Et on la prendrait ensemble.

– CAVALCANTI !

La voix tonne et l'écho rebondit sur les parois de la gorge.

– On la prendrait ensemble et je te préviens, dit Candido, ce sera le câlin du siècle.

– CAVALCANTI, VOUS M'ENTENDEZ ?

Les Klaklas surgissent de partout et s'approchent.

– Pour le câlin, dit Samantha, on verra. Mais a priori, je ne suis pas contre.

Elle a fini de se recoiffer – la couronne et le petit toupet en haut.

– Et pendant que j'y pense, il faudra que nous reparlions de la fazenda de Bragança Boa Vista. Avec son jabotieraro.

– Jaboticabeiro.

Elle m'a entendu. J'ai rêvé, mais à voix haute. Elle m'a entendu. Ce que je suis heureux.

– Il me faut bien convenir, dit le Maître d'École, que vous êtes un petit jeune homme des plus déconcertants. On vous donnerait du Karl Marx sans confession, vous avez l'air le plus tranquille du monde et soudain, vous fusez, avec une prestesse tout à fait saisissante.

– Est-ce que je vous ai fait manquer votre coup, à Daouryia ?

Le Maître d'École le considère par-dessus ses lunettes :

– De quel coup parlez-vous ?

– L'assassinat d'Ungern. Ungern, que le Jaguar devait égorger avec son grand couteau. Est-ce qu'Otto Krantz est mort ?

– Il ne s'appelle pas Otto Krantz.

– Je m'en fiche pas mal. Il est mort ?

Pamphile le scrute toujours. Tu parles trop, Candido Stevenson ; et juste dans le but imbécile de prouver que tu n'es pas trop bête ; tu en rajoutes. Au point qu'il va finir par se demander s'il ne ferait pas mieux de te tuer tout de suite. Et tu mets en danger la vie de Samantha, surtout.

– Il n'est pas mort, répond enfin Pamphile. C'est un homme plein de ressources.

– Mais Volovitchenko est mort, lui.

– En effet. Aux dernières nouvelles, Volovitchenko, agent des rouges, a été abattu par le capitaine Kosstoïed alors qu'il était sur le point d'assassiner le général-baron avec l'aide de ses deux complices, Cavalcanti et Franck.

– Je vous ai fait manquer votre coup, donc.

Pamphile Merkoulov ne répond pas. Des tas de Mongols klaklas entourent la Hotchkiss, dans laquelle ils sont toujours assis. S'ils voulaient nous tuer, ils l'auraient déjà fait.

– Vous ne voulez pas nous tuer, déclare Candido.

Le Maître d'École ne répond pas non plus. L'idée se fraie un chemin dans la cervelle de Candido.

– Vous aurez reçu de nouveaux ordres, dit-il. On aura trouvé une nouvelle mission pour le Jaguar. Alekhine. Vous travaillez pour Alekhine. C'est ça, hein ?

Il fixe les yeux du Maître d'École, et bon, je suis certain d'avoir deviné juste. Sauf que tu as trop parlé, tu n'as pas pu t'en empêcher.

Mais il n'a pas le temps de s'étonner de ses propres déductions : Pamphile Merkoulov vient de lancer des ordres, en mongol. Ses hommes s'emparent de Samantha, ils la soulèvent hors de la Hotchkiss et l'emportent comme un paquet, Dieu sait pourtant qu'elle se débat ! Lui s'est jeté dans la mêlée, mais c'est à devenir fou : il a beau frapper des pieds et des poings, tout ce qu'il obtient, c'est de les faire rire, je vais tous les tuer !

Ils ne le frappent même pas. Ils le maintiennent comme l'on fait d'un petit chat en fureur. Puis il se retrouve avec un poids terrible sur les épaules, une poutre qui lui écrase la nuque et à laquelle on lui attache les bras à la façon d'un crucifié. Il ne voit plus Samantha qui a été emportée. Il hurle, mais vraiment pour rien. Une corde est passée autour de son cou, s'ils veulent me pendre, ils ont intérêt à ne pas me rater!

Mais non. On le met en laisse, comme un chien.

Odeur d'essence. Ils vont me brûler vif!

C'est la Hotchkiss qu'on enflamme.

– Cessez donc de vous débattre, Cavalcanti. Vous vous épuisez pour rien.

Pamphile Merkoulov se dresse devant lui. À genoux, Candido ne voit guère que les bottes du Maître d'École. On tire sur la laisse pour l'entraîner. À un moment, il essaie de se remettre debout et de les frapper avec la poutre. Ils rient de plus belle. Il finit par s'écrouler, à bout de forces, il tombe en avant, une pointe de rocher lui ouvre la joue.

Derrière lui, il entend l'explosion sourde de la Hotchkiss dont le réservoir vient de prendre feu. Il n'a toujours pas perdu connaissance. On le tire sur des mètres et des mètres, et chaque fois qu'il s'écroule, on le relève. Je vais m'évanouir, Samantha!

Il se redresse. Et reste debout. Tout seul. Sans que personne ne l'aide, c'est inexplicable.

– J'obéis à ses ordres, Cavalcanti. Il m'avait d'abord commandé de vous abattre, mais il a changé d'avis, j'ignore pourquoi. Il n'y a rien que j'exécute qu'il ne m'ait ordonné. Pour la jeune fille, je ferai de mon mieux, je suis désolé.

En anglais. Le Maître d'École a parlé en anglais. Candido tente de rouvrir les yeux mais ils sont recouverts de boue et de sang. C'est à peine s'il distingue la silhouette du Maître d'École et une autre, gigantesque celle-là.

Le premier coup est donné. Dans le bas-ventre au pire des endroits, la douleur est horrible.

– Désolé, vraiment, dit la voix de Pamphile Merkoulov.

Deuxième coup de poing. Et encore un.

Il s'évanouit.

La chaleur. Sur son visage et ses mains, la chaleur du soleil. Il lui faut du temps pour émerger de son inconscience.

Le silence. Ils sont partis. Candido soulève une paupière (une seule, la droite, l'autre est collée) et relève la tête. Remue-toi, Candido : tu pousses sur tes jambes jusqu'à ce que ça se décroche, ce n'est pas compliqué. De deux choses l'une : ou bien ils ont pensé que tu ne t'en tirerais jamais tout seul et ils vont te laisser crever de faim et de soif en attendant que les loups et les aigles te mangent, ou bien tu te libères et tu les poursuis.

Pousse.

Au troisième coup, dans un effort à se déchirer les muscles, la poutre bouge de quelques millimètres. Ça marche, continue.

Non, réfléchis : ça ne servirait à rien de recommencer tout de suite. Tu comptes jusqu'à cinq mille, ça t'empêchera de te rendormir, et après tu essaies encore.

Tu n'auras droit qu'à un seul essai, je te préviens.

... Non, non, tu oublies la douleur de ton ventre, là où le Monstre t'a frappé. Deux mille six cent vingt-trois, deux mille six cent vingt-quatre, tu t'endors, il vaudrait mieux y aller maintenant.

Allez!

Candido s'écroule, sitôt libéré. Allongé sur le dos, il récupère. Puis, au terme d'une ascension sur cinquante mètres de pente en dix ou douze dégringolades, effondrements et glissades, il revient à ce qui reste de la Hotchkiss.

Du tas de ferraille dépasse l'aile droite déchirée, avec des lèvres d'acier bien tranchantes.

Vingt minutes pour le premier poignet. Tu traînes. Je traîne, moi? Et cette douleur lancinante dans tout le corps?

Nettement plus rapide pour le deuxième poignet.

Enfin il s'est remis debout et a réussi à décoller sa paupière droite. Il fouille les débris de la voiture, mais la cantine est calcinée. Le fusil a disparu. Évidemment. En revanche, il retrouve les jumelles, parmi les pierres alentour. Avec un verre cassé – tant pis, c'est mieux que rien. Il reste quelques gouttes d'eau au fond du bidon, de quoi s'humecter les lèvres.

Il hésite à emporter le démonte-pneu et pour finir l'enfonce à demi dans une de ses bottes.

Je peux marcher. Je suis juste un peu raide et surtout j'ai un mal de chien au bas-ventre.

N'y pense pas, je te dis.

Il parcourt trois ou quatre cents mètres en suivant le lit asséché de la rivière. Au soleil il est environ midi. Je dois avoir dans les huit ou neuf heures de retard sur eux. Qui sont à cheval et toi à pied ! Mais si tu commences à ne voir que le mauvais côté des choses !

... Il l'aperçoit de loin, elle est posée bien en évidence, presque droite, appuyée contre un de ces gros cailloux ronds que la rivière devait rouler au temps où elle coulait encore.

La balalaïka.

Et juste devant, l'exemplaire en cuir vert du *Simplicius Simplicissimus*.

Si ça les fait rire, eh bien tant mieux.

Mais il en pleurerait presque, de joie, d'avoir récupéré son Grimmelshausen.

Au hasard, il tombe sur le chapitre 16, dans lequel, venant à grand-peine d'échapper aux Croates, Simplicius Simplicissimus tombe entre les mains de bandits : « À en juger par les apparences, les choses allaient pour moi de mal en pis... je crus n'être né que pour le malheur... » Ce Simplicius ne voit décidément que le mauvais côté des choses.

La piste est facile à suivre, vingt ou trente chevaux l'ont prise, et la terre encore meuble des pluies de printemps conserve leurs traces. L'obscurité interrompt la lecture de Candido. Il continue à avancer en direction du nord-est en se ménageant des pauses régulières. Au terme de l'une d'entre elles, il s'éveille en sursaut et constate qu'il s'est endormi sans s'en apercevoir. Ce n'est pas pardonnable, tu as encore perdu du temps !

Il a faim. Il n'a rien mangé depuis que Samantha le nourrissait à la becquée, dans la voiture. En revanche, il trouve assez fréquemment de l'eau, dans de petites dépressions que la pluie a arrosées, ou par des ruissellements sur des rochers. Il mange quelques feuilles d'un arbuste et a déjà englouti plusieurs grosses poignées d'herbe – mais ça ne tient pas au corps, je me demande comment font les vaches. Le démonte-pneu a fini par le blesser à la cheville, et il le transporte désormais dans sa ceinture, sur la hanche.

Il porte la balalaïka en bandoulière.

Et il tient le Grimmelshausen à la main.

Il s'endort une deuxième fois, les yeux brûlés par les feuilles qu'il a mâchées. Au lever du jour, il a devant lui des vallonnements, des montagnes à n'en plus finir sur sa gauche, et donc au nord-est...

... Et trois Mongols khakas à portée de main.

Ils n'ont pas l'air surpris de me voir là. À croire qu'ils étaient à ma recherche.

Non. Ils m'attendaient. Ils ne sont pas ici par hasard, dans cet endroit perdu.

– C'est Pamphile Merkoulov qui vous a mis sur ma route ? demande-t-il en russe.

Ils restent impassibles. Ils ont, suspendus à leur épaule, ce que le Maître d'École a appelé des berdan, sorte de mousquets d'un autre âge. Deux d'entre eux sont d'assez haute taille, très musclés, on dirait des lutteurs ; tous trois sont vêtus d'un long manteau en coton bleu, serré à la taille par une large ceinture rouge, dans laquelle ils ont glissé une trousse de cuir et un long couteau effilé ; leurs bottes de cuir aux pointes recourbées sont, en haut de la tige, décorées d'empiècements multicolores ; leur chapeau rond est pointu au sommet.

– Vous Mongols khakas amis de Pamphile Merkoulov ?

Candido essaie son mongol, très laborieusement. Aucune réaction. Ils lui tendent un gobelet de bouleau, qu'ils emplissent d'un lait épais et lourd en graisse, de viande de mouton séchée et de boulettes de caillebotte. Il engloutit tout. Au point qu'ils le rationnent, mais ils lui indiquent des sacs de cuir, qu'ils viennent de décrocher de la selle de leurs petits chevaux poilus de Kerulen ; ils posent les sacs près de Candido, et la mimique qu'ils consentent enfin est claire : c'est pour toi, tu peux tout garder.

– Jeune fille ? Où être jeune fille ?

Ils font semblant de ne pas me comprendre ou bien ce ne sont pas des Khakas, mais des Kalmouks ou Dieu sait quoi encore.

L'un d'eux prend dans la pochette cousue à l'extérieur de sa botte un paquet de tabac et une pipe ; il les offre à Candido :

– Je ne fume pas, merci beaucoup, Herr Doktor dit que c'est mauvais pour le souffle. Vous connaissez sûrement les jeux Olympiques. Herr Doktor voulait m'y envoyer.

Il revient au mongol :

– Vous grands amis, moi merci vous, Mongols très mongols.

« Mongol » veut dire « vaillant », en mongol.

Acquiescement ou simple hochement de tête, va savoir. Ils remontent à cheval, mais l'un d'eux hésite. Il revient vers Candido, s'accroupit et, de ses doigts, imprime très adroitement des traces de sabots dans la terre.

Puis il désigne le sud-est et secoue la tête.

– Je ne dois pas suivre les traces de chevaux qui vont au sud-est, traduit Candido.

J'avais raison dès le début : ce sont des agents du Maître d'École, qui cherche à m'aider, c'est la seule explication. Sinon, il m'aurait laissé mourir de faim.

Ce Klakla comprend le russe, quoi qu'il prétende. Les doigts se remettent à dessiner. Un double trait.

– Des rails ? Le Transsibérien ?

Oui. Un nouveau dessin.

– D'abord un camion, puis ils ont pris le train.

Acquiescement. Le cavalier n'a pas souri ni prononcé un mot. Il se détourne et, avec la même agilité que ses deux compagnons, se remet en selle.

Au petit trot, ils s'éloignent et bientôt disparaissent derrière une colline.

Le troisième jour, Candido se heurte à une sorte de mur monstrueux, courant à perte de vue.

Si c'est là une clôture de jardin, la fazenda doit être immense.

Il sc hisse et pendant des kilomètres, sans voir âme qui vive, marche sur la muraille, ce sera l'œuvre d'un géant, qui voulait protéger ses salades. Il y a des créneaux, j'en ai déjà compté onze mille quatre cent trois, et presque des échauguettes, mais à l'entour c'est le désert, et sans Tartares.

Le mur interminable – je te parie que je le verrais, avec des jumelles, même si j'étais assis sur la lune – va vers l'est, ce qui n'est pas sa direction. Il l'abandonne, et tandis qu'il escalade des montagnes dont les sommets sont enneigés, les quarante heures suivantes, chaque fois qu'il se retourne, il continue d'apercevoir cette muraille.

Au sixième jour, il pense avoir couvert déjà trois cents kilomètres. Cinquante kilomètres par jour. Ce n'est vraiment pas beaucoup. Tu perds trop de temps, quel manque de force de caractère, dirait Herr Doktor. Au moins les indications du Khakas étaient-elles exactes : il relève les traces de sabots de la petite troupe à cheval qui emmène Samantha, couplées à celles d'un camion.

Aiguillonné par cette sorte de miracle, Candido décide d'augmenter son allure : tu cours dix mille pas, tu marches dix mille autres pour te reposer, et ainsi de suite. Au début ce n'était pas tellement facile : trotter avec les sacs de provisions, les deux gourdes d'eau, la balalaïka, le Grimmelshausen et le démonte-pneu pour casser la tête du Monstre, l'a épuisé. Mais les sacs se sont vidés, il a jeté l'une des gourdes et, pour finir, il s'est également débarrassé du démonte-pneu, dont le frottement incessant sur sa hanche lui avait mis l'os à vif.

Et puis tu t'es écroulé, tu n'as pas eu le courage de te remettre sur tes jambes, tu as juste un peu rampé, quelle honte. Avant de fermer les yeux en te disant que tu allais mourir là, sur cette piste en corniche, que plus jamais tu ne reverrais Samantha. Et puis il y a eu ces hurlements et ces coups de feu qui t'ont sorti de ta torpeur.

Pas tout de suite, il lui faut un certain temps pour émerger de son inconscience et se convaincre que ce n'est pas un rêve. Il ouvre les yeux, se traîne jusqu'au bord de la piste. En contrebas, trois ou quatre chariots et des gens dessus, dessous et dedans. Tout autour, des cavaliers qui tournoient, tirant des balles de leur berdan et tailladant à grands coups de sabre.

Et le silence enfin revient, les cavaliers s'en vont, chargés de leur rapine, plus rien ni personne ne bouge. Tu vas y aller, Candido, à genoux ou à quatre pattes, mais il te reste sûrement assez de force pour aller fouiller ces chariots et voir s'il n'y reste pas quelque chose à manger.

Et boire. Tu n'as pas bu depuis... depuis longtemps.

Il est descendu de sa corniche. Deux chariots brûlent

mais dans les deux autres, le feu s'est éteint de lui-même. Des pots de terre sont suspendus sur les flancs des voitures. Il les débouche et renifle. Du lait. Il boit à n'en plus finir, en renversant beaucoup sur lui-même et cela fait des rigoles noires sur les kilos de poussière rougeâtre qu'il transporte. Ça va mieux, *I feel quite all right*, Samantha, *I am coming*...

Attention, Candido, ne t'en va pas délirer, s'il te plaît !

Il dépose la balalaïka, le livre et entreprend la fouille du premier chariot... plein d'enfants morts. Tous tailladés, étripés. Des mouches, comme toujours, et cette fade odeur de sang. Mais toi, il faut que tu manges : une espèce de mélasse remplit d'autres terrines, et des galettes. Il s'éloigne à peine des cadavres et engloutit son festin.

Quelqu'un gémit doucement, dans le silence de ces morts, tous habillés à la manière chinoise. Candido finit par découvrir une jeune fille. Elle est couchée sous l'un des chariots à moitié calcinés, la tête et le haut du buste appuyés contre une espèce de timon qui a dû servir de barricade. Un vieux fusil est près d'elle. Elle doit avoir dans les quinze ans; une partie de son visage et de ses cheveux a brûlé, et la lame d'un sabre-épée est encore plantée dans son ventre. Candido s'agenouille et se penche.

Il bondit en arrière : il n'avait pas prêté attention à ce gros tas de fourrures qui se révèle être un chien. Pas un de ces caniches comme dona Isabel en a dix ou douze. Un chien pareil, ça doit se manger six caniches à l'apéritif. Et quand il grogne comme il vient de le faire, tu entends le bruit d'un train passant sous un tunnel.

La jeune fille a ouvert les yeux. Elle dit quelque chose dans une langue inconnue. Du chinois, sans doute.

– Je ne comprends pas, répond gentiment Candido.

– Boire, dit-elle en russe.

Il va lui chercher du lait. Que puis-je faire pour elle? Rien. Et en plus, il y a ce chien, pour un peu il me mangeait jusqu'à la taille.

Elle boit – le bras tendu de Candido frôle la truffe du chien couché entre la jeune fille et lui.

– *Spassiba.*

– Vous êtes la seule survivante, dit Candido. Voulez-vous que je vous aide à sortir de sous ce chariot ?

– Ne me touchez pas.

Elle parle faiblement. Candido, tu sais qu'elle va mourir, tu ferais mieux de repartir, tu perds du temps.

Il s'assoit.

– Qui vous a attaqués ?

Des brigands. Sa famille et une autre famille mandchoue étaient en train de fuir la Mongolie où ils étaient colons depuis très longtemps.

– Vous voulez encore du lait ?

– Tuez-moi, dit-elle alors. Je vous en supplie.

Il pleure. Ne pleure jamais sur toi-même, Candido, mais sur elle, tu peux, il n'y a pas de quoi avoir honte. Il est allé chercher sa balalaïka et chante doucement, en portugais du Brésil, les chansons que Nabuco le Nègre lui a apprises (j'espère qu'il n'est pas mort pendant que j'étais dans le Mato Grosso ; je l'aime bien, à lui seul il a été plus gentil avec moi que dom Trajano, dona Isabel et mes demi-sœurs tous réunis, ce qui n'était pas trop difficile).

Elle est morte. Même le chien s'en est aperçu, qui met sa grosse gueule sur ses pattes et gémit ; tu aurais mieux fait de la défendre, oui !

... Arrête de pleurer, Candido, tu ne la connaissais même pas, et si tu veux pleurer sur tous les innocents qu'on tue dans le monde, il te faudra l'Amazone, comme larmes.

Dans un chariot il prend le sac de galettes et deux jarres de lait, suspendues à son épaule par une lanière de cuir prise dans le harnachement des chevaux.

Après plusieurs centaines de mètres, il se rend compte que le chien le suit.

– Pourquoi n'es-tu pas un cheval ?

C'est vrai qu'à quelques centimètres près, je pouvais lui mettre une selle.

– Ce que tu vois, dit Candido au chien, ce sont les rails du Transsibérien.

– Grrr, dit le chien.

– Tu me rappelles vraiment quelqu'un, tu sais ? Je pourrais t'appeler dom Trajano, mais ce ne serait pas respectueux.

Nous avions dans les soixante-quinze chiens, rien qu'à la fazenda de Bragança Boa Vista. Ils révéraient tous dom Trajano, ces crétins. Aucun n'était mon ami. Tu m'écoutes ?

– Grrr.

– On va suivre ces rails, si c'est là ta question. Et je vais t'appeler Grrr, réflexion faite. Ça te va ?

– Grrr.

– Tu as lu *White Fang* et *The Call of the Wild* de Jack London ? Non ? Tu devrais.

Tu repars dans un moment, Candido. Ne t'endors pas.

– Pour ne rien te cacher, Grrr, je suis un peu fatigué. Ne me regarde pas comme ça, s'il te plaît, je ne suis pas quelque chose qui se mange. Et je ne me suis pas évanoui non plus. Ce coup-ci je pose simplement mon oreille sur cette saleté de rail que j'ai enfin réussi à atteindre, pour entendre arriver le Transsibérien. Tu ne me crois pas, hein ? Tu as raison. D'accord, je me suis cassé la figure et je ne parviens pas à me redresser. Réveille-moi si le train arrive, s'il te plaît.

Il rampe : trois traverses d'un coup, qu'est-ce que j'abats comme kilométrage !

Une autre traverse, en tirant sur les bras. Le soleil se lève juste en face, entre les rails, je vais vraiment à l'est, pas de doute.

– Oui, merci, Grrr. Je l'ai vu moi aussi. Un cavalier klakla qui guettait, et le voilà parti au galop. Tu veux mon avis ? Il attendait mon passage et va avertir qui de droit. Ils ont toujours su où j'étais, toujours. Ça va, Grrr, arrête de me tirer par la manche. Je me mettrai debout si je veux.

– Moi je veux bien vous laisser dormir au milieu de la voie, Cavalcanti. Mais il se trouve que le Transsibérien ne va plus tarder. Et puis vous seriez mieux dans un lit.

Le Maître d'École. La voix douce, tranquille, plus triste que jamais, du Maître d'École.

– Encore du thé ?

Candido secoue la tête. Pamphile Merkoulov est assis, avec derrière lui, accroché à la paroi de rondins, un horaire des passages du Transsibérien. Le regard de Candido se pose sur ses pieds emmaillotés :

– Qu'est-ce que j'ai aux pieds ?

– Le problème est ce que vous n'avez plus : la peau. La chair est partout à vif. Il a fallu découper vos bottes pour vous les enlever.

Pamphile secoue la tête et répond à la question que Candido allait formuler :

– Je ne sais pas où est la jeune fille, Cavalcanti, je vous en donne ma parole. Elle est montée dans le train et je ne l'ai pas revue.

– Quelle destination ?

– Le Transsibérien vers l'est. Kharbin, peut-être. Ou plus loin.

– Qui était avec elle ?

– Deux hommes et une femme. Elle dormait.

– Droguée ?

– J'en ai peur. Vous avez des facultés de récupération étonnantes. Où avez-vous déniché le cheval ?

– Quel cheval ?

– Vous auriez effectué tout le trajet *à pied* ? J'ai un peu de mal à y croire.

– Je pourrai aller à Kharbin, moi aussi ?

– Je ne vous en empêcherai certainement pas. Vous avez vraiment marché tout du long ?

Candido ferme les yeux. Je vais aller à Kharbin. Elle y est, elle doit y être.

– Marché et couru, dit-il. Vous saviez que j'allais arriver, n'est-ce pas ?

– Je n'y croyais qu'à peine, je connais trop le pays. Mais lui en était persuadé.

– Alekhine ?

– Je ne vois aucune raison de ne pas vous répondre : oui.

– Il est monté dans le train avec elle ?

– Je ne connais pas son visage.

Candido décrit l'Autre. Pamphile secoue la tête :

– Il n'était pas là. J'ai toujours reçu ses ordres par télégraphe.

– Où est-il ?

– Je n'en ai pas la moindre idée. Il y a quelques jours encore, ses ordres venaient de Moscou.

– Et il était sûr que je parviendrais jusqu'ici ?

– Vous alliez certainement atteindre la voie ferrée, selon lui. J'ai disposé des guetteurs sur plus de deux cents kilomètres. L'un d'eux a fini par vous repérer et m'en a averti.

– Pourquoi les Mongols khakas vous obéissent-ils ? Vous êtes leur chef ?

– Je suis seulement l'ami de plusieurs de leurs chefs. Il y a longtemps que je parcours ce pays.

– C'est vous qui avez placé les trois Khakas sur ma route, pour me ravitailler ?

Le visage du Maître d'École n'exprime rien.

– Je ne connais pas ces hommes. Vous aurez rencontré des nomades. Les Mongols peuvent être très hospitaliers et bienveillants aux étrangers de passage.

Il ment. Bien sûr que c'est lui. Mais il a outrepassé les ordres de l'Autre et ne veut pas que ça se sache.

– Où sommes-nous ?

– À une vingtaine de kilomètres d'une petite ville mandchoue appelée Xiguitugi. Vous avez parcouru environ cinq cent cinquante kilomètres en neuf jours. Et vous avez gardé avec vous votre balalaïka et votre livre, qu'il m'avait recommandé de vous remettre. Je suis stupéfait. Même lui ne pensait pas que vous seriez déjà là.

Candido s'enorgueillirait presque d'avoir dépassé les prévisions de l'Autre. Ce qui le rendrait furieux contre lui-même, si la colère était dans son caractère.

– Il avait raison, dit Pamphile, vous n'êtes pas banal. D'où sortez-vous ce chien ?

– Posez-lui la question, répond Candido.

– À première vue, c'est un croisement entre un ancien dogue du Tibet et un samoyède de Sibérie – ces sortes d'yeux bleus si impressionnants se rencontrent parfois chez les samoyèdes.

– Alekhine vous a donné d'autres ordres, me concernant ?

– Je les ai tous exécutés. Mon rôle est terminé.

Ils boivent du thé en silence, tout en regardant au loin les rails.

– Je vais partir pour Ourga, dit Pamphile. J'espère qu'ils ne détruiront pas trop ma Mongolie. Si un jour vous aviez besoin de moi, écrivez à Ourga, poste restante, à mon nom.

Que reviendrais-je faire en Mongolie ? pense Candido.

– Vous avez parlé du Transsibérien.

– Il ne passera que dans huit ou dix heures, s'il n'est pas trop en retard. Et ce n'est pas exactement le Transsibérien, puisque la voie est toujours coupée, mais le train de Kharbin.

– Je pourrai le prendre ?

– Je vous ai dit que j'avais exécuté tous ses ordres : je vous y ai réservé un compartiment.

Le chien n'a pas voulu monter dans le train. Il est resté à contempler le convoi sans la moindre émotion apparente, et même assis il était aussi grand qu'un homme.

– Adieu, Grrr.

Par la fenêtre, Candido a vu Pamphile se rapprocher de la bête. Il lui parlait sans doute, pour l'apaiser, de sa voix douce accoutumée à expliquer aux enfants les choses de la vie. Grrr n'a pas cédé tout de suite : il s'est éloigné avec indifférence, gardant ses distances. Mais un jour viendra où ils parviendront à s'entendre, tous les deux. Si Grrr accepte Pamphile, tu ne te trompes pas sur le Maître d'École. Qui n'est pas un Fou Complet. Il est juste un fou ordinaire, comme toi et moi. C'eût été l'Autre, à la place de Pamphile, je suis sûr que Grrr l'aurait mangé.

Et Candido s'est aussitôt endormi. C'est en somme la meilleure façon d'oublier les douleurs de son corps. Ses rêves tournent parfois aux cauchemars : l'Autre les traque, Samantha et lui, dans un souterrain, à la tête d'une meute de loups aux gueules rouges et sanglantes, à la tête desquels il y a Afonka Tchaadaïev et Otto Krantz, et ces deux-là ont des dents en forme de poignards à double tranchant.

Parfois, ses rêves sont d'une douceur à hurler de contentement, et celui-là est le meilleur de tous :

... Elle monte dans le Transsibérien, elle se penche sur lui, l'embrasse en pleurant, folle de joie de le revoir, comme dans la Hotchkiss, elle te le prend dans ses grands bras qui n'en finissent plus et elle en balbutie, tant elle est heureuse.

Mais ce n'était qu'un rêve. Le train est à l'arrêt. Des voix annoncent par haut-parleur et dans toutes les langues que l'on est à Kharbin en Mandchourie, la fin du voyage.

– Tu peux marcher, Candido ?

– Je pourrais danser, dit-il.

CHAPITRE IV

Le cri du Jaguar ne ressemble en rien au classique rugissement des fauves. En fait, le Jaguar est un animal silencieux. Il se contente, au plus, de grogner sourdement. Mais beaucoup de voyageurs prétendent qu'on peut le repérer par le vacarme auquel se livrent les singes hurleurs sur son passage.

– Tu étais si sûre que je te suivrais ?
– Certaine. Je te connais, bonhomme.
– Ce n'était pas trop facile, par moments.

Elle se remet à le cajoler. Ce qu'elle peut être douce, quand elle veut. Il faut dire qu'elle était seule à Kharbin ; c'est toujours dur, pour ceux qui attendent.

– Je n'ai pas douté une seconde que rien ne t'arrêterait, ni personne.

C'est gentil, ça. Vraiment. Tu vas voir que je vais me mettre à pleurer. Mieux vaut changer de sujet.

– Comment était-elle ?
– Qui ?
– La femme qui t'a fait monter dans le train, et dont Pamphile m'a parlé.
– Elle parle anglais comme moi, et pourrait être américaine, de la côte est. Elle est presque aussi grande que moi, brune, très belle, dans les vingt-sept ans. Je ne connais que son prénom, Matriona. À notre arrivée à Kharbin, des policiers mandchous accompagnés de Russes blancs nous ont interrogées, elle et moi...
– Et les deux hommes ?
– Je ne les ai jamais revus. La police nous a interrogées et elle a raconté, preuves à l'appui, que nous avions fui les rouges... Candido, rien ne prouve qu'elle est un agent d'Aliotchka.

Alekhine. Pas Aliotchka. S'il te plaît, Samantha. Mais Candido garde les mots pour lui. Il sort du lit où il a passé les derniers jours et marche dans la chambre de l'hôtel *Impérial* à Kharbin, vaste comme un appartement de quatre pièces.

– Elle a payé cet hôtel pour toi, Samantha. Et elle t'a donné de l'argent.

– Cinq cents dollars. Je n'avais rien. Elle a été généreuse, c'est tout. Tu es trop méfiant.

Les pieds de Candido ne vont pas trop mal, à condition de ne porter que des chaussons quelque temps encore.

– On peut sortir?

Ils décident de se promener dans Kharbin.

– Et nos passeports?

– La police les a gardés. Elle nous les rendra bientôt.

La partie chinoise, ou mandchoue, de la ville les effraie un peu, par son grouillement et ses odeurs puissantes. Ils se replient sur Novy Gorod, que les constructions entreprises depuis l'aboutissement du Transsibérien, et surtout l'afflux des réfugiés blancs, transforment presque en une nouvelle Petrograd.

– De toute façon, nous n'irons pas très loin, avec cinq cents dollars, dit Samantha.

D'autant, ajoute-t-elle, qu'il leur faut s'équiper à nouveau. Elle-même a dû s'acheter des robes, des chaussures. Il devrait en faire autant : les vêtements dont Pamphile Merkoulov l'a pourvu ne lui vont guère.

Quelques jours plus tard, alors qu'ils déambulent dans une foule où les Occidentaux foisonnent, Candido sursaute et sa main se crispe sur celle de Samantha.

Elle aussi s'est figée :

– Oui, je l'ai vu, moi aussi. Otto Krantz. Mais ce n'était peut-être qu'une ressemblance.

– Certainement.

Un frisson parcourt Candido. Ce n'est pas l'homme aux lunettes carrées et aux mouvements mécaniques qu'il a cru reconnaître au milieu de tous ces gens qui jouissent du dernier soleil de l'été mourant.

Il est sûr de ne s'être pas trompé. Même simplement reflétés par la vitre d'une des rares voitures circulant dans la ville, ces yeux-là sont inoubliables.

C'étaient ceux d'Afonka Tchaadaïev.

À la police des étrangers, on leur dit que leurs passeports leur seront bientôt rendus.

– Tu crois que l'on cherche à nous empêcher de quitter Kharbin et la Mandchourie, Candido ?

– Je ne sais pas.

– Deux jours avant ton arrivée, j'ai parlé au consul des États-Unis. Il m'a dit que ces lenteurs étaient normales.

– Très bien.

– Je n'aime pas quand tu dis « très bien » sur ce ton.

– Excuse-moi.

Ils marchent sur l'une des berges de l'Amour. Le soleil des derniers jours a disparu ; il pleut un peu ; de longues barges chargées de billes de bois descendent le courant.

– Vide ton sac, dit-elle.

Je n'ai pas envie d'en parler maintenant, pense Candido. Et pour se donner une contenance, il joue au football-association avec un épi de maïs pourri que des rats se disputaient. Et ça ne rate pas : son espèce de sandale mandchoue à pointe recourbée s'envole et retombe dans l'Amour.

– Tu es un vrai gamin, tu sais, dit Samantha. Je n'ai pas vu Aliotchka Alekhine. À aucun moment depuis que nous sommes montés dans le Transsibérien, en Russie. Et nous n'avons aucun rendez-vous prévu, dans l'immédiat ou dans le futur. Est-ce que ma réponse te satisfait, ou bien tu veux que je sois plus précise ?

Il ne dit rien ; c'est une réponse, et à la bonne question. Peut-être même la bonne réponse – sauf qu'elle n'a pas dit si elle regrettait ou non, de n'avoir pas vu l'Autre et d'être sans nouvelles de lui.

... Pendant qu'il marchait en Mongolie, il n'a pensé qu'à cela : la retrouver. Sinon la reprendre. Elle s'est bien jetée dans ses bras une première fois, pourquoi pas une deuxième ? Il est même allé jusqu'à penser que si l'Autre l'avait laissé vivant (en le faisant frapper au pire endroit, d'accord, mais justement), c'était à cause d'un accord entre eux : elle acceptait ce qu'il voulait et lui Candido survivait.

– Voilà une réponse tout à fait satisfaisante, dit-il. Mais je ne me posais pas trop la question.

– Tu parles. Et pendant qu'on y est, si on réglait l'autre point ?

– Quel autre point ?

– Ne fais pas l'imbécile, s'il te plaît. Je veux dire ce que nous allons faire maintenant. A condition qu'on arrive à sortir de ce pays.

– Nous ?

Meus Deus, elle va donc rester avec moi ! Il en étouffe presque de bonheur, et feint d'avoir de nouveau mal à son pied ; il s'appuie à l'une des grandes jarres de terre entreposées au bord de l'Amour, fait le héron en équilibre sur une seule jambe, se masse le pied – afin de pouvoir baisser la tête et dissimuler l'émotion qu'il éprouve.

– Nous allons demeurer encore quelque temps ensemble, Candido, dit-elle, voilà ce que nous allons faire.

Elle parle sur le ton de quelqu'un qui vient de prendre une décision. Pendant quelques secondes, l'inquiétude reprend Candido – elle a songé à le quitter, c'est clair. Mais bon, c'est du passé ; elle reste et rien d'autre ne compte, peu importe où nous irons...

– En Europe, dit Samantha. Le mieux est d'aller en Europe. Pas en Allemagne, évidemment, mais pourquoi pas en France, ou en Italie ? Papa y avait des amis. Un anarchiste, Candido, peut toujours compter sur ses amis pour... Tu viens ? Tu as toujours mal à ton pied ?

– Non, c'est terminé.

– Et puis ton père finira bien par répondre à ces deux

lettres que tu lui as déjà écrites. Tu crois vraiment qu'il va t'envoyer de l'argent ?

– C'est mon père, tout de même.

Candido a préféré doubler sa lettre à dom Trajano, pour le cas où l'un de ses envois se perdrait en route. La rédaction lui en a pris des heures. Il a tout raconté ; il a même plaidé coupable pour le seul crime qu'il ait commis (les deux bombes dans le cinéma des Plück, sauf qu'il a préféré parler de pétards, c'est moins impressionnant), mais il ne faut pas exagérer, ce n'était pas un vrai crime ; il a surtout insisté qu'il n'était pour rien dans toute cette histoire de Jaguar. Une explication claire, ça règle toujours tout.

Je suis vraiment content. Tout va aller très bien à présent.

Il se remet en route, oubliant même de clopiner.

– En Europe, dit Samantha. C'est ce qu'il y a de mieux. Si tu es d'accord.

Il l'est. La France et l'Italie avec Samantha !

– Simplement, il nous faudra récupérer nos passeports et nous procurer un peu plus d'argent, dit-elle encore.

Ils se sourient. Pour Otto Krantz, ils sont du même avis. Ce n'était qu'une ressemblance.

Il ne lui a pas parlé d'Afonka Tchaadaïev.

L'idée est de Samantha. Le médecin qu'elle a fait venir pour soigner Candido vit à Kharbin depuis 1917, il connaît tout le monde. Ils lui demandent de leur indiquer quelqu'un qui accepterait d'intervenir auprès de la police des étrangers afin d'accélérer la restitution de leurs passeports. Le médecin leur présente Pavel Pavlevitch Komarov. Lequel se fait fort de régler l'affaire en peu de temps, « tous ces Asiatiques sont le plus souvent d'une lenteur exaspérante, mais comptez sur moi, j'ai des amis où il faut ». Komarov est un ancien officier de l'armée

Koltchak, il s'est battu contre les rouges. Non, inutile de le remercier : mademoiselle Franck est américaine et monsieur Cavalcanti brésilien, et qui plus est, dit-on, appartiennent l'un et l'autre à des familles d'importance. Par les temps qui courent, États-Unis d'Amérique et Brésil apparaissent pour beaucoup comme des terres d'asile possibles ; surtout si par malheur les maudits rouges venaient à l'emporter. Les nouvelles en effet ne sont pas bonnes : Koltchak est mort, Denikine a abandonné la lutte et s'est réfugié en France, quant à Wrangel qui lui a succédé, il semble en difficulté, après ses offensives réussies dans les steppes du Donetz, au Kouban et dans le Donbass. Les dernières dépêches font état d'une attaque des chiens rouges menés par le Juif Trotski. Le baron von Ungern-Sternberg ? Il vient d'échouer une première fois dans sa tentative de prise d'Ourga avec sa Division de Cavalerie asiatique, et ce n'est de toute façon qu'un aventurier illuminé, un fou de qui on ne peut rien attendre de bon.

Komarov a invité une première fois Samantha et Candido à dîner dans une superbe maison de trois étages, hors de la ville, sur le bord du Soungari, un affluent de l'Amour – et leur a envoyé, pour les prendre à l'hôtel *Impérial*, sa voiture personnelle, une Cadillac V-8 de 1915, avec chauffeur en livrée. La soirée a été très gaie, le champagne a coulé à flots, il faut bien se consoler de la triste situation où l'on est. Les questions ont fusé, à l'adresse de Candido et Samantha ; en somme, ils ont voyagé de Saint-Pétersbourg jusqu'en Mandchourie, comme presque tous les émigrés trois ou quatre ans plus tôt ; il est donc normal qu'on les interroge : est-il vrai que partout le peuple se révolte ? Qu'il réclame le retour des tsars ? On dit que les paysans égorgent les rouges qui se hasardent dans les campagnes, qu'un mouvement unanime se dessine et prend chaque jour plus d'ampleur, la Sainte Russie enfin dressée contre cette révolution qui n'est pas russe, mais allemande et juive, est-ce exact ?

Une deuxième invitation leur parvient trois jours plus

tard, accompagnée d'un petit paquet : les passeports, dûment estampillés et portant le visa nécessaire à une sortie de Mandchourie – plus des fleurs. La Cadillac vient encore les chercher. Il pleut, le chauffeur en livrée a mis en place la capote de cuir noir. Il n'est pas seul : un homme d'une trentaine d'années l'accompagne, très élégamment mis, en cravate blanche; il se présente : Stephan-Stepa-Timofeïevitch Oneguine, « Oneguine comme Eugène, oui, je viens d'arriver à Kharbin mais je connaissais déjà la ville, appelez-moi Stepa, on sent l'approche de l'hiver, n'est-ce pas? Les hivers sont parfois terribles, ici... »

Je ne sais vraiment pas pourquoi, mais je n'aime pas trop cet homme, pense Candido. La voiture les dépose devant le porche de la maison. Les convives s'installent dans le salon-bibliothèque où trône un portrait du tsar, crêpé de noir. La salle à manger où l'on passe ensuite est somptueusement décorée, les couverts en or et platine voisinent avec le Limoges de la vaisselle.

– Je vous promets une surprise, dit Komarov au moment où commence le service. Mais elle sera pour le dessert.

Le moment venu, les deux autres femmes de l'assistance, hormis Samantha, quittent la pièce.

Je devrais toujours écouter mon instinct. Jamais nous n'aurions dû quitter l'hôtel et monter dans la Cadillac.

– Pour ne rien vous cacher, dit Komarov, nous disposons d'autant d'espions chez les rouges que ces chacals en ont ici. Nous bénéficions même d'une supériorité numérique. Vous connaissez déjà Stepa, c'est son vrai nom. Les autres vous ont été présentés sous des pseudonymes, peu importe. Sachez seulement que vous êtes en face de l'état-major de l'Armée secrète blanche. Et maintenant une question : auriez-vous entendu parler d'un certain Jaguar?

– C'est une histoire idiote, espèce de sombre crétin, dit Samantha. Il y a une explication...

– L'homme surnommé le Jaguar, poursuit Komarov

dédaignant l'interruption, cet homme ou ceux qui ont choisi ce surnom ont assassiné deux de nos agents, à Moscou, dans un sous-sol du Bolchoï; ils ont également exécuté plusieurs de nos hommes qui se cachaient dans le quartier de Presnyia; un autre, médecin à l'hôpital Golitzin qui a été égorgé alors qu'il rentrait chez lui, en traversant Neskuchnyï Sad, les Jardins du Plaisir; et toujours à Moscou, une femme, qui travaillait au musée Bakhrushin. Dans tous ces cas, la technique de mort qui a été employée...

– Espèce d'abruti, dit Samantha, nous pouvons placer un mot?

– ... cette technique est la même que celle déjà utilisée à Berlin, lors de plusieurs meurtres de réfugiés russes blancs. Vous étiez bien à Berlin, Cavalcanti, n'est-ce pas?

– Ils s'y trouvaient tous les deux, dit Stepa.

– Et les meurtres à Irkoutsk, lors de votre passage. Puis en Transbaïkalie, où trois hommes sont morts alors qu'ils tentaient de s'infiltrer chez les communistes. L'un d'eux était mon frère, vous comprendrez ma mauvaise humeur... Sur quoi le Jaguar a gagné Tchita – pas de meurtres, toutefois, à Tchita. Mais vous aviez mieux en tête. Vous voici à Daouryia, chez le baron von Ungern-Sternberg. Votre mission est de l'assassiner, et vous la manquez de très peu, à en croire Pamphile Merkoulov...

– Je ne crois pas un seul instant que Pamphile vous ait raconté des âneries pareilles, dit Samantha. Vous mentez.

– Stepa?

– Merkoulov me l'a dit lui-même, confirme Stepa. C'est notre agent le plus sûr. Et non sans mérite : les rouges tiennent en otage toute sa famille. Il m'a aussi appris comment le Jaguar a réussi l'ahurissante performance de traverser à pied la Mongolie déserte, pour échapper aux hommes d'Ungern. Et lui-même, Merkoulov, a été contraint d'acheminer la jeune fille jusqu'à Kharbin, la vie de ses petits-enfants en dépendait.

Meus Deus, voilà un puzzle bien compliqué. L'Autre s'en est donné à cœur joie!

– Ceci est donc un tribunal, achève Komarov. Vous reconnaissez être le Jaguar, Cavalcanti ?

– Nous ne reconnaissons rien du tout, bande d'enfants de salaud de réactionnaires pourris et bourgeois !

On les emmène.

– Je n'aurais peut-être pas dû les traiter de réactionnaires pourris et bourgeois. Mais pour les enfants de salaud, je persiste et signe, dit-elle.

– Ça n'aurait pas changé grand-chose.

– Toi, tu n'as rien dit, pas un mot.

Dans la cave où on les a enfermés jusqu'à la fin des délibérations du « tribunal », une chandelle dessine un halo de lumière jaune. Candido marche, sondant les murs de pierre. Il s'attendait confusément à quelque issue secrète. Mais rien.

– Tu croquais paisiblement des petits fours et tu avais l'air de ne pas t'intéresser à la conversation, reprend Samantha. Maintenant non plus, d'ailleurs. Cavalcanti, si je t'ennuie, tu me le dis.

Silence.

– Nous allons mourir, Candido ?

Je le lui dis ou pas ? Et si je me trompais ?

– Je ne crois pas, énonce-t-il.

Ça doit suffire. Elle va réfléchir et comprendre.

Un silence. Et enfin elle s'exclame :

– Oh, mon Dieu !

– Eh oui ! acquiesce Candido, résigné.

– Ça n'en finira donc jamais !

Elle est assise à même le sol de terre battue ; elle a remonté ses genoux et les entoure de ses bras, le veston de Candido sur ses épaules nues. Elle demande :

– Et si tu te trompes ?

– On sera morts.

Elle hoche la tête.

– Arrête de marcher de long en large, tu m'énerves. Viens près de moi. J'ai à te parler.

Il obéit et se place derrière elle, lui servant ainsi de dossier.

– Ce n'est pas ce que l'on peut appeler un sacrifice, de rester avec toi. La vraie raison, c'est que j'en avais envie. Et j'en aurai envie très longtemps. Peut-être même, toujours.

Il réprime un tremblement : elle est en train de te dire qu'elle t'aime un peu. Ne va pas t'exalter, c'est juste l'émotion due aux circonstances, ou elle veut simplement que tu meures heureux.

– Tu m'as entendue?

– Oui.

– Je voulais que tu le saches.

– Je suis extraordinairement content de l'apprendre.

Il s'accroupit et lui passe les mains sur tout le corps en une caresse très douce; ainsi, au cas où l'on nous tirerait une balle dans la nuque, j'aurais d'elle le souvenir le plus précis.

Elle tourne son visage vers lui et ils s'embrassent.

... Mais, parce que dans un coin de sa tête ça continue de tourner, il se relève, s'écarte.

Lorsqu'on les a fait entrer dans la cave, il a distinctement entendu le glissement sec du verrou.

Or, il vient de capter le même bruit – en plus étouffé.

Ça ne coûte rien de vérifier...

Il marche avec précaution vers la porte, hésite, et pousse le battant qui s'ouvre tout seul.

Ils se trompent d'escalier, en remontant, se retrouvent dans les cuisines, qu'ils n'ont pas traversées à l'aller. Une femme est là, avec sur la tête son fichu à la russe. On ne voit pas son visage : quand elle est tombée en avant, elle s'est affalée sur le gâteau qui devait suivre les petits fours, son gros derrière en l'air et son cou plein de sang.

La porte de l'office qui donne sur le jardin est fermée à clé. De l'intérieur. C'est pourtant par là qu'ils sont entrés.

Et si je l'ouvrais ?

Ça ne servirait à rien. Regarde toi-même : ils sont bel et bien entrés par là. Or il pleut à verse dehors et cependant il n'y a pas une trace ; ils ont pensé à tout, comme d'habitude.

– Fichons le camp d'ici, pour l'amour de Dieu ! dit Samantha.

Non. Tant qu'on y est, on y est. Bien que ça n'ait pas de sens, Candido : tu sais très bien ce que vous allez découvrir dans le reste de la maison.

La salle à manger ressemble à un étal de boucher. Pavel Pavlovitch Komarov a dû être tué l'un des premiers. Peut-être au fusil, depuis le hall ; il a un trou au milieu du front et est demeuré assis sur son fauteuil en tête de table, renversé en arrière – gorge tranchée, joues fendues, cela va de soi –, il a l'expression de quelqu'un qui vient d'entendre une histoire drôle et qui, prenant appui de ses mains sur sa table, rit à gorge déployée.

L'individu barbu qui a joué de vieilles chansons russes au piano avant le dîner a reçu deux balles. Égorgé post mortem, lui aussi.

Quelques-uns ont essayé de se défendre, sortant leurs revolvers ou en s'abritant derrière les meubles, et jusque sous la table.

Cinq cadavres. Sept en comptant la cuisinière et le maître d'hôtel.

– Il manque Stepa, dit Samantha.

Stepa à qui Pamphile Merkoulov aurait affirmé que Candido et Samantha avaient tenté d'assassiner Ungern ? Stepa qui savait que Pamphile était la victime d'un chantage, de la part d'Alekhine ? Stepa était un sacré menteur. Et l'est toujours : il n'est certainement pas mort, celui-là.

– Il manque surtout les deux femmes qui ont quitté la table au moment du dessert, dit Candido.

– Partons, je t'en prie.

Qu'ont-ils fait des femmes ?

Rien dans le salon, qui communique avec un bureau. Vide. Pourtant, c'est par là qu'elles sont parties... Candido vérifie les papiers sur le plateau du secrétaire. Ils auraient bien été capables d'écrire une fausse lettre de Komarov, ou de n'importe qui, avec mon nom et celui de Samantha, pour qu'il soit avéré que nous sommes le Jaguar à nous deux... Il ne voit rien. Tant pis. De toute façon, ils ont dû déjà prévenir la police de Kharbin.

– Qu'est-ce que tu fabriques, bon sang ?

Le couloir qu'ils empruntent aboutit dans le hall et à un escalier.

– Tu ne vas quand même pas monter ?

Oh, que si, bien que je ne meure pas d'envie de voir d'autres cadavres.

Il grimpe l'escalier et Samantha le suit – si troublée qu'elle en oublie de rouspéter.

– Tu crois que Stepa était l'un des tueurs, Candido ?

Elle a tout compris. Stepa Oneguine est allé raconter l'histoire du Jaguar à Komarov et à son espèce d'état-major imbécile ; ainsi il a pu réunir tout le monde, dans un endroit tranquille. Ne restait plus qu'à lâcher les chiens.

– Nous avons servi d'appât, Samantha.

Les femmes gisent dans une chambre, bâillonnées et égorgées elles aussi.

– Regarde.

Samantha indique un miroir. On y a écrit, en russe, avec du sang : « *La justice anarchiste frappe où et quand elle veut. Le Jaguar.* »

– Anarchiste ? dit Samantha. *Anarchiste ?*

Candido ramasse un coussin et efface l'inscription : non seulement je suis un jaguar féroce, mais en plus me voici devenu anarchiste. Autrement dit, on ne pourra même pas accuser les communistes. L'Autre fait coup double : il se débarrasse de qui il veut et en rend les anarchistes responsables. Pas étonnant que le Fou Complet qui chassait le tétras ait donné son accord : ou parce qu'il m'a pris pour un imbécile heureux; ou au contraire, parce que je lui suis apparu comme un fauve.

Miaou!

– S'ils ont laissé une inscription ici, il y en a peut-être d'autres ailleurs? C'était ce que tu cherchais, dans le bureau?

Oui à la deuxième question, non à la première. J'avais tort : ils n'ont rien laissé d'autre; ils savaient que nous monterions à l'étage et donc que j'allais tout effacer. Ils ont prévu le moindre détail, je te dis. Et s'ils veulent que le Jaguar passe pour un tueur psychopathe et anarchiste, ils emploieront sûrement des méthodes plus subtiles que des messages au sang frais sur un miroir.

– On s'en va, Samantha.

Il pleut toujours à verse, dehors. Après avoir éteint les lumières de la salle à manger et du hall, Candido claque la porte derrière eux. La Cadillac qui les a amenés est à deux mètres de l'auvent de bois qui prolonge le porche tuilé.

– Il y avait un chauffeur.

– Je sais.

Ils s'approchent de la voiture. La pluie ruisselle sur le visage du chauffeur étendu sur le sol détrempé. On ne l'a pas égorgé, une balle dans la nuque a suffi : le Jaguar n'égorge que les très-méchants et les chefs; pour les sous-fifres, il se contente de coups de revolver. C'est un Jaguar snob.

Il saisit le cadavre par les pieds et le traîne derrière une haie de troènes.

– Et ça sert à quoi, ça?

– Éteins le porche, s'il te plaît, Samantha. Ensuite, on va ailleurs.

– Pourquoi éteindre et cacher...?

– Parce que si personne n'a appelé la police, quelqu'un pourrait s'étonner de voir de la lumière, demain matin.

Il lance le moteur et démarre.

– Nous n'allons tout de même pas retourner à l'hôtel?

– Tu es en robe du soir, dit-il.

Le concierge de nuit de l'hôtel *Impérial* leur demande s'ils ont passé une bonne soirée et ils répondent : oui – très bonne.

Dans leur appartement, les billets de train sont bien en vue, posés au milieu du tapis de la petite entrée. Deux première classe pour Vladivostok ; heure de départ : cinq heures quarante-huit du matin.

Jointe aux billets, une enveloppe qui contient dix mille dollars. Ils ne veulent pas que nous soyons arrêtés par la police. Autrement dit, ils ont encore besoin du Jaguar.

– Ta valise, Samantha.

Ils se changent et moins de quatre minutes plus tard ressortent de l'*Impérial* par la porte latérale et remontent dans la Cadillac. Candido met cap au sud, accélérant dès que possible.

Ils n'ont jamais besoin de nous suivre. Ils devinent toujours où nous allons.

Ils sont à Moukden un peu avant cinq heures trente. Ils abandonnent la voiture dans une des rues qui partent en éventail de la gare et pénètrent dans celle-ci trois minutes avant l'entrée du train venant de Kharbin. Contre deux billets et cinq dollars de pourboire, on les installe en première classe.

Le train démarre.

– Neuf cadavres, tu te rends compte ?

– Dix. Tu oublies le chauffeur. Parlons d'autre chose.

Elle s'étire sur la couchette.

– Et de quoi, par exemple ?

Il la regarde.

Ils ont une envie folle, comme désespérée, l'un de l'autre, après ces folies sanglantes, « ainsi que toutes les espèces animales. Jeune Candido, l'espèce humaine réagit à la mort par l'amour. On ne fait jamais tant d'enfants que pendant les guerres. ».

Ils arrivent à Port-Arthur. Le ciel a la teinte grise des fumées de paquebot, la mer du golfe de Bohaï est d'un bleu profond qui rivalise avec les yeux de Samantha. On leur apprend que les Russes ont reçu quinze ans plus tôt une pâtée mémorable de la part de l'armée japonaise, ce qui leur paraît d'excellent augure, et qu'il n'y a aucun paquebot en partance directe pour l'Europe.

Pour Shanghai, oui.

Et à Shanghai, tôt ou tard, ils trouveront à embarquer pour Hong Kong, et de là pour l'Europe : Gênes, Marseille, Londres, n'importe où.

– Et pour le Brésil ? demande Candido.

– Nous ne voulons pas aller au Brésil.

Et malgré ses traits tirés, elle paraît déterminée.

– Aller au Brésil ne serait pas une si mauvaise idée, dit Candido. Au Brésil, je suis chez moi et...

Non. Ou alors il y va seul. Il n'y a sûrement pas d'anarchistes, au Brésil.

– Deux billets pour Shanghai, s'il vous plaît, demande Candido.

Ils ont faim. Ils dénichent un restaurant d'hôtel où il n'y a pas trop de Japonais, s'assoient à une table, s'entendent répondre qu'il n'y a pas de chocolat au lait, ni de lait. Ils commandent du thé et des gâteaux au riz gluants tout emmiellés de gingembre et de cannelle giroflée. À peine ont-ils commencé à manger, qu'ils découvrent, assis à côté d'eux, Afonka Tchaadaïev.

– Je ne suis pas mort, s'esclaffe Afonka.

Samantha dit qu'elle le regrette. Tchaadaïev rit de plus belle, les petits insectes noirs tout au fond de ses prunelles couleur de neige grise gambadent de façon inquiétante.

– Est-ce que Khoro le Bouriate était complice ? s'enquiert Candido.

– Oui, mais ça ne vaut pas la peine d'en parler, répond Afonka.

Qui n'est pas seul : installés à deux autres tables et semblant s'ignorer, Otto Krantz et l'homme du Bolchoï. Otto Krantz contemple la rue où circulent des militaires japonais dans leurs drôles d'automobiles, ses mains vont chercher une cigarette dans un paquet, changent le verre de place sur la table, bougent mécaniquement et à aucun moment Otto Krantz ne leur accorde d'attention.

Je l'imagine très bien, celui-là, tenant un grand couteau et égorgeant les gens.

– Et à Kharbin, dit Candido, vous étiez combien pour tuer tous ces gens, dans la maison au bord du Soungari ?

Afonka éclate de rire :

– Je ne comprends pas de quoi tu parles. Les assassins, c'est toi et Samantha. J'espère que personne ne vous dénoncera à la police. On coupe la tête aux assassins, dans ce pays. Plus tôt vous embarquerez pour les États-Unis d'Amérique, mieux ça vaudra.

Candido se tait.

... Mais Samantha va parler, tu vas voir, il faut toujours qu'elle parle.

– Nous n'allons pas en Amérique, lance-t-elle. Nous allons en Europe, là où ça nous chantera, et tu n'es pas près de nous en empêcher.

– Samantha !

– Et en Europe aussi ils ont des policiers. Moins bons qu'en Amérique mais ça suffira. Et nous n'avons pas peur de votre petit chantage. Tu veux nous dénoncer, Afonka ? Fais-le.

Afonka Tchaadaïev se dandine sur sa chaise, secoue la tête, rit encore. Il prend les billets de bateau pour Shanghai, les met dans sa poche et en dépose deux autres en regardant Candido d'un air presque suppliant, comme s'il réclamait du secours.

– Dis quelque chose, Candido, le presse Samantha. Nom d'un chien, ne me raconte pas que tu as peur !

– J'ai bien peur d'avoir peur, dit Candido.

Il fixe sur la table une photographie étalée avec les billets de bateau. Il allonge la main, la prend. Elle représente Herr Doktor, ses gros yeux de myope derrière ses lunettes, ses cheveux un peu trop longs et son costume noir froissé. Herr Doktor a les yeux braqués sur l'objectif mais ne sourit pas; deux hommes l'encadrent et le tiennent chacun par une épaule. Il est sur la place Rouge à Moscou.

Afonka Tchaadaïev se lève et s'en va, en balançant ses bras épais et ses épaules rondes; balourd en apparence, mais tu notes l'extraordinaire légèreté de son pas, cette sensation qu'il donne de pouvoir, sans élan, bondir comme un tigre de Sibérie; et tu te souviens de l'adresse diabolique avec laquelle il se sert d'une arme; et enfin, quand tu sais qu'il est le bras droit de l'Autre, alors tu as peur.

– En Amérique? s'exclame Samantha en voyant la destination inscrite sur les billets. Du diable si nous irons à Yokohama et à San Francisco, personne au monde ne nous y forcera!

Je suis triste et j'ai peur, pense Candido tout en reprenant du gâteau au riz gluant. J'ai été assez bête pour croire que ma course folle au volant de la Cadillac les avait égarés. Ça n'en finira donc jamais!

– Asseyez-vous et attendez, dit à Candido l'officier américain des services d'immigration.

Il s'assied, sur un banc. La pièce est emplie de Chinois, de Japonais, de Coréens, de Philippins; certains sont accroupis par terre à côté de leurs hardes, visages calmes, patients, on sent qu'ils pourraient attendre là pendant des siècles.

Les heures passent.

De Port-Arthur ils ont fini par atteindre Yokohama, sur ce cargo japonais qui faisait escale dans toutes les îles de Corée.

Il était rempli d'Américains; plus grands que lui, ils

lorgnaient Samantha par-dessus sa tête, en affectant de ne pas le voir, ou en le toisant, l'air de penser : « Qu'est-ce qu'une aussi jolie Américaine fiche avec ce rastaquouère ? » A San Francisco, où ils ont fini par arriver, personne n'était là pour l'accueillir à sa descente du bateau – malgré toutes les lettres qu'il avait expédiées du Japon. Aucun des correspondants de dom Trajano à New York, et personne non plus mandaté par grand-oncle Amilcar.

Personne, sauf le service d'immigration. Qui l'a stoppé net : votre passeport brésilien sera périmé dans trois jours, vous n'avez pas de visa pour pénétrer aux États-Unis d'Amérique ; au Japon vous auriez dû vous présenter à l'ambassade du Brésil et au consulat général des États-Unis, peut-être auraient-ils pu régulariser votre situation. Passez ici à droite, non mademoiselle, vous ne pouvez pas le suivre, vous êtes citoyenne américaine, désolé, libre à vous de l'attendre dehors, et inutile de crier, mademoiselle, il est très possible en effet que je sois un abruti... et le président Woodrow Wilson également, vous avez le droit d'exprimer votre opinion mais cela ne changera rien, au contraire, à la situation de ce monsieur, veuillez avancer je vous prie, vous bloquez la file.

Des heures.

La salle immense est vide, à présent il n'y a plus que lui, avec deux policiers impassibles. Il doit faire nuit dehors... ça sent la catastrophe.

Heureusement, Samantha a pu débarquer. C'est normal : elle est citoyenne américaine et personne n'a jamais prétendu qu'elle était un Jaguar Féroce, elle.

Elle m'oubliera. Elle aura un peu de peine, les premiers temps. Puis elle épousera un Américain de deux mètres qui, lui, au moins, pourra la prendre dans ses bras, la soulever et la porter jusqu'au lit.

– Candido Stevenson Cavalcanti.

Ils m'appellent. Ça va, j'ai compris : il suffit de voir leurs têtes. Ô Dieu Vivant !

– Vous êtes sûr que vous comprenez l'anglais?

– Je comprends très bien que vous me demandez si je comprends. Je comprends l'anglais.

– On pourrait en douter, dit le chef des policiers de l'immigration. Ce que vous avez écrit sur nos formulaires ouvre la porte à toutes les suppositions. À la question : de quelle race êtes-vous, vous avez répondu : verte; ou encore, quand on s'enquiert de votre lieu de départ, vous inscrivez : de chez le Baron Fou; et ainsi de suite. C'était une plaisanterie?

– C'était une plaisanterie, dit Candido.

Ils ont bien rigolé, Samantha et lui, en remplissant les formulaires réservés aux étrangers. Il y avait de ces questions! Par exemple : *Avez-vous eu des rapports homosexuels avec un homme (si vous êtes un homme)?* Oui, avait-il répondu, avec Vladimir Ilitch Lénine en chassant le tétras – mais Samantha avait insisté pour qu'il biffe sa réponse.

Les policiers de l'immigration ne comprennent pas non plus comment Candido Stevenson Cavalcanti, sujet brésilien, en n'étant jamais sorti officiellement du Brésil s'est retrouvé en Allemagne, puis, apparemment sans passer par nulle part, en Mandchourie.

– Monsieur Cavalcanti, vous connaissez quelqu'un appelé Andrew Harmond?

– Non.

– Il est américain. C'est un homme important, qui se porte garant de vous. Durant les dernières heures, il a fait intervenir en votre faveur le gouvernement de Californie et le Département d'État à Washington. Et vous n'avez jamais entendu prononcer son nom?

Cuidado!

– Peut-être, oui. Maintenant que vous m'en parlez...

– Par qui?

Réfléchis! Vite!

– Quelqu'un de ma famille.

C'était la bonne réponse.

– Plus précisément ?

– Mon grand-oncle Amilcar Cavalcanti de Noronha, de Rio de Janeiro.

Il est possible que grand-oncle Amilcar, qui a tant de relations, connaisse ce Harmann ou Elmond. En tout cas, là aussi, c'était la bonne réponse. Tu vas t'en tirer.

Un papier lui est tendu, plein de cachets.

– Ceci est un permis spécial vous autorisant à séjourner trois mois aux États-Unis. Il vous appartient toutefois de prendre immédiatement contact avec les services consulaires de votre pays, afin de faire régulariser votre situation. Notamment obtenir un passeport valide. Selon M. Harmond, vous êtes étudiant.

– Absolument, dit Candido.

– Signez ici, c'est un autre formulaire d'immigration, les avocats de M. Harmond l'ont rempli. La prochaine fois, évitez les plaisanteries.

– Absolument, répète-t-il.

Je vais retrouver Samantha ! Si elle m'a attendu.

– Et ceci est une lettre que M. Harmond nous a priés de vous remettre. Vous pouvez partir, monsieur Cavalcanti. Et malgré les circonstances, bienvenue en Amérique.

– Merci beaucoup.

– Et joyeux Noël !

Elle l'a attendu dehors dix-huit heures, se jette dans ses bras.

– Tu es glacée, dit-il. Quel brouillard.

– Ils t'ont laissé entrer en Amérique, c'est le principal. Oh, Candido, je devenais folle !

Elle a tout essayé pour faire céder l'immigration. En désespoir de cause, elle a téléphoné à sa famille à Chicago ; sa mère l'a envoyée au diable ; quant à son oncle Moritz, le seul à n'être pas un abruti complet, il était en voyage ; et les avocats auxquels elle a fait appel se sont déclarés incompétents, ou pas intéressés.

– Samantha...

Il prend la lettre dans sa poche et la lui montre. Elle essaie de lire puis y renonce :

– Je n'y comprends rien. C'est du portugais ?

– Oui. Je te traduis :

Bienvenue en Amérique, cher Candido. Je regrette de ne pouvoir venir t'accueillir, mon état de santé m'interdit de voyager. J'ai prié mon vieil ami Andrew H. Harmond de s'occuper de toi, fais-lui toute confiance. Je t'embrasse.

Amilcar Cavalcanti.

– Et les autres papiers ?

– Le premier est un chèque de cent mille dollars, le deuxième une espèce de billet de logement pour un appartement à l'hôtel *Fairmont*, ici à San Francisco.

– Cent mille, tu es sûr ? J'adore tonton Amilcar.

– Moi aussi, dit Candido. A un détail près : il n'a jamais écrit cette lettre.

– Grand-oncle Amilcar n'a plus un sou, Samantha. Il est complètement ruiné. Il a été très riche, mais il a tout dépensé. Au fil des années.

Il était le mouton noir de la famille Cavalcanti. Cela a commencé au temps où il était jeune homme, son mariage n'a rien arrangé, puisque aussitôt après la cérémonie il s'est embarqué pour l'Europe, vers 1871.

– Tu connais un musicien nommé Jacques Offenbach ?

Elle secoue la tête : non.

– C’était un grand ami d’Amilcar, qui prétend qu’Offenbach a même écrit un opéra dont il est le héros. Tu ne connais pas cet air qui commence par : « *Je suis brésilien pom-pom-pom-pom* » ?

– Non.

– Le Brésilien en question, c’était grand-oncle Amilcar. Enfin, d’après lui.

Ils sont à l’hôtel *Fairmont*, des fenêtres de leur appartement, ils aperçoivent la baie de San Francisco.

Ils ont dormi douze heures d’affilée, ont dîné et se sont remis au lit pour les premiers câlins sur le sol des États-Unis, *Welcome to America*, a dit Samantha.

Grand-oncle Amilcar n’a plus un dollar depuis qu’il est rentré d’Europe. Il vit dans un palais certes, mais rien n’est à lui. En trente années de vie parisienne, il a vendu ses maisons, ses fazendas, ses parts dans les usines, les banques, les compagnies de navigation, et jusqu’à ses collections. Et c’est dom Trajano...

– Ton père.

– Papa. C’est papa qui lui a tout racheté. Enfin, papa et mon grand-père paternel. Ils voulaient que cela ne sorte pas de la famille. Et dans leur souci de respectabilité, afin qu’il ne soit pas dit qu’un Cavalcanti de Noronha vivait dans la misère, ils ont laissé grand-oncle Amilcar dans son sobrado de Botafogo, lui payant même des domestiques. Quand grand-oncle Amilcar a besoin d’une chemise neuve, il est obligé d’envoyer la vieille à São Paulo, et si elle est jugée hors d’usage, on en achète une autre.

– Tu dis n’importe quoi.

– Je t’assure que non.

Un sentiment bizarre envahit Candido. Il n’a jamais raconté cette histoire à personne. Nul ne la connaît, même au Brésil, en dehors de dom Trajano, de ses deux frères et des hommes d’affaires de la famille. Lui-même la tient d’Amilcar, qui riait beaucoup, en la lui rapportant. Il trouvait très drôle que dom Trajano et la famille Cavalcanti fussent à ce point prisonniers de leurs préjugés qu’ils en étaient contraints de le nourrir, de le loger, de l'entretenir sur un grand pied, « pour tout te dire, j'ai toujours su qu'ils en viendraient là, je pouvais dépenser mon argent tranquille – argent qui te reviendra de toute façon, puisque tu hériteras de ton père, je n'ai même pas ce remords de t'avoir dépossédé. Ça ne te fait pas rire, petit ? ».

– Bon, dit Samantha, si ce n'est pas ton grand-oncle, c'est peut-être ton père qui t'a envoyé ces cent mille dollars ?

– Je ne crois pas. Dom Trajano a toujours détesté Amilcar, je ne sais pas pourquoi.

– Si ton grand-oncle est tel que tu me l'as décrit, rien de surprenant. Ma mère le détesterait aussi.

– Probablement.

– Ou alors Amilcar avait encore quelque chose à vendre.

– Il n'a plus rien, je te dis. Sauf la Léopolda.

La Léopolda étant une locomotive, pas une femme évidemment. C'est la seule locomotive qui reste de la collection d'Amilcar. Et elle ne vaut pas tant, elle ne marche même plus. Surtout si MacAuliffe, le mécanicien, est mort.

– Tu connais cet Andrew Harmond ?

– Jamais entendu parler de lui, répond Samantha. Le mieux est d'aller le voir. On lui parle, et tu sauras bien qui lui a demandé de te donner autant d'argent.

Ils sont de retour dans leur lit et jouent à la bataille, seul jeu de cartes qu'il accepte de comprendre. Elle le bat à plates coutures, il a l'esprit ailleurs. Pourquoi ne veut-elle pas que nous allions au Brésil ? Au Brésil, je fais la paix avec dom Trajano et tout est réglé, aucun Tchaadaïev au monde ne pourra venir nous embêter. De penser à grand-oncle Amilcar et, par une association d'idées bien compréhensible, à la douceur des nuits de Rio, à sa vie à São Paulo avant qu'on ne l'expédie dans l'armée, à la fazenda de Bragança Boa Vista où il a les plus beaux de ses souvenirs d'enfance, tout cela a provoqué chez lui de la mélancolie.

Il dort encore quand Samantha l'éveille. Il fait grand jour depuis des heures. Elle lui tend les journaux : deux morts la nuit dernière à San Francisco, des Russes immigrés de fraîche date, et égorgés plus fraîchement encore. Le Jaguar a encore fait des siennes.

Welcome to America.

Ils ont sauté dans le premier train en partance.

– Nous aurions pu attendre le suivant, remarque Samantha, celui pour Los Angeles. On serait allés à Hollywood, j'aimerais bien voir William Hart pour de vrai.

Le train s'arrête à Sacramento et repart. Ils ont soigneusement scruté les visages à l'embarquement, rien à signaler.

– Candido, et si nous faisions tous les wagons un à un, au cas où il s'y trouverait quelqu'un qu'on connaît ?

Candido est d'avis que l'idée ne mènera à rien; en supposant qu'ils découvrent la présence à bord de l'une des Griffes du Jaguar, que feront-ils ? Prévenir la police ? Pour dire quoi ? Nous nous incriminerions nous-mêmes. Et puis si l'Autre nous a forcés à venir aux États-Unis, il aura pris ses précautions pour contrôler chacun de nos déplacements, en nous faisant surveiller par des gens dont nous ne connaissons pas le visage.

Ils parcourent le convoi dans les deux sens, dévisageant chaque voyageur. Employés du train compris.

– Tu crois qu'un Noir peut être un rouge?

C'est une pauvre plaisanterie, mais elle leur fait piquer un fou rire.

Personne.

– Je cherche, dit Candido au contrôleur de première classe, quelqu'un qui parle russe. Je suis étudiant et j'aurais besoin d'un coup de main, pour mes examens.

Personne dans tout le train, mais en première classe il y a

encore trois voyageurs, enfermés dans leur cabine depuis le départ.

– On m'a dit que l'un des trois parle russe.

– Au 2 A, énumère le contrôleur, il y a M. William Fox. Il est américain mais je crois qu'il vient de là-bas, dans l'Est. Au 3 A, c'est M. Carl Laemmle, dans le cinématographe lui aussi. Je les connais tous les deux, ils font souvent le voyage sur la ligne Los Angeles-New York, où j'étais. Je ne pense pas que M. Laemmle parle russe.

Le troisième voyageur est une dame française. Dans la mode. Mme Armelle. Elle est montée à San Francisco et a demandé qu'on ne la dérange pas. Elle va jusqu'à New York, au terminus.

– Comment est-elle ? interroge Samantha. Je la connais peut-être. J'ai de la famille dans la mode.

Mme Armelle est grande, presque autant que Samantha, elle est blonde, très élégante, et a environ trente ans.

Elle pourrait être Matriona, concède Samantha. À condition que Matriona, qui l'a aidée à Kharbin, fasse partie de ce que Candido appelle les Griffes du Jaguar. Mais elle n'y croit pas. Une femme égorgeant les gens, ça ne tient pas debout.

Ils vont dîner au wagon-restaurant. Dans le jour finissant, le train escalade les contreforts de la Sierra Nevada. À la table voisine, quelqu'un évoque un endroit appelé la Donner Pass, où soixante-quinze ans plus tôt des émigrants marchant vers l'ouest sont morts de froid dans la neige et se seraient même un peu entre-dévorés. On va arriver à Reno. Deux hommes prennent place à la table de Candido et Samantha, après s'être courtoisement informés s'ils pouvaient s'asseoir. Ils se présentent : Carl Laemmle et William Fox. Le contrôleur leur a fait part de la requête de Candido et ils secouent la tête : aucun des deux ne sait le russe, William Fox concède qu'il est d'origine hongroise mais que même son hongrois est très rouillé. Oui, ils connaissent personnellement William Hart, et Douglas Fairbanks et Mary Pickford. Bientôt ils s'absorbent dans une conversation d'affaires.

Samantha et Candido regagnent leur cabine double. Au-delà de Reno, le paysage sous la lune offre des déserts à n'en plus finir, où parfois scintillent ce qui semble être des plaques d'argent – mais il paraît que ce sont des lacs asséchés.

L'Autre a inventé le Jaguar et cette invention lui permet de tuer tous ceux qu'il juge menaçants ou gênants pour la révolution. Et ces assassinats horribles qu'il fait endosser au Jaguar amènent l'opinion publique à haïr les anarchistes ; et par ricochet, celle-ci finirait par trouver les communistes pas si antipathiques – des gens avec lesquels on peut traiter, en somme. Il nous envoie aux États-Unis pour poursuivre ses massacres. Déjà deux morts à San Francisco, et ce n'est qu'un début.

– Tu es bien morose, dit Samantha. Viens donc te coucher et ferme cette saleté de porte.

Candido s'est assis de façon à pouvoir surveiller le couloir. Si la dame française se décide à sortir de sa cabine, il la verra.

– Où que nous allions, dit-il, tu vas voir qu'on égorgera des gens. Nous allons patauger dans le sang, je deviendrai plus célèbre que William Hart et Douglas Fairbanks réunis.

– Tu m'embêtes.

– Le mieux serait d'éviter les endroits où il y a des Russes immigrés, rouges ou blancs, et des politiciens, des journalistes, des agents secrets, des diplomates...

– Je n'entends rien, je dors, dit Samantha.

– Il faudrait aussi éviter les villes, grandes ou petites, les lieux publics où l'on peut poser des bombes.

Pas de commentaire de Samantha. Elle lui tourne le dos, la courbe de sa hanche quand elle est ainsi allongée est particulièrement gracieuse.

– Le problème, si nous nous cachons quelque part où il n'y a personne à égorger, est que nous n'aurons pas d'alibi. Personne ne pourra témoigner que nous avons été sages. Ça n'arrangera rien, au contraire.

Voici une heure, Carl Laemmle et William Fox sont revenus à leur tour du wagon-restaurant ; ils lui ont souhaité bonne nuit en passant. Le couloir, désert, est à peine éclairé. Candido, tout en y guettant le moindre mouvement, a ouvert sur ses genoux le Grimmelshausen ; à l'un de ses passages préférés et que du reste il connaît par cœur : celui où Simplicius est aux prises avec Olivier le Fourbe.

– On pourrait peut-être mettre une petite annonce dans la presse. On écrirait :

Attention : le Jaguar arrive ! Tous ceux qui ont des raisons de penser que la Tchéka peut leur en vouloir sont priés de passer au large. Premier et dernier avertissement.

Sauf que ça attirerait l'attention de la police des États-Unis. Et l'affaire de Kharbin, celle de Berlin et toutes les autres ressortiraient. Au meilleur des cas, je prends cent cinquante ans de prison.

Évidemment, nous serions au Brésil, ça réglerait tout. Dom Trajano interviendrait, forcément. Tu verrais la fazenda de Bragança Boa Vista, tu en aurais le souffle coupé, tant c'est beau.

Samantha bondit. Elle enfile sa robe de chambre à grands gestes nerveux, et sur son visage elle porte son expression des mauvais jours, quand elle est furieuse. Il demande :

– Où vas-tu ?

Elle répond qu'elle s'en va frapper à la porte de la dame française. On lui ouvrira, elle examinera la tête de la Dame, et quand elle aura la preuve définitive que ce n'est pas Matriona, ni Afonka déguisé en femme, ni rien – alors, elle pourra dormir.

Il la regarde s'éloigner dans le couloir à demi plongé dans la pénombre. Elle s'arrête devant la porte, lève la main pour frapper...

Elle suspend son geste et revient ; elle est un peu blanche.

– Il y a du sang qui coule sous la porte, Candido.

– Qu'est-ce que tu fais ?

Il a ouvert sa valise, en sort l'une de ses chemises.

– Je vais nettoyer, que veux-tu que je fasse d'autre ?

– Nettoyer ?

Eh oui. A moins qu'elle préfère alerter le contrôleur. Qui, en trouvant un cadavre de femme égorgée et riant jusqu'aux oreilles, fera appel à la police. Ils seront interrogés, elle et lui ; tôt ou tard les policiers en viendront à se poser des questions sur ce couple qui sème les cadavres sur son passage depuis Berlin...

Elle tire une combinaison de sa propre valise. Ils se retrouvent tous les deux à quatre pattes à éponger le sang ; ils ont presque fini, quand le contrôleur survient.

– Notre chien a fait pipi et nous essuyons, dit Candido.

– Il fallait m'appeler, répond le contrôleur, nous avons une grande habitude de ce genre de problème. En quarante ans de travail dans les chemins de fer, si vous saviez quels animaux j'ai vu emmener en voyage. C'est curieux, ce pipi rouge.

– C'est parce que c'est un dogue du Tibet, explique Candido. Tous les dogues du Tibet font pipi rouge.

William Fox et Carl Laemmle, en robe de chambre, apparaissent sur le seuil de leur cabine, attirés par le bruit.

– Un dogue du Tibet ? dit Carl Laemmle.

– Je n'avais pas remarqué que vous aviez un chien avec vous, s'étonne le contrôleur.

– C'est un dogue du Tibet nain, dit Candido.

– Nous vous le montrerions bien, mais il est extrêmement féroce, ajoute Samantha.

– Tu devrais engager ce chien pour l'un de tes films, lance William Fox à Carl Laemmle. Ça te changerait d'Erich von Stroheim.

– Voulez-vous que je me charge des chiffons dont vous vous êtes servis ? propose le contrôleur. Je les jetterai à la poubelle, dans une prochaine gare.

– Perdre une combinaison et une chemise presque neuves ? Vous n'y pensez pas, dit Samantha.

– Nous parlons tous trop fort, dit le contrôleur. Nous allons finir par réveiller la dame française.

Chacun regagne sa cabine.

Silence.

– Je ne crois pas que c'était du sang humain, dit Candido. Du vrai sang sûrement, mais pas humain.

Il a bien réfléchi et tout concorde, il n'y a pas d'autre explication possible.

– Ils se seraient amusés à verser du sang dès que j'ai frappé ?

– Tu as appelé Mme Armelle et ils auront reconnu ta voix. Alors, le sang a été répandu sous la porte.

– L'assassin a pu ressortir par la fenêtre.

– Je viens de vérifier en passant la tête dehors : elle est fermée.

– Et pourquoi cette mise en scène ?

– Pour nous faire descendre du train.

– On descend ou on ne descend pas ? demande Samantha.

– Je n'en sais rien.

– On pourrait tirer le signal d'alarme ?

– Et nous retrouver en plein désert ?

– Tu ne sais jamais ce que tu veux !

Et allez donc, elle râle !

L'arrêt suivant est la gare d'une bourgade nommée Winnemucca. Le train n'y fait qu'une halte très brève. D'après le guide acheté juste avant le départ de San Francisco, Winnemucca compte deux mille habitants, c'est rien au milieu de nulle part, qu'est-ce que nous ferions dans un endroit pareil ? Et en plus, il neige.

Samantha était déjà prête à débarquer.
– Pas ici.
Samantha s'est recouchée. Le convoi achève sa traversée du Nevada. Le jour se lève sur le morne paysage du Grand Lac Salé. Descendre du train ou pas?
Sous l'effet de la fatigue et de la tension nerveuse, il devient ironique. Pourquoi s'en faire? La soi-disant Française qui dort dans la cabine A 4 comme un ours en hibernation est simplement une dame vampire qui aura renversé sa gamelle de sang au moment où elle préparait sa soupe. Tout cela est très normal.
D'accord.
Salt Lake City est annoncé. Le train ralentit, le ciel est clair. Au nord-est, dominant la ville en gradins se dessine le capitole avec sa gigantesque coupole; tout au fond, des montagnes enneigées. William Fox rejoint Samantha et Candido au wagon-restaurant, pour le petit déjeuner; il raconte sa vie, quand il travaillait dans le Bronx à New York, sur scène et en duo, sous le nom des Schmaltz Brothers; aujourd'hui, il a sa propre compagnie cinématographique. Les films de Tom Mix ou de Pearl White, c'est lui; il prépare des productions importantes, une sur la reine de Saba, une autre sur le comte de Monte-Cristo...
– Candido!
Le quai de la gare vient d'apparaître et le regard de Candido suit la direction que lui indique Samantha. L'homme est debout, presque méconnaissable avec son chapeau de feutre, son pardessus à petit col de fourrure, sa valise de représentant de commerce. Le train avance encore, on entend le grincement des freins, un haut-parleur se met à tonitruer, des voyageurs se préparent à embarquer.
Mais c'est bien lui, Otto Krantz. Debout à un mètre des voitures qui défilent, et lorsque le wagon-restaurant passe lentement à sa hauteur, son regard croise et soutient celui de Candido, n'exprimant aucune surprise mais bien un amusement ironique.

– Donc, on ne descend pas?
– Non, répond fermement Candido.
Le train est reparti. Otto Krantz n'est pas monté : il est resté un moment sur le quai, sans faire le moindre geste hormis celui de porter régulièrement à sa bouche la cigarette qu'il fumait puis, peu de temps avant que fût donné le signal du départ, il a pivoté sur ses talons et s'en est allé vers la sortie, tel l'un de ces automates créés par feu Oscar Kuppelweiser.
– Et nous descendrons où?
– Je pense que nous devrions aller jusqu'à New York.
Candido considère le télégramme, que le contrôleur lui a remis à l'instant. Le message lui est adressé : « Candido Stevenson Cavalcanti, à bord du train San Francisco-New York. »

VOUS ATTENDS ARRIVÉE NEW YORK POUR FÊTE À TOUT CASSER. STOP. ME RAPPELLERA BON VIEUX TEMPS AMILCAR. STOP. VOUS ME RECONNAÎTREZ AUX FLEURS.

Et c'est signé : LA PIVOINE ÉCARLATE.
– Nom d'un chien, qu'est-ce que c'est que ce truc? demande Samantha.
Il n'en sait rien. Mais ça, c'est bien dans le style de grand-oncle Amílcar. Et du coup, il sent sa gaieté revenir.
– Candido, la femme du A 4 a quitté le train, elle. Elle a dû filer pendant que nous observions Otto Krantz.
– M'en fous.
Pour la première fois depuis le Japon, il s'est remis à la balalaïka. L'inspiration lui vient, il compose deux chansons nouvelles.

– Nous ne descendons pas du train à cause de ce télégramme ?

– Nous ne descendons pas du train parce que je crois qu'ils voudraient nous en faire descendre.

Il dit n'importe quoi. En vérité, il pourrait accumuler les raisons d'abandonner le train et les arguments démontrant qu'il leur faut absolument y rester – le télégramme n'ayant rien à voir dans cette affaire. Il est presque certain qu'il a été expédié par quelqu'un mandaté par grand-oncle Amílcar.

– Ce qui me travaille, c'est cette idée de fête. Tu sais combien d'argent nous avons ?

– Cent trois mille six cent quarante-trois dollars.

C'est elle qui a exigé que la banque de San Francisco leur remette en liquide toute la somme. C'est elle aussi qui tient les comptes – elle adore ça.

– D'après les petites annonces du dernier journal que j'ai lu, dit Candido, nous avons de quoi acheter dix-sept maisons ou quatre-vingt-deux voitures de marque Studebaker, ou neuf cent dix-huit réfrigérateurs ou bien encore mille neuf cent quatre-vingt-douze postes de radio. Tu paries que nous dépensons tout en un mois ?

Elle vient se coucher près de lui, presque sur lui, au point de manquer écraser la balalaïka.

– Chiche.

La Montagne Humaine n'est pas montée dans le train. Mais sans aucun doute l'homme blond, habillé en bûcheron, et qui doit mesurer deux mètres, savait exactement dans quelle voiture et quelle cabine ils étaient. Il s'est approché de leur vitre, y a posé sa main de géant et a souri. Des lèvres seulement. L'œil était glacé.

New York. Un orchestre, dont les vingt musiciens jouent *La Vie parisienne* de Jacques Offenbach. Des figurants habillés en Grecs de *La Belle Hélène* s'empressent de dérouler un tapis rouge pour le débarquement de Candido et Samantha.

– C'est incroyable, mon chéri, ce que tu peux ressembler à ton oncle! Tu es Amilcar avec cinquante ans de moins. La même taille, les mêmes yeux verts, le même air crapule, joyeux et innocent, mais tu parles : on battait des cils et déjà il était au fond de votre lit. Quels souvenirs!

Des fleurs partout. Des pivoines à profusion. La vieille dame au centre du comité d'accueil est de haute stature, la silhouette vaut encore le coup d'œil, le regard est vif et rieur, le sourire éclatant; il y a chez elle, en dépit de ses soixante-dix ans passés, une intense joie de vivre. Elle s'empare de Candido et l'embrasse à pleine bouche, s'écarte, le considère, l'embrasse une nouvelle fois.

– Je suis la Pivoine Écarlate, dit-elle. Tu comprends le français, j'espère? J'aurais eu plus de temps, je t'aurais préparé une vraie réception. Mais la lettre d'Amilcar m'est parvenue le jour où tu débarquais à San Francisco. Le temps que Cavanaugh, mon mari, s'occupe de savoir si ton bateau avait accosté et fasse intervenir ses avocats de la côte ouest, tu avais disparu. Dieu merci, il n'y a pas qu'au physique que tu ressembles à Amilcar; lui aussi descendait dans les meilleurs hôtels, j'ai dit à Cavanaugh que tu serais au *Fairmont*, et tu y étais passé. Tu as bien reçu mon télégramme dans le train, à l'arrêt de Salt Lake City? Qui est cette grande asperge avec toi? Bonté divine, quel morceau! Amilcar aussi les aimait grandes, il suffit de me voir. Comment va-t-il? Ça doit lui faire dans les soixante-quatorze ans, non? C'est lui qui m'a baptisée la Pivoine Écarlate. Tu ne devines pas pourquoi? J'ai la pivoine la plus rouge de France, une merveille selon lui. Nous ne serions pas en public et dans une gare, je te la montrerais. Mais ôter ma culotte et retrousser mes jupes devant tant de monde, j'ai passé l'âge. Et Cavanaugh en serait triste, c'est qu'il est encore jaloux!

L'orchestre joue toujours et leur ouvre la marche vers la sortie. L'idée venue à Candido juste avant l'arrivée du train à New York, reprend consistance ; il regarde autour de lui.

– Appelle-moi Aurélie. Est-ce que la grande asperge comprend le français ? On dirait que non. Elle a un derrière superbe, Amilcar aurait adoré. Et elle est folle de toi, non ?

– Oui et non, dit Candido, réussissant enfin à placer sa première réplique.

– Elle meurt d'amour pour toi, ou alors elle est folle. Avec tous les gouzis-gouzis que tu dois lui faire. Tu tiens ça aussi d'Amilcar, on le prenait dans ses bras tant on était émue par son innocence – et sur le traversin, un vrai diable. On m'entendait crier jusqu'à la Loire.

Normalement, il devrait être là, pense Candido. Après Otto Krantz et la Montagne Humaine, après Afonka et Stepa Oneguine, il ne manquerait plus que lui, à New York. Si nous sommes aux États-Unis, c'est parce qu'il nous a contraints d'y venir.

Il ne voit rien, dans cette foule où presque tout le monde le dépasse d'une tête. Aurélie Cavanaugh l'entraîne avec vivacité, en d'autres circonstances il eût été enchanté de faire sa connaissance. Oui, oui en effet, il ne me parlait que de vous, lui répond-il en mentant ; comment se souviendrait-il de tous ces noms de femmes énumérés par grand-oncle Amilcar se remémorant son passé ? Et lui-même s'interroge : est-ce que l'une au moins des dames et demoiselles que j'ai câlinées à Rio et São Paulo se souviendra de moi avec autant d'enthousiasme, Samantha comprise ? Il marche vers les limousines que la Pivoine Écarlate – *Deus meus*, quel surnom ! – a commandées pour eux, et dont les chauffeurs mettent bas leur casquette. À un certain moment, il pivote et jette un coup d'œil à Samantha. Et il reçoit comme un coup de poignard : elle a ce mouvement un peu convulsif des mains, cette façon de baisser la tête, de toucher ses cheveux qui pourtant n'ont pas besoin d'être redressés ; et ce regard qu'elle ne peut s'empêcher de glisser quelque part sur la gauche.

Aliotchka Alekhine, bien sûr. Debout près d'un pilier,

immense et très beau, tenant dans sa main droite un journal roulé dont il tapote négligemment sa paume gauche, dégageant une formidable impression de puissance et de sûreté de soi. Candido ne l'aperçoit que deux ou trois secondes, la vision est aussitôt interrompue par un déplacement de gens.

Ce n'était pas moi qu'il fixait, moi je ne l'intéresse pas, je suis quantité négligeable, mais Samantha.

Il va me la reprendre.

Suivent des semaines folles. Très amusantes.

Aurélie n'a pas voulu qu'ils s'installent dans un hôtel, pendant leur séjour. Elle a mis à leur disposition tout un étage de son hôtel particulier sur la 59e rue, avec vue sur Central Park. Elle a organisé pour eux des fêtes « à tout casser » comme elle l'annonçait dans son télégramme, tant à New York que dans la propriété de Floride ou le ranch d'Arizona.

D'où ils rentrent.

– Tu sors ?

Le regard de Samantha croise celui de Candido dans le miroir de la salle de bains.

– Je vais déjeuner avec oncle Moritz. Tu peux venir, si tu veux.

– Non, dit Candido.

Oncle Moritz est un gros homme rougeaud qui est dans le bâtiment, comme Harry Cavanaugh, avec cinquante millions de dollars de moins. Je ne le déteste pas mais il me fatigue, et en plus il fait toujours comme si je n'existais pas, il m'a demandé combien dom Trajano avait d'argent, je n'en avais pas la moindre idée et j'ai répondu au hasard : cinq cents millions de dollars ; il ne m'a pas cru ; et pourtant à cent près, je ne dois pas être loin du compte.

– Je m'en vais, dit Samantha. Tu es sûr que tu ne veux pas m'accompagner ?

– Certain. Je vais lire un peu. Dis bonjour à oncle Moritz pour moi.

Elle part. Il attend et s'approche d'une des fenêtres. Il la voit sortir de l'hôtel particulier. Les bureaux d'oncle Moritz sont au sud de Manhattan ; Samantha traverse la 59e rue Est et suit la grille de Central Park, tourne à gauche sur la 5e avenue, vers le nord, donc.

Ça ne veut rien dire, son abruti d'oncle lui aura donné rendez-vous dans un restaurant, ailleurs.

Tu n'as pas honte, Candido ?

Si. Mais ça ne change rien.

Pendant une demi-heure encore, il essaie de lire l'un des nombreux livres qu'il a achetés depuis qu'ils sont à New York.

Elle est avec lui, je te dis ; elle est dans ses bras.

Il laisse tomber le Henry James et descend à son tour.

Cette fin de printemps sur New York est très belle. Il marche sur la 5e avenue, poussant de temps à autre une incursion dans une rue sur sa droite, à l'opposé du parc. Peu de restaurants. À deux reprises, il jette un coup d'œil dans la salle. Pas de Samantha attablée avec oncle Moritz.

Tu es grotesque, Candido Stevenson.

Je sais.

Il marche jusqu'à Harlem où la musique l'attire. Des musiciens noirs jouent dans un café un air triste. Il reste deux heures et mange un sandwich arrosé de lait frais, à défaut de chocolat. Par trois fois déjà, il a aperçu Otto Krantz.

Il m'attend sur le trottoir d'en face, à une quarantaine de mètres ; il affecte de lire un journal, debout, fumant cigarette sur cigarette, et à part ce geste régulier, il demeure immobile, d'une patience à vous donner le frisson.

Au début, Candido a simplement envie de faire poireauter cet homme, des heures et des heures, c'est une forme de vengeance médiocre ; moi je suis assis, j'écoute de la musique que j'aime et j'ai de quoi manger et boire ; pas lui. On verra bien qui cédera le premier ; et puis si

Samantha rentre chez les Cavanaugh et ne m'y trouve pas, elle finira peut-être par s'inquiéter – tant mieux.

Ensuite, l'idée extravagante prend forme.

Un mois plus tôt, avec Samantha, ils sont allés voir Andrew H. Harmond.

La première fois qu'ils se sont rendus dans ses bureaux de la 34e rue Est, M. Harmond était en voyage à l'étranger. Candido a laissé son nom et son adresse et une quinzaine de jours plus tard, un message est arrivé, fixant un rendez-vous à son domicile.

Ils sont en présence d'un homme de trente-cinq ans, pas très grand, le visage olivâtre, les yeux vaguement bridés, le regard aigu plus qu'intelligent. Son appartement occupe les deux derniers étages d'un immeuble dans la 55e rue. Tout le temps de l'entretien, un autre homme, peut-être un valet de chambre ou un secrétaire, circule sans porter aucune attention à la conversation mais sans s'éloigner vraiment – comme s'il assurait une surveillance ou une protection.

Contre le Jaguar ?

– Je voudrais savoir, dit Candido, pourquoi vous m'avez fait remettre cent mille dollars, à San Francisco.

– En nous payant l'hôtel *Fairmont*, en plus, ajoute Samantha.

Harmond les considère, pensif.

– Pour l'hôtel, je ne suis pas au courant.

– Mais c'est bien vous qui avez versé les cent mille dollars ?

– En effet.

– Pourquoi ?

– Quelqu'un avec qui je suis en étroites relations d'affaires me l'a demandé comme un service.

– S'appelle-t-il Alexis Mikhaïlovitch Alekhine ?

– Je ne connais personne de ce nom.

Et il a l'air sincère, le nom d'Alekhine ne l'a pas fait réagir. Candido contemple les murs. Six tableaux seulement y sont accrochés, en dépit des dimensions des deux pièces en enfilade. Pas n'importe quels tableaux.

– Monsieur Harmond, dit Candido, vous êtes un homme d'affaires international. Vous faites notamment du commerce avec la Russie.

Harmond sourit :

– Ce n'est pas illégal.

– Vous livrez du blé et des machines au gouvernement russe, et quand ce gouvernement n'a pas assez d'argent pour vous payer, il vous donne des tableaux de maîtres.

– Cela arrive.

– Vous connaissez Vladimir Ilitch Lénine ?

– Personnellement, dit Harmond en riant.

– Est-ce que vous parlez russe avec le camarade Vladimir Ilitch, en prenant le thé ensemble pour décider qui le Jaguar doit égorger ? interroge Candido en russe.

– Je n'ai pas compris ce que vous venez de dire. Je ne parle pas russe, si c'est là votre question. Le président Lénine sait très bien l'anglais.

– Je l'ai rencontré, moi aussi. Nous avons chassé le tétras ensemble, près de Nijni-Novgorod.

– Un homme exceptionnel, insiste Harmond. Et un ami.

– C'est lui qui vous a demandé de me verser cent mille dollars ?

Rire : le président Lénine ne s'occupe pas de ce genre de détails.

– Connaissez-vous un peintre nommé Monet, monsieur Cavalcanti ?

– Monet Claude, répond aussitôt Candido. Né à Paris en 1840. C'est d'après son tableau *Impression, Soleil levant*, de 1872, qu'un critique, par dérision, a inventé le terme « impressionniste ».

(Herr Doktor n'aimait pas du tout, c'était du gribouillage d'après lui ; moi j'aime.) Candido ne peut s'empêcher de lancer un coup d'œil à Samantha : d'accord, il ne sait peut-être pas qui était ce Napoléon, mais pour les peintres, les musiciens et les écrivains, quoi qu'elle en pense, il est très fort – je te parie qu'elle n'avait jamais entendu parler de Claude Monet.

– C'est l'un de mes peintres préférés, dit Harmond. Plusieurs de ses toiles étaient comprises dans certaine transaction que j'ai passée voici quelque temps ; disons qu'elles venaient en règlement de livraisons que j'avais faites. Et dont les cent mille dollars étaient partie intégrante. On m'a expliqué que cet argent était dû à un homme appelé Cavalcanti, un Brésilien habitant Rio.

– Amilcar Cavalcanti de Noronha.

– C'est bien ce nom.

– C'est mon grand-oncle. Vous le connaissez?

– Je n'ai pas cet honneur. À tout hasard, j'ai fait prendre des renseignements sur la famille Cavalcanti ; on ne m'a rien appris qui ne fût rassurant. Vous paraît-il vraisemblable que votre grand-oncle, avant la guerre, ait pu vendre des tableaux de Monet, Degas, Renoir ou Bazille ?

– Ce n'est pas invraisemblable, dit Candido.

– Mes informateurs me l'ont également assuré et j'ai payé les cent mille dollars. Sur la foi d'une lettre de M. Amilcar Cavalcanti me priant de vous remettre cet argent en son lieu et place, pour solde de tous comptes. J'ai bien sûr conservé cette lettre, le reçu que vous avez signé à San Francisco, ainsi que l'acte de vente de 1905 par lequel M. Amilcar Cavalcanti cédait un lot de toiles au musée de l'Ermitage à Saint-Pétersbourg, pour une somme qui à l'époque n'avait pas entièrement été réglée. Mais il y a eu une première révolution en Russie, en 1905, expliquant sans doute un certain désordre des affaires.

On sonne quelque part dans l'appartement, le secrétaire-valet de chambre ne bronche pas, quelqu'un d'autre va ouvrir ; des bruits de voix.

– Vous voudrez bien m'excuser, dit Harmond. J'attendais des amis et les voici.

Tout cela tient debout, pense Candido ; il est possible en effet que grand-oncle Amilcar, qui était lié avec Monet, Sisley et les autres, leur ait acheté des toiles et les ait ensuite revendues à un musée russe. Sauf qu'en 1905, il était déjà revenu au Brésil, mais ça ne signifie pas grand-chose. Ou alors seulement ceci : si toute cette histoire est fausse, elle est fort bien conçue ; qu'on arrête demain Candido Cavalcanti, le Jaguar, Harmond pourra jurer de son innocence, et la prouver.

A un dernier point près.

– Si vous n'étiez pas intervenu en ma faveur, dit-il, les policiers de l'immigration ne m'auraient sans doute pas laissé entrer en Amérique.

Harmond est très étonné :

– Intervenir pour vous ? Je n'ai rien fait.

La lettre que lui aurait adressée grand-oncle Amilcar indiquait la date et l'endroit du débarquement de Candido aux États-Unis, et demandait que l'argent fût versé à ce moment-là. Il s'est exécuté. Plus exactement, il a opéré par l'intermédiaire de son secrétariat :

– Je n'étais pas alors aux États-Unis. Quand êtes-vous arrivés ? Le jour de Noël ? Je me trouvais à des milliers de kilomètres de là, à l'étranger. J'ai dû quitter New York aux alentours du 10 décembre et n'y suis revenu que fin janvier. On vous a dit que je m'étais porté garant de vous ? On se sera trompé, je vous l'assure.

Andrew H. Harmond sourit, avec l'expression de la plus grande sincérité, l'air un peu amusé aussi ; plusieurs personnes entrent, parmi lesquelles Candido reconnaît, pour l'avoir déjà aperçu à une réception chez les Cavanaugh, le gouverneur de l'État de New York.

– Allons-nous en, dit Samantha.

Il y a maintenant six heures qu'Otto Krantz fait le pied de grue dans la 125e rue à Harlem. Candido a mangé quatre sandwiches et bu huit verres de lait, la nuit est tombée. Un musicien noir du même âge que Candido joue merveilleusement de la trompette et du cornet à piston. Il vient de La Nouvelle-Orléans et s'appelle Louis Armstrong : lorsque Candido a un peu gratté une guitare, reprenant le motif de *La Chanson de Samantha*, il l'a accompagné en souriant : « Nous n'avons pas le même rythme, toi et moi. »

Une première fois déjà, Candido est allé se soulager dans l'arrière-cour. Il y retourne. Sans en avoir envie cette fois, mais maintenant l'idée a mûri. Pour être idiote, elle l'est. Dans la cour, il y a un mur de briques rouges. Il le franchit en grimpant sur une vieille glacière. Une autre cour. Il traverse une blanchisserie et ressort dans la 125ᵉ rue, à environ cent cinquante pas d'Otto Krantz qui n'a toujours pas bougé. Le temps passe. Otto, ne le voyant pas revenir, entre dans l'établissement. Candido s'enfonce sous l'escalier d'une maison brownstone, d'où il n'aperçoit plus que les jambes des passants. Ce qui suffit : ce ne sont pas tant les chaussures ou le bas du pantalon qu'il reconnaît que l'allure elle-même, ce pas mécanique. Il compte jusqu'à douze, puis se met à suivre Otto Krantz.

Ni taxi, ni autobus, ni métro. Otto Krantz va à pied, de son allure d'automate. Une fois seulement il s'est arrêté, pour acheter des cigarettes. En débouchant sur Central Park, il prend Madison Avenue. Il vient de dépasser la cathédrale Saint-Patrick, sa progression est toujours aussi régulière, depuis qu'il a quitté Harlem.

Candido Stevenson, il est fort possible qu'il sache que tu le suis. Et il aurait évité de monter dans un autobus ou une rame de métro pour que tu ne puisses pas le perdre.

42ᵉ rue, puis 35ᵉ, Otto Krantz descend toujours vers Manhattan sud. Il est sept heures trente – Samantha est rentrée à présent, et s'inquiète.

Otto Krantz tourne à gauche et poursuit tout droit. Deux

cents mètres plus loin toutefois, il pénètre dans un petit hôtel.

J'attends.

Dix secondes plus tard, le cœur de Candido bondit jusqu'entre ses dents : la Montagne Humaine est à moins de deux mètres, portant une casquette de cuir noir et un gros blouson à carreaux rouges et noirs, en laine.

Il s'engouffre dans l'hôtel à son tour.

J'attends toujours.

Une trentaine de minutes s'écoulent, et cette fois Candido repère à distance Stepa Oneguine, élégant et mince à son habitude. Bien trop élégant pour un hôtel aussi crasseux. Il va apprendre d'Otto Krantz que j'ai échappé à sa surveillance – ou au contraire que leur plan a été efficace et que je suis posté dans la rue, si leur intention était de m'amener où je suis.

Stepa ressort, il monte dans un taxi sur la 3e avenue, et la chance veut qu'un deuxième taxi survienne aussitôt.

– Suivez cette voiture, s'il vous plaît.

Jusqu'à la 86e rue Est. Une rue où abondent les enseignes de charcuteries et de brasseries écrites en allemand, on pourrait se croire à Berlin ; mais aucun de ces établissements ne l'intéresse ; il gravit les marches d'une maison étroite, seulement trois fenêtres en façade.

Candido fixe la maison, peinte en vert pâle, chaque fenêtre est renforcée par de petits balcons blancs en encorbellement, garnis de géraniums rouges.

C'est là qu'Il habite, Candido Stevenson. Tu sais qu'Il est là, tu le sens.

– Je voudrais six tranches de jambon de Westphalie, demande Candido en allemand.

Il est entré dans la charcuterie la plus proche, qui était sur le point de fermer.

– Et je voudrais aussi un couteau. Un grand. Nous venons de nous installer, ma mère et moi. Elle a fait un rôti et je n'ai rien pour le découper.

Le charcutier le considère, hésite, souligne que ses

couteaux et tranchoirs sont du pur Solingen venu d'Allemagne, ajoute qu'il ne s'en séparerait pour rien au monde, qu'il ne veut pas vendre mais qu'il est d'accord pour prêter, contre une caution de cinquante dollars authentifiée par un reçu. Candido revient dans la rue, sans avoir quitté des yeux la maison vert pâle, avec ses deux premiers étages éclairés où parfois se détachent les silhouettes de deux hommes de haute taille – mais Stepa Oneguine est presque aussi grand que lui, l'Autre.

Et tu fais quoi, maintenant? Tu sonnes et tu égorges quiconque se présente, jusqu'à ce que tu parviennes à Lui? Tu ne tueras jamais personne. Tu n'en es pas capable.

Reste le toit. Il s'éloigne de l'entrée du garage où il s'était rencogné. La rue est maintenant déserte ; la charcuterie est fermée, ainsi que les autres boutiques. La lumière des réverbères laisse des zones d'ombre. Il marche et finit par apercevoir une petite impasse, à peine une allée, entre deux maisons. Il s'y engage, escalade une clôture de bois qui n'eût certainement pas supporté beaucoup plus que ses soixante kilos, s'y juche puis grimpe comme un lézard le long de la façade, à l'aide d'un treillage. Il parvient à une fenêtre ouverte du deuxième étage et s'introduit dans une chambre fort encombrée, qui sert manifestement de débarras. Il sort sur le palier et entend, provenant du bas, le bruit d'un poste de radio. Sur sa gauche, un petit escalier mène aux combles.

Il fait irruption sur le toit moins d'une minute plus tard, la maison peinte en vert pâle est à trente-cinq mètres de lui. Soudain, un bruit lui parvient, de la rue cette fois – celui d'un moteur de voiture tournant au ralenti. Le temps de se couler à plat ventre, se freinant de ses paumes dans la pente : la rue lui apparaît. il y a là un taxi, dont le chauffeur attend, bras pendant à la portière.

Et un couple sur le trottoir, dans le halo du réverbère : Alekhine et Samantha.

L'Autre allonge sa main immense, qui touche le bras de Samantha. Elle n'esquive pas le geste, mais après quelques secondes, se détourne, avance de deux pas et s'installe dans le taxi dont il referme la porte.

Le taxi s'en va, en direction de la 5e avenue.

L'Autre attend quelques secondes encore puis rentre dans la maison.

Pas capable de tuer, Candido Stevenson? Tu le crois vraiment?

La lucarne sur le toit de la maison vert pâle cède enfin. Il s'y glisse et la referme sur lui. La disposition est la même que dans la première maison. Du rez-de-chaussée lui parvient un murmure de voix incompréhensible – mais c'est du russe.

Au premier étage, la conversation est un peu plus nette quoique toujours indistincte. Les étages du haut sont vides; le premier n'est guère plus meublé – il est éclairé, toutefois; le salon en façade ne contient qu'un appareil téléphonique posé sur une vieille table branlante. L'une des chambres sur l'arrière est occupée par un matelas à même le parquet; l'autre est équipée d'un vrai lit – sans draps, simplement une couverture et un oreiller. Mais deux valises en cuir fauve s'y trouvent; et sur une petite commode à côté de la porte de la salle de bains, outre un nécessaire de toilette, il y a un sac à soufflets. *Soit Il vient d'arriver, soit Il va repartir.* Le sac est ouvert, Candido en extrait un billet de bateau en première classe – date d'embarquement : le lendemain matin, à destination de Stockholm –, des liasses de billets de cent dollars, pour un montant d'environ dix-huit mille dollars, un permis de conduire et un passeport. Sur ces deux derniers, la photographie est celle de l'Autre et le nom inscrit est Peter Joachim Schugger, né le 22 juillet 1890 à Lübeck; profession : éditeur. Le passeport fait état de voyages multiples.

Il est de retour à New York et elle accourt.

Candido remet tout en place et reprend en main le couteau de cuisine. La conversation se poursuit, en bas. Il revient sur le palier, tenté pendant quelques secondes de s'approcher davantage, pour comprendre ce qui se dit. Mais il lui faudra alors affronter deux hommes au lieu d'un, l'un et l'autre plus grands et plus expérimentés que lui.

Non. Il se poste de façon à être invisible de l'escalier. Ainsi l'effet de surprise pourra-t-il jouer. Il serre si fort le couteau que sa main tremble.

Une brusque envie de vomir le saisit ; le sentiment de sa faiblesse, la conscience de sa petite taille – comparée à celle de l'Autre – le font douter d'être capable, le moment venu, de frapper. Il en pleurerait presque.

Vingt minutes au moins. Une porte s'ouvre au rez-de-chaussée, les voix se font enfin distinctes : « Et nous en aurons terminé », dit Stepa achevant une phrase dont Candido n'a pas compris le début. « Voilà », répond l'Autre. « Bon voyage – Merci », sont les derniers mots. Une porte se ferme; silence. *Ils seraient partis tous les deux?* Une nouvelle vague d'affolement submerge Candido. Parce que dans ce silence, il perçoit néanmoins une présence. C'est Lui, je suis sûr que c'est Lui. Les secondes s'égrènent, mortelles. Enfin, il y a dans l'escalier un craquement infime. Il monte! Candido prend le couteau de cuisine à deux mains, tu dois le frapper de face, n'oublie pas. Il lutte contre les larmes qui lui troublent la vue. Soudain Il est là, sa silhouette apparaît en haut des marches; comme prévu l'Autre lui tourne le dos et déjà amorce un mouvement vers la chambre où sont les valises et le sac. Candido se jette en avant. Il a le temps de noter le pivotement très vif du grand corps. Il frappe, avec un cri étranglé lorsqu'il relâche sa respiration bloquée. En un éclair il voit la longue lame filer vers l'abdomen de l'Autre. Sauf qu'elle s'arrête net, à peine entame-t-elle un pan de vêtement. Et une douleur fulgurante naît dans son poignet puis dans son bras, qui sont tordus, comme broyés. Le couteau de cuisine se met à bouger tout seul, contre sa volonté, la pointe se retourne et se dirige vers sa propre poitrine, entaille sa chemise, sa peau, le pique.

S'immobilise.

– Cavalcanti ?

Le ton, vaguement empreint de surprise, est celui de l'amusement et du dédain. L'Autre n'a même pas pris la peine d'utiliser ses deux mains pour parer le coup.

– Je lâcherais ce couteau, si j'étais vous.

La lame s'enfonce un peu plus dans la poitrine de Candido qui desserre ses doigts. Le couteau tombe sur le parquet. Dans la seconde suivante, il est pris à la gorge, soulevé de terre, catapulté. Il va s'effondrer des mètres plus loin, fracassant la table qui supportait le téléphone. Et déjà l'Autre se penche sur lui, le cueille comme une vulgaire chaussure, d'une seule main, le soulève encore et l'expédie jusqu'au sommet de l'escalier, avec toujours la même nonchalance souriante.

– Depuis combien de temps vous trouviez-vous ici, Cavalcanti ? Vous étiez là quand je l'ai mise nue et l'ai prise ? Sans doute pas. Vous n'auriez pas pu y tenir. Et l'on pleure, petit bonhomme ? Vous ne valez même pas que je vous tue.

Candido rampe, aveuglé par les larmes. Mais à nouveau la grande main le croche derrière la nuque, le hisse à un mètre du sol, le laisse retomber sans qu'il puisse rien faire pour amortir sa chute. Traîné le long de l'escalier il descend, bras et jambes ballottant en tous sens, tel un pantin impuissant devant une force terrifiante.

– Vous n'existez pas, petit bonhomme, vous n'êtes rien. Je ne suis pas en colère contre vous, j'ignore la colère. Je vous enjambe et je passe.

Il parcourt le rez-de-chaussée de la même manière, ses pieds touchant tout juste le plancher, à demi étranglé par la poigne affolante.

– Je ne vous dirai rien, petit bonhomme. Ce qui vous arrivera un jour vous prendra par surprise.

L'Autre l'a remis sur ses jambes.

– J'étais paisiblement chez moi et un petit bonhomme inconnu, pitoyable, a essayé de m'agresser, pour des raisons que j'ignore. Je pourrais appeler la police. Mais non : je le flanque simplement dehors, avec son couteau.

La porte s'est ouverte, Candido est debout en haut des marches du perron de la maison vert pâle. L'Autre lui tapote la tête et lui sourit :

– Allez jouer ailleurs.

Vers trois heures du matin, il regagne l'hôtel particulier des Cavanaugh.

– Oh! mon Dieu, que t'est-il arrivé?

Samantha a surgi en haut de l'escalier, dans sa robe de chambre. Il achève d'escalader les marches et passe devant elle, écartant la main qu'elle tendait vers son bras.

– Candido?

Il va s'enfermer dans la salle de bains, ôte son veston, sa cravate, sa chemise, dépose sur le lavabo le couteau dont la pointe seule porte des traces de sang. Son sang. Il examine la blessure à son thorax; la plaie est minuscule, profonde d'un centimètre au plus; elle a peu saigné.

– Candido, tu veux t'expliquer? J'étais morte d'inquiétude.

Les larmes reviennent, il les combat en plongeant son visage dans l'eau. Derrière la porte, Samantha s'impatiente et frappe le battant. Il se sèche, renfile sa chemise; il cache le couteau derrière la colonne supportant le lavabo.

Il ressort de la salle de bains, après avoir respiré un grand coup.

– Tu pourrais au moins me dire où tu étais.

Un bref instant, il a envie de la frapper. Il marche vers la penderie et en retire ses deux valises.

– Qu'est-ce que tu fais?

– Je m'en vais.

– Où?
– Au Brésil. Je rentre chez moi.
– Sans moi?
Il ne sait pas quoi répondre.
– Candido, je t'en prie...
Il s'était juré, tandis qu'il errait dans New York, de ne rien dire. Sauf que les mots lui sortent de la bouche :
– J'ai suivi Otto Krantz puis Stepa Oneguine.
Heureusement sa voix est calme, détachée; c'est au moins une petite victoire sur lui-même. Il effectue des allers et retours à travers la pièce, entassant son linge dans les valises.
– Je vois, dit-elle.
Un temps, puis elle demande :
– Tu as vu Aliotchka?
– J'ai vu Aliotchka.
– Vous vous êtes battus?
– Férocement, dit Candido. Je lui ai cassé bras et jambes. Un vrai massacre.
– Je n'aime pas quand tu es sarcastique. Et j'ai une explication.
– Très bien.
Dans la salle de bains il assemble ses affaires de toilette.
– Candido, ils ont tué des tas de gens, en Amérique. Nous l'aurions appris, si nous avions lu les journaux. Le Jaguar, toujours. Mais ils n'ont pas indiqué nos noms comme en Allemagne. Pas encore. On recherche le Jaguar; cependant aucun policier, pour l'instant, n'a fait le rapprochement entre les meurtres de Berlin ou de Brême, et ceux-ci. Ça ne saurait tarder, forcément.
Il boucle sa première valise. Il me faudra quand même un peu d'argent. Il en prend dans le grand tiroir où, des mois plus tôt, au moment de leur installation chez les Cavanaugh, ils ont négligemment déversé cent et quelque mille dollars; malgré toute leur bonne volonté, il en reste, et beaucoup – Aurélie se considérait comme insultée chaque fois qu'ils voulaient payer quelque chose.

– J'ai accepté ce déjeuner avec Aliotchka hier à midi, parce que je voulais le supplier de nous laisser enfin tranquilles. Je rentre, tu n'es pas là, et personne ne sait où tu es allé. Les heures s'écoulent. Je me dis qu'il t'a fait du mal. J'ignorais où le joindre, si bien que je suis revenue à ce restaurant où nous avions déjeuné. Et j'ai vu qu'Afonka me suivait. Tu le connais : il m'a dit qu'il n'avait aucune idée de l'endroit où tu pouvais être, il ne voulait rien ajouter d'autre ; il riait en se dandinant. Finalement, il m'a indiqué l'adresse de la 86e rue Est. J'y suis arrivée vers neuf heures quinze. Stepa Oneguine était là. Aliotchka n'a voulu répondre à aucune de mes questions. Et je suis rentrée. C'est tout.

– Très bien.

– Ce que tu m'énerves quand tu réponds « très bien » ! Tu pars vraiment pour le Brésil ? Tu ne sais même pas quand il y a un bateau.

Oh ! si, il le sait ! Il s'est renseigné quelques heures plus tôt, après que l'Autre l'a mis dehors en lui tapotant la tête. Il est passé par le port. Il y a un départ dans six heures à destination de La Nouvelle-Orléans, et de là il aura un embarquement pour Recife-San Salvador et Rio. Il a déjà réservé une cabine et acheté son billet.

Ne lui en dis rien.

– On verra bien, dit-il.

Il boucle la deuxième valise.

– Je viens avec toi, Candido.

Tu n'entends rien.

Samantha s'adosse à la porte palière et s'assied par terre, enserrant ses jambes de ses longs bras.

– D'accord pour le Brésil. Nous aurions dû d'ailleurs y partir plus tôt. Je viens avec toi, c'est décidé.

Non. Pas question. En aucun cas.

Il s'assoit sur le lit, de nouveau au bord des larmes.

Ils ont filé comme des voleurs de l'hôtel particulier des Cavanaugh, à quatre heures trente du matin. D'un café, sur un coin de table, Candido écrit une lettre de remerciements et d'adieu pour Aurélie, et Samantha y ajoute trois mots plus des croix qui, paraît-il, sont des baisers.

Otto Krantz est à quinze mètres d'eux. Pas seul : la Montagne Humaine est avec lui dans la voiture.

– Ils nous empêcheront de partir, tu crois?

– Je ne sais pas.

Il va jeter sa lettre dans une boîte et revient, finit son chocolat chaud, paie les petits déjeuners. Debout, Samantha a déjà empoigné deux des valises et un sac. Il se charge du reste. Ils sortent, passent près des deux hommes qui ne semblent pas les voir, hèlent un taxi.

– Une autre voiture nous suit, en plus de la leur, annonce Samantha qui ne cesse de se retourner. Je crois que c'est Matriona.

– Très bien.

Le taxi les dépose au port. La voiture conduite par Otto Krantz se range à quelques pas; Otto Krantz et la Montagne en descendent mais s'immobilisent, appuyés chacun à sa portière, l'air de deux promeneurs venus contempler le départ d'un navire. La deuxième voiture s'arrête également, mais la femme qui est au volant ne bouge pas, et Candido ne peut distinguer son visage – le reflet du soleil sur son pare-brise l'en empêche.

– Il y a trop de monde, ils ne tenteront rien, dit Samantha.

Candido achète un second billet. La cabine réservée à son nom suffira pour deux.

– Regarde, Candido.

Stepa Oneguine a surgi à son tour.

Ils embarquent. Appareillage dans trente-neuf minutes, leur annonce-t-on. Candido donne vingt dollars de pourboire au marin qui a porté leurs valises dans leur cabine de première classe, puis il regagne le pont où Samantha est restée, accoudée à la rambarde.

– Afonka est là aussi, dit-elle.

Les cinq Griffes du Jaguar : Afonka Tchaadaïev, Stepa Oneguine, la Montagne Humaine, Otto Krantz et, presque sur la même ligne, coiffée d'un chapeau assorti d'une voilette, Matriona, sans doute.

– Je suis sûre que c'est elle. Ils nous laissent partir, Candido.

Candido est fatigué, et trop de questions tourbillonnent dans sa tête. Samantha a peut-être menti. Et puis tu as cédé, comme toujours, tu n'as vraiment aucune force de caractère. Sans compter que par ta faute, parce que tu as accepté de mettre une bombinette dans le cinéma des Plück, Herr Doktor se retrouve à présent chez les rouges. Mort, peut-être.

Et autre chose : pourquoi ne t'a-t-Il pas tué ? Qu'est-ce qu'Il te réserve encore ?

Maintenant, le bateau s'écarte du quai avec lenteur. Tu parles que...

– À propos, dit Samantha, je suis enceinte. Et si tu me demandes de qui, je saute par-dessus bord en pleine mer.

...Tu parles que les Griffes s'en tiendront là. Mais si elles ont l'intention de nous poursuivre au Brésil, qu'elles y viennent. Il voudrait bien voir ça. Il est chez lui, au Brésil. Ce n'est pas la Mongolie ni même les États-Unis d'Amérique. Et sitôt arrangée cette petite brouille avec dom Trajano, elles auront tout le clan des Cavalcanti à combattre ; elles ne tiendront pas longtemps.

Enfin, les derniers mots de Samantha atteignent sa conscience.

Ô Dieu Vivant !

CHAPITRE V

Quand il rencontre l'homme, le Jaguar l'évite. Même blessé, il est rare qu'il réagisse. Il ne devient mangeur d'hommes que dans des conditions tout à fait exceptionnelles.

Sept semaines après leur arrivée à São Paulo, Candido a enfin rencontré dom Trajano. Auparavant, tous les signes ont indiqué que le retour de l'enfant prodigue ne soulevait pas particulièrement l'enthousiasme. À la descente du train de Rio, aucun comité d'accueil si ce n'est deux avocats dont Lascalles, l'un de ceux qui, des siècles plus tôt, sont venus lui signifier son arrêté d'expulsion et son départ immédiat pour la garnison du Mato Grosso.

– Premier point, commence Lascalles. Nous avons pu régler votre situation à l'égard de l'armée ; vous n'êtes pas tenu pour déserteur, il n'y aura pas de poursuites contre vous, nous avons plaidé et fait valoir, disons, une certaine déficience mentale. Deuxième point : monsieur votre père ne souhaite votre présence dans aucune de ses résidences personnelles. Il met toutefois à votre disposition sa propriété de São Roque. Vous pourrez y vivre. Une pension vous sera versée.

– Je peux voir mon père et lui parler ?

– Il est absent. Nous lui ferons part de votre demande à laquelle il apportera la réponse qui lui semblera souhaitable. Autre chose : moins vous vous montrerez à São Paulo et mieux cela vaudra pour tout le monde. Nous n'avons rien d'autre à vous dire, dom Candido.

Malgré le diktat de Lascalles, Candido et Samantha s'attardent à São Paulo, où ils se rendent bientôt à l'évidence : si le ministre qui poursuivait Candido de sa haine n'est plus ministre et donc à peu près hors d'état de nuire, si le colonel du Mato Grosso est maintenant général à Manáos sur l'Amazone, la haute société paulista fait front commun contre eux. Les clubs dont Candido était membre – le Jockey, l'Automobile et le Commercial – lui refusent désormais l'entrée. Il n'a rien à attendre – au contraire – de sa belle-mère et de ses demi-sœurs (mais il en a toujours été ainsi, la différence est mince) ; et ses anciens amis l'évitent, des rumeurs courent, paraît-il, sur sa vie en Europe, rien de précis mais quand même. En fin de compte, le seul qui accepte de lui faire bonne figure est Ciccio Vaz Vasconcelles ; sauf que Ciccio... comment dire ? déjà quand nous jouions au croquet ensemble, il n'arrêtait pas de me faire des bisous, et maintenant regarde-le, avec ses airs de fille, il ne manquerait plus qu'il soit amoureux de moi.

Un jour, Lascalles se rend à l'hôtel, où ils se sont installés.

– Monsieur votre père est rentré. Il vous verra, à condition que vous respectiez d'abord ses ordres.

Ils partent donc pour São Roque, située à une cinquantaine de kilomètres au sud-ouest de São Paulo. La propriété est petite, pour une fois, à peine deux centaines de travailleurs agricoles et huit domestiques. Elle est pourtant confortable, Samantha en convient non sans rancœur. Enfin la convocation leur parvient, apportée par Lascalles : l'audience est accordée.

Elle a lieu dans le bureau majestueux de dom Trajano, tout en haut d'un immeuble élevé en plein milieu du centre des affaires de São Paulo, dont la puissance suscite tant de jalousies, sinon de haine dans le pays. On empêche Samantha d'entrer. Dom Trajano reçoit son fils debout, comme pour accentuer davantage leur dissemblance physique. De haute taille, il a les épaules larges, les cheveux noirs argentés sur les tempes, le nez puissamment busqué et impérieux, les lèvres dures ; à l'âge de vingt-trois ans il a épousé en premières noces la mère de Candido, puis il s'est remarié moins de douze mois après son veuvage, avec une précipitation qui a surpris à l'époque ; il a à peu près quarante-cinq ans aujourd'hui.

– Ne t'assois pas, c'est inutile. Je n'en ai pas pour longtemps.

Pas un geste d'affection, pour ces retrouvailles.

– Aucune de tes explications ne saurait m'intéresser, dit dom Trajano. Je jugerai de ce que je dois faire de toi dans quelque temps, pour autant que tu te tiennes tranquille jusque-là. Quant à ce qui s'est passé en Allemagne, où ton imbécile de précepteur t'a envoyé, j'ai demandé des informations. Je ne me contente pas de rumeurs. Nous verrons.

– Papa...

– Je ne veux pas voir cette femme que tu as cru bon de ramener avec toi. Elle n'existe pas. Débarrasse-t'en.

– Elle s'appelle Samantha et...

– Elle n'existe pas. Je fais ce que je dois, en ce qui te concerne. A la moindre nouvelle ânerie, je te supprime ta pension et tu te débrouilleras seul. Si tu as besoin de quelque chose, vois Lascalles, il transmettra. C'est tout. Va-t'en.

Ils sont à un bal dans une fazenda de São Roque, et le ventre de Samantha s'est arrondi.

– D'où tenez-vous que nous sommes mariés, Candido Cavalcanti et moi ? dit-elle au groupe de dames mûres qui se repaissent de commérages sous les jacarandas. Nous vivons seulement en concubinage anarchiste. D'ailleurs, il a plusieurs autres femmes, comme moi enceintes jusqu'aux yeux. Il n'est pas gros, mais il est actif.

– Allons danser, dit Candido.

– Sa traversée de l'Amérique, continue Samantha, a été proprement homérique. On s'égorgeait sur son passage.

– Allons danser.
Il l'entraîne, se faisant l'effet d'un petit remorqueur qui vaillamment s'époumone à conduire vers le large un gros paquebot surchargé de troupes coloniales. Elle demande à haute voix :
– Toutes des tantes à toi, ces folles ?
– Seulement les trente premières. Viens.
On s'écarte sur leur passage vers la piste de danse.
– Tu ne peux pas me faire danser, Candido Cavalcanti, tes bras ne sont pas assez longs. Ou alors tu fais le tour par-derrière.
– Tu as faim ?
– Non.
– Soif ?
– Non.
Samantha parle le portugais du Brésil, mais avec un accent effroyable ; elle le fait exprès, pas de doute, c'est sa façon d'exprimer son mécontentement.
Je suis triste, pour ne rien me cacher. La situation devient intenable.
– Nom d'un chien ! fichons le camp d'ici, dit Samantha à voix basse.
Ils quittent le bal, et seul Ciccio les accompagne jusqu'à leur voiture, une Chandler Cleveland Six, à soupapes en tête et de trois litres cinq de cylindrée, achetée avec les dollars qu'ils ont rapportés des États-Unis.
Ciccio paraît encore plus fluet que Candido.
– Les choses finiront par s'arranger. Mon père m'a promis une démarche auprès de dom Trajano. Pas tout de suite. Dans quelques semaines, six mois au plus, ce sera plus facile. Si tu n'égorges personne entre-temps.
– C'est malin, dit Candido en lançant le moteur à la manivelle.
– Tu as lu les livres que je t'ai prêtés ?
Un certain Marcel Proust. Ciccio adore.
– Pas encore.
Candido se réfugie au volant pour éviter d'être

embrassé, et met en route la Chandler. Ils roulent. La fazenda où a lieu le bal n'est qu'à une vingtaine de kilomètres de leur maison de São Roque.

– Tu es fatiguée, Samantha?

Les yeux fermés, elle offre son visage à l'air qui arrive par la vitre ouverte. Et soudain elle dit :

– Je n'ai pas envie de rentrer à São Roque.

Elle en a marre de la chaleur, des moustiques, des gens, de la vie morne qu'ils mènent à São Roque, de son gros ventre...

– Nous pourrions aller chez grand-oncle Amilcar à Rio, suggère-t-il. Mais après la naissance du bébé.

– Partons tout de suite. Maintenant. S'il te plaît, Candido.

Il est onze heures du soir. Quatre cent cinquante kilomètres à couvrir, et sur quelle route! J'en ai pour douze heures au moins, je ne pourrai pas rouler à mon train ordinaire, dans l'état où elle est.

– Et si le bébé vient en cours de route, avec tous ces cahots?

Elle sourit et répond qu'il ferait bien d'attendre, s'il ne veut pas finir dans une rivière.

Rentrés à São Roque, ils ont fait leurs valises; à tout hasard Candido a emporté le Grimmelshausen et la balalaïka. Eglantina, la domestique mulâtre qui dormait dans sa cuisine, s'est réveillée et naturellement a voulu les accompagner.

Ils ont pris la route peu avant trois heures du matin. Deux cents kilomètres plus loin, ils font halte dans la petite ville de Guarantingeta.

Le restaurant en plein air où ils déjeunent donne sur les lointaines montagnes de la Serra de Mantiqueira. À cent mètres le Paraïba roule ses eaux ocre gonflées par les dernières pluies de l'hiver brésilien, un peu au-delà un train s'empanache de fumée, et partout ailleurs l'infini des cultures, des plants de caféiers que l'on commence à nettoyer, à repiquer.

– On est encore loin de Rio?

– Nous sommes presque à moitié chemin.

– Il patientera jusque-là, dit-elle en indiquant son ventre et en reprenant de la viande grillée au charbon de bois.

Un grand bonheur s'empare de Candido. Ô Dieu Vivant, c'est mon pays et elle s'y adapte de façon inespérée. Il va chercher la balalaïka dans la voiture, se met à jouer et à chanter; Eglantina l'accompagne en grattant le fond d'un faitout avec le manche de deux fourchettes et bientôt ils reprennent en chœur à douze ou quinze *La Chanson de Samantha.*

Candido improvise deux nouveaux couplets – quand une mélancolie teintée de rage lui ôte toute inspiration. Mais bon, ça devait arriver. Tu t'attendais à autre chose? Il plaque les derniers accords et dépose la balalaïka.

Enfin, il tourne la tête.

– Le Brésil te plaît, Afonka?

– Beaucoup. C'est un très beau pays. Et très grand. Peut-être un peu trop chaud pour moi.

Afonka rit. Il est vêtu de blanc et chapeauté de même.

– Tu t'appelles comment, ici?

– Afonka Tchaadaïev, comment veux-tu que je m'appelle? Je n'ai pas trente-six noms.

Il tourne la tête.

– Ça va, Sam?

– Ne l'appelle pas Sam, dit Candido.

– Ça va, Samantha?

– Tu as bonne mine, Afonka. Où sont Otto Krantz et Matriona? et Stepa Oneguine et l'autre grand abruti?

– Je ne vois pas de qui tu parles, répond Afonka Tchaadaïev en riant. Je ne connais aucun de ces noms.

– Tu nous suis depuis São Paulo ?
– Pourquoi je vous suivrais ? On s'est rencontrés par hasard, c'est tout.
Son regard s'arrête sur le ventre de Samantha.
– C'est pour quand ?
– Quand j'en aurai envie, dit Samantha. Je le pondrai quand ça me chantera. Ce n'est quand même pas à lui de me donner des ordres.
– Personne ne t'en donnerait, Samantha.
– Tu es très loin de chez toi, Afonka. Et Candido est chez lui. Pourquoi ne t'en irais-tu pas ? Tu rentrerais en Russie et tu lui dirais que tu ne nous as pas trouvés, et que personne ne sait où nous sommes.
Le regard presque blanc, où l'iris se distingue à grand-peine, passe sur la quinzaine d'hommes, noirs ou métissés, attablés sous la tonnelle du restaurant en plein air ; Afonka sourit.
– Si nous repartions, Samantha ?
Ils remontent dans la Chandler. Afonka reste assis sur son banc et soulève poliment son panama à ruban rouge.
– Une bien jolie voiture que vous avez là, dit-il dans un portugais du Brésil très doux.
Il se met à rire :
– Je crois que ce sera une fille, Sam.

C'est une fille, qui naît une trentaine d'heures après leur arrivée chez grand-oncle Amilcar à Rio de Janeiro. Elle a des yeux bleus, mais il paraît que ça ne veut rien dire, tous les bébés ont les yeux bleus, à cet âge. Je suis perplexe. Pourquoi est-ce que je ne sais jamais ce genre de choses, moi ?
– Voltaire, viens t'asseoir et boire une flûte de champagne.
– Je n'aime pas beaucoup le champagne, mon oncle.
– Parce que tu n'en as pas bu assez. Moi, il m'a fallu vingt-quatre caisses pour y prendre goût.

Tu as l'air sinistre, petit-neveu. Grand-oncle Amilcar est encore plus petit que Candido, il porte des moustaches et une barbiche blanche, il n'a plus de dents, ses mains tremblent, et la canne à pommeau d'ivoire et d'or sur laquelle elles se crispent est animée en permanence d'une rotation rapide et saccadée, comme si grand-oncle Amilcar tentait de creuser un trou dans le dallage de marbre bleu nuit et blanc. La maison, le sobrado, est un palais, sur les hauteurs de la plage de Botafogo, entouré d'un hectare de jardin tropical que ceint une grille de fer forgé au motif indéfiniment répété de guêpière de cocotte parisienne, avec aux bons endroits de petites étoiles dorées pour figurer la pointe des seins. Au centre, un patio de vingt mètres sur vingt occupé par un bassin assez grand pour servir de piscine, et dans lequel Candido s'est baigné maintes fois; de plain-pied avec le jardin, à quelques marches près, quatre salons, deux salles à manger, un bureau, une bibliothèque attenante, une salle de bal qui n'a plus servi depuis des lunes, une salle de billard, une armurerie, et les cuisines. Une galerie court au-dessus du patio, elle est couverte et décorée de photographies jaunies de la vie parisienne; de chacun de ces clichés, Candido connaît l'histoire, par le menu; ainsi cette dame, vêtue de sa seule pudeur et d'une rivière de diamants : elle se prénommait Léopolda; à côté d'elle, c'est un certain duc de Morny; plus loin, c'est Jacques Offenbach avec ses lorgnons; et ces rondeurs mafflues et opalines, c'est l'un des souvenirs les plus chers de grand-oncle Amilcar : le derrière de ses maîtresses les plus câlines, saisi par l'objectif de Félix Tournachon dit Nadar – cadeau d'adieu à tirer les larmes puisqu'il commémore le Waterloo personnel du grand-oncle Amilcar, quand tout le Brésil arc-bouté sur ses comptes en banque refusa de lui expédier le moindre centime de plus.

– Je t'ai déjà raconté cette histoire, Voltaire?

– Il me semble.

Pas plus de cent quatre-vingt-trois fois.

– Et celle de l'empereur Napoléon III et du vicaire de Saint-Germain-l'Auxerrois?

– Je crois la connaître aussi.

– J'ai un trou de mémoire, petit-neveu : tu n'étais pas accompagné d'une très jolie fille, tout à l'heure?

– C'était hier, mon oncle.

– Qu'est-ce que tu en as fait?

– Elle dort dans la chambre bleue.

Très bien, très bien, dit grand-oncle Amilcar en faisant tournoyer sa canne. Des domestiques vont et viennent comme s'ils eussent été seuls en l'absence des maîtres, certains sont allongés et fument le cigare sur des canapés chinois incrustés de nacre, ou vautrés sur un conversadeira, un fauteuil à deux places; d'autres jouent aux cartes. Ce sont des vachers descendus par roulement d'une des fazendas cavalcantiennes; leur rôle n'est pas de servir grand-oncle Amilcar, mais uniquement de faire illusion, dans leurs livrées mal ajustées, afin qu'on ne puisse pas dire, dans Rio, qu'un Cavalcanti de Noronha n'a plus personne à son service.

– Il faut convenir, dit grand-oncle Amilcar, que ton père ne t'aime pas beaucoup.

– Ça dépend des jours.

Pourquoi donc a-t-il envie de pleurer? Ce n'est pas précisément une nouvelle. Et cela ne date pas d'hier non plus.

– Quant à sa seconde femme, en plus d'être une emmerdeuse, c'est une idiote. Il fallait l'être, pour épouser ton père. Et ses filles, tes demi-sœurs, le sont aussi.

– Je les aime bien quand même, déclare Candido.

– Tu as toujours été trop gentil, mon petit Voltaire.

Je vais vraiment pleurer, s'il continue, pense Candido, je ne sais pas ce qui m'arrive.

– Je te lègue cette maison, jeune Voltaire, et tout ce qu'elle contient.

– Merci, mon oncle.

Il ne peut pas me léguer le sobrado. Dom Trajano en est

propriétaire. Grand-oncle Amilcar l'aura oublié et je ne vais sûrement pas lui faire de la peine en le lui rappelant. Même ce qu'il boit, et qu'il croit être du champagne, n'est qu'une horrible piquette, achetée chez Ferrat, le marchand de vins de la rua do Ouvidor, pour trois sous espagnols.

– Je te lègue ce sobrado ainsi que mes biens, petit-neveu, tu seras mon héritier unique. La plantation de Campinas et la fazenda de Bragança Boa Vista, la compagnie de navigation, mes parts sur la banque, mes immeubles à Rio, et bien sûr ma résidence d'été à Petrópolis. Tu es allé à ma résidence d'été, Voltaire? Elle est très belle, avec des fleurs partout, tu y seras le voisin de Sa Majesté l'Empereur et d'Alberto Santos-Dumont, l'aviateur; ils sont tranquilles l'un et l'autre, comme voisins, tu n'auras pas à t'en plaindre.

Pour Santos-Dumont, je ne sais pas, pense Candido, mais l'empereur du Brésil, qui s'appelait Pedro III, je crois, doit être mort depuis trente ans au moins. Et grand-oncle Amilcar ne me léguera pas non plus son palais d'été de Petrópolis, qui appartient à dom Trajano, comme tout le reste.

– Merci mon oncle, vous êtes trop généreux.

Le vieil homme ricane de sa bouche édentée :

– Je fais surtout de mon mieux pour embêter le plus possible ton père. Et puis je t'aime bien, petit. La Léopolda et toi êtes ce que j'ai le plus aimé au monde. Je te lègue tout. Pour la Léopolda, ne t'en préoccupe pas, il y a longtemps que j'ai fait le nécessaire.

Tu parles : il lui a offert assez de diamants pour qu'elle puisse se construire une maison avec.

– Je te demanderai simplement, mon petit Voltaire, de prendre soin de Domitila. Elle est un peu vieille maintenant, mais tu l'aurais vue il y a soixante-quinze ans, elle avait le plus beau cul du Brésil.

Il sourit à la très vieille Noire, presque centenaire, accroupie non loin de lui, et que de mémoire d'homme nul n'a jamais connue autrement qu'au service de dom

Amilcar Cavalcanti de Noronha de Bragança de Boa Vista. Née esclave, elle n'a été affranchie qu'en 1887 ; mais elle est allée à Paris ; et si elle a jamais eu un joli derrière, il faut de l'imagination pour le croire : elle est ratatinée comme une figue. De la dizaine de domestiques officiels du sobrado de Botafogo, elle est absolument la seule à se consacrer au vieil homme, qui sans elle serait mort depuis longtemps – de faim, si ça se trouve.

– J'espère que tu as des maîtresses, Voltaire.

– Ça va sur ce plan-là, dit Candido.

– On n'a rien inventé comme les femmes, mon petit, ce sont de pures merveilles. La plus laide est toujours belle, si tu sais la regarder. Il y en a une que tu préfères, en ce moment ?

– Oui, mon oncle.

– Va dans mon coffre, tu en connais la combinaison : Léopolda 1863/9. Le 9 pour les neuf fois que je lui ai fait l'amour en une seule nuit. Mais bon, ne nous égarons pas : prends l'argent que tu veux et achète-lui des diamants dans la rue des Ourives. Il y a moins de choix que place Vendôme, mais tu lui offres ce qu'il y a de mieux. Rien n'est jamais trop beau, pour les femmes. Et ne regrette jamais ce que tu leur donnes.

– Je vais le faire, mon oncle.

Il n'y a rien dans le coffre, à part des toiles d'araignée et dans les deux cents paires de jarretelles – dom Trajano n'a pas dû pouvoir les revendre.

– Elle s'appelle comment, petit ?

– Samantha.

– C'est un joli nom. Où m'as-tu dit qu'elle était ?

– Elle dort dans la chambre bleue.

– Je ne voudrais pas critiquer ta famille, dit-elle, mais la façon dont ils traitent oncle Amilcar me donne des boutons de colère.

– Ils ne l'ont pas placé dans un hospice, c'est déjà ça, rétorque Candido.

– Ces domestiques sont pires que des pilleurs de tombes. Il y en avait deux l'autre jour qui s'amusaient à le faire boire, c'était ignoble... Regarde-moi. Quelque chose ne va pas ?

– Grand-oncle Amilcar est vraiment ruiné.

– Grande nouvelle, nous le savions déjà.

Mieux vaut changer de sujet.

– J'ai trouvé un parrain pour le bébé. Il s'appelle Clovis, c'est un arrière-petit-fils de Domitila. Il est conducteur de tramway.

– C'est un Noir ?

– Ça te gêne ?

Elle s'en fiche. Comme elle se fiche de ce baptême, auquel elle a donné un accord indifférent. En revanche, ils ont discuté des heures, à São Roque déjà, sur le prénom de l'enfant. Pour une fille, Candido souhaitait Catarina ou Kathleen, ou Catherine, car aucune femme de sa famille ne s'appelle ainsi. Samantha était contre, on a finalement opté pour Candida à une voix de majorité, celle d'Eglantina, qui sera la marraine.

– Tu viens de détourner la conversation, Candido. Tu es sûr que tout va bien ?

– Certain.

– Tu as revu Afonka, c'est ça.

– Non.

C'est vrai.

– Alors un autre, Otto Krantz ou Stepa.

– Aucun d'entre eux. Je suis juste un peu triste pour grand-oncle Amilcar, c'est tout.

– Mon oncle ?

Au troisième appel, les paupières du vieil homme s'ouvrirent.

– Tu n'es pas Candido, toi ?
– Si.
– Tu devrais venir plus souvent. Il y a une éternité que je ne t'ai pas vu.
– J'habite chez vous en ce moment, mon oncle.
– Herr Doktor est avec toi ?

Je lui ai déjà dit où était Herr Doktor. Plusieurs fois. Il s'endort. Il va mourir.

– Il est en voyage. Mon oncle, j'ai une question importante à vous poser.
– J'aime bien ce Grussgott, tu sais. Il est sale comme un peigne, mais je l'aime bien.
– Je voulais vous parler de maman, mon oncle. Vous souvenez-vous d'elle ?
– Joli brin de fille, dit Amilcar. Elle non plus ne vient jamais me voir.
– Elle est morte le jour de ma naissance.
– Excuse-moi, petit. Je me souviens, maintenant.
– Le notaire Pessoa m'a dit quelque chose, à son sujet.
– Connais pas.
– C'est votre notaire. J'ai été chez lui cet après-midi, à propos de votre testament. Bien sûr que vous le connaissez. Rappelez-vous.
– Tu as raison. Ça t'ennuie si je ferme les yeux ? J'ai sommeil.
– Est-ce que...

Comment poser une question pareille ?

– Est-ce que vous avez dormi avec maman, mon oncle ?
– Elle venait souvent. Sacrément jolis, ses yeux verts. Tu as les yeux verts, Candido ?
– Oui. Vous n'avez pas répondu à ma question.
– J'ai oublié ta question.
– Je ne vous crois pas. Mon oncle, le notaire Pessoa m'a dit que dom Trajano croit que je ne suis pas son fils mais le vôtre.
– J'emmerderai dom Trajano jusqu'au dernier moment, petit.

– Répondez à ma question. Je vous en prie.
– On parlait de quoi ?
– De maman et de vous, dit Candido avec patience et pas mal de gêne et de chagrin. Ne faites pas semblant d'avoir oublié.
– Est-ce que Trajano est avec toi ?
– Il est à São Paulo. Je suis seul avec vous.
– J'en ai eu des femmes, tu sais. Des milliers.
– Et ma mère ?
– Elle s'appelait Idalina. Je l'ai connue avant Trajano. Je lui avais dit de ne pas épouser cet enfant de salaud. Je ne l'ai jamais touchée, petit, tu devrais avoir honte de poser des questions pareilles.
– Je ne suis pas votre fils ?
– Jamais eu d'enfant légitime, dit grand-oncle Amilcar qui se rendort.
– Je ne suis pas votre fils ?
Le vieil homme se met à rire :
– Non.
– Vous saviez que dom Trajano le croit ?
– C'est bien fait pour sa gueule, petit. Il faut vraiment être un idiot comme lui pour croire qu'Idalina aurait pu le tromper.
– Vous le saviez depuis combien de temps ?
Nouveau rire égrotant.
– C'est vrai que tu ressembles plus à moi qu'à lui, petit.
– Vous le saviez et vous ne lui avez jamais rien dit ?
– Et plus tu me ressemblais, plus ça le rendait fou. Petit, j'ai vraiment sommeil, tu sais. Reviens plus tard. À propos, il faut que tu ailles voir le notaire. Je te lègue tous mes biens. Tu es content ?
– Oui, mon oncle, je suis content.

Grand-oncle Amilcar meurt une semaine plus tard. Le télégramme expédié par Candido à Lascalles est resté sans réponse. Et aucun Paulista ne réagit davantage à cette nouvelle. En sorte que l'enterrement se déroule dans la plus grande simplicité ; seuls y assistent Candido, Samantha, le notaire Pessoa, trois ou quatre vieux bonshommes qui ont connu Amilcar autrefois, et Domitila, l'ancienne esclave nonagénaire. Aucun des prétendus domestiques ne prend la peine de se déranger ; eux festoient.

– Allons-nous-en d'ici, Candido. Prenons la Chandler et filons n'importe où. Je ne supporte pas ces types qui font la fête dans la maison d'un mort.

Pas question de regagner la petite fazenda de São Roque, Samantha trouve lamentable qu'il se résigne simplement à survivre, dans l'attente d'une nouvelle convocation de dom Trajano, qui condescendrait à accorder son pardon. S'il veut repartir pour São Paulo afin de tenter encore de voir son père et de lui parler, il ira seul.

– Tu lui as déjà écrit deux lettres de dix pages qu'il ne lira même pas, tu me l'as dit toi-même. Que veux-tu faire de plus ? T'humilier davantage ?

Candido ne lui parle pas des doutes de dom Trajano sur sa paternité. Il a honte. Cela explique pourtant l'attitude de dom Trajano depuis toujours. Grand-oncle Amilcar l'a reconnu : à mesure que Candido grandissait, la ressemblance se faisait plus frappante. Chaque année, il devenait un peu plus un autre Amilcar. Que dom Trajano a toujours détesté (un Cavalcanti qui ne pense qu'aux femmes et à la fête, qui dilapide son patrimoine, sans aucun souci du scandale, c'est inadmissible).

Soit dit en passant, Candido Stevenson, ton grand-oncle Amilcar était pour le moins égoïste. Sûrement qu'il a beaucoup ri, en laissant croire à dom Trajano que tu n'étais pas son fils. Mais il n'a jamais pensé que tu en supporterais les conséquences. Et tu ne lui en veux même pas. Samantha a raison : tu n'es pas fichu de te mettre en colère.

Ils montent dans la Chandler avec leur fille et Eglantina. Samantha veut découvrir le Brésil, puisque sa grossesse l'en a empêchée ; elle a envie de retourner à San Salvador de Bahia, à Recife et à Belém et même sur l'Amazone. Pour l'Amazone, Candido vote contre : l'ancien colonel du Mato Grosso y vit, c'est un homme à éviter. Et quant à Salvador et la suite, c'est loin, Samantha ne se rend pas compte à quel point le Brésil est grand ; aussi grand que les États-Unis, qu'est-ce qu'elle croit ?

Ils vont à Petrópolis, où ils louent une maison pleine de fleurs, proche de la belle demeure de l'aviateur Santos-Dumont et de l'ancien palais d'été de l'ancien empereur du Brésil. Ils y restent près de trois mois, entrecoupés de deux voyages, l'un à Salvador, l'autre à Ouro Preto. Candido a écrit à Lascalles pour indiquer sa nouvelle adresse et souligner que ce séjour en altitude n'était nullement une tentative pour désobéir aux ordres de dom Trajano, à la disposition de qui il se tient (il n'a pas montré sa lettre à Samantha). Pas de réponse. Il interprète ce silence comme un signe favorable. Les choses vont finir par s'arranger. Dom Trajano avait annoncé qu'il prendrait des renseignements sur l'affaire allemande ; les renseignements sont certainement arrivés ; et ils ne devaient pas être si accablants, l'absence de réaction le prouve. D'ailleurs, fin mars, une lettre de Ciccio Vaz Vasconcelles le confirme : Ciccio pense que les chances d'une rencontre sont désormais raisonnables. Candido peut rentrer quand il veut, puisqu'il s'est tenu si tranquille.

La Chandler les dépose au début de l'après-midi devant les grilles du sobrado où est mort Amilcar. Grilles fermées. Et le jardin semble à l'abandon. Il n'y a personne.

– Ne m'agace pas, Cavalcanti. Ça veut dire quoi, un pressentiment ?

Le notaire João Pessoa a quatre-vingts ans. Il porte des lorgnons comme on en faisait jadis, des pince-nez qu'un cordonnet noir attache au revers du veston ; si Candido n'est pas grand, lui est carrément minuscule ; et son étude dans la rua do Hospicio, à deux pas du consulat de France, a tout l'air d'une caverne où des fantômes cacochymes évoluent avec une lenteur cérémonieuse.

– L'avocat de monsieur votre père, Eduardo Lascalles, est venu quelques jours après votre départ pour Petrópolis, accompagné de deux confrères – tous trois dûment mandatés par dom Trajano. Ils ont mis le sobrado en vente et renvoyé dans leurs fazendas tous les prétendus domestiques.

– Et Domitila?

– Un conto lui a été remis, pour solde de tous comptes. J'ignore où elle a pu aller. Dom Candido, je suis content de vous voir. Certaines choses me chagrinent un peu...

Un conto, soit mille milreis. Dans les deux cents dollars américains, calcule Candido. Pour soixante-dix années et plus de dévouement inlassable. Quelle folle générosité!

– Quelles choses?

– Je me suis toujours occupé des affaires de monsieur votre grand-oncle. Notamment des ventes qu'il a faites, durant les cinquante dernières années.

Bref, il a toujours pensé que beaucoup de ces cessions ont été consenties dans des conditions...

– Mon grand-père puis mon père ont plus ou moins volé Amilcar, dit Candido. Je le sais. Il le savait aussi. C'était son affaire.

Ces problèmes l'indiffèrent. Une idée cependant lui vient :

– Pourriez-vous retrouver la trace d'une vente de tableaux qui aurait été faite, vers 1900 ou 1905, à un musée russe, celui de Saint-Pétersbourg? Il s'agissait d'œuvres de peintres français, de l'école impressionniste. J'ai posé la question à mon oncle Amilcar mais il ne s'en souvenait plus.

– Il me faudrait fouiller des quantités énormes de documents, remarque le notaire. Et votre signature est indispensable, en votre qualité de légataire universel.

Je m'attache trop à ce détail, pense Candido. D'un autre côté, toutefois, prouver à dom Trajano qu'Harmond ou que quelqu'un en Russie a menti, m'aiderait à étayer ma propre version de l'histoire du Jaguar.

Il signe. Une procuration générale, autorisant Petit Notaire à agir en son lieu et place en toutes choses. Quelle importance? Ce petit bout de notaire vieux de cent ans ne découvrira certainement rien, tu parles que les avocats de dom Trajano vont le réduire en bouillie; ou alors il sera mort avant d'en avoir terminé. Mais si une chance existe d'accréditer tant soit peu la thèse d'une machination rouge, pourquoi ne pas la tenter?

Ce n'est pas tout, dit Petit Notaire, il y a un certain nombre d'objets que les avocats de dom Trajano n'ont pas fait emporter ou vendre, quand ils ont vidé le sobrado. La collection de jarretelles, par exemple, au total onze cent vingt-sept paires (une par maîtresse homologuée, disait grand-oncle Amilcar, étonnez-vous à part ça qu'il se soit ruiné). Autre chose encore :

– Monsieur votre grand-oncle avait des côtés surprenants. Il pouvait être fort rusé, malgré son insouciance. Ou peut-être se défiait-il de lui-même. Voici des années, il m'a confié ce qui lui restait en ce temps-là, et je l'ai gardé dans mon coffre. Il s'agit de quelques toiles, dont deux ou trois d'un certain Van Grog, ou un nom de ce genre. Et des statuettes. Rodin, ce nom vous est-il familier, dom Candido? Je me dois de vous prévenir : les dames et les messieurs sont tout nus et ils ne sont pas très corrects. Je ne les montrerais pas à mes arrière-petits-enfants.

Il y a aussi les photos. Petit Notaire en rougit presque :

– Dont celle des douze... comment dire? des douze arrière-trains. Dom Amilcar y tenait beaucoup.

... Et enfin, il y a la Léopolda.

Candido pense au portrait du grand amour de grand-oncle Amilcar - la dame avec des seins comme des pastèques et la croupe d'une jument de brasseur de bière.

Non, non, pas du tout, corrige le microscopique notaire, il veut parler de LA Léopolda.

La locomotive.

– Elle est à vous, en toute propriété, c'est indiscutable. Puis-je me permettre de vous demander où vous êtes descendus à Rio ? J'y possède deux ou trois maisons, dont une avenida Atlantica, directement sur la plage de Copacabana. S'il vous plaisait d'y habiter...

Candido remercie. Il ne compte pas s'attarder à Rio. Dès demain, il ira à la recherche de Clovis, le conducteur de tramway, parrain de Candida ; par lui il retrouvera la vieille Domitila, à qui il fera un don plus généreux, et sitôt après, en route pour São Paulo.

Autant qu'il s'en souvienne, Clovis habite dans le lointain quartier de Maracana. Peu avant dix heures du matin, Candido quitte le petit hôtel à véranda de bois sur la plage déserte d'Ipanéma et monte dans un des multiples bondes, les tramways mis en circulation par une compagnie canadienne ; les baladeuses accrochées à la motrice n'offrent pour toute protection au soleil et aux pluies éventuelles que des rideaux de toile cirée. Elles sont comme toujours surchargées, et parvenir à se hisser sur un marchepied est une performance.

Cuidado !

Il n'a aperçu la silhouette qu'un très bref instant : c'est la stature surtout qui lui a accroché l'œil à quelques mètres. C'est la Montagne Humaine.

Je descends et je vais lui parler. Je suis brésilien, je suis chez moi, je peux très bien lancer contre lui vingt ou trente de ces gens qui m'entourent, en racontant n'importe quoi...

À l'arrêt suivant, la foule considérable qui monte et qui descend l'empêche de se faufiler aussi vite qu'il le désirait ; il arrive trop tard : le colosse disparaît, s'enfonce dans les ruelles. Tu ne t'es pas trompé, Candido Stevenson, c'était lui. Et si tu le suis, il va t'attendre quelque part...

À la dernière seconde, il saute dans le tramway de Maracana, regardant en arrière, mais en pure perte.

– Je cherche Clovis do Nascimentes, le chauffeur d'autobus.

Un Noir lui indique une rue non pavée. Sixième maison à gauche. Il frappe.

– Je cherche...

– Vous êtes dom Candido Cavalcanti.

La jeune Noire est fort jolie et lui sourit.

– Clovis m'a parlé de vous. Il est à son garage. Le grand bâtiment en tôle, par là-bas.

Il s'y rend. Ce que la jeune fille a appelé un garage est en réalité un entrepôt empli de grosses cuves métalliques. Ça sent surtout les fruits, on dirait une de ces petites usines à sorbets, où s'approvisionnent les marchands ambulants.

... Il entend bien le bruit de pas derrière lui, mais trop tard. Le coup le touche à la base de la nuque. Il s'effondre, sans perdre connaissance.

Mais le linge à forte odeur d'éther qu'on lui appose sur la figure l'endort tout à fait.

Je suis dans une cuve. J'espère qu'on n'envisage pas de faire des sorbets de Candido.

Comme je suis drôle !

Il se met debout, titubant un peu, et manque de s'assommer une fois de plus : la cuve a un couvercle.

Qui pèse des tonnes et ne bouge pas. Qui bouge enfin, à la huit ou neuvième tentative. Il y a un gros bruit de choses qui dégringolent, et le couvercle part d'un coup. Il se hisse sur le rebord de la cuve dont on avait bloqué l'ouverture en entassant dessus des pierres et des objets en fonte : on n'a pas voulu le tuer, ni même l'enfermer pour de bon. Il saute à terre.

Et découvre alors qu'il fait nuit noire. Déjà ? J'ai quitté Ipanéma il n'était même pas dix heures du matin !

Hors de l'entrepôt, les seules lumières sont celles de feux de bois et de lampes à huile. Il remonte la rue ravinée jusqu'à la maison de Clovis. Personne. Des voisins sortent de leurs cabanes de planches et de cartons, attirés par les coups qu'il flanque un peu partout : Clovis ? On ne l'a pas vu de la journée, quelle jeune fille ? Clovis n'est pas marié, il vit seul, d'ordinaire...

Je vois.

Il part en courant et, deux kilomètres plus loin, réussit enfin à stopper un fiacre :

– Ipanéma. Vite, s'il te plaît. Quelle heure est-il, à peu près ?

Quatre heures trente du matin, voilà pourquoi je ne trouvais ni fiacre ni taxi. Tu as peur, Candido Stevenson. Tu sentais que c'était imminent. Eh bien, nous y voilà.

– Tu me laisses ici, obrigado.

À trois cents mètres de l'hôtel à véranda. La plage sur la gauche est piquetée de petites lumières, celles des bougies accompagnant les offrandes aux puissances mystérieuses de l'Umbanda, la Magie Blanche ; quelque part dans la nuit, des tambours africains, les atabaques, résonnent sourdement sur fond de claquement de mains, tandis que monte une mélopée grave. Candido lâche au conducteur du fiacre un billet de cent milreis. Il s'approche, en restant dans l'ombre. Bien lui en prend : il repère les deux premiers policiers en faction. Les deux premiers, parce qu'il y en a d'autres, près d'un fourgon, et quelques autres encore, à peine visibles. C'est bien l'hôtel qu'ils encerclent, tu aurais ordonné au fiacre de t'arrêter devant, ils te tombaient dessus.

Candido s'enfonce dans un des massifs de fleurs du jardin où il se cache. On le tire par la manche de son veston : un jeune Noir a surgi comme un chat en maraude.

– Dom Candido...

Trente secondes plus tard, ils s'éloignent côte à côte, le gamin et lui. Il apprend alors que Samantha et Candida sont parties en fin d'après-midi. Avec Eglantina, oui.

Eglantina dont Paulo Cesar, le gamin, est le neveu. Cela faisait des heures qu'il montait la garde. Pas seul : Eglantina a mobilisé le ban et l'arrière-ban de ses neveux et nièces et cette troupe, renforcée de quelques amis, a été disposée de façon à l'intercepter.

– J'ai fait exploser *quoi*?

Le sobrado de Botafogo, celui de dom Amilcar. La grosse maison a sauté peu après la tombée de la nuit, il n'en reste pas grand-chose. Une heure plus tard, rua do Benedictino, le siège de la banque Cavalcanti e Irmao a explosé à son tour; sauf que, dans ce cas, le dynamiteur a eu la main plus légère, c'est l'intérieur surtout qui a été détruit.

– Tu aurais dû me prévenir, dit gaiement Samantha. Si j'avais su que tu allais dynamiter la moitié de Rio, nous serions venues, Candy et moi. Il est temps de lui apprendre les rudiments du métier, à cette petite.

Paulo Cesar a conduit Candido à Clovis do Nascimentes, qui était le général de cette armée de guetteurs. Clovis a fait monter Candido dans un camion; le camion a roulé vers le sud, une propriété fort luxueuse, sur les premières pentes du Corcovado; Samantha était là avec Candida, Eglantina, et trois ou quatre autres personnes, hommes et femmes, rien que des Noirs.

Ils se racontent l'un l'autre ce qui leur est arrivé. Pour Samantha, ce n'est rien moins qu'Afonka Tchaadaïev qui s'est présenté à l'hôtel d'Ipanéma, plus souriant que jamais:

– Hilare, je dirais. Il m'a annoncé que dans ta fureur contre ton père et ses hommes de loi, tu venais de dynamiter la maison de Botafogo et que la banque familiale allait subir le même sort. La police t'avait identifié, elle te recherchait. Quelqu'un était sur le point de lui indiquer notre nouvelle adresse, si bien que je ferais mieux de partir.

– Et tu t'es mise en colère.

– Comment le sais-tu ? À t'entendre, j'aurais mauvais caractère. Bien sûr que je me suis un peu énervée. Mais Clovis et Domitila m'ont confirmé ce que me racontait cet abruti. Et eux aussi pensaient qu'il valait mieux se réfugier ici.

Et c'est quoi, ici ?

La maison de la famille Da Silva Campos Machin, qui pour le moment voyage en Europe et ne reviendra pas avant un certain temps. La cuisinière est l'une des multiples sœurs aînées d'Eglantina.

– Candido, tu me jures que tu n'as rien fait sauter ?

Meus Deus, je crois que ça lui ferait plaisir, si je lui disais que je suis le Dynamiteur Fou !

– Et je t'aurais envoyé Afonka pour te prévenir ?

Très juste. Elle lui sourit :

– Dommage. Ce qui me plaisait le plus, c'était l'idée que tu avais fait sauter la banque de dom Trajano. Ça au moins, c'est du vrai travail d'anarchiste. À Berlin, nous aurions dû mettre notre bombe dans une banque. Un petit cinéma de quartier, c'est misérable, quand on y pense. Candido, tu me le dirais hein, si c'était toi ?

Il ferme les yeux.

Petit Notairc arrivc.

– La police est à vos trousses, dit-il.

Mais cette nouvelle n'a pas l'air de l'inquiéter outre mesure. Et que Clovis l'ait tiré du lit en pleine nuit ne semble pas l'affecter davantage. Rien ne paraît troubler Petit Notaire, même pas le récit que lui fait Candido de ses mésaventures ; tout y passe, Policarpo Moravec, Oscar Kuppelweiser, Biesenthal et le cinéma des Plück, la Russie, la Mongolie et les Griffes du Jaguar dans leurs œuvres.

– Et vous souhaiteriez que j'aille raconter tout cela à votre père ?

Silence. Petit Notaire réfléchit. Il a écouté sans broncher l'histoire de Candido et souligne que les apparences ne sont pas favorables : il est de notoriété publique que dom Trajano et son fils ne s'accordaient guère ; et l'on murmure même qu'il l'aurait déshérité – « je vous l'ai laissé entendre hier, dom Candido, vous n'avez pas semblé y accorder attention ». En outre, il y a ces rumeurs qui circulent, à propos de certains événements en Europe, au moment où Candido s'y trouvait ; on parle même d'une campagne terroriste aux États-Unis d'Amérique, où l'on a dû exécuter deux anarchistes, Sacco et Vanzetti ; et puis, enfin, les faits sont là :

– Vous aimiez beaucoup monsieur votre grand-oncle, il meurt, des preuves existent qu'il a été spolié, vous revenez à Rio, y disparaissez dans des conditions étranges et, pendant cette absence, des attentats sont commis, qui visent justement les intérêts de dom Trajano Cavalcanti, de ses frères et cousins, tous responsables du sort qui a été fait à feu dom Amilcar.

Situation délicate, conclut Petit Notaire, en tapotant son pince-nez. Va-t-il accepter l'ambassade qui lui est demandée ? Oui, il l'accepte. Il aura quatre-vingts ans en septembre prochain, il a connu dom Amilcar pendant soixante et quelques années.

– Hormis les yeux, vous lui ressemblez de façon étonnante, dom Candido. Il m'avait proposé de le suivre à Paris. À l'époque, j'ai refusé et l'ai toujours regretté un peu. J'irai à São Paulo et ferai de mon mieux.

Ils conviennent que Clovis leur servira d'intermédiaire. Petit Notaire s'en va, minuscule et fragile, comme si le moindre éternuement pouvait le fracasser.

Le message leur parvient au neuvième jour : Petit Notaire a réussi, dom Trajano accepte une rencontre. Ils doivent se rendre à la fazenda de Bragança Boa Vista mercredi prochain.

Et ils partent à dix ou douze sous la conduite de Clovis et de Hastimphilo, son beau-frère. Ce sont tous des conducteurs de tramway, sauf Hastimphilo qui est comptable, et Zé Julio qui est mécanicien.

A moins de trois heures de la fazenda, Candido, Clovis et Hastimphilo troquent leur camion contre des chevaux et s'enfoncent droit vers l'est à travers les collines.

La maison est illuminée, sur ses deux étages. Je suis venu ici deux ou trois cents fois, pense Candido, de toutes les maisons et fazendas que possèdent les Cavalcanti à travers le Brésil, celle-ci est ma préférée. (C'est dans ses granges et ses senzalas, les anciens quartiers des esclaves, que j'ai pour la première fois, disons, honoré une dame ; elle avait seize ans et me semblait horriblement vieille, j'en avais treize à peine...)

Mais je suis déshérité de tout. Je n'aurai rien.

– On nous a vus, lance Clovis.

Quelqu'un vient de sortir de la maison, un majordome, je ne connais que lui, c'est Bandeira, le « butler » comme dit dom Trajano.

– Bonsoir, dom Candido.

– Bonsoir, Bandeira.

Je n'ai jamais pu le sentir et il me le rend bien. Son père, son grand-père et son arrière-grand-père étaient déjà au service de ma famille ; ils couraient après les esclaves en fuite et avaient le fouet facile, voire la corde pour pendre. Pourquoi dom Trajano s'est-il toujours entouré d'hommes comme lui ? Tu pourrais te poser la question autrement, Candido Stevenson, et te demander pourquoi toi, un Cavalcanti pur sang, tu es si différent des générations de Cavalcanti qui, depuis quatre cents ans d'après les chroniques, devaient toutes ressembler à dom Trajano et employer des Bandeira, sans quoi elles ne fussent pas devenues si riches. A cause de l'enseignement de Herr Doktor ? Ou parce qu'en toi, il y avait une espèce de vice de construction ?

Autrefois, pour entrer dans la maison de Bragança Boa Vista, on devait franchir la porte qui concluait orgueilleusement les cinq kilomètres de l'allée de palmiers; depuis grand-oncle Amilcar – qui n'était pas orgueilleux, s'il avait de la munificence – on y accède par le jardin sur la droite, avec ses terrasses successives en restanques. La rivière en contrebas est un petit affluent du Mogi-Guaçu; là on a creusé la piscine et organisé l'amusant et complexe réseau de tonnelles, de pergolas et de gloriettes à demi enfouies sous les bougainvillées, les roses et les passiflores. Lorsque j'étais un gamin (à supposer que j'aie tant grandi), grand-oncle Amilcar m'y racontait ses frasques parisiennes et Herr Doktor m'y faisait lire Horace et Virgile en latin, avec de temps à autre du Brantôme pour saupoudrer d'un zeste de paillardise. Tu vas voir que je vais pleurer...

– Ces messieurs sont dans le petit salon vert, dit Bandeira.

Il commence à s'effacer au seuil de la porte de chêne ciré puis il s'effondre, la gorge tranchée. Un filet de sang vient inonder la poitrine de Candido, que la Montagne Humaine, surgie de derrière lui, immobilise et soulève. Il se retrouve face à Matriona et Afonka Tchaadaïev, le sourire aux lèvres :

– Te voilà tout couvert de sang, Candido. On ne t'en demandait pas tant.

Stepa Oneguine sort du petit salon vert, l'air pensif comme s'il venait de prendre part à une conversation d'affaires et s'interrogeait encore sur les arguments avancés. Son regard se pose sur Bandeira étendu à terre. Malgré sa gorge ouverte, il tressaute encore et ses mains griffent le marbre noir.

– Vous lui fendez les joues, à lui aussi, ordonne Afonka en russe. Il est bien connu que le Jaguar le détestait.

Matriona se penche et pratique la double incision.

– Et à part ça, Candido, quoi de neuf? Tu sais que tu as failli égorger ton cousin Firmino Luiz de Barros, à Bahia? Tu étais en colère parce qu'il t'avait refusé l'entrée de sa maison. Tu es vraiment d'un caractère emporté.

Avec une de ses mains, la Montagne Humaine écrase la trachée-artère de Candido, ce type ne veut sans doute pas me tuer mais c'est pourtant ce qu'il est en train de faire.

Voix très lointaine de Stepa Oneguine :

– Sur l'épaule gauche. On aura visé la tête et on l'aura manqué. Un peu de sang conviendrait. Pas trop.

Il reçoit un coup, en effet, sur l'épaule gauche, et perd presque connaissance.

– Deux fois. On l'aura frappé deux fois. Une marque au visage.

Nouveau coup. On le libère.

Quand il reprend conscience, il est affalé sur un cadavre ! Il s'arrache à l'étreinte du mort. Dont la gorge est tranchée et les joues fendues. C'est Eduardo Lascalles et tu es dans le petit salon vert de Bragança Boa Vista, Candido Stevenson. Il se redresse et découvre deux autres cadavres. Le cœur lui vient entre les dents : cet homme couché sur le ventre pourrait bien être dom Trajano. *Meus Deus!* Il soulève à demi le corps...

Ce n'est pas lui.

Il se force à scruter le visage de l'autre cadavre. Il s'agit de Dias Gonçalves, un des avocats de dom Trajano, dont grand-oncle Amilcar disait que même les hyènes n'en voudraient pas pour copains.

Va-t'en d'ici! Tu ne comprends donc pas qu'ils te préparent le coup de Kharbin ! Fiche le camp avant qu'on ne t'ait vu !

Les coups frappés à la porte achèvent de lui rendre sa pleine lucidité. De l'autre côté du battant, une voix déférente de domestique l'appelle, en portugais. Le loquet est actionné, mais sans résultat. On m'a enfermé ici à clé.

Alors il enjambe l'appui de la fenêtre et saute dans le jardin trois mètres en contrebas. Il court, zigzague entre les tonnelles et les pavillons. Des cris s'élèvent, on vocifère, appelant au vol, au meurtre, au secours. Il déboule, d'un gradin ici, d'une restanque là, des hommes courent partout, des coups de feu éclatent et une balle fait exploser une rocaille à quelques mètres. Au terme d'un autre bond, il atterrit entre les bras d'un homme qui le ceinture et aussitôt le relâche, étonné : « Dom Candido ? – Tu ne m'as pas vu, Jesuino, je ne suis pas là, tu ne m'as pas vu, je t'en prie, Jesuino ! » Et il traverse une haie de houblon montée en treille, piétine les passiflores, s'égratigne aux rosiers grimpants, qu'est-ce que j'ai mal à la gorge, débouche sur l'ancien terreiro où jadis l'on faisait sécher les graines de caféier, oblique, escalade un mur de pierres en s'aidant des branches d'un gros poivrier, galope furieusement entre des orangers, et enfin débouche dans l'allée de palmiers si longue qu'on y voit comme dans un tunnel la nuit...

Clovis et Hastimphilo ont sûrement fui, en entendant les coups de fusil. J'aurais fait pareil à leur place, tu ne peux pas leur en vouloir, ou alors ils sont déjà arrêtés, et peut-être exécutés. Deux nouveaux morts à mon palmarès, je suis plus dangereux que la fièvre jaune.

Coup de sifflet. Hastimphilo, puis Clovis surgissent. Candido saute en selle sur le troisième cheval.

Dix kilomètres au galop, les jambes des chevaux en tremblent, l'écume leur épaissit le col.

Au pas.

– On ne l'aurait jamais cru, à te voir, mais tu cours rudement vite ! s'exclame Clovis. Un moment, j'ai cru à une étoile filante.

– Encore heureux que cette fazenda appartienne à ta famille, dit Hastimphilo. Autrement, ils te tiraient au canon, je suppose.

Aucun signe de poursuite. La nuit est silencieuse. Les deux Noirs ont-ils aperçu une seule des Griffes du Jaguar ? Rien.

Ils mettent leurs chevaux au trot et franchissent les limites de Bragança Boa Vista. Où il y a vraiment peu de chances que je revienne jamais...

– Je pense, dit Samantha, que ton père est le dernier des salauds.

– On parle d'autre chose.

– D'accord. Mais sûrement pas d'aller se faire ermite dans la floresta virgem.

Samantha et Candido, Eglantina et leur fille sont installés sur le plateau du camion de tête conduit par Hastimphilo.

Des heures auparavant, tandis qu'ils tentaient de se diriger vers l'État de Rio, un détachement de soldats surgi d'on ne sait où a ouvert le feu pour leur barrer la route; il a fallu faire demi-tour et filer plein ouest. Des balles ont traversé la bâche; quant à l'autre véhicule, il roule sur les jantes, pneus crevés par les coups de fusil des soldats.

– Je ne quitterai pas le Brésil, dit Candido. J'y suis chez moi et c'est le seul endroit au monde où j'ai une petite chance de me débarrasser du Jaguar.

Et puis il se reproche d'avoir entraîné dans cette folie Clovis, Hastimphilo et les autres conducteurs de tramway qui, malgré leur dévouement, finiront bien par rentrer rejoindre leurs femmes et leurs enfants...

– Ça, ça m'étonnerait, dit Samantha.

– Et pourquoi?

– Parce que Clovis et Hastimphilo sont recherchés par la police de Rio. Ils ont essayé de provoquer une grève de tramways. Tous ceux qui sont ici, Vivaldo Maria, Zé Julio, Teotônio et le reste ont tapé sur la tête des policiers qui voulaient les mettre en prison. Ils ne sont pas sûrs de n'en avoir pas tué un ou deux.

Et comment l'a-t-elle appris, elle?

– Vivaldo Maria m'a raconté l'affaire pendant que tu allais à la fazenda de Bragança Boa Vista.

Les camions entrent dans un village.

– Et ils sont très contents que tu sois leur chef, ajoute Samantha. Un Cavalcanti à leur tête, tu parles, c'est de l'or en barre.

Je suis accablé, pense Candido, tandis qu'il escalade les

barreaux d'une bringuebalante échelle de bois à l'intérieur d'un clocher, Clovis derrière lui. Au sommet il braque ses jumelles et repère assez vite la première colonne de soldats, à deux heures de là.

– Qu'est-ce que vous avez en tête, Clovis ? Une révolution ?

– *Puxa vida*, non. On voudrait juste de meilleurs salaires.

– Qui a organisé cette grève à Rio ? Toi ou Hastimphilo ?

Le premier détachement de soldats était à midi, une colonne de poussière révèle l'approche d'un deuxième, à trois heures.

– Hastimphilo et moi, répond Clovis.

– Mais surtout Hastimphilo.

– Surtout lui, oui.

... Et troisième colonne de l'armée à huit heures. Ces soldats sont en train de nous encercler, pense Candido. Et des soldats brésiliens sur le pied de guerre à une vitesse aussi fulgurante, c'est stupéfiant.

À moins que quelqu'un les ait prévenus, *avant*. Avant même le massacre dans le petit salon vert de Bragança Boa Vista.

Tu as compris, cette fois ? Les Griffes du Jaguar sont en train de te transformer, dans ton propre pays, en chef révolutionnaire. Et elles ont fait en sorte que tu ne puisses pas compter sur l'aide de dom Trajano.

– Tu connais un homme appelé Policarpo Moravec, Clovis ?

– Non.

– Est-ce que Hastimphilo pourrait le connaître ?

– Hastimphilo est comptable, il lit beaucoup et connaît pas mal de monde, dit Clovis.

Quatrième colonne plein est à six heures.

– On est encerclés, Candido ?

– Oui.

Je pourrais me rendre à ces soldats, sans combattre ni

tenter de fuir. Avec deux inconvénients notables : d'abord ils risqueraient de me fusiller sans jugement (peut-être est-ce dans le plan des Griffes, que je devienne un martyr légendaire ?) ; ensuite, ils abattraient certainement Clovis, Vivaldo Maria et tous les autres.

Sans compter qu'il vaudrait mieux que je sois libre, si je veux garder une chance de convaincre dom Trajano de mon innocence.

Dernier argument : il y a cette furieuse envie qu'il éprouve, assez drôle en définitive.

Tu es vraiment malade de la tête, Candido Stevenson.

– Oui, dit-il à haute voix.

Et ce faisant il répond à la question de Clovis, qui vient de lui demander s'il n'aurait pas une idée, pour les sortir de cette situation.

Il part immédiatement. À peine a-t-il croisé son regard avec celui de Samantha. Il court dans la nuit, hésitant un peu sur les directions à suivre pendant les quatre à cinq premiers kilomètres puis ensuite, sitôt qu'il foule l'une des routes de terre intérieures au domaine, il sait exactement où il va. Il court ainsi que Herr Doktor lui a appris : foulée rase sans trop lever les genoux, buste droit, bras souples et détendus, allongés de temps à autre, en sorte que le pli du coude ne finisse pas à la longue par ralentir la circulation sanguine, « je ne suis pas si certain, jeune Candido, que vous soyez le coureur type du cinq mille mètres, votre morphologie vous prédispose davantage au dix mille mètres, voire au marathon ».

Une heure plus tard, la maisonnette est en vue, ainsi que le long bâtiment plat qui la jouxte ; une lampe est allumée juste au-dessus de la porte ; cela ressemble à s'y méprendre à un cottage du Shropshire en Angleterre. Sous la fenêtre à guillotine aux boiseries blanches se trouve un banc de bois.

Candido s'y assoit. La demeure principale de Bragança

Boa Vista est à moins de trois kilomètres, on en voit les lumières.

Il n'attend pas longtemps.

– Qui que tu sois, je t'ai entendu venir, dit la voix. Tu as exactement dix secondes avant que je te troue la peau. Je partirais, si j'étais toi.

– En hébreu, dit Candido, *Ezra* veut dire aide. C'est vous qui me l'avez appris.

Un silence. Puis la porte s'ouvre sur un vieil homme en chemise de nuit et coiffé d'un bonnet de nuit à pompons, en laine tricotée dans un mélange de vert, de bleu, de rouge. Il tient un fusil de chasse à double canon.

– Herr Doktor n'est pas avec toi, morveux ?

– Aux dernières nouvelles, il fait du cinéma en Russie, même que ça m'ennuie assez, répond Candido.

– A question idiote réponse idiote, dit Ezra MacAuliffe. Si Herr Doktor était avec toi, tu ne serais pas en train de galoper dans la nuit, poursuivi par l'armée et la police brésiliennes. Tu as tué ces quatre hommes ?

– A mon avis, dit Candido, cette deuxième question est nettement plus idiote que la première.

MacAuliffe vient s'asseoir sur le banc de bois, il plante dans le sol la crosse de son arme, pose une paume sur le canon et son menton sur le dos de sa main. De l'autre main, il écarte le pompon de son bonnet de nuit aux couleurs de son clan des Hautes Terres d'Écosse mais c'est un geste parfaitement inutile : le pompon au bout de son attache se balance de droite à gauche pendant un bout de temps puis revient s'immobiliser droit sur la racine de son nez, entre ses sourcils neigeux.

– J'ai soixante-dix-sept ans mais à part ça, je me porte comme un charme ; je ne pense pas mourir dans la semaine qui vient. Tu n'es pas simplement passé prendre des nouvelles. Tu veux quelque chose.

– La Léopolda, dit Candido.

– Pour quoi faire ?

– Un petit tour. Vous savez que grand-oncle Amilcar est mort ?

– J'ai appris ça.
– Je suis son légataire universel.
– Ça te fait une belle jambe.
– En un sens, dit Candido prudemment, certains esprits tortueux pourraient en conclure que la Léopolda m'appartient.
– Et alors ?
– Elle marche ?
– Tu veux une beigne, morveux ?
Ils restent un moment silencieux, comme s'ils communiaient en une sorte de commémoration de grand-oncle Amilcar et des jours anciens. D'autres lumières s'allument dans la grande demeure au-delà des arbres, où il règne une agitation anormale à pareille heure de la nuit.
– J'aimais bien ton gâteux de grand-oncle, dit Ezra. Il était complètement fou.
– Je sais.
– Je ne te dirai pas que ça m'a fait de la peine. J'ai juste pris une cuite carabinée. Tu serais venu avant-hier, j'étais raide, j'aurais pu servir de rail. Pourquoi ne t'es-tu pas réfugié ici, hier soir ?
– Je n'y ai pas pensé, sur le moment.
– Tu veux en faire quoi, de la Léopolda ?
Candido s'explique et dit :
– Ce n'est pas encore très clair, dans ma tête. Mais c'est tout ce que j'ai trouvé.
MacAuliffe, d'une chiquenaude de son gros index tout crevassé et ridé, balance son pompon.
– Ça finira dans une grande explosion, tu le sais, morveux ?
– C'est bien possible.
– Ce sera une belle fin, pour elle et moi. Allons-y. Il lui faut du temps pour se chauffer, à son âge.

Ils filent à cent kilomètres à l'heure et à un moment, Candido demande :

– Vous croyez que le pont va tenir?

– Il a intérêt.

Bien qu'il ait été construit par un Anglais.

MacAuliffe n'a pas allumé ce qu'il nomme les Yeux de Braise de la Léopolda, de sorte qu'on n'y voit guère. En deux ou trois occasions, à leur passage, des gens – parfois armés de fusils - sont sortis de leurs maisons, quelques-uns arrachés au sommeil par ce tonnerre de fin du monde. Les flancs des rails se sont dégarnis au fur et à mesure qu'ils se sont engagés sur la voie qui relie la plantation au monde extérieur, à travers l'océan des caféiers.

– Il me semble que nous arrivons au pont, remarque Candido en faisant de son mieux pour paraître désinvolte.

– Et alors?

– La dernière fois, il y a trois ans, vous m'avez dit, et je vous cite, « qu'avec son cul de plomb, sa crinoline et sa croupe ondulante, elle ferait voler en éclats ce petit pont ridicule ».

– Je le maintiens.

Candido sort la tête en écartant le volet et, nonobstant des escarbilles, jette un coup d'œil vers l'avant : le petit pont ridicule est à trois ou quatre cents mètres – nous allons apparemment finir au fond du ravin, dans un grand bruit qu'on entendra jusqu'en Mandchourie.

– Tu peux toujours sauter, morveux.

La Léopolda halète de plus en plus fort, sur un rythme précipité de parturiente proche de la délivrance; le long des derniers deux cents mètres elle se rue, tu pourrais presque croire qu'elle a relevé à deux mains ses jupes de vingt tonnes et pris le galop.

Le pont frémit, il ploie, il se craquelle, il craque, puis s'effondre.

Mais on est passés. D'un cheveu pour la Croupe Ondulante.

La Léopolda hurle et crisse, monstrueusement, tous ses freins bloqués, ralentit, et bientôt s'arrête en exhalant de furieux jets de vapeur blanchâtre.

Surgissant d'un épais brouillard, émergent les visages hilares des conducteurs de tramway, tu dirais d'abord des têtes coupées qui se promènent toutes seules, mais il y a Clovis, Hastimphilo, Zé Julio et les autres.

Puis en retrait, assise sur le talus avec sa fille dans les bras, Samantha.

La péripétie du pont fracassé, mais franchi d'un seul élan, est déjà vieille d'un quart d'heure. La Léopolda ronronne tranquille dans le petit jour, avec ses quatre mille quatre cents chevaux, ses huit roues de deux mètres dix de diamètre, ses deux cent vingt-cinq tonnes quand elle est toute nue, sans ses jupes, ses jupons, sa crinoline, son corset à baleines, et sa guêpière.

Plus la Croupe Ondulante, autant dire son tender.

– Que je t'explique, dit Candido. Ezra MacAuliffe est entré pour la première fois au Brésil comme prisonnier de guerre; en 1869 il était le mécanicien du train blindé de l'armée paraguayenne...

A cette époque, le Paraguay était dirigé par un certain Lopez. Pour se défendre contre le Brésil, l'Uruguay et l'Argentine, qui estimaient que son pays était un voisin trop acariâtre, Lopez a mis en ligne le premier train blindé de l'histoire de l'Amérique du Sud, dirigé par un ingénieur britannique dont MacAuliffe était l'assistant. Mais ça a mal fini pour Lopez : MacAuliffe s'est retrouvé dans un camp de prisonniers d'où les avocats de grand-oncle Amilcar l'ont fait sortir afin qu'il prenne soin de la collection des soixante-trois locomotives, dont la Léopolda est devenue le navire amiral quelques années plus tard. Les derniers sous de grand-oncle Amilcar y sont passés...

On roule plein sud, en direction de Mogi Guaçu et Mogi Mirim. A la Léopolda et à son tender sont accrochés un premier tombereau-casemate avec son canon de 75 et ses trois mitrailleuses, puis le wagon Pullman – grand-oncle Amilcar l'appelait le Lupanar –, puis un deuxième tombereau, celui-ci à tourelle et supportant le canon de 194 mm.

– Un canon ? s'étonne Samantha.

– Et il fonctionne. Moi qui te parle, j'ai tiré plus de vingt fois avec. Un jour, pour nous amuser, nous avons touché de plein fouet la citerne de Tasso Tavora. Il n'y a pas eu de morts ni de blessés sérieux, sauf neuf ou dix vaches ; mais soixante-dix mille litres d'eau se sont déversés dans la cuisine du vieux Tasso et de sa femme : le temps qu'ils reposent leur fourchette et ils se sont retrouvés à cent mètres de là, accrochés aux branches d'un manguier. Heureusement que grand-oncle Amilcar était propriétaire de leur maison.

– Tu me racontes des craques, Cavalcanti.

– Je te jure que non. Demande à Ezra MacAuliffe. En ce temps-là, la Léopolda avait ses propres rails et son propre circuit, avec des gares qui s'appelaient Saint-Germain-en-Laye, Chantilly, Rocroi-le-Rotrou ou bien Cannes, Monte-Carlo et Flassans-sur-Issole. Puis le régisseur s'est avisé que la Léopolda pouvait remorquer des wagons de café jusqu'à São Paulo. Deux allers et retours par an. Jusqu'à ce que dom Trajano décide, l'utilisation d'un tel monstre revenant trop cher, de mettre la Léopolda et MacAuliffe à la retraite.

– Je pourrais me servir du canon, tu crois ?

Pourquoi pas ? Le seul problème avec le 194 est de s'assurer qu'il n'y a personne dans le champ de tir, et de compter large.

Samantha et lui quittent le Lupanar. Ils traversent le wagon-casemate où se tiennent les conducteurs de tramway qui ne sont pas de service. Empruntant la coursive qui longe le flanc droit du tender, ils se glissent sur la plate-forme du monstre, par une porte blindée en forme de cœur ; Hastimphilo et Zé Julio s'y trouvent déjà, aux côtés de MacAuliffe :

– Tu as décidé où tu voulais aller, morveux ?

– Mais à qui parle-t-il ? demande Samantha.

– Je n'ai pas d'idée bien précise, répond Candido à MacAuliffe. N'importe où sauf à São Paulo, Rio, Belo Horizonte, ni dans les cent autres villes importantes du Brésil. Et...

– *Morveux ?* dit Samantha.

– Et je voudrais éviter aussi, autant que possible, poursuit Candido, les propriétés de ma famille, y compris mes cousins au quarante-troisième degré. Je vous ferai une liste.

– Espèce de sac à vin puant, déclare Samantha à MacAuliffe, si je vous reprends à traiter Candido de morveux, je vous fends la tête avec cette pelle.

– Une femme sur la Léopolda, constate MacAuliffe, c'est contraire à la nature, et accessoirement, au règlement. La place des femelles est au Lupanar. Cela dit, elle est plutôt jolie fille.

– *Femelle ?* proteste Samantha.

– Et gracieuse, en plus. Ce qu'il nous faudrait, Candido, c'est une carte du réseau ferroviaire brésilien.

– À Mogi Guaçu ? suggère Candido.

– Nous aurons plus dc chances à Mogi Mirim. Car il y a un embranchement. Si tu lui disais de poser cette pelle ?

– Samantha, s'il te plaît. Tu vois bien que nous discutons, Ezra et moi.

– Et il nous faudrait aussi des rails de rechange, ajoute MacAuliffe. Au cas où un crétin nous volerait la voie. Il y en a tout un stock à Mogi Mirim.

– Je propose que nous allions à Mogi Mirim, conclut Candido. Ensuite, on prendra l'embranchement pour Pouso Allegre et Itajuba. Après, je verrai.

– À tes ordres, dit MacAuliffe. J'aime bien les ordres clairs, moi.

Il sourit à Samantha :

– Tu sais conduire une locomotive, morveuse ?

Une dizaine de minutes plus tard, la fin de la voie de chemin de fer privée de la fazenda de Bragança Boa Vista apparaît. La Léopolda s'arrête au raccordement avec la ligne de l'État de São Paulo.

– Il y a deux types de risques quand on voyage en chemin de fer, remarque MacAuliffe. Le premier, lorsqu'il y a un autre train sur la même voie que la vôtre, en sens inverse. Le deuxième, ce sont les aiguillages. Candido, est-ce que ces conducteurs de tramway vont voyager avec nous ?

– Je crois que oui.

– Tout le monde en bas, dans ce cas.

Durant les minutes suivantes, l'Écossais explique avec une patience surprenante le fonctionnement d'un aiguillage. Candido suit le cours magistral, puis il s'écarte de quelques pas. Depuis la dernière fois qu'il a contemplé la Léopolda, de nombreux aménagements y ont été apportés. Ainsi MacAuliffe a doublé le cow-catcher, le chasse-bœuf d'acier, en forme d'éventail ouvert vers le bas, d'une sorte de bélier également en acier et hérissé de pointes coniques de trente à quarante centimètres de long, sur tout le front de la locomotive ; cette mâchoire donne à la Léopolda l'impressionnante allure d'un monstre de légende.

– Et nous allons où, avec ce monstre, Candido ?

Je n'en sais rien. Ça m'a paru une bonne idée, sur le moment : les camions nous lâchaient, il fallait bien trouver un autre moyen de transport...

La musique.

La musique vient d'éclater, tonitruante, et emplit l'air sur des kilomètres à la ronde.

– J'avais oublié la musique, dit Candido. C'est un des grands airs de *La Vie parisienne* de Jacques Offenbach.

Je suis brésilien, j'arrive de Rio de Janeiro..., tonitrue un chanteur. Les immenses roues de la Léopolda, dissimulées en partie par le blindage, commencent à tourner.

On repart.

Après tout, tant pis, on verra bien.

Il y a à Mogi Mirim une petite gare de triage, quelques entrepôts, trois ou quatre vieux wagons, une quinzaine de badauds dépenaillés, et un chef de gare ventripotent et moustachu.

Quoiqu'il ait très bien entendu au premier coup, il fait répéter :

– Vous voulez *quoi*?

– Des rails et des traverses, répond Candido. Et naturellement, nous les payons. Nous ne sommes pas des voleurs.

Il faut environ une heure pour entasser dans les tombereaux, puis arrimer sur les toits, un maximum de rails et de traverses, plus le matériel nécessaire à leur assemblage. Candido laisse mille dollars, et dans le bureau du chef de gare (de qui il a exigé un reçu pour la vente), il trouve des tables d'horaires, des tracés de lignes, des plans, des cartes à profusion.

– Je n'en demandais pas tant, dit MacAuliffe. Qu'est-ce que c'est, cette gare? La direction générale des chemins de fer du Brésil? Il y a assez d'informations pour aller jusqu'au Canada.

Je ne crois pas à la chance, pense Candido. J'aurais plutôt tendance à imaginer qu'une aussi extravagante quantité de documentation a été réunie à ma seule intention. Autrement dit, *ils* sont d'accord pour que je fasse le guignol avec mon train superblindé indestructible. Ça les arrange, j'agis exactement comme ils l'attendaient.

Ai-je le choix?

En quittant Mogi Mirim, la Léopolda tire un wagon de plus – qui pourrissait dans le dépôt – chargé de pièces d'aiguillage, de poutrelles métalliques et de longs madriers d'une dizaine de mètres.

– Indispensables pour remplacer un aiguillage saboté, ou pour refaire un pont qu'on nous couperait dans un mouvement de mauvaise humeur, a expliqué l'Écossais.

Aiguillages, raccordements, sabotages, ponts coupés? Nous partons bel et bien en guerre, je suis le seul à ne pas l'avoir deviné. « Je m'amuse comme une folle », ne cesse de répéter Samantha; il n'est pas un seul des anciens conducteurs de tramway qui n'ait couru en tous sens dans la plus grande allégresse, pour équiper le train; voici quelques minutes, ils entreposaient des provisions de bouche, des fusils et des revolvers. Des visages inconnus (cinq ou six pour le moins) sont venus renforcer la troupe, sur des signes de connivence échangés avec Hastimphilo; « ils ont décidé de se joindre à nous », a expliqué le comptable géant de l'air le plus naturel du monde; Lindolpho le télégraphiste a même annexé le bureau de la gare et y a envoyé des messages partout...

La musique d'Offenbach a sonné la charge et le départ. Candido arpentait la voie, « on n'attend plus que toi, allez monte » ont joyeusement crié Samantha, Clovis, Zé Julio et les autres.

Je suis leur chef, il faut bien que je les suive, comme disait Herr Doktor citant je ne sais plus qui.

Candido saute dans le train en marche.

Des heures plus tard, ils pulvérisent nonchalamment un gros barrage de traverses et de troncs d'arbres. Le chasse-bœuf soulève, le bélier enfonce, les sept cent cinquante tonnes passent sur les débris comme sur de la paille.

– Et s'ils dressent un barrage plus gros? demande Samantha.

– Et alors? s'exclame MacAuliffe, goguenard.

– Ou bien ils pourraient nous envoyer dessus un train-suicide.

– Et alors?

MacAuliffe est formel : aucun train ordinaire n'est susceptible de tenir tête à la Léopolda, « elle passerait à travers »; or il n'existe au Brésil que des trains ordinaires.

À supposer qu'on veuille construire un train blindé, il faudrait au moins six mois ; et même en pareil cas, la Léopolda demeurerait insurpassable.

– On roule à combien en ce moment, le Scottish ?

– Dans les cent kilomètres à l'heure, morveuse.

Sans convoi à tirer, sans ses jupes, jupons et autres falbalas, la Léopolda est en mesure d'atteindre les cent soixante kilomètres ; et malgré son équipement actuel, elle est encore capable de dépasser le cent vingt et des poussières. « Je l'ai un peu revigorée, elle a un sacré tempérament, grande bringue. »

– Et s'ils coupent la voie ?

– Nous avons de quoi la reconstruire.

– Un train chargé de voyageurs pourrait survenir à tout moment face à nous. Même si votre Léopolda passait au travers, nous tuerions des centaines de personnes...

Ça n'arrivera pas, qu'est-ce qu'elle croit, cette grande sauterelle ? Qu'il est gâteux ? La première communication télégraphique de Lindolpho a été établie avec l'ingénieur en chef responsable du trafic à São Paulo – c'est un vieil ami, qui plus est : il a été prévenu du passage imminent de la Léopolda et MacAuliffe a exigé que la voie soit libre en direction de São Paulo, d'Itajuba et même vers le nord, afin de ne pas révéler leur destination exacte.

– Et j'ai fait prévenir la presse, précise Hastimphilo. Le gouvernement prendra la responsabilité d'un accident.

– On peut encore nous prendre à l'abordage, dit Samantha, à bout d'arguments.

MacAuliffe ricane :

– Essayez donc de vous glisser sous les jupes de la Léopolda sans qu'elle soit consentante, vous m'en direz des nouvelles !

À Itajuba, une cinquantaine de policiers et de soldats ont dressé un deuxième barrage, constitué cette fois d'un vieux wagon à bestiaux renversé sur le côté et renforcé à l'intérieur par un entassement de briques et de brouettées de terre. Le remblai improvisé s'entrouvre comme du sable. Le wagon est repoussé sur deux cents mètres avant de se fendre en deux. Sans les crépitements sur les plaques de blindage, personne n'aurait remarqué que soldats et policiers faisaient usage de leurs armes.

– Proprement grotesque, s'est contenté de dire MacAuliffe.

Courte halte à Maria da Fé – on avait oublié de se munir de caxaça – puis, longeant les crêtes du Puits Froid, on atteint l'important carrefour ferroviaire de Soledade de Minas.

– Tu as le choix, morveux.

Candido s'était depuis longtemps penché sur les cartes.

– Fais-moi voir, demande Samantha.

Quatre directions possibles...

– En comptant une marche arrière qui nous ramènerait d'où nous venons.

– Je voudrais bien visiter le Brésil, moi, Cavalcanti. Et pense à ta fille qui n'a encore rien vu.

– Et si nous allions au sud, vers São Lourenço, pour rejoindre la ligne Rio-São Paulo ?

Ils se regardent. Elle a compris. Elle comprend toujours. Il faut dire qu'elle commence à me connaître un peu.

– Je crois saisir où tu veux en venir, crapule, dit-elle. Tu ne renonces pas.

– Eh non, dit Candido.

– Vous êtes en train de parler de quoi, au juste, bande de morveux ? s'informe MacAuliffe.

– Dom Candido Cavalcanti, annonce Samantha, caresse un projet loufoque : avant de partir déambuler sur toutes les voies ferrées existantes, il souhaiterait aller saluer sa famille, plus particulièrement son père.

– À São Paulo, précise Candido. Dans le centre. En plein centre, si possible. Au besoin, on ne fera qu'entrer et sortir.

Silence. Le pompon du bonnet de l'Écossais valse.
– C'est parti, dit MacAuliffe.

Il y a maintenant neuf heures que la Léopolda est immobilisée en plein centre de São Paulo. Elle stationne à quelques centaines de mètres de l'entrée de la Estação de Luz, la gare principale. Le long fût du canon de 194 est pointé vers le sud, sur le quartier de Sé. Quant au 75, il expédierait ses obus soit sur la gare de la Lumière, soit sur le marché municipal. Les mortiers et les mitrailleuses sont braqués dans toutes les directions.

... Y compris sur ces alignements de soldats qui respectent un no man's land de cent cinquante à deux cents mètres, par respect des négociations préliminaires, et autant que le terrain le permet.

La Léopolda n'est nullement prisonnière, rien ne l'empêcherait de quitter São Paulo. Nous pourrions la remettre en route dans la seconde, il suffirait que j'en donne l'ordre à Ezra. L'armée entreprendrait-elle de couper la voie, pour nous bloquer, que nous en serions aussitôt prévenus : dans cette foule immense qui nous contemple, par-delà les lignes de soldats, il y a, selon Hastimphilo, des centaines voire des milliers de sympathisants, qui se hâteraient de nous alerter. Cela fait six jours que la Léopolda a jailli de sa tanière d'ours en hibernation, à Bragança Boa Vista. À Barra Mansa, les premières haies d'honneur sont apparues, les vivats ont commencé d'éclater. Dès lors, le train blindé n'a plus cessé d'être applaudi, par des hordes de traîne-misère, « jeune Candido, il n'est rien ni personne qu'une foule ne soit disposée à applaudir, tel un champ de blé qui se courbe selon la direction du vent, à cette différence près qu'on n'a jamais vu un champ de blé s'attaquer à la moissonneuse-batteuse qui le traverse, et la réduire en pièces » ; d'autres hommes, vingt ou trente, ont été recrutés par Hastimphilo, parmi des centaines de volontaires, dont beaucoup venus de Volta Redonda, et certains même des mines du Minas Gerais. Deux wagons ont été rajoutés, que l'on s'est activé à blinder; la Léopolda a quasiment revêtu l'allure d'un bureau de recrutement ambulant.

– Voilà Ciccio qui revient, annonce Samantha.

La voiture Pullman a été aménagée : l'ancienne alcôve de grand-oncle Amilcar est transformée en chambre, qu'une cloison de bois sépare du reste du wagon où se tiennent les réunions d'état-major. L'entrée dans São Paulo s'est faite au petit matin. Deux locomotives ordinaires ont tenté de s'y opposer. Elles ont glissé sur les rails dans un jaillissement d'étincelles, à demi broyées avant de se coucher sur le côté, libérant la voie. La Léopolda a stoppé d'elle-même, quand ça lui a chanté. À portée immédiate de tir du 194, le grand immeuble sur la Praça Patriarca, le siège central de la banque Cavalcanti & Irmao et le bureau personnel de dom Trajano. Dans les premières minutes, une section de mitrailleuses a ouvert le feu, sans grand résultat. Candido a dû livrer une âpre discussion pour convaincre Hastimphilo de se contenter d'une riposte purement symbolique; un armistice provisoire s'est enfin établi. Un officier, venu parlementer, a enregistré la déclaration de Candido, qu'il considère comme « le chef des révolutionnaires ». « Je ne suis ni chef ni révolutionnaire, s'est insurgé Candido, ce n'est qu'un épouvantable malentendu, cessez donc de dire des âneries, tête de pioche! » Deux heures plus tard, Ciccio Vaz Vasconcelles est arrivé, sortant visiblement de son lit; il a accepté l'ambassade.

Il gare sa Lincoln Leland blanche et rose, dont il a lui-même redessiné la carrosserie, à une dizaine de mètres du Lupanar.

– Tu peux monter, lui lance Candido.

Ciccio s'exécute, ravi.

– Est-ce que je peux visiter ton gros train blindé, Candido chéri? J'en meurs d'envie.

– Tout à l'heure. Les réponses d'abord. Et ne m'appelle pas Candido Chéri.

Ciccio s'installe, étalant les basques de son petit costume jaune citron sur le velours couleur fraise écrasée du fauteuil Second Empire. Il en frissonne :

– Quel épouvantable assortiment de couleurs, j'aurais dû m'habiller en rose. Ou en blanc. Blanc cassé. J'ai vu tes oncles Tristao et Leandro, Candido. Ils fumaient des cigares. A onze heures du matin, je vous demande un peu! Moi qui ai horreur du tabac!

– Ciccio.

– Ils ne t'aiment pas beaucoup.

– Tu as vu dom Trajano, Ciccio?

– Il ne voulait pas me recevoir. Il a fallu que mon père insiste beaucoup, cela nous a pris deux bonnes heures. Mon père et le tien sont tout de même des amis d'enfance, ils ont ruiné les mêmes petits fazendeiros, expulsé les mêmes paysans, volé les mêmes Portugais, sans parler des Anglais, des Allemands et des Français.

– Tu l'as vu, oui ou non?

– Je l'ai vu. Dites donc, vous êtes vraiment bien installés, ici!

Ciccio sourit :

– C'est non, mon pauvre Candido. Ton père ne viendra pas te parler, il n'enverra aucun émissaire, il n'interviendra d'aucune manière.

Qu'est-ce quc je lui demandais à dom Trajano? pense Candido. Même pas de m'aider. Seulement de m'écouter quelques minutes.

Si lui et mes oncles décidaient de se mettre un peu de mon côté, j'aurais une chance de m'en sortir. Après tout nous n'avons encore tué personne. Il suffirait de ranger la Léopolda dans son hangar, et je pourrais mettre un terme à cette révolution en disant à tous ces gens de rentrer chez eux, que les révolutions ne servent à rien, qu'elles sont juste un petit tour de manège bien sanglant.

– Il faut que je te répète les mots exacts de ton père,

Candido. Il a dit : « Je suis assis à mon bureau et si ce criminel qui prétend être mon fils veut me tirer dessus, qu'il le fasse, je ne bougerai pas. » Je suis désolé, Candido. J'ai vraiment fait ce que j'ai pu.

– Merci, Ciccio.

– Tu es un révolutionnaire, Candido ?

– Il n'est rien du tout, intervient Samantha. Il est juste quelqu'un de doux et de gentil que l'on veut prendre pour quelqu'un d'autre.

Candido fixe par la fenêtre, dans le lointain, le sommet du grand immeuble où son père est assis, derrière son bureau. Il a horriblement mal, dans la poitrine.

– Descends, Ciccio. Nous allons repartir.

– Vous allez vous faire tuer, dit Ciccio. Je suis triste.

Hastimphilo s'avance, attrape Ciccio par le bras et le fait descendre. Il referme sur lui la porte blindée et referme également les meurtrières, sauf deux qu'il laisse à peine entrouvertes. Il donne le signal du départ en tirant sur le cordon qui court tout au long du convoi jusqu'au poste de commande où se tient MacAuliffe. La musique de la Léopolda claque. Cette fois, ce n'est plus *La Vie parisienne* mais *La Grande-Duchesse de Geroldstein*. « *Voici le sabre, le sabre, le sabre de mon père* », hurle en français et à pleine puissance la grande-duchesse.

La Léopolda se retire de São Paulo.

Le premier sang coule neuf jours plus tard.

La Léopolda s'est immobilisée à environ deux cents mètres du poste frontière de Jaguarão, qui sépare le Brésil de l'Uruguay. Ayant laissé derrière elle l'État de São Paulo, elle a en quelques jours successivement parcouru les États du Parana, de Santa Catarina, et du Rio Grande do Sul, dernière étape avant l'Uruguay.

– On reviendra au Brésil, a insisté Hastimphilo, mais pas tout de suite ; des choses se préparent, dont il convient d'attendre l'avènement.

L'arrêt dure depuis déjà une vingtaine de minutes. L'officier brésilien qui commande le poste frontière est de retour, arborant son drapeau blanc (une chemise emmanchée sur un balai) ; il est sans arme, son étui à revolver est vide.

Pour la deuxième fois, Candido va à sa rencontre.

– Alors ?

– J'ai demandé par télégraphe confirmation de mes ordres. Je dois vous empêcher de passer.

L'officier a environ vingt-deux ou vingt-trois ans. Lors de la première entrevue, il s'est présenté comme le cornette Affonso Lima de Carvalho, natif de Sorocabo, au sud-ouest de São Paulo.

– C'est un ordre imbécile, affirme Candido, comment pourrais-tu faire, Affonso ? Tu as vu ce train ?

– Je peux démonter la voie.

– Ça ne servirait à rien, nous avons de quoi la reconstruire.

– J'aurais pu miner le pont sur lequel vous allez passer.

– Notre détachement d'éclaireurs nous aurait prévenus. Et de toute façon, tu ne l'as pas fait.

– Je n'ai pas de dynamite. Et si j'en avais, je ne saurais pas m'en servir.

– Tu as un canon ?

(Il est vraiment gentil, ce cornette. Il me fait de la peine.)

– Un petit. Et il n'a plus tiré depuis 1869.

– Il risque de vous sauter à la figure.

– C'est vrai.

– Il y a une seule solution, dit Candido. Tu nous tires dessus au canon et ton honneur de cornette sera sauf. Et nous, ça ne nous fera aucun mal.

– Je n'ai pas d'obus.

– Je suis désolé, dit Candido. La prochaine fois, je te promets que nous passerons ailleurs. Tu veux dire à tes soldats de dégager la voie, s'il te plaît ?

Le cornette se retourne : huit soldats en loques sont rangés sur deux files au beau milieu des rails, avec cinq fusils à eux tous. Le cornette réfléchit. Il dit enfin :

– Je ne peux pas le leur dire. Mes ordres sont de vous stopper. Ils ne m'obéiront probablement pas mais au moins, je leur aurai donné l'ordre.

– Tu les feras tuer pour rien. S'il s'en trouve un seul pour t'obéir.

– Ça m'embête, mais je ne peux pas agir autrement.

– Nous perdons du temps.

Hastimphilo vient de surgir à son tour.

– Cesse de faire l'imbécile, Affonso, dit Candido. Nous n'avons pas la moindre envie de te tuer.

Le cornette continue à hocher la tête, il considère Hastimphilo, se détourne, commence à marcher sur la voie, pivote pour considérer le muffle monstrueux de la Léopolda, se remet en marche, son drapeau blanc haut dressé, bien droit.

Il est bien capable de rester sur les rails, ce fou!

– Allez, on part, dit Hastimphilo.

– Pour l'amour du ciel, Affonso, ôte-toi de là! crie Candido.

La locomotive rugit, elle s'ébranle.

– Viens, toi.

Hastimphilo a cueilli Candido au passage, d'une seule main, et le hisse dans le poste de conduite :

– Ils vont s'écarter, tu verras.

Les sept cent cinquante tonnes sont en mouvement. Droit devant, le cornette a rejoint ses huit soldats, il se place à leur tête et, ayant récupéré son revolver, le brandit.

Cent mètres.

Cinquante.

– Halte! dit Candido qui a passé sa tête par l'étroit guichet.

La Léopolda accélère.

– HALTE!

Deux ou trois coups de feu claquent, puis les soldats se jettent sur le bas-côté. Pas le cornette, qui ouvre le feu sur cette muraille de six mètres de haut. La fragile barrière de bois qui signalait le passage officiel de la frontière vole en éclats. La Léopolda prend de la vitesse. Candido s'est replié à l'intérieur du poste, avec une forte envie de vomir. Ezra MacAuliffe fait un geste d'impuissance – on lui a pris son colt – et désigne Zé Julio qui conduit la machine à sa place.

Un peu plus tard, en rase campagne, Zé Julio ralentit et immobilise le mastodonte. Mais le regard des badauds a déjà dit l'essentiel : le jeune cornette a été embroché par l'une des pointes du bélier, qui lui a transpercé l'abdomen – le croc d'acier ressort dans son dos.

– Tu dors, Samantha?

La Léopolda avance lentement dans la nuit uruguayenne, parmi des prairies infinies, parsemées de collines de granite. Dans trente kilomètres, elle rencontrera un embranchement d'où elle pourra, à volonté, aller à l'ouest en direction de la frontière argentine, ou bien poursuivre sa route vers la capitale du pays sur les bords du rio de La Plata. Avec la police et l'armée uruguayennes, un accord de non-belligérance a été conclu : les canons, les mortiers et les mitrailleuses de la Léopolda, sa compagnie de révolutionnaires en armes ne tenteront rien contre le pouvoir en place, ni contre la paix civile laborieusement instaurée depuis une vingtaine d'années et, en contrepartie, le gouvernement de la « Suisse sud-américaine » ignorera totalement leur présence, sous condition que le trafic ferroviaire local ne subira aucune perturbation.

– Samantha, tu dors?

– À poings fermés.

Il n'insiste pas.

Candido se lève, s'habille. Candido sort sur la plateforme, où se tiennent deux des hommes prétendument chargés de sa protection.

Dehors, il pleut ; une pluie fine et silencieuse. Et le bruit qui a alerté Candido se précise : le ronronnement d'un moteur couvre le roulement sourd du train. Candido se hisse sur le toit du wagon dont les bords ont été rehaussés par des épaulements de sacs de terre, des fascines et des madriers. Dix ou douze combattants dorment là, stoïquement enroulés dans leurs ponchos.

Il ne découvre la voiture qu'une fois parvenu à l'avant du tombereau-casemate. C'est une grosse limousine de couleur bleu sombre; elle roule bord à bord avec le tender, réglant sa vitesse sur celui-ci; un homme, debout sur le marchepied, le haut du buste penché à l'intérieur de l'habitacle, semble en conversation avec les occupants. Candido se baisse, la pluie tiède lui inonde le visage. Face à lui, accroupi sur le tender, Hastimphilo observe et suit l'entretien. Il sourit à Candido.

Une minute au moins. Enfin, l'homme sur le marchepied se redresse, prononce quelques mots que le grondement de la locomotive rend inaudibles, salue le poing fermé puis d'un bond, regagne le train. Candido le reconnaît : c'est Leite Abade, l'un des hommes qui les ont rejoints au cours des dernières semaines, à qui même Hastimphilo témoigne du respect et de l'obéissance. La limousine ralentit, commence à perdre du terrain; quatre individus se trouvent à l'intérieur et Candido en identifie deux : Stepa Oneguine et Policarpo Moravec, l'homme aux yeux hallucinés. La limousine s'écarte peu à peu, bientôt elle est à des centaines de mètres, et emprunte une piste qui va à l'est, le double lumignon de ses phares s'éteint.

Candido rejoint Hastimphilo sur le tender.

– Il pleut.

– C'est de saison, répond, avec une bonhomie narquoise, l'ancien comptable de la compagnie des tramways de Rio.

Leite Abade a déjà disparu à l'intérieur du poste de conduite de la Léopolda. À son tour, Candido emprunte l'étroite échelle métallique. Zé Julio est aux commandes; Ezra MacAuliffe dort allongé dans son hamac, bonnet sur les yeux. Leite Abade regarde Candido qui pose le pied sur le dernier barreau. Avocat-journaliste, il aurait fait de la prison, pour des raisons politiques.

– Je pense que nous devrions rentrer au Brésil maintenant, dom Candido, suggère-t-il.

Hastimphilo descend lui aussi l'échelle et se place derrière Candido, l'écrasant de sa masse.

Je suis dans la situation d'un capitaine de navire qui n'a plus le moindre contrôle de son bâtiment ni de son équipage, mais dont tout le monde fait semblant de croire qu'il exerce son commandement. Je n'ai aucune envie, contrairement au capitaine Achab, de poursuivre la moindre baleine, blanche ou grise, mais je suis forcé de parcourir les mers, à la recherche de quelque chose d'horriblement dangereux et d'inutile. « On nomme révolution, jeune Candido, tout mouvement soudain par lequel, au terme d'un circuit fermé, on revient à son point de départ. » Je sais, Herr Doktor.

– D'après certaines informations qui me sont parvenues, précise Leite Abade, notre retour est nécessaire.

Leite Abade a le visage et le corps maigres, une barbe fournie lui mange les joues et accentue l'expression d'ascétisme de ses traits; il porte en permanence un chapeau de type colonial. Il sourit :

– Mais, bien entendu, nous sommes tous aux ordres du Jaguar.

Le sang n'arrête plus de couler, ensuite.

Dans le Rio Grande do Sul, le plus méridional des États du Brésil, ils subissent trois attaques. La première a été la plus dure. Elle a eu lieu à l'ouest de Cachoiera, lors de la traversée d'une rivière gonflée par les pluies de l'automne austral : le pont de fer supportant la voie ferrée n'a pas été détruit à l'explosif, mais purement et simplement démonté, et l'armée a installé une batterie de six à huit canons pour interdire le travail des sapeurs du train ; le 194 riposte, profitant de sa portée supérieure qui met la Léopolda à l'abri, et son cinquième obus fait exploser le principal poste de tir ennemi ; un arrosage par mortiers prépare la charge à pied des deux cent cinquante fantassins d'Hastimphilo qui enlèvent la position. On s'est battu à l'arme blanche, avec la sauvagerie ordinaire des guerres civiles.

Parmi les nouvelles recrues d'Hastimphilo, peu de paysans, mais beaucoup d'ouvriers et d'employés; et parfois des militaires : à São Gabriel, peu après le franchissement de la frontière, un capitaine du nom de Da Silva et une quarantaine de soldats ont rejoint ce qu'ils appellent la révolution. A cinquante ans, le capitaine Da Silva n'a pas reçu de promotion depuis plus d'une décennie et, pour justifier sa désertion, il avance un argument que Candido entendra souvent par la suite : la trop forte emprise sinon la dictature qu'exercent les États de São Paulo et de Minas sur l'ensemble du Brésil, « c'est toujours un Paulista, ou un homme de Minas, qui est président de la République, et pareil pour les ministres, les chefs de l'armée et de la police... ».

Deux semaines plus tard, la Léopolda dépasse Erechim, et s'enfonce au nord sur une centaine de kilomètres dans l'État de Santa Catarina au paysage si tourmenté. Par endroits, la ligne se faufile au travers de véritables gorges, et c'est dans l'une de celles-ci que le train blindé est assailli par une colonne de trois mille hommes, après qu'en amont et en aval la voie eut été obstruée par des éboulements provoqués à la dynamite. Depuis près d'un mois, les effectifs de l'armée révolutionnaire ont tellement augmenté que le gros des troupes précède et suit, à pied et en camions ou en charrettes, la locomotive qui constitue le centre du dispositif. Ces va-nu-pieds tombent par dizaines lors des combats.

La Léopolda s'est dégagée seule. MacAuliffe l'a délestée de tous ses wagons et à six reprises a chargé en bélier contre l'éboulement nord, jusqu'à ce qu'il s'ouvre un passage. Le convoi a ensuite gagné un terrain moins encaissé, où MacAuliffe a fait donner le 194 jusque-là inutile tant la gorge était étroite.

Après ces péripéties, on aurait pu se diriger au nord, à travers le Parana, vers Curitiba, voire São Paulo qui n'était plus qu'à sept centaines de kilomètres, car la Léopolda est indestructible, rien ni personne ne parviendra jamais à l'arrêter. Mais Abade et les autres sont d'une autre opinion : la situation n'est pas encore mûre. Si bien que l'on revient dans le Rio Grande do Sul, où l'on excursionne, sur fond de ralliements incessants.

Et deux événements se produisent en même temps.

Le premier est une nouvelle, celle-là même que Leite Abade et Hastimphilo attendaient apparemment depuis des mois : une rébellion militaire vient d'éclater à Copacabana ; une partie de l'armée s'est soulevée, à l'évidence elle va se ranger aux côtés de la révolution.

Le deuxième événement prend la forme d'une silhouette, sur le pont de fer qui enjambe les eaux jaunes du rio Paraguaï. L'apparition de cet homme ne saurait être une surprise pour Candido. C'était lui qui accompagnait Stepa dans la limousine. Lui, le commencement de tout :

– Samantha, je te présente Policarpo Moravec.

– Je suis abasourdi, dit Policarpo Moravec.

Le train roule.

– Tu n'as absolument pas changé, Jaguar, depuis tes seize ans, tu as toujours cette apparence d'indolence et de douceur, ces grands yeux verts d'enfant, ce sourire que l'on pourrait croire naïf.

– C'est vrai qu'on lui donnerait Karl Marx sans confession, approuve Samantha. Moi-même je m'y laisse prendre. Surtout dans un lit.

– Diabolique ! s'exclame Moravec. Qui pourrait croire que sous ces apparences se cache le Jaguar ?

– Qui, en effet ? dit Candido.

– J'arrive de Moscou. Il est beaucoup question de la camarade Samantha et de toi dans les hautes sphères. Vous êtes devenus des héros.

– Nous en sommes flattés tous les deux, camarade, lance Candido. Et qui t'a parlé de nous, à Moscou ?

Ce Fou Complet a peut-être des nouvelles de Herr Doktor, attention !

C'est l'heure de la tétée. Samantha donne le sein à sa fille pendant qu'Eglantina lave des couches. Le regard de Moravec évite ce spectacle, avec une pudibonderie surprenante.

– Tu connais comme moi le prix de la discrétion, Jaguar.

– Qu'à cela ne tienne. Tu auras bien appris le russe, au paradis des Soviets ?

Ils se mettent à discuter en russe. Moravec lui décrit l'enthousiasme avec lequel certains camarades suivent les efforts du Jaguar pour faire entrer le Brésil dans le chœur harmonieux des républiques socialistes. Parmi ceux-ci il y a Boulganine et Boulgakov, Afanassiev et Fedorov, et mieux encore : Iossef Viassationovitch Djougatchvili – en personne.

– Sais pas du tout qui c'est, dit Candido.

Un génie, dit Policarpo Moravec. Un pur génie, presque au même degré que Vladimir Ilitch, qu'à certains égards il surpasse, aussi incroyable que cela puisse paraître ; on le surnomme Staline, l'Homme d'Acier. Chez lui, l'intelligence lumineuse n'a d'égales que la bonté profonde et l'amour de l'humanité.

– C'est sûr qu'avec des qualités pareilles, le Christ, Allah et Bouddha réunis sont proprement enfoncés, sans compter l'actuel avant-centre de Botafogo. Et qui d'autre, à part ce prodige, s'intéresse à nous ?

– Oh, des quantités. Felix Dzerjinski, par exemple. Quel nom as-tu dit ?

– Herr Doktor Taxile Grussgott, répète Candido, le cœur entre les dents.

Non, répond Policarpo Moravec, le visage impassible, le nom lui est inconnu... En revanche...

– En revanche, Jaguar, quelqu'un m'a chargé de te faire ses amitiés. Il veut que tu saches qu'il est près de toi en permanence par la pensée. Ce sont ses propres mots et il a insisté pour que je te les répète.

Alekhine. Aliotchka Alekhine.

– Un homme d'une immense valeur. Un peu déconcertant parfois, mais le grand et génial Staline le tient en haute estime. Le camarade Alekhine dirige maintenant une organisation omniprésente dans le monde entier. Il est notre chef à tous, en quelque sorte. Rien ne peut se passer hors des frontières de l'Union soviétique sans qu'il en soit aussitôt informé. La mort de Vladimir Ilitch, qu'il a pleurée comme nous tous, lui a permis d'accéder à de telles responsabilités. Tu es sûr que cette négresse ne comprend pas ce que nous disons ?

– Certain.

– Et toi tu es l'ami personnel d'Aliotchka Alekhine. Quel bonheur doit être le tien !

Le train roule pendant des semaines. Au nord, dans un premier temps, pour aider ces officiers héroïques qui ont pris les armes contre le gouvernement fantoche et corrompu, et porter un coup aux hyènes capitalistes de São Paulo. La rébellion ne s'est pas étendue comme prévu et les interventions du train blindé deviennent vitales. Au son de *La Grande-Duchesse*, la Léopolda livre de furieuses batailles, au Parana, sur les contreforts de la serra do Paranapiacaba. Les charges forcenées du monstre font sauter tous les barrages. Mais Abade, qui attend le renfort d'une colonne d'insurgés, tarde à exploiter la percée. Lorsqu'il reprend l'offensive, après trois semaines de halte, l'adversaire a eu le temps de préparer une puissante défense, aux abords d'une petite ville du nom d'Itare, qui se révèle infranchissable.

La Léopolda décroche. Elle est pratiquement indemne ; en revanche le reste du train, surchargé de six cents hommes dont au moins cent blessés, n'est plus qu'une épave. On va donc au nord-ouest – la stratégie d'Abade revêt peu à peu les allures d'une débandade – vers le Mato Grosso.

... Le Mato Grosso, Candido Stevenson.

La veille, Ezra MacAuliffe a exigé un arrêt prolongé, pour des réparations urgentes. Il ne répond plus de rien et l'on risque la panne définitive, au pis l'explosion. Il a multiplié les explications techniques, que même un Zé Julio, fort de ses connaissances de mécanicien automobile, n'a pu suivre.

Les longerons de cent dix millimètres sont faussés, or ils sont indispensables, « si vous tenez à ce que le châssis ne s'effondre pas sous vos yeux, regardez, vous ne voyez donc pas qu'ils sont de traviole ? Ça crève les yeux ; et les essieux coudés, bien qu'ils soient en acier spécial au carbone – dit acier à canon, avec une résistance de cent trente kilogrammes au millimètre carré –, vous ne vous en rendez pas compte mais moi je sens qu'ils sont bien malades... Non, tu ne peux pas les voir, Zé Julio Tête de Purin, mais est-ce que tu as besoin de voir ton estomac pour être sûr qu'il te fait mal ? ».

Et le surchauffeur, modèle unique au monde ? « Il m'a fallu seize ans pour le mettre au point. » Et le revêtement en cuivre de la plaque tubulaire de la boîte à fumée ? « Moi, je m'en fous, mais tôt ou tard la Léopolda va nous sauter à la gueule et le bruit s'entendra jusqu'en Afrique, à vous de voir, Abade. »

Leite Abade a cédé. Pour satisfaire les exigences de MacAuliffe, on construit un petit réseau de voies et d'échangeurs permettant les manœuvres, à l'aide des rails, des traverses et des aiguillages de réserve.

– J'ai des essais à faire, dit MacAuliffe au troisième jour de la halte. La Casemate et la Tourelle ici sur cette voie, Zé Julio, tu laisses le Pullman où il est, nous n'en avons aucun besoin pour le moment. Le tender doit être chargé à plein, j'ai besoin de m'assurer que ces vibrations ont disparu. Quelles vibrations ? C'est vraiment une question idiote ! Quand tu auras passé comme moi soixante-cinq ans sur une locomotive, tu les sentiras, ces vibrations ! Ça date de la fois où nous sommes passés sur des mines. C'est un coup à dérailler, à pleine vitesse ou dans une courbe.

La nuit tombe. Dans le Pullman l'une des anciennes fenêtres a été aveuglée par des panneaux à trois épaisseurs.

– Maintenant, dit Candido.

Il vient de capter le signal convenu : trois coups de marteau espacés, suivis de deux autres enchaînés. Il est trois heures quarante du matin.

– Tu refermes derrière moi.

Dans la pénombre, les doigts de Samantha lui caressent la joue et les lèvres.

Candido se glisse sous l'ex-Lupanar et y décroche l'extrémité du câble métallique de remorque, caché là depuis plus de huit semaines. Il entreprend de le dérouler en le plaquant dans l'intérieur d'un rail, c'est d'un lourd ! Soixante-dix mètres à parcourir sur le dos, en tirant le câble dont le poids semble s'augmenter à chaque mètre. À deux reprises il fait une pause, nuque reposée et bouche ouverte, parce que l'un des dormeurs du campement, à cent pas de là, s'est levé et a échangé quelques mots avec une sentinelle. Dieu merci il se met soudain à pleuvoir – chaque fois que je viens dans le Mato Grosso, il pleut – et le bruit des grosses gouttes tropicales suffit à couvrir le halètement de sa poitrine. Ça n'en finit plus, mais il arrive tout de même au but : la grosse poigne d'Ezra se saisit de ses mains en sang.

– Monte, morveux.

Il se hisse péniblement par la porte blindée demeurée entrouverte, rampe à plat ventre sur le plancher métallique, se heurte à Zé Julio, qui a l'air de dormir profondément.

– Replie tes jambes, tu m'empêches de refermer. Ça y

est, c'est amarré, on y va. Ne t'inquiète pas pour ce type, il a donné un coup de tête à mon marteau. Tu crois que le moment est bien choisi pour dormir? On y va, Candido, maintenant.

La monstrueuse respiration de la Léopolda change à peine de rythme, mais un frisson la secoue.

– Je te parie qu'en ce moment même elle retrousse ses jupes et ses jupons pour éviter tout froissement. On part sur la pointe des pieds, morveux, comme une femme qui quitte son amant endormi pour s'en aller rejoindre son mari.

Avec précaution, Candido a sorti la tête par la trappe qui donne accès au toit. Il distingue tout juste les feux du campement sur sa gauche. Personne ne réagit pour l'instant, et pourquoi s'inquiéteraient-ils d'une nouvelle manœuvre de la Léopolda qui, depuis des heures, n'arrête pas de procéder à d'incompréhensibles essais (lequel d'entre eux, moi compris, sait ce qu'est un tirant vertical à dilatation ou un surchauffeur spécial MacAuliffe?).

La Léopolda s'esquive en tapinois. Rien ne bouge sinon le câble qui gambade, il doit bien faire dans les deux cents mètres, nous serons déjà au Pérou qu'il ne sera toujours pas tendu. Pas le moindre ébranlement du côté du Pullman garé sous les arbres dans lequel se trouvent Samantha, Candida et Eglantina; tu vas voir que bête comme je suis, c'est la Casemate ou la Tourelle que j'ai mise en remorque.

Ô Dieu Vivant, Hastimphilo!

... Pas de doute : sa silhouette dressée se découpe sur le rougeoiement des feux de camp. Hastimphilo, à qui l'escapade en catimini de la Léopolda a mis la puce à l'oreille.

Il va voir le câble et comprendre!

– Hastimphilo! crie Candido à MacAuliffe. Il nous court après!

– Et alors? dit Ezra. Il te suffit de refermer la trappe, morveux.

Les grandes enjambées du Noir ont avalé les cent et quelques mètres. Il s'élance. Le voici sur le tender. Il piétine les grosses bûches entassées sous leur bâche et se jette en avant...

Candido a refermé la trappe et tiré le verrou.

Deux secondes plus tard, un grand coup sourd : le câble enfin s'est tendu.

– C'est bon, Candido Cavalcanti, dit Ezra un œil fixé sur son rétroviseur modèle.

... Deux secondes pendant lesquelles, au travers du grillage de la meurtrière, apparaissent les yeux d'Hastimphilo, emplis de colère et de haine. Mais le visage disparaît, l'immense silhouette traverse le tender en trois bonds, saute sur le sol, court, « il va essayer de couper le câble ou de le dénouer ! ».

– On peut accélérer, Ezra ?

– Non, morveux. Déjà bien beau que cette saloperie de câble tienne.

La Léopolda progresse à trente kilomètres à l'heure. Zé Julio commence à reprendre connaissance, il gémit et bouge.

– Flanque-le dehors.

– Vous êtes sûr que vous ne lui avez pas fracassé le crâne ?

– J'ai tapé avec assez de tendresse, il n'est pas si mauvais mécanicien. Dehors.

Les premières lueurs du jour permettent d'apercevoir, à deux cents mètres en arrière, le Pullman qui se laisse entraîner très sagement. Personne ne semble les pourchasser. Nous avons réussi, *meus Deus* !

... Mais pourquoi Samantha n'ouvre-t-elle pas la porte ? Elle n'aura pas encore compris que nous avons pris la poudre d'escampette.

– On peut avoir un peu de musique, Ezra ? Et les jumelles, s'il vous plaît.

Il les braque. La porte du Pullman reste obstinément close, qu'est-ce qui se passe ? Elle a pourtant bien dû, par les meurtrières, voir que nous ne sommes pas poursuivis.

Alors seulement, il a l'idée de regarder un peu plus haut. Hastimphilo est debout sur le toit du Pullman.

Et il s'y trouve toujours trois heures plus tard, quand la Léopolda pénètre dans le Mato Grosso, sur le grand air de *La Périchole*. À trois reprises, Hastimphilo a essayé de s'introduire dans la voiture où Samantha, Candida et Eglantina sont barricadées. Par le seul accès qui lui soit possible : le trou d'obus sur le flanc gauche, que l'on a obstrué avec des planches.

Par trois fois, Candido a fait feu. Évitant de toucher le Noir. Juste en manière d'avertissement. Et avec la crainte au cœur, je ne veux pas le tuer, ni même le blesser, je veux seulement qu'il s'en aille, pourquoi ne nous laisse-t-il pas tranquilles ?

Ezra crie soudain :

– Regarde, Candido. Cet enfant de salaud a une force incroyable !

Candido a vu : entre les plaques blindées du toit du Pullman, Hastimphilo a réussi à arracher une traverse métallique. Il brandit sa barre étincelante de deux mètres de long, et sourit, moqueur.

– Il est en train de fracasser les planches, Candido. Il va finir par entrer dans le Pullman, dit Ezra. Il s'emparera de ta femme et de ta fille, et nous devrons nous arrêter et lui rendre la Léopolda. Il sait que tu n'es pas capable de tuer. Nom de Dieu, je voudrais bien pouvoir le faire moi-même, sauf que je raterais un paquebot.

Candido est assis, jambes pendantes, le fusil de Zé Julio sur les cuisses. De ma vie, je n'ai jamais causé de tort à personne, ou alors je ne m'en suis pas rendu compte...

– Il a déjà arraché deux planches, petit...

Candido épaule, tire très vite. Une seule balle. Puis il jette le fusil par-dessus bord. Ezra stoppe sa machine. Ils sautent à terre et se précipitent vers le Pullman, dont la porte de fer s'ouvre dans un bruit de verrous.

– Candido, ô Candido ! dit Samantha.

Il l'embrasse, soulève et serre Candida dans ses bras, repose l'enfant, marche cent cinquante mètres de plus.

Hastimphilo est là, étendu sur le dos, bras en croix. La balle lui a troué la tempe gauche. Voilà, j'ai tué quelqu'un. Comme disait le livre : « Le Jaguar ne devient mangeur d'hommes que dans des circonstances tout à fait exceptionnelles. »

CHAPITRE VI

Le Jaguar a toujours été traqué par l'homme. Les Indiens de l'Amérique du Sud le chassent à l'aide de flèches empoisonnées au curare. On peut aussi, mais c'est plus dangereux, le débusquer et le forcer à engager le combat avec les chiens. Il ne reste plus qu'à s'envelopper le bras d'une peau de mouton et à le frapper avec un poignard spécial, à double tranchant. On laisse les chiens l'achever.

Il y a eu des journées et des nuits plus belles que n'importe lequel de ses rêves. La Léopolda, qui ne tire plus désormais que son tender et le Pullman, semble musarder dans des paysages sans âme qui vive, sur fond de pantanals et de tombas, ces buttes tabulaires de basalte parmi lesquelles jadis Candido a bien cru mourir. Il serait intéressant de savoir s'il existe au monde quelque chose de plus plaisant que cette molle promenade dans la floresta virgem, la forêt vierge, Eglantina et Candida près d'Ezra MacAuliffe dans le poste de conduite et eux deux, Samantha et lui, se livrant au câlin du siècle, un de plus, sur l'immense lit de grand-oncle Amilcar, avec la musique de la Léopolda jouant dans ce silence de commencement du monde, la Barcarolle, ou mieux encore, « *Dis-moi Vénus, quel plaisir trouves-tu, à faire ainsi cascader, cascader, cascader la vertu...* », leur air préféré.

– Sauf qu'il va falloir prendre une décision, bande de morveux, annonce Ezra MacAuliffe, passé les huit ou dix premiers jours.

À franchement parler, Ezra a des appréhensions croissantes. Il regarde devant, derrière et sur les côtés, chaque jour que Dieu fait, et s'attend à voir surgir des soldats de l'armée régulière assoiffés de sang, ou une escouade vociférante de révolutionnaires (ça ne vaudrait guère mieux), que Leite Abade a certainement rejoints, dans l'intervalle. Ils ne manqueraient pas de vouloir récupérer leur chef officiel, porte-drapeau et symbole.

– Bien sûr, on peut toujours bouder, enfermés dans la Léopolda, mais on résisterait combien de temps, pour peu qu'ils nous enlèvent les rails et que nous n'ayons plus rien à manger ni à boire ?

Ils tiennent moult conciliabules, s'occupant de temps à autre à débiter des bûches des arbres avoisinants. Ils se penchent sur les cartes. À tout hasard, Candido a coupé les lignes télégraphiques, en trente ou quarante endroits, pour faire bonne mesure.

C'est vrai que ça ne peut pas durer des siècles. Pour l'instant, les grands chefs de l'armée à São Paulo ou en quelque endroit qu'ils se trouvent doivent penser que le Jaguar est encore au milieu de ses révolutionnaires. Tôt ou tard, on s'apercevra que j'ai fait retraite. Et les soldats finiront par pointer leur nez.

– C'est quoi, ce pays de l'autre côté de la frontière indiqué sur la carte ? demande Samantha.

– La Bolivie, dit Candido.

Ils se regardent tous les trois.

Pour nourrir la Léopolda, ils scient du bois sans arrêt, abattent de gros tas d'arbres. À Campo Grande, qu'ils traversent de nuit, tout est tranquille. D'autres localités suivent, aussi paisibles.

Bizarre, juge Candido.

Samantha ne voit pas pourquoi.

– Tu l'as dit toi-même. Ils n'imagineront pas que tu puisses te réfugier en Bolivie. Et d'ailleurs, tu leur as coupé le télégraphe.

D'accord.

Deux jours plus tard, ils sont en vue de la dernière ville brésilienne, Corumba. Des soldats leur tirent dessus, dans l'espoir assez ridicule de les faire s'arrêter. Mais l'effet de surprise joue et le pont ferroviaire intact est dépourvu du moindre obstacle, à part une petite locomotive et son train aux wagons de bois, que d'un gentil coup de museau la Léopolda expédie sur une voie de garage avant de poursuivre sa route.

Dès lors, ils sont en Bolivie. Ils ont devant eux, selon leurs cartes, environ douze cents kilomètres de plaine, avec sur le parcours une seule ville qui mérite d'être citée : Santa Cruz. Aucun embranchement au long de ces mille deux cents kilomètres. À un endroit appelé Boyuibe, la voie cessera d'être unique et alors seulement un choix leur sera offert.

Depuis la frontière ils ont roulé dans une sérénité presque émolliente, sans rien à faire que contempler des marécages intermittents, des plaines infinies sous une pluie incessante, bosselées de termitières et plantées de rares palmiers totays, impropres au chauffage et à la goinfrerie de la Léopolda. Heureusement qu'ils pouvaient compter sur les réserves de bûches, destinées aux trains ordinaires. Sitôt après le passage de la frontière, dans un trou du nom de Puerto Suarez, ils ont négocié avec les autorités boliviennes. Ils ne sont que des voyageurs ordinaires, sans arme aucune, animés d'intentions pacifiques (cinq cents dollars), et qu'ils pérégrinent en train est accessoire : c'est entendu, ils laisseront la priorité au trafic ferroviaire national, dont il suffit de leur indiquer les horaires ainsi que les possibilités de croisement.

Arrivés à Boyuibe, ils doivent prendre une décision : expédier la Léopolda gambader dans les montagnes ou aller au sud, vers l'Argentine ?

Engager des centaines de tonnes d'acier sur des rails de montagne ne dit rien qui vaille à Ezra MacAuliffe ; sans compter qu'il ne lui déplairait pas trop de remettre ses pas dans ceux de sa jeunesse, aux temps lointains où il arrivait d'Écosse, par Buenos Aires justement.

– Moi, je voudrais bien voir le lac Titicaca, c'est un nom rigolo, dit Samantha.

Que Candido rallie :

– Contrairement à mon attente, je n'ai vu nulle part les Griffes du Jaguar. S'éloigner un peu plus du Brésil, en mettant cap à l'ouest, est la meilleure façon de les dissuader de nous chercher encore des puces sur la tête.

Va pour Titicaca.

Le temps de céder le passage à un train ordinaire, chargé jusqu'au toit de voyageurs à profil de tortue (il n'y a guère que des Indiens, ici), et ils partent. Très vite, la voie se fait pentue, c'est à se demander comment l'on pourra jamais franchir cette formidable muraille ; la pluie enfin a cessé ; de grandes, d'immenses vallées s'ouvrent, saignées de torrents en crue.

– Nous pourrions aller jusqu'à Machu Picchu, dit Samantha. J'ai lu un reportage dans un des *New York Times* que nous avait apportés Ciccio, en attendant que monsieur ton père se décide à te dire non. C'est au Pérou, les Incas l'ont construit, et en plus c'est un Américain qui l'a découvert, voici dix ou douze ans.

MacAuliffe dit qu'il serait surpris que les Incas y aient prévu une voie ferrée.

– Il n'y en a pas. Le mieux, insiste-t-elle, serait de nous rendre à La Paz et même un peu plus loin, et là, soit nous mettons la Léopolda sur un radeau pour traverser le Titicaca, soit nous finissons à pied.

– Il n'y a pas de voie, répète MacAuliffe.

– Je sais : je viens de vous le dire.

– Je ne parlais pas de la voie pour aller à votre Machin ChouChou, espèce d'autruche, je parle de la voie devant nous. Il n'y en a plus.

Il stoppe.

Stepa Oneguine s'approche, sans hâte, mains dans les poches.

– Je vous connais, Cavalcanti, dit-il en russe. Vous n'êtes pas du genre à combattre en l'absence de tout espoir. Je vous signale néanmoins que deux d'entre nous sont déjà dans le Pullman, en compagnie de votre fille et de la négresse.

Derrière lui apparaît Otto Krantz.

– Et où comptiez-vous aller ?

– Nous baigner dans le lac Titicaca, et ensuite visiter un endroit appelé Machu Picchu, dit Samantha.

– Je crains que vous n'y arriviez jamais, remarque Stepa.

– Où est Afonka Tchaadaïev ? demande Samantha.

– Vous le verrez si besoin est. Ce qui n'est pas le cas. Monsieur Ezra MacAuliffe ? Vous avez trois minutes pour faire repartir votre locomotive. Mais dans le sens de la descente.

– Je vous emmerde jusqu'à l'os, maugrée Ezra.

– Je pourrais vous tuer à cette seconde même, MacAuliffe. En fait, nous n'avons pas vraiment besoin d'un conducteur de locomotive. Un de nous serait capable de la faire marcher. Nous nous contenterons de tuer la négresse, si vous n'obéissez pas. Cavalcanti ?

– S'il vous plaît, Ezra, on redescend, dit Candido. On redescend jusqu'où, Stepa ?

– Boyuibe. J'espérais que vous choisiriez d'aller au sud. Que vous ayez opté pour les montagnes nous a obligés à intervenir plus tôt que prévu. MacAuliffe, dans cinq heures, sauf en cas de retard, un train bolivien va à son tour rouler sur cette voie. Vous avez le temps d'atteindre Boyuibe avant. Sinon, vous prendrez la responsabilité d'un massacre. En route, je vous prie.

Deux secondes avant que la Léopolda ne démarre, en marche arrière, Candido et Samantha grimpent dans le Pullman. Stepa les rejoint.

– Je crois que tout le monde peut s'asseoir et se mettre à l'aise, dit-il. Nous sommes ensemble pour pas mal de temps. Et je ne vois aucune raison de rendre ce voyage inconfortable.

Samantha demande :

– Et où allons-nous?

– Nous rentrons au Brésil, répond Stepa Oneguine, cela va de soi. Que peut faire la révolution sans son chef historique?

Après Boyuibe, ils prennent la direction du sud, et entrent en Argentine. Dans une petite ville appelée Tartagal, cinq autres hommes sont montés, trois Brésiliens, un Argentin, et un cinquième individu originaire de Caracas qui se présente sous le nom de Carlos : des sous-fifres, dont l'activité principale consistera à servir de chauffeur, à couper et débiter du bois pour la chaudière, et à renforcer la surveillance. Ils sont donc neuf pour ramener le Jaguar au Brésil, et ils font en sorte que Candido ne puisse pas parler à Ezra, par crainte de quelque stratégie que MacAuliffe et lui pourraient concevoir.

Ils n'en finissent plus de traverser l'Argentine. Après sept jours d'attente à Tucuman, ils sont repartis à travers la pampa qu'ils parcourent dans les moments creux du trafic officiel. Ils contournent Cordoba par le nord, et passent de nuit à Santa Fé et Parana, des soldats en armes formant un cordon sanitaire. Les portes du Pullman ont été plombées, interdiction de sortir. N'est-ce pas ainsi que les Suisses avaient réexpédié en Russie ce Super-Ultra Fou Complet de Vladimir Ilitch Lénine?

– Si, dit Samantha.

La nuit dernière, elle a posé la question qu'il ne fallait pas. Que lui, Candido, n'aurait posée pour rien au monde. Elle a demandé ce qui allait se passer quand la Léopolda serait au Brésil.

– Nous nous retirerons, mes camarades et moi, a dit Stepa.

– Et ensuite? a insisté Samantha.

Candido a cherché le regard d'Oneguine et l'a supplié des yeux de ne rien dire. Tu parles!

Stepa Oneguine a souri, c'est vraiment le parfait substitut de l'Autre :

– Ensuite ? Le Jaguar mourra. Nécessairement. Un chef révolutionnaire, dans bien des cas, est plus utile mort que vivant. Il pourrait être tué à la tête de son peuple, ou bien être pris et exécuté avec sauvagerie par le gouvernement impérialiste. Si, à la suite de circonstances exceptionnelles, il échappait à l'une ou l'autre de ces morts, il faudrait tout de même qu'il soit tué. Notamment par ceux qui connaissent la vérité sur son compte, à savoir que le Jaguar n'est qu'une pure invention. On ne peut pas laisser de telles choses être révélées, vous le comprendrez, camarade Samantha. Dans ce troisième cas, nous lui procurerions une mort digne de sa légende. Le mot exact est *mythique.*

– Le moment est venu, dit Stepa Oneguine, de nous séparer. Nous sommes à une dizaine de kilomètres du Brésil et notre travail est terminé. En principe, vous ne nous verrez plus.

– Et comment allez-vous faire ?

Question bien sûr de Samantha.

– Très simplement. On vous attend de l'autre côté, quelques kilomètres après ce ridicule barrage militaire que la Léopolda franchira comme d'habitude. Il ne résistera pas, pour peu que la locomotive soit suffisamment lancée.

Samantha regarde Candido, et, Dieu merci elle se tait – je le lui ai recommandé un milliard de fois, mais tu ne peux jamais savoir, avec elle.

– Vous allez rester enfermés dans ce Pullman. Vous, c'est-à-dire Cavalcanti, la camarade Samantha, votre petite fille, et la négresse. On vous ouvrira après le passage de la frontière, dès que vous aurez rejoint les premiers éléments de l'armée du Jaguar. Je vous souhaite une bonne mort, Cavalcanti.

Le train est arrêté depuis plusieurs minutes. Matriona et Otto Krantz sont descendus.

– Quel héroïsme, dit Stepa Oneguine. À l'heure où le destin de sa révolution vacille, au moment même où ses troupes fidèles sont quasiment encerclées et acculées à la défensive, au lieu de demeurer à l'abri en terre étrangère, le Jaguar revient partager le sort tragique de son peuple, et mourir avec les derniers survivants. A moins que par quelque miracle, suscité par sa seule présence, la révolution ne reprenne soudain vigueur. On a vu plus surprenant.

Stepa Oneguine descend à son tour, gardant son arme braquée jusqu'à l'ultime seconde.

Deux véhicules approchent, un camion et une limousine, noire cette fois-ci. Matriona s'est déjà installée dans la voiture, de loin je pourrais presque la prendre pour Samantha.

La Montagne Humaine, qui a quitté le poste de conduite de la Léopolda, s'active avec Otto Krantz à bloquer la porte blindée donnant sur la plate-forme du Pullman. Par le guichet, Candido voit qu'ils se contentent de passer une barre de bois à travers des grosses poignées semi-rondes. Ils font le tour du wagon et barrent l'autre porte de la même façon.

Samantha s'est tue trop longtemps, elle ne peut plus se contenir ; en anglais, elle s'emploie à expliquer à Stepa Oneguine, à Matriona, à la Montagne et à Otto Krantz et tant qu'à faire à ceux de leur espèce, ce qu'elle pense de leur passé, de leur présent et de leur avenir.

– Tais-toi Samantha, je t'en prie.

– Je parlerai si je veux.

– Pas maintenant.

– Et quand cela, alors ? Au pied de ta tombe ?

– Attends au moins que nous soyons partis.

– Pourquoi ? D'ailleurs, on repart.

Et ça vient. Un bruit bizarre, un roulement sourd et mou.

Samantha le dévisage en élargissant ses yeux, figée par la surprise...

Ce qui n'est rien à côté de la tête que font Stepa et ses acolytes. Ils sont sidérés, et deux secondes s'écoulent avant qu'ils ne réagissent : la Montagne bondit, et s'accroche à la plate-forme du Pullman. Tous les autres se jettent dans la limousine ou dans le camion, et se lancent à la poursuite du train qui prend de plus en plus de vitesse et fonce, toujours en marche arrière.

– Qu'est-ce que c'est ?

– Le bruit du Pullman qui roule tout seul dans la campagne. Jusqu'ici tu ne l'as jamais entendu, le grondement de la Léopolda couvrait tout.

– Où est Ezra ?

– Je crois qu'il nous a lâchés. Tu entends ?

Elle prête l'oreille à la musique qui éclate :

Dis-moi Vénus, quel plaisir trouves-tu, à faire ainsi cascader, cascader la vertu...

– Il sait que c'est notre air préféré et il le met pour nous. En signe d'adieu.

– Il va mourir ?

– J'en ai peur. Nous en avons parlé ensemble dès le premier soir, à Bragança Boa Vista. Je ne voulais rien te dire, afin de ne pas t'inquiéter. Il est le seul à pouvoir détruire la Léopolda. Il va la faire grimper jusqu'au ciel, d'un seul coup, en chaleur et lumière.

Le Pullman commence à ralentir, probablement que la Montagne, accrochée à l'extérieur, est en train d'actionner à fond les freins – mais il peut s'échiner, Ezra les a démontés depuis des lunes. Nous nous arrêterons tout seuls, dans trois ou quatre kilomètres, à moins que les Griffes ne se couchent sur la voie !

– Descends, ordonne Stepa.

Candido sourit à Samantha :

– Je reviens.

Il descend. La Léopolda s'est immobilisée à deux kilomètres de là.

– Monte dans la voiture, Cavalcanti.

Il se glisse sur le siège avant, coincé entre Stepa Oneguine, qui prend le volant, et la Montagne côté portière. Otto Krantz, Matriona et les supplétifs restent près du Pullman.

Ils parviennent près de la Léopolda. Qui aussitôt crache une vapeur rageuse et se déplace de cent mètres. La limousine fait de même, et à nouveau la Léopolda s'éloigne, tel un gros chat de trente mètres de long, déterminé à garder ses distances.

– Il est têtu, je le connais, dit Candido. Il vaudrait mieux que j'y aille seul.

– Pas question, dit Stepa.

– Alors il patientera. Des jours et des semaines, s'il le faut. Et le rendez-vous que tu m'as prévu avec ces abrutis, de l'autre côté de la frontière, sera manqué. Surtout si tu nous y emmènes en voiture, puis à pied. Réfléchis, Stepa : tu détiens ma femme et ma fille, que veux-tu que je fasse ?

Pour une fois, j'ai marqué un point. Il ne sait plus où donner de la tête. Lui, c'est vraiment une machine. Et pas des plus intelligentes. Il fait ce que l'Autre lui a dit de faire, c'est tout. Sorti de là, plus personne.

C'est notre seule chance, qu'il soit ainsi.

Stepa Oneguine bouge. Il ouvre sa portière, met pied à terre.

– Toi, ne bouge pas d'ici, dit-il en russe à la Montagne. Cavalcanti, suis-moi.

– Si je n'y vais pas seul, il ne se laissera pas approcher. Essaie.

Stepa fait dix pas. La Léopolda avance de dix mètres.

Un temps.

– D'accord, Cavalcanti. Tu sais quoi lui dire ?

– Que s'il ne revient pas reprendre le Pullman et franchir la frontière comme tu l'as prévu, tu tueras Eglantina.

– Et ta fille.
– Et ma fille. Je ne réussirai pas à le convaincre, Stepa. Et Alekhine ne t'a pas ordonné de tuer ma fille. Ni d'ailleurs Eglantina. Je te donne ma parole que si tu touches l'une ou l'autre, je me tue. Et vous n'aurez plus de Jaguar. Alekhine risque fort de te le reprocher.
Le même égarement dans les yeux d'Oneguine.
– Essaie quand même. Et n'oublie pas que j'entendrai tout.

– Ezra?
Pas de réponse. Il est déjà mort, si ça se trouve.
– Ezra, vous m'entendez?
Silence. Et puis enfin :
– C'est toi, morveux?
– Vous m'avez vu arriver.
– Zuis beurré, morveux. Vois plus grand-chose. Fallait bien : y ze zont pas méfiés de moi tant z'avais bu. Quat'bouteilles. Zamais bu autant d'un coup. Kessk'suis beurré!
– Qu'avez-vous fait des deux hommes qui étaient avec vous?
Candido parle volontairement fort, de façon à ce qu'Oneguine ne perde pas un mot.
Ezra bredouille quelque chose à propos de types qui ont donné un coup de tête à un marteau.
– Ils sont morts, Ezra?
– Zwoui. Z'ont plus la tête à eux. Z'vais fair' s'envoyer en l'air la Léopolda, morveux. L'coup d'quiquette du siècle, ell'va pas en r'venir.
– Si vous détruisez la Léopolda, Ezra, ils vont tuer Candida et Eglantina.
– Pas l'choix, morveux. T'op triste mais pas l'choix.
Candido se retourne et fixe Stepa Oneguine.
– Je vous en supplie, Ezra. Ils vont tuer ma fille.

– Nan!

– Pourquoi vous êtes-vous arrêté, Ezra?

– Eu un p'tit moment d'faiblesse. M'ont cassé un bras ou deux, suis pas bien flambant. T'aim' la musique?

Il n'est pas tout à fait aussi saoul qu'il le prétend. Mais il ne cédera pas. Je le savais.

– Ezra, je vous supplie d'ouvrir et de me laisser monter.

Pour toute réponse, dans un prodigieux rugissement de vapeur, la Léopolda s'ébranle; ses immenses roues patinent un peu puis lentement tournent, gagnent dix mètres, vingt. Candido s'est mis à courir et derrière lui Stepa Oneguine. La Montagne lance la voiture à hauteur du poste de conduite, sort à demi du véhicule, accroche et tire en vain la porte blindée en forme de cœur.

Il finit par lâcher prise et reprend de justesse le contrôle de la limousine.

Candido s'est accroupi. Stepa Oneguine le rejoint, demeurant debout derrière lui. La Léopolda est déjà à plus d'un kilomètre et son halètement surpuissant indique qu'elle est en pleine accélération : « Sans rien à tirer, morveux, je te parie qu'elle peut atteindre les cent miles dans l'heure, et même plus. Peut-être le jour où la Léopolda aura son dernier spasme, au moment du grand boum, il paraît que ça donne plus de plaisir encore... »

Quinze cents mètres. Malgré la distance, la musique remise à plein volume est nettement distincte : le grand air de *La Grande-Duchesse de Geroldstein*, de Jacques Offenbach.

Quatre minutes.

Cinq.

Le grand boum. La Léopolda explose. Puis le silence. Ne pleure surtout pas, Candido Stevenson.

– Tu peux ne pas me croire, Stepa, mais je le ferai : je me tuerai. Tu ne me laisses pas le choix.

– Je peux ne tuer que la négresse seulement.

– Même pas elle. Tu n'en touches aucune et j'irai avec ces hommes, de l'autre côté de la frontière. Je te donne ma parole que je resterai un mois avec eux.

Silence à nouveau. Ne pleure pas. Une monumentale colonne de fumée s'élève à l'horizon.

– De toute façon, vous allez continuer à nous suivre, Stepa. Tu pourras les tuer à tout moment, si je manque à ma parole. Et au moins tu auras accompli la mission qu'Aliotchka Alekhine t'a confiée.

D'accord, pleure un peu.

Il y a trois heures qu'ils ont abandonné la limousine et le camion. Candido porte sa fille dans les bras, Samantha va juste derrière, précédant la Montagne Humaine et Otto Krantz. Eglantina vient ensuite. Matriona et Stepa Oneguine ferment la marche. Devant en éclaireurs, et sur les côtés en flancs-gardes, progressent les supplétifs. La nuit est assez noire.

Franchir la frontière à Santana do Livramento s'est révélé impossible. Un des supplétifs envoyé en reconnaissance a fait état d'une extraordinaire agitation. Un barrage de plusieurs wagons alourdis de blocs de pierres avait été dressé sur la voie ferrée et des canons mis en batterie pour prendre sous le feu le train blindé que l'on attendait. Il n'y a plus désormais qu'un énorme cratère; aucun mort mais pas mal de blessés – on se tenait à distance, au cas où la Léopolda aurait été comme autrefois munie de sa propre artillerie; l'explosion monstre a provoqué la stupeur, on comprend mal ce qui s'est produit. Des bruits courent selon lesquels le Jaguar se serait suicidé, après avoir chargé de dynamite sa fameuse locomotive indestructible.

– Tu entends, Cavalcanti? Ils te croient mort.

Candido n'a pas répondu. Avoir réussi à écarter le danger de la tête de Candida et de celle d'Eglantina lui suffit pour l'heure. Les véhicules, camion et limousine, ont roulé vers le nord sur environ cent cinquante kilomètres. Stepa Oneguine avait espéré pouvoir leur faire passer à gué le cours du Quaraï qui sert de frontière, mais les eaux trop torrentueuses les ont obligés de traverser à pied. Il n'y a plus que des sentiers, désormais, que l'éclaireur de tête est seul à connaître.

Des heures et des heures de marche. Quand l'aube se lève, Oneguine donne enfin l'ordre de stopper. Il s'adosse à un arbre, fusil à bout de bras, doigt sur la détente.

– Il me faudrait de l'eau pour ma fille, dit Samantha.

Pas de réponse. Stepa Oneguine demeure indifférent. Le voici pourtant qui se raidit un peu, ayant perçu un bruit que Candido, lui, avait capté depuis au moins trente secondes.

Sifflements et signes de reconnaissance. Les Griffes du Jaguar manœuvrent dans un ballet presque immobile. Des hommes pour finir débouchent. Ils sont près de trente et Candido en reconnaît un : c'est Vivaldo Maria, le frère de Clovis qui semble être le chef de ce détachement. Il s'approche avec un sourire :

– Je suis content de vous revoir.

– Parle pour toi, dit Samantha.

– Je suis quand même content, dit Vivaldo Maria. Mais nous devons repartir, maintenant, la région n'est pas sûre. À une heure d'ici, il y a plein de soldats qui vous recherchent. Ils ne savent pas au juste si le Jaguar est mort ou non, dans l'explosion de la locomotive. Bon, nous avons des charrettes un peu plus loin. On vous aidera à porter l'enfant.

– Va plutôt crever, dit Samantha. Que personne n'y touche.

Candido regarde autour de lui.

Oneguine et les autres ont disparu.

– Ton frère Clovis est toujours vivant ?

– Il a été blessé à la bataille sur le Santo Anastacio, mais ça va. Jorge a été tué, et Celso, et João Alberto. Edson a été fait prisonnier, sûrement qu'ils l'ont déjà fusillé. Pour Hastimphilo et Zé Julio, nous ne savons pas ce qu'ils sont devenus.

– Zé Julio a donné un coup de tête au marteau d'Ezra MacAuliffe et la dernière fois que je l'ai vu, il sautait de la Léopolda en marche avec le crâne un peu cassé. Quant à Hastimphilo... il est mort, dit Candido. Il est tombé du train en marche.

– Tu es sûr qu'il est mort ?

– Comme qui dirait certain. Je serais surpris de le revoir.

– Ça paraît incroyable. Un homme de cette force ! Mais vous avez sacrément bien fait de filer avec la Léopolda, lui, Zé Julio et vous. À peine vous étiez partis que les soldats nous sont dégringolés dessus par surprise. Le train blindé aurait encore été là qu'ils le prenaient, c'est sûr. Vous aviez senti le coup, ou quoi ?

– La chance, dit Candido.

– Hastimphilo est sûrement mort la rage au cœur, dit Vivaldo Maria. C'était un héros. Je suis certain qu'il aurait mille fois préféré mourir à la tête de ses hommes.

– Je suis moi aussi quasiment certain qu'il est mort de mauvaise humeur, dit Candido.

Depuis des heures et des heures les charrettes roulent sur des pistes cahotantes. L'après-midi touche à sa fin. Samantha, Candida et Eglantina dorment, malgré les soubresauts. De toutes parts sur les crêtes avoisinantes, des guetteurs se joignent à la colonne de Vivaldo Maria, qui grossit au fil de ces apports successifs de petits détachements épars. On se replie, à l'évidence, et cette centaine d'hommes constitue clairement une arrière-garde.

– Qu'est-ce que vous fabriquez si loin dans le sud du Brésil, Vivaldo Maria ? La dernière fois que nous nous sommes vus, vous étiez aux abords du Mato Grosso.

– On a appris que le Jaguar et son célèbre train blindé étaient sur le point de rentrer au Brésil, par le sud et la frontière uruguayenne...

– Qui a fait courir cette nouvelle ?

– Sans doute l'un des agents secrets du Jaguar, tout le monde sait que le Jaguar a des agents secrets.

– Ne m'appelle pas le Jaguar. Je suis Candido.

– Enfin bref, Abade et les autres chefs ont décidé de venir à ta rencontre. Normalement, c'est Clovis qui devait t'accueillir, sitôt que tu aurais fracassé leur petit barrage avec ta fameuse locomotive. Moi, j'étais en couverture, avec mon détachement. Mais tu es passé par l'ouest, comme toujours tu as pris tout le monde de court.

Candido a refusé de monter dans une des charrettes. Je dois marcher pour retrouver toute ma résistance, si besoin était.

Et bien plus tard, dans le Grand Silence qui désormais approche, il se souviendra, avec une ironie amère, de son obstination à marcher ce jour-là.

Le premier jour de la longue marche, justement.

Six nuits et cinq jours plus tard, à étapes forcées, la colonne Vivaldo Maria, rejointe entre-temps par le détachement de Clovis, opère sa jonction. Les éléments du corps principal de l'armée révolutionnaire sont plus nombreux que Candido ne l'avait prévu : pas moins de cinq mille hommes bivouaquent sur des kilomètres de collines striées de rus minuscules qui sont des affluents d'affluents du rio Paraguaï.

On le conduit aux chefs. D'abord il a pensé ne pas desserrer les dents ; puis, s'étant ravisé, il leur explique que la vieille machine était à bout de course, qu'il l'a donc fait exploser lui-même, plutôt que d'abandonner à l'armée la gloire de cet anéantissement. Abade et Aranha le croient plus ou moins. Mais ils sont, presque autant que lui-même, prisonniers du mythe du Jaguar.

Leite Abade et Tasso Aranha – Da Silva est d'une bêtise qui pourrait s'étaler en tartines – ne savent pas quoi faire. Ils avaient fondé leur stratégie sur la Léopolda. Ils ne l'ont plus. Ils en sont tout déconcertés.

– Moi, si j'étais vous, j'irais au nord, finit par dire Candido.

Au nord ? Pour quoi faire, au nord ?

Candido a bel et bien une idée en tête. Le Mato Grosso encore et toujours. La Forêt Inextricable dont Samantha ne voulait pas entendre parler, mais elle a changé d'avis, il en est certain. Avec deux femmes et un enfant en bas âge, les possibilités d'y parvenir sous la protection d'une troupe en marche lui semblent meilleures.

– Au nord, dit Candido, c'est sauvage et inexploré. Aucune armée ne nous y poursuivra. Il est possible de rejoindre l'Amazone ; vous prendriez Manáos et y installeriez un gouvernement provisoire, en attendant mieux.

De toute manière, il ne fait que suggérer, loin de lui l'idée de prétendre à un quelconque commandement.

Certes, cela représente des milliers de kilomètres à parcourir. Mais précisément. Qui à São Paulo et Rio voudra admettre la possibilité d'une entreprise aussi extraordinaire ? C'est la meilleure façon de dépister les colonnes lancées contre eux.

Et ce serait surtout entrer dans la légende.

La légende.

Ils vont accepter, Candido Stevenson. Dieu sait comment tu as fait, mais tu as trouvé les mots qui conviennent.

Tu deviens, comment dire ? cynique.

– Clovis ?

– Ça va, Candido ?

– Merci de ne pas m'appeler le Jaguar, ça repose.

– Je sais que tu n'aimes pas.

– Tu crois vraiment que je suis un jaguar féroce, Clovis ?

– Je ne sais pas.

– Tu me connais. Ton arrière-grand-mère Domitila me connaît. Je pense avoir été assez gentil avec elle, et tu le sais puisque tu lui as remis toi-même l'argent.

– Ça ne prouve pas grand-chose, Candido. Tu peux être très gentil avec des tas de gens et en même temps capable de tas de choses.

– Comme quoi, par exemple ?

– Courir. Ou réagir plus vite que n'importe qui. Ou tirer avec un fusil. Pendant que nous étions à la fazenda de Bragança Boa Vista, nous avons parlé de toi. Un vieux domestique nous a dit que, petit, tu étais très habile au fusil.

Quelle image les gens qui le connaissent depuis l'enfance, ont-ils donc de lui ? Il se tromperait à ce point sur lui-même ?

– Je ne sais pas si tu es le Jaguar, Candido. D'un côté, ça me plairait assez que tu le sois.

– Je n'ai jamais égorgé personne de ma vie. Je te le jure sur la tête de Candida.

Clovis le fixe, puis détourne les yeux. Et Candido pense : les gens sont bizarres. À ma mort, s'il est lui-même encore vivant, Clovis me pleurera parce qu'il m'aime bien, mais ça ne l'empêche pas d'espérer que je suis cet animal mythique et égorgeur que l'Autre a créé.

– D'accord, dit Clovis.

Candido sort les lettres.

– Clovis, tu pourrais faire porter ces lettres à Domitila ?

– Peut-être qu'elle est morte. Et elle ne sait pas lire.

– Alors choisis quelqu'un en qui tu aies confiance, pour les transmettre. Tu peux envoyer trois porteurs différents ?

– Pour qu'un au moins arrive à passer ?

– C'est ça. Il s'agit de la même lettre que j'ai recopiée. Seule l'adresse du destinataire est changée.

Ces trois destinataires étant Petit Notaire, Ciccio Vaz Vasconcelles et Aristides Dantas, un avocat qui a travaillé autrefois pour dom Trajano.

– Clovis, je voudrais que tu la lises. C'est l'histoire de Candido le Jaguar, telle qu'elle s'est vraiment passée. Ma version de l'histoire.

– C'est bien pour te faire plaisir.

– Merci.

Cette nuit-là, la treizième de la longue marche, à la limite nord de l'État du Rio Grande do Sul, Clovis approche la lanterne sourde et se met à lire en remuant les lèvres. Candido le regarde. De temps à autre, l'ancien conducteur de tramway relève la tête et le dévisage, comme s'il tenait à s'assurer que le Candido Cavalcanti dont il est question est bien celui qui lui fait face, sur la rive gauche de l'Uruguaï.

Puis il se replonge dans sa lecture.

Deux heures s'écoulent.

Clovis a terminé. Il demeure immobile, contemplant le fleuve tout proche, ne pensant même pas à replier avec les autres le dernier feuillet. Il dit enfin :

– Ce n'est pas une histoire ordinaire.

– Tu la crois ?

Nouveau silence. Il n'hésite pas sur la réponse à faire ; simplement, il est encore sous le coup de ce qu'il vient d'apprendre.

– Oui, dit Clovis. J'en crois chaque mot. Je vais envoyer tes lettres. Je choisirai mes meilleurs messagers. Ce serait bien le diable s'il n'en arrivait pas au moins un.

Il replace le dernier feuillet dans l'étui caoutchouté qu'il referme avec le morceau de ficelle.

– Ceux qui partiront auront une chance, dit-il. Nous, on va tous mourir. Nous étions dix conducteurs de tramway, quand nous avons quitté Rio avec toi. De vivants aujourd'hui, il n'y a plus que Vivaldo Maria, Teotõnio, Lindolpho et moi. Quatre sur dix. J'ai lu ce que tu dis à tes amis, pour nos enfants. Je te remercie d'avoir pensé à nos femmes et à nos enfants.

– Je pense qu'ils feront ce que je leur demande, répond Candido. Surtout dom João et dom Ciccio. Pour le troisième, je ne sais pas.

– On va tous mourir, répète Clovis. On n'a même pas marché six cents kilomètres, il nous en reste plus de trois mille et nous avons déjà laissé plein de cadavres. Pas un seul d'entre nous n'atteindra l'Amazone.

– J'ai déjà marché dans la forêt. Je l'ai fait et je peux le refaire.

Clovis considère les trois lettres dans leur étui imperméable.

– En somme, c'est comme un testament.

Le premier combat a lieu au dix-septième jour. C'est un pur miracle qu'on n'ait pas dû le livrer plus tôt. Probablement la manœuvre, cette remontée rectiligne – autant que le permet le terrain – vers le nord de plusieurs milliers de personnes allant à marche forcée, a-t-elle pris par surprise le gouvernement et ses armées. Si Candido avait pu entretenir quelques doutes sur les qualités de chef de guerre de Clovis, ce premier engagement les dissipe. Placé en avant-garde, c'est son bataillon qui subit le choc principal. Il s'agit de franchir l'Iguaçu aux berges rouge sang, qui coule dans une jungle où les serpents abondent. Clovis parvient à faire traverser une moitié de ses hommes puis, par un mouvement semi-tournant s'établit sur des positions solides, afin de bloquer l'intervention d'une colonne d'environ douze cents hommes, tandis que le gros de l'armée révolutionnaire défile en arrière de lui et longe à l'ouest un morceau de frontière argentine.

Il tient quarante heures. Mais s'il peut ramener avec lui les blessés légers capables de se déplacer seuls, il abandonne sur le terrain une cinquantaine de cadavres.

Le repli est un enfer. À cause de cette forêt épaisse où l'on étouffe, où il n'y a aucun sentier, aucun passage, et où chaque branche, chaque racine qui t'accroche le pied ou la jambe peut être un serpent. À cause aussi de ces blessés qui clopinent, un désespoir épouvanté au fond des yeux, n'osant supplier qu'on les aide puisque la règle est que l'on court ou que l'on meurt sur place, de sa propre main, de celle d'un camarade, de celles des soldats.

Pause.

Candido lâche l'homme qu'il soutenait et s'écroule. Je suis un peu fatigué. Mais autour de lui les autres sont épuisés ; quelques-uns vomissent, souvent du sang, et cette odeur de vomissure s'ajoute à celle des excréments.

Clovis, livide, s'est affalé face contre terre, tu croirais qu'il va mourir sur place. Candido se relève et se dirige vers lui :

– Tu es blessé ?

Vague mouvement de tête, les yeux clos : non. Je vais le laisser souffler un peu. Candido repart en arrière et regagne la berge de l'Iguaçu.

Il s'assoit en haut du talus. A trois mètres de lui, un serpent le regarde. Salut ! Pas la peine de me faire les gros yeux, je ne veux pas te mordre, tu restes dans ton coin et moi dans le mien. Tu es un serpent-tube, je ne connais que toi, tu es couleur rouge-orange et annelé de noir, tu as un crâne épais de militaire, avec lequel tu creuses des souterrains et tu tapes sur la tête des autres serpents, pour les manger. Pourquoi pas ? C'est ton affaire. J'ai une idée, qu'est-ce que tu en penses : on devrait obliger les militaires à manger tous les militaires qu'ils tuent, tu verrais qu'en un rien de temps ils se calmeraient, et en plus, à la longue, la race s'éteindrait.

Le serpent-tube fait le malin : il aplatit son corps en étalant ses côtes, il dresse et recourbe sa queue pour en montrer la face ventrale, joliment bariolée.

– Tu ne m'impressionnes pas du tout, lui dit Candido. Tu te fatigues inutilement.

Vexé, le serpent-tube finit par aller se baigner dans le fleuve.

Ce n'est pas vrai, ce que raconte Clovis. Je *peux* marcher dans la floresta virgem, et en ressortir vivant. Avec Samantha, Candida et Eglantina.

Quarante-sixième jour. On a dû parcourir dans les mille kilomètres. Mais l'allure commence à se ralentir singulièrement. La traversée du Parana, celle d'Ilha Grande puis celle d'Ilha dos Bandeirantes, ont été terribles. La plupart des fourgons et des charrettes se sont englués dans la gadoue; il ne reste plus que deux chariots; et trois chevaux pour les tirer.

– Je peux marcher, a dit Samantha en russe, pour n'être pas comprise.

– Tu ne bouges pas, s'il te plaît. Pour ce qui est de marcher, tu auras ton compte.

– On va bientôt filer?

– Pas encore.

– Tu me parais être le seul en forme, ou je me trompe?

– Je me sens réellement très bien.

– Combien sont-ils encore, à ton avis?

– Dans les trois mille. Peut-être un peu moins.

– Fais attention aux serpents.

– Un jaguar n'a pas peur des serpents.

– Mon œil.

– Il est très joli, ton œil, qu'est-ce que tu lui reproches?

Cinquante-neuvième jour. En avant-garde le détachement de Clovis ne compte plus qu'une soixantaine d'hommes, sur les cinq cents au départ. Il est vrai que c'est à lui de faire la trace, et d'essuyer les attaques (il y en aura neuf en tout).

– Mais tu es toujours vivant. Et ton frère aussi. Et Lindolpho, dit Candido.

– Je ne sais pas où se trouve Lindolpho. Je ne sais même pas où nous sommes, répond Clovis.

– Lindolpho est avec Samantha et ma fille, et nous, nous venons de franchir la serra de Maracaju.

– Mais nous sommes dans le Mato Grosso?

– Nous y sommes en plein, dit Candido.

Enfin, presque. Mais ce n'est pas la peine de le décourager davantage.

Soixante et onzième jour. Descente de la serra de São Jerõnimo. Les éclaireurs de Clovis ont poussé une pointe en direction de la seule agglomération importante sur des milliers de kilomètres carrés : Cuïaba. Une colonne de soldats en camions, qui les guettait, s'est aussitôt jetée sur eux. Sans toutefois aller très loin dans sa poursuite. Toujours la même stratégie : on laisse à la forêt le soin de digérer le résidu de l'armée révolutionnaire.

Comment se fait-il que je sois si peu fatigué ? Je le suis, mais ça va. Je n'ai même pas encore mangé de jeune caïman cru, ni de vers, ni la moindre petite feuille. Seulement des haricots et du riz, comme tout le monde.

Arrivée à une très petite localité : Cáceres. Un nom de vin espagnol. Dom Trajano en faisait venir du Rioja, en barriques.

Les derniers dollars de Candido sont dépensés pour l'achat de maigres réserves de nourriture. Quatre jours de halte. Les éclaireurs signalent l'approche d'une troupe de soldats, peut-être la même qui tenait si solidement la route de Cuïaba. On repart.

D'après la carte, la serra dos Parecis est à environ deux cents kilomètres plein nord. Il va falloir l'escalader, puis la redescendre. Ensuite, ceux qui seront encore vivants devront trouver l'un des affluents du Sacuriuiná...

– Tu y es passé, Cavalcanti ?

Leite Abade est squelettique, même son crâne paraît avoir rétréci : le chapeau de style casque colonial, à larges bords, flotte sur sa tête. Tasso Aranha ne vaut guère mieux.

Non, dit Candido, étonné par la question ; il pensait pourtant avoir été clair, au cours du récit de sa propre déambulation dans le Mato Grosso.

– Pas d'autre chemin possible ? demande Aranha.

Poursuivre plein ouest le long de la frontière bolivienne, et sitôt que l'on rencontre une rivière coulant au nord, se guider sur le courant pour parvenir au rio Guaporé.

– Il y a des villages sur le Guaporé. Des habitants qui parlaient quelques mots de portugais sont venus jusqu'au poste où j'étais. Ils ne seront pas trop affolés par l'irruption chez eux de centaines d'hommes blancs ou noirs. Et ils nous aideront à construire des radeaux.

– Et quelle route prendrais-tu, Cavalcanti ?

La question que Candido attendait.

– Le Guaporé, dit-il. C'est plus long mais au moins il y a une chance.

Une chance, sous réserve de parcourir mille kilomètres en pleine jungle, là où personne ne s'est jamais aventuré. Sauf les Indiens et peut-être, il y a trois cents ans, une unique et légendaire expédition portugaise.

Abade et Aranha se penchent sur les cartes, si incomplètes en de nombreuses zones.

– Et après le Guaporé ?

– Il y a un poste de l'armée à Guajara Mirim. Avec quinze soldats, pas plus. Vous n'aurez même pas à vous battre. De Guajara Mirim, il faudra gagner Porto Velho, deux cents kilomètres au nord-est, en suivant le rio Madeira...

– Qui se jette dans l'Amazone. Manáos sera alors à cent cinquante kilomètres à l'ouest-nord-ouest.

A vous de voir, dit Candido. Il ressort de la petite cahute où les deux chefs de l'armée révolutionnaire ont établi leur poste de commandement. Durant la dernière semaine, il a marché à côté de la charrette qui transportait Samantha, Candida et Eglantina, seul véhicule encore tracté par des chevaux. Ne se méfiant plus de lui, on ne juge plus nécessaire de le séparer de sa famille. Où iraient-ils ?

– Ça va, Samantha ?

– Je t'assure que oui, répond-elle. On approche de là où tu voulais aller ?

– On est très près, maintenant. Tu as parlé à l'Homme des Fils ?

Nom de code convenu, en russe, pour Lindolpho, le télégraphiste, qui est le conducteur attitré de la charrette.

– Je crois qu'il est prêt.

On est repartis depuis une semaine. Dans cette colonne mieux soudée qu'elle ne l'a jamais été depuis le départ du Rio Grande do Sul, une implacable sélection s'est faite, à quelques dizaines d'individus près, dont la présence et la survie sont de purs miracles, malheureusement appelés à ne pas durer. Candido en avait déjà fait l'observation, et chaque journée écoulée le conforte dans son opinion : les plus résistants ne sont pas les plus massifs ; comme si traîner tant de muscles était un handicap au lieu d'un avantage ; et les femmes résistent fort bien, Herr Doktor voyait juste.

Une première rivière a été traversée, mais elle coulait au sud. Deux jours plus tard, on en rencontre une autre, où les caïmans abondent, mais elle non plus ne va pas dans la bonne direction. Et, bizarrerie de la nature, quelques kilomètres plus loin, on tombe sur une troisième rivière.

Qui se dirige vers le nord, aucun doute, les éclaireurs lancés par Clovis en rapportent la nouvelle. C'est le rio Alegre.

Je n'irais pas jusqu'à dire que je reconnais les arbres, ni les cours d'eau, mais le coin me dit quelque chose, pense Candido.

– J'ai l'impression que c'est là, dit-il en russe à Samantha. À ta droite, à deux heures. Je me rappelle avoir pensé que cette montagne ressemblait assez au nez de dom Trajano, à condition que dom Trajano soit couché par terre et pointe son nez en l'air.

– Ce n'est qu'un rocher. Tu parles d'une montagne. Et en plus il y en a cinquante exactement pareils. Tu commences à m'inquiéter sérieusement, mon bonhomme.

– Plus loin, lorsque la rivière fait un coude, il y aura une petite vallée avec un lac grand comme trois mouchoirs de poche, et tout au fond, une cascade de trente mètres de haut, dégringolant d'un gros entassement de rochers.

– Tu dis n'importe quoi, comme d'habitude.
– Qu'est-ce qu'on parie?
Si je me trompe, je ne commettrai plus jamais d'erreur – et pour cause.
Loin devant, à la machette et à la hache, Clovis, ses hommes, et Aranha venu en renfort avec son propre détachement, ouvrent une piste au prix d'un labeur exténuant. La colonne s'étire maintenant sur près de trois kilomètres. Lindolpho ferme la marche, conformément aux instructions qui lui ont été données. Une bonne centaine de mètres le sépare de la queue du convoi et par endroits, en raison de la formidable épaisseur de la végétation, tout disparaît, à croire qu'on est seul.
Dans la charrette de Lindolpho, sur les derniers sacs de riz et de haricots, il n'y a plus que Candida. Samantha et Eglantina, pour la première fois du voyage, marchent.
Encore deux bons kilomètres et soudain, le coude tant espéré de la rivière apparaît. Et sur la droite, on aperçoit la vallée, la cascade, les rochers dressant une muraille de plus de soixante mètres de haut.
– Tu as gagné une nuit d'amour, Cavalcanti.
– Vite.
Ils s'activent tous les quatre. Samantha et Eglantina détellent le cheval, Candido et Lindolpho chargent quatre sacs sur le dos de la bête. Rien en vue, dans la trouée opérée à la machette. Et le silence, déjà. Candido a fait plusieurs essais, avec sa minutie habituelle en pareil cas : chaque fois que Lindolpho s'est laissé volontairement distancer, l'intervention la plus rapide pour leur venir en aide s'est produite au bout de dix minutes. Candido a donc calculé qu'il s'écoulerait pour le moins un quart d'heure avant que, dans cette troupe exténuée où chacun marche pour soi, quelqu'un se détache et fasse demi-tour. Mais on ne sait jamais.
– Vite.
Candido hisse Candida sur ses épaules, prend immédiatement la tête, abandonnant la charrette au milieu de la

piste. Il se retourne après dix mètres épouvantables : les trois autres lui ont emboîté le pas et le mur de végétation s'est refermé. Mais on peut néanmoins les suivre à la trace. Il oblique, Lindolpho le rejoint et maintenant le précède, tailladant de sa machette.

Le lac. J'en ai longé la rive gauche, la cascade était au fond sur ma droite.

– Marchez dans l'eau. Au bord.

Une eau vaseuse, couleur de rouille, où les pieds disparaissent comme coupés aux chevilles. Pas de caïmans en vue ? Ça m'étonne. Ah, des piranhas, tout de même ; j'espère que ceux-là ne sont pas carnivores, d'après les Indiens, à peine un sur cent le sont.

Et quelques serpents.

– Tu vas encore dire que j'ai mauvais caractère, mais je n'aime pas trop, dit Samantha.

– Ils ont plus peur que toi.

– Alors, je les plains.

Des appels résonnent au loin. Ils nous cherchent. Ils vont d'abord croire que les Indiens nous ont kidnappés. Avec le cheval.

– Vite.

Ils sont à trente mètres de la cascade.

– On la remonte à la nage, Cavalcanti ?

Samantha halète comme la Léopolda, Eglantina n'en peut plus, Lindolpho a repris les rênes du cheval et s'évertue à le convaincre de s'engager sur ces rochers humides et plats qui ne conserveront aucune trace de leur passage. Si nous passons ! Par où diable ai-je grimpé ? À quelques mètres, une faille se dessine, d'un mètre à peine de large. Dans ses souvenirs, elle s'évasait vers le haut, avec des flancs quasiment à pic, mais était occupée en son centre par une coulée de terre et de pierres plus sèche que lors de sa première ascension.

– Vite. Ne cassez aucune branche.

Samantha et Eglantina le précèdent et entament la montée. Près de cent mètres de couloir rocheux, sans discontinuer. Enfin, ils s'affalent au sommet sur des rochers plats comme ceux d'en bas. La petite grotte où il s'est autrefois abrité pendant deux jours est à une soixantaine de mètres sur la gauche, invisible.

Il reprend son souffle, tandis que Candida dans son jargon insiste beaucoup pour qu'il lui chante quelque chose. Eglantina gît à deux mètres de lui, couchée sur le dos, bras en croix, yeux fermés : elle n'est plus noire, elle est verdâtre.

Samantha surgit à son tour. Pas très fraîche, non plus. Elle râle mais pour une fois du fond de la poitrine, et au sens propre ; elle est incapable d'articuler un mot.

– La grotte est là. Mais n'y entre pas. Il y a peut-être plein de serpents. Je te laisse Candida. Je redescends.

Durant les quarante minutes suivantes, Lindolpho et lui se battent avec le cheval, qui décidément ne tient pas à faire l'escalade. Ils l'ont pourtant délesté des sacs. Pour finir – les petits coups de pointe de machette n'ayant plus aucun effet –, Lindolpho utilise les grands moyens : un brandon, qu'il a confectionné avec des branches et enflammé en battant son briquet.

Gagné !

Alors seulement, Candido examine le site autour de lui. Avec des jumelles immenses, nul doute qu'on aurait une vue directe sur la cordillère des Andes à droite, l'Atlantique à gauche, la mer des Caraïbes au nord, et la Terre de Feu au sud. En supposant qu'il n'y ait rien pour arrêter le regard. On n'est pas si haut, guère plus de six cents mètres. Mais ça suffit pour dégager un panorama infini.

– Pas de serpents dans la grotte, dit Lindolpho. Sauf deux, qui maintenant sont morts. On va pouvoir faire du feu.

Le lendemain matin, ils paressent un peu pour la première fois depuis près de quatre mois.

– Par où étais-tu passé, Candido ?

Il a traversé le plateau tout droit au sud, durant quatre jours, autant qu'il s'en souvienne.

Samantha est redevenue nerveuse, irritable. Qu'est-ce qu'on fabrique sur ce plateau juché au-dessus du Mato Grosso, ce serait un observatoire parfait, s'il y avait quelque chose à observer. Mais il n'y a rien du tout.

La nuit suivante, ils font halte dans un endroit que lui estime très plaisant, avec des fruits de mangabeira à portée de main. Pas elle. Elle refuse que sa fille mange ces saloperies dont on ne sait pas si elles sont empoisonnées ou non. Et elle en a marre des serpents. Et des bestioles de toutes sortes : ce ne sont pas des bottes qu'il lui faudrait, mais un scaphandre, elle est piquée partout, et ta fille, tu as vu ta fille? Une pelote d'épingles! Bien sûr qu'elle ne pleure pas et alors, qu'est-ce que ça prouve? Elle aura hérité du caractère heureux de son père!

Elle bougonne, maugrée et râle toute la matinée suivante, tandis qu'ils marchent encore. Elle aura traversé à pied une bonne moitié du Brésil, tu te rends compte?

– J'en ai marre, Cavalcanti. Tu ne nous emmènes nulle part. Je suis sûre que tu es perdu. C'était de la blague, ton histoire. Tu l'auras inventée rien que pour m'obliger à venir. Ça, un sentier? Ne me fais pas rire. Seuls des rhinocéros sont passés par là.

– Il n'y a pas de rhinocéros au Brésil.

– Qu'est-ce que tu en sais? Qui est jamais venu sur ce foutu plateau, à part toi? J'ai lu un livre de Conan Doyle où des animaux préhistoriques vivaient à l'état sauvage tout en haut d'un truc comme celui sur lequel nous marchons. On va se heurter à des dinosaures, des tricératops ou des gigantopithèques!

Puxa vida, où va-t-elle chercher des noms pareils?

– Ce n'est pas un sentier tracé par l'homme. Et ça, ce ne sont pas des bornes, à mon avis c'est un tyrannosaure de huit cents yards de long qui aura fait caca en passant, et à la longue ça s'est fossilisé! Et pourquoi pas une cathédrale et...

Devant eux se dresse une construction gothique, en pierres bien taillées, avec un porche monumental comme certaines églises d'Ouro Preto en ont.

Et l'ermite leur demande :
– Voulez-vous boire quelque chose ?

– J'ai entendu vos coups de feu, dit l'ermite. J'avoue qu'ils m'ont un peu intrigué. Alors je suis allé à votre rencontre. Vous vous en êtes aperçus ?
– Vous étiez sur notre gauche, à environ vingt mètres, sous le couvert. Vous avez dû nous suivre depuis notre entrée dans cette forêt, dit Candido.
L'ermite sourit :
– C'est exact. Deux femmes, deux hommes jeunes, un enfant et un cheval.
– Et une des femmes qui parlait tout le temps, ajoute Candido.
– C'est à moi que cette allusion est destinée, Cavalcanti ?
Candido et l'ermite se sourient. Je suis rudement content qu'il soit là, cet ermite. C'est comme dans Grimmelshausen. Sauf que moi je sais déjà lire et écrire, à la différence de Simplicius Simplicissimus. Pour le reste, c'est vraiment un ermite de rêve, très vieux, au moins soixante ans, grand et maigre avec une barbe blanche ; il se laverait les pieds de temps à autre, une fois par an par exemple, ce serait mieux, mais tant pis ; Herr Doktor aussi est un peu sale, ça ne l'empêche pas de tout savoir.
L'ermite les a fait entrer dans la reducción construite il y a deux cent cinquante ans par les jésuites venus du Paraguay. Ils s'installaient, regroupaient les Indiens autour d'eux, les faisaient cultiver la terre, leur apprenaient des tas de choses, en échange de quoi ils pouvaient leur vendre leurs évangiles et être finalement propriétaires de tout le coin – du moins est-ce ainsi que Herr Doktor m'a raconté l'histoire mais il était assez anticlérical, d'une façon générale.
– Vous n'êtes pas brésilien.

Bolivien, dit l'ermite. Voilà quarante ans, il était un petit peu bandit de grand chemin, attaquant des trains et des banques. Il a tué trois ou quatre policiers, plus quelques autres hommes, et en compagnie de sa femme il s'est enfui, traqué de toutes parts. Mais quand sa femme est morte en traversant les Llanos de Moxo, il a eu tant de chagrin qu'il s'est réfugié pour toujours dans cette reducción.

– Est-ce que vous avez connu Butch Cassidy et Sundance Kid ? demande Samantha.

– Jamais entendu parler, dit l'ermite.

– Eux aussi ont attaqué des bureaux de poste et des trains en Bolivie, et ils se sont suicidés au moment d'être pris.

Il leur fait faire le tour du propriétaire. Le porche monumental, huit mètres de haut, s'ouvre sur une cour intérieure, où une chapelle peut recevoir au moins soixante personnes ; ils traversent un ancien réfectoire, des cuisines, un grand bureau – sans doute celui du père supérieur – avec des livres (environ une centaine), puis des cellules alignées, huit en tout ; et sur l'arrière trois grands ateliers, une écurie et un beau jardin, bien entretenu, avec un bassin creusé dans la pierre de grès et qu'alimente une source.

– Mon ermitage vous plaît, Candido ?

– Ce n'était pas vrai, cette histoire de bandit, n'est-ce pas ?

L'ermite éclate de rire :

– Pas un mot. Je cherchais de l'or. Je suis tombé sur cette reducción par hasard, j'y ai pris mes habitudes et un beau jour, je n'en suis plus reparti. Il y a environ trente ans.

– Vous avez trouvé de l'or ?

– Ça n'a plus beaucoup d'importance. Vous êtes bien jeune pour deviner les mensonges si aisément. J'ai eu trois ou quatre femmes indiennes, mais je m'en passe, désormais. L'or vous attire ?

Candido contemple le bassin et ne répond pas tout de suite.

– Je ne crois même pas que vous soyez bolivien, dit-il enfin. Vous parlez l'espagnol, mais pas comme un Bolivien. Ni un Argentin.

L'ermite explique qu'il est anglais ; il a fini ses études d'archéologie à Oxford, puis il est parti, en quête de son eldorado à lui, qui n'était pas d'or mais de pierres ; pendant des années, il a escaladé les montagnes de la cordillère des Andes, sans rien découvrir d'intéressant...

Candido récite le début d'un poème.

– *The Leech-Gatherer*, de William Woodsworth, dit l'ermite en souriant. Combien diable parlez-vous de langues ?

Ils s'assoient sur le rebord du bassin. Dans les bâtiments, on entend rire Samantha et Eglantina. Un extraordinaire sentiment de paix, presque douloureux, envahit Candido.

Il se met alors à raconter l'histoire du Jaguar, sans omettre un seul détail, rien ne presse, nous avons tout le temps.

Jusqu'à demain, en tout cas.

– Elle vaut largement mon histoire de bandit de grand chemin, remarque l'ermite. Elle la dépasse même.

– Je crois, approuve Candido.

Et il dit ce qu'il souhaiterait faire, maintenant. Si l'ermite est d'accord, bien entendu.

Silence.

– Personnellement, dit enfin l'ermite, je n'y vois pas le moindre inconvénient. J'aurais même plaisir à reparler un peu anglais. Mais le premier problème est de savoir si vous avez suffisamment confiance en moi. Je suis peut-être devenu fou dans ma solitude.

– Il y a plus de fous dehors, dit Candido. Et le deuxième problème ?

– Elle. Je l'ai entendue parler, tandis que je vous suivais et que vous approchiez de la reducción. Elle n'est pas du genre à se laisser faire.

– Non, pas vraiment, en effet.

Soulever les jupes d'acier de la Léopolda, à côté, aurait

été de l'enfantillage. Je me demanderai jusqu'à ma mort pourquoi elle m'a si facilement dit oui, à Berlin.

– Des Indiens viennent vous voir ?

– De temps à autre.

– Ils parlent quelle langue ?

– Le bororo. Vous le connaissez ?

– Plus ou moins.

– Ils pourraient vous aider, constate l'ermite. À condition de les convaincre de sortir de leur hamac. C'est l'heure de mon thé, j'espère que votre petite troupe voudra bien se joindre à moi. Je fais des muffins fort acceptables, avec de la farine de manioc. Et ma confiture de mangabeira n'est pas trop répugnante.

Ils se lèvent et retournent vers les bâtiments, en traversant le grand jardin clos de murs.

– Juste avant mon départ de l'Angleterre, reprend l'ermite, j'avais proposé à une certaine miss Edith Alicia de venir avec moi escalader la cordillère des Andes. Et de m'épouser, accessoirement. Elle a dit non. J'aurais dû insister. Avez-vous connu ce genre de difficulté ?

– Justement non, dit Candido. Et je ne comprends toujours pas pourquoi.

L'ermite s'arrête, tire sur une corde qui pend le long du mur.

– Je sonne toujours, pour le thé. Comment allez-vous lui présenter la chose, si je ne suis pas trop indiscret ?

– Vous n'êtes pas indiscret du tout. Moi-même, je me pose la question depuis près de deux jours. Depuis le moment où je me suis décidé. Ce n'est pas facile. Finalement, je crois que je vais partir sans rien lui dire.

– Et il me reviendra le redoutable honneur de tout lui apprendre ?

– J'en ai peur, dit Candido.

– J'espère y survivre, dit l'ermite.

Il court.

Tu cours en comptant jusqu'à deux mille, tu marches en comptant jusqu'à mille, tu recours et ainsi de suite. Ça t'occupe l'esprit et ça t'empêche de trop penser à la tête de Samantha en ce moment. J'ai bien entendu la cloche, il y a un instant (j'en étais à quarante-trois mille et des poussières), mais peut-être que l'ermite la sonnait pour son breakfast ; ce n'était pas nécessairement elle qui me rappelait.

Il court pour traverser en sept ou huit heures cette partie du plateau qu'à l'aller ils ont mis un bon jour et demi à franchir. Il s'est esquivé avant l'aube – Samantha dormait encore profondément – en proie aux remords et à une angoisse sourde, incompréhensible et irraisonnée ; tu n'as pas peur de l'ermite, alors quoi ? Personne au monde ne sait où est située cette reducción, à part ceux qui l'habitent, toi, et quelques Indiens dont nul ne connaît la langue ; tu paniques pour rien.

Au milieu de l'après-midi, il parvient sur les rochers plats, aux abords de la cascade. Il dégringole la faille – personne ne s'y est introduit après nous, les repères que j'avais mis sont encore là, intacts.

Le petit lac. Là, en revanche, des traces de pas. Quelqu'un a piétiné l'entrée du passage, mais sans le voir, puis est reparti.

Ensuite, il retrouve la piste ouverte par les machettes. La charrette a disparu, on l'a emmenée, avec les provisions qu'elle contenait encore.

Au crépuscule, il a couvert, à son estimation, six à sept kilomètres supplémentaires : ils ont trois jours d'avance sur moi, qui profite de leur piste et marche quatre fois plus vite qu'eux.

Je pourrais les rejoindre demain. À moins de choisir l'autre solution.

D'accord : le Guaporé dont il longe la rive droite est, à cet endroit de son parcours, à peine large d'une trentaine de mètres ; on peut le traverser presque à pied sec, entre les rochers affleurants et les bancs de sable rouge.

Sables mouvants!

Il a eu le réflexe de s'étaler bras et jambes en croix, guettant du coin de l'œil un caïman en maraude. Je n'ai même pas un fusil, ces caïmans du Mato Grosso vont finir par croire que je les dédaigne – d'autant plus que j'en ai mangé trois ou quatre, et qu'ils seraient capables de m'en vouloir.

Il s'en tire en rampant puis en se hissant sur une espèce de manguier, où il passe la nuit tant bien que mal. En bas, des caïmans tiennent une réunion. Il dort un peu, attaché par un poignet avec une sangle empruntée à l'ermite, et croque des muffins au manioc. Dès les premières lueurs de l'aube, il détale et, une heure après, foule ce qui est indiscutablement un sentier, même Samantha en conviendrait, on y voit des traces de pieds nus.

Il débouche vers midi dans le village bororo, au bord d'une rivière. Une trentaine d'âmes, ce petit monde nu comme au premier jour :

– Je suis le Jaguar et je suis un ami de Tapi, celui qui habite dans le sud par là.

L'entendre parler bororo les ahurit. Suivent deux heures de palabres. Oui, bien sûr ils ont vu la colonne, mais ces hommes vont tous mourir dans la forêt, pourquoi s'en inquiéter? Eux, Bororos, en auraient bien fléché trois ou quatre, pour en manger un petit morceau, mais les autres étaient trop nombreux. Candido, qui n'aime pas la façon dont ils le regardent, pose dans la balance son dernier atout : l'ermite. L'ermite qui viendra les foudroyer avec son rayon de la mort (une longue-vue) s'ils ne lui prêtent pas assistance.

Cinq minutes plus tard, il est dans une pirogue et souffle un peu; il s'est tout de même placé de façon à tenir à l'œil ses deux pagayeurs.

Ils n'ont pas de gros efforts à fournir, on va dans le sens du courant. C'est-à-dire au nord. Enfin, j'espère.

– C'est moi, Clovis. Ne me tue pas, s'il te plaît.

L'ancien conducteur de tramway reste un long moment la bouche ouverte. Il abaisse enfin sa machette :

– Comment es-tu arrivé ici ?

Candido les a entendus s'approcher depuis déjà plus d'une heure. Leur lenteur donne le frisson, si l'on pense au chemin qu'ils ont encore à parcourir ; le rythme même des machettes dit la fatigue, voire l'épuisement.

D'autres hommes surgissent. Et la rumeur naît, court de rang en rang, remonte la colonne entière : le Jaguar est revenu.

– Où sont Samantha et ta fille, Candido ? Et Eglantina ?

Candido sourit. Il attendait là, à quelques mètres du Guaporé, depuis près de six heures. Les Indiens ont dépassé de nuit la colonne dont les feux n'étaient que trop visibles ; ils l'ont déposé puis sont repartis. Ils ne m'ont même pas mangé, les traditions se perdent.

Au moins a-t-il pu dormir, enveloppé dans son poncho, lové dans le hamac où il est encore – et avoue que tu en rajoutes un peu, dans la nonchalance narquoise, au fond tu es assez fier de la surprise qu'ils éprouvent à te voir là, te balançant entre deux arbres, juste sur leur route, alors qu'ils t'avaient perdu depuis quatre jours.

La colonne a stoppé ; tous les hommes du détachement s'affalent lourdement, barbes fournies et yeux brûlants, rougis par l'effort.

– Dis-leur de ne pas s'asseoir n'importe où, Clovis. Ils vont avoir des dizaines de chiques sous la peau.

– Ils en ont déjà. Et moi aussi. Comment as-tu fait ?

Une forme cadavérique se fraie un chemin jusqu'à eux en titubant. Leite Abade. Rongé par les fièvres, il n'en a plus pour longtemps.

– Qu'est-ce que tu fais là, Cavalcanti ?

– Je suis revenu, c'est tout.

– Où étais-tu ?

– Nous autres jaguars, on se promène dans la forêt comme ça nous chante.

– Où sont les deux femmes et la petite fille ?

– Dans ma tanière de jaguar. Abade, vous n'en sortirez pas vivants, si vous continuez de la sorte.

À son tour, Leite Abade se laisse glisser le long de l'arbre auquel il était adossé et s'accroupit. Ses mains sont en sang, tailladées en plusieurs endroits, parfois même jusqu'à l'os.

– Tu es blessé ? interroge Candido.

– L'un de nous est devenu fou et a commencé à donner des coups de hachette, explique Clovis. Il a fallu l'abattre.

Candido fouille dans son sac et en sort des feuilles :

– Clovis, demande qu'on cherche des feuilles de cette plante. J'en vois un bosquet là-bas. Il faut les mâcher, puis les appliquer sur les blessures comme un emplâtre. Sinon, c'est la gangrène. Abade, tu veux que je vous aide ou que je m'en aille ?

– Nous nous en tirerons sans toi.

– Il vous reste sept cent cinquante kilomètres. Et le pire est à venir. Combien d'hommes as-tu encore ?

Dans les huit cents.

– Mettons les choses au point, dit Candido. Plus personne ne m'appelle le Jaguar. Je ne suis pas un jaguar. Je suis Candido Stevenson Cavalcanti. Si vous pensez n'avoir pas besoin de moi, vous me le dites. Je disparaîtrai comme je l'ai déjà fait. Où est Tasso Aranha ?

Mort.

– Je refuse d'être votre chef, Abade. Je ne veux commander personne. Je ne suis revenu que pour vous donner un coup de main. Rien d'autre. Je ne prendrai aucune décision. Je te dirai simplement ce que je pense, et tu choisiras. Je ne suis pas un révolutionnaire. Je me fiche absolument de la révolution. Et je n'ai jamais égorgé personne, Dieu merci. Abade ?

– D'accord, dit Leite Abade.

– Deux kilomètres en aval, vous trouverez des arbres. À mon avis, vous devriez construire des radeaux. Les caïmans sont moins dangereux que la forêt. Eux au moins, on peut les tuer.

– Où sont-elles, Candido?
– Même à toi, je ne peux pas le dire, Clovis.
– Lindolpho est mort?
– Pourquoi veux-tu qu'il soit mort? Il se portait très bien la dernière fois que je l'ai vu.
– Tu as vraiment un endroit à toi, par ici?
– En quelque sorte.
– Et nous n'aurions pas pu y aller?
– C'est une petite tanière, Clovis. Il n'y aurait pas eu de place pour tout le monde. Ton frère Vivaldo Maria est toujours là?
– Je l'ai rencontré avant-hier. C'est lui qui commande l'arrière-garde. *Meus Deus*, qui sont ces types?
– Des amis à moi, répond Candido. Des Indiens bororos. Ils vont nous aider à fabriquer les radeaux. Clovis, j'irai avec vous jusqu'à Guajara Mirim ou Porto Velho, ça dépendra des circonstances, mais ensuite je vous quitterai.
– Et tu retourneras dans ta tanière?
Voilà.

Il faut cinq jours pour construire suffisamment de radeaux. Quelques hommes succombent à des morsures de serpents, beaucoup s'abandonnent à leur épuisement. La pauvreté de l'alimentation, les fièvres, les plaies taraudantes des insectes, les diarrhées sanglantes, les vomissements et par-dessus tout le désespoir et le sentiment de n'avoir plus aucune chance de regagner un monde normal, tout cela les abat au point qu'ils ne luttent plus; ils meurent le plus souvent parce qu'au fond d'eux-mêmes, ils ont renoncé à la vie. Être conscient n'est pas forcément un avantage. On garde ceux qui résistent le mieux, parmi ces hommes, presque toujours les plus simples, eux survivent comme des bêtes; Herr Doktor avait raison.

Peut-être que tu les inventes, Candido Stevenson, tous

ces préceptes de Herr Doktor, dans les moments où tu regardes un peu trop en dedans de toi.

... Bon, arrête. Ou bien tu vas finir par conclure que Herr Doktor n'a jamais existé, ou alors qu'il est toi, sous une autre forme.

Tout est dans la tête, je te dis. D'accord : peut-être pas tout. Seulement quatre-vingt-quinze pour cent.

Ô Dieu Vivant, que c'est dur de traverser la Forêt Inextricable !

Candido a perdu le compte des jours. Il y a belle lurette que les Bororos les ont lâchés ; il paraît qu'ils n'étaient plus sur leur territoire et que les Indiens des autres peuplades sont antipathiques et désagréables – les méchants, ce sont toujours les autres.

Les hommes tombent comme des mouches. Noyés – quelques dizaines s'abandonnent volontairement au fil du courant –, mordus par des serpents, ou mangés par les caïmans. Certains meurent tout seuls, d'autres sont achevés par les Indiens : ils s'écartent ou restent à la traîne et ne reviennent plus, et il ne sert à rien d'aller voir ce qu'ils sont devenus, sinon à se fatiguer un peu plus.

Vers le trentième jour, ou le trente-cinquième, deux fleuves mêlent leurs eaux au Guaporé. D'après l'embryon de carte avec ses grosses taches blanches indiquant les zones inexplorées ou dont personne n'a pris le soin de relever la topographie, probablement le rio Blanco et le rio Mamoré, qui viennent tous les deux de Bolivie. Dans le courant, des caisses de bois avec des inscriptions effacées prouvent qu'en amont il doit y avoir des villages qui ne sont pas seulement peuplés d'Indiens.

– Nous arrivons, Candido ?

– Bien sûr que oui. On y est presque.

– Mais nous sommes toujours sur le Guaporé.

– Erreur, c'est le Mamoré. Guajara Mirim est au plus à cent vingt kilomètres, à présent.

Il faut débarquer une nouvelle fois : deux des radeaux menacent de se désagréger. On les répare. Abade ne marche plus guère. Ses blessures dues aux coups de machette ont guéri grâce aux emplâtres ; en revanche, il est infecté de tiques, comme la plupart d'entre nous, et son corps, couvert d'abcès, brûle de fièvre.

– Toi, tu sembles aller bien, Candido.

– Je vais vraiment très bien.

J'ai un peu maigri, je pèse dans les cinquante-sept ou cinquante-huit kilos, mais je me sens assez allègre. Et pour l'entraînement, ça va ; je ne sais pas combien de temps je mettrais sur dix mille mètres, mais le Finlandais Kokomanintruclaine pourrait toujours s'accrocher.

Candido et Clovis viennent de compter les survivants : cinq cent neuf, dont neuf femmes et deux enfants. À peu près dix pour cent de l'effectif de départ. Je n'en espérais pas tant.

Candido observe à la jumelle un jaguar, un vrai, en train de pêcher sur la rive opposée. L'animal est nonchalamment juché sur un tronc abattu, qui surplombe la rivière ; il a des yeux jaunes ou verts selon l'éclairage, des yeux de lumière sous le couvert qui marbre un peu plus sa fourrure ; sa tête est gracieusement penchée, oreilles pointées. Figé dans un affût qui en dit long sur sa patience, il a l'air de dormir. Il trempe une patte dans l'eau et la bouge doucement, la fait pivoter, créant un petit remous.

Poussé par sa gourmandise, un gros poisson vient voir ce qui se passe. Le coup de patte est fulgurant. En un dixième de seconde, les griffes crochent. L'éclair du poisson qui frétille.

Délicatement, le jaguar le croque à petites bouchées. Il est toujours mollement allongé sur le tronc d'arbre. De temps à autre, il interrompt son repas et relève la tête. Il considère lui aussi la rive opposée ; le *tapetum lucidum*, la membrane qui recouvre ses pupilles et paraît-il lui permet de mieux voir la nuit, a, dans cette semi-pénombre, de fugitives phosphorescences.

Il ne nous voit pas. Il ne voit pas non plus les couleurs. Tout est noir et blanc comme au cinéma. Il ne nous voit pas mais il nous sent. Pas seulement l'odorat.

Le sixième sens.

Guajara Mirim. Un appontement surélevé en prévision des crues, quelques cabanes, une esplanade pelée en pente douce jusqu'au bord de l'eau, des bananiers jaunâtres et empoussiérés, trois ou quatre quidams qui regardent, un poste militaire avec le drapeau du Brésil.

Quant aux soldats, ils ne sont pas douze mais six, commandés par un sergent. Lequel semble ahuri par tous ces gens qui débarquent. Jamais il n'a entendu parler de révolution, ou de Jaguar :

– Et vous avez traversé le Mato Grosso par le Guaporé ?

Il ne parvient pas à y croire. Abade et Da Silva discutent avec lui sur les moyens d'atteindre Porto Velho, l'Amazone et Manáos, ou pour le moins Santarem, tout en répondant aux questions qu'il ne cesse de poser.

– Tu vas nous quitter maintenant, Candido ? demande Clovis.

– Oui.

– Nous ne serions jamais arrivés jusqu'ici, sans toi.

– Merci de le dire, en tout cas.

– Je le pense.

Bon. Très bien. Mais je ne suis pas sûr d'avoir été si utile.

Ce fleuve, dit Candido, vous mènera fatalement à l'Amazone, pas très loin de Manáos. Ce que vous y ferez est votre affaire, je ne m'en mêle plus. Mais vous n'y êtes pas encore.

– Il y a des bateaux à vapeur qui montent et descendent. Et des villages. Ce ne sera plus pareil. Surtout dans notre tête. On se reverra, Candido ?

Je n'en sais rien du tout. Ça m'étonnerait.

Je vais dormir une nuit et je repars. Pas par le même

chemin. Descendre un fleuve ça peut aller, mais le remonter, c'est différent. Je passerai par le centre, par les serras ; tôt ou tard, je retomberai sur la serra dos Parecis...

Et sur une Samantha pas contente, j'en aurai bien pour huit-dix jours à la calmer.

– Dom Candido Cavalcanti ?

Le sergent l'a rejoint alors qu'il était en train de s'acheter deux chemises et un pantalon au bazar local, grâce à un peu d'argent que Clovis lui a prêté à fonds perdus, sur la caisse révolutionnaire.

Ô Dieu Vivant, ce n'est pas vrai !

Le sergent lui tend la lettre, froissée et tachée par l'humidité. La lettre qui lui a été confiée des semaines auparavant par deux hommes en canot à moteur.

– Vous pouvez me les décrire ?

(Leurs noms ne me diraient sans doute rien, ils en auront certainement changé.)

Le sergent décrit les deux hommes : l'un était de très haute taille, impressionnant, et un autre plus petit, moyen si l'on veut, avec des cheveux blonds, des lunettes et, comment dire ?

– Des mains qui bougent toutes seules, dit Candido, et qu'il ne regarde jamais. Elles font des choses, comme tailler un morceau de bois avec un grand couteau, et on dirait des bêtes qui vivent leur propre vie.

– C'est exactement ça, approuve le sergent.

La Montagne et Otto Krantz.

D'un certain point de vue, Candido Stevenson, tu peux t'enorgueillir de la confiance qu'ils ont en toi : eux étaient sûrs que tu traverserais le Mato Grosso.

Il décachette et lit la lettre.

C'est de la folie, n'y va pas !

Tu es complètement fou d'y aller.

Tais-toi et rame. Il te faut en finir; tu ne vas pas rester à te demander jusqu'à la fin de tes jours où sont les Griffes du Jaguar et ce qu'Elles fabriquent.

Il ne rame pas vraiment. Juste un coup de pagaie de temps en temps, à gauche ou à droite, pour replacer dans le bon sens la pirogue volée à Guajara Mirim. Il a filé de nuit, même Clovis n'était pas au courant : demain matin évidemment ils vont s'apercevoir de mon absence, mais ils la mettront au compte de mon impatience à rejoindre ma tanière et Samantha; et puis le palmarès de leur foutu Jaguar Féroce s'enrichira d'une disparition mystérieuse de plus. Tu es content d'être mythique, Candido Stevenson? Non, pas trop. Je préférerais être dans les bras de Samantha. L'un n'empêche pas l'autre, remarque : tu peux être mythique et en même temps faire le câlin du siècle. Seulement, je ne veux pas être mythique, je veux uniquement être un Candido tranquille, et bien caché puisque c'est nécessaire...

Et si tu cessais de faire le guignol en te parlant à toi-même? Tu es tout seul. Un moment, tu as pensé à demander à Clovis et Vivaldo Maria de t'accompagner. Sans aucun doute, ils auraient été contents de te donner un coup de main. Mais même en Clovis et Vivaldo Maria, tu n'as pas entièrement confiance. Laisse-les tranquilles.

Il glisse sans bruit dans la nuit.

Personne n'a pu me voir quand j'ai quitté Guajara Mirim, personne ne peut me voir en ce moment, personne ne sait où je me rends. Sauf si le sergent a décacheté la lettre et l'a lue, mais j'en serais surpris, il n'avait pas une tête à lire le courrier, ni à lire quoi que ce soit, d'ailleurs.

Dès les premières lueurs de l'aube, il cache sa pirogue sous le couvert et se dissimule, grignotant une partie des provisions achetées au bazar. Il somnole vaguement, surveillant le fleuve au cas où quelqu'un y naviguerait.

Personne.

Personne non plus le deuxième jour. Sauf un petit bateau à vapeur, une grosse chaloupe chargée de vivres, qui remonte le Madeira. Et les jumelles n'identifient aucun visage connu parmi les quelques passagers.

La troisième nuit, peu avant l'aube, au moment où il cherche une nouvelle cache pour son escale, il repère un feu. Il y a du monde. Sans hésiter, il expédie à grands coups de pagaie l'embarcation au milieu du fleuve. Malgré le courant, très fort par endroits, il traverse et s'échoue à huit cents mètres en aval du point qu'il voulait atteindre. Il trouve le logement qui convient pour la pirogue, la sertit littéralement dans la vase et les feuilles; il faudrait marcher dessus pour la découvrir.

Il s'enfonce de deux cents mètres sous les arbres, dont beaucoup sont des hévéas sauvages, et à la première trace d'une piste, il stoppe et se tapit. Le jour se lève et quelques minutes plus tard, une trentaine d'hommes et de femmes passent; des Indiens, qui portent des gouges et des seaux, comme en ont les collecteurs de latex, les saigneurs.

Il y a trop d'hévéas dans ce coin; il s'éloigne sans laisser trace de son passage et finit par dénicher un emplacement tranquille. Il installe son hamac, se roule dans son poncho et s'endort.

Il a parfaitement en tête, inutile de la relire trente-six fois, la teneur de la lettre que lui a remise le sergent. Un des deux feuillets indiquait la destination; l'autre était de la main de Herr Doktor, mais non daté :

Jeune Candido, venez, je vous en supplie. Tout peut être arrangé.

Et la signature.

Ne te répète pas sans arrêt que c'est un piège et qu'il

n'existe pas la moindre chance que Herr Doktor t'attende quelque part dans la Forêt Inextricable, plus très éloignée à présent.

Le fusil que lui a donné Clovis est un Lee-Enfield Magazine Rifle MK III. À chargeur de six balles (dont il faudra me contenter). Le modèle d'origine, qu'Afonka Tchaadaïev lui avait présenté à Petrograd et dont il lui avait vanté les mérites, a subi des transformations : on a raccourci le canon afin de modifier le garde-main, et muni la détente d'une double bossette. Une arme épaisse et lourde.

Il la serre contre lui.

La nuit revenue, saigneurs et saigneuses regagnent leur village. Il leur laisse un peu de champ puis les suit, restant à couvert.

À trente mètres des feux, il sort ses jumelles. Une cinquantaine d'Indiens. Aucune arme, même pas d'arcs ou de sarbacanes ; des visages mornes, éteints ; on parle peu et à voix basse ; tu dirais des prisonniers, condamnés à vie et au-delà de tout espoir, assommés par le poids de la résignation. Pourquoi ne s'enfuient-ils pas dans la forêt ?

Il promène lentement ses jumelles. Gros plans de visages, de corps nus, de morsures parfois encore sanguinolentes de coups de fouet, de mains coupées...

De mains coupées ?

Il compte : six hommes et deux femmes ont au moins une main amputée au poignet, trois hommes et une femme n'ont plus de mains du tout. Certains seringueiros qui emploient des Indiens ont établi une échelle de punitions, à l'encontre de ceux qui ne travaillent pas assez : pour l'exemple, on coupe une main ; en cas de récidive, deux ; ou la mort.

Ce dom Venancio Carneira chez qui je vais est assurément un noble cœur. Je l'aime déjà.

Il repart, en se contentant de suivre le sentier. Deux kilomètres plus loin, il parvient à l'estrada, la grande piste qui relie entre elles les plantations d'hévéas sauvages.

Maison en vue, à sept cents mètres et à onze heures.

À tout hasard il effectue un tour complet, à bonne distance de l'habitation. Qui n'est pas si grande : elle ne comporte qu'une demi-douzaine de pièces, sur un seul niveau juché à deux mètres du sol, grâce à des pilotis; à côté, un hangar qui abrite les cuves où se pratique la fumaison du latex, et une cabane où doivent dormir les contremaîtres, et les domestiques s'il y en a.

(Il va regretter, surtout dans le Grand Silence, de n'avoir pas poussé à ce moment-là jusqu'à l'appontement sur le rio Madeira.)

Mais il est trop fasciné par ce qu'il voit dans ses jumelles à environ quatre cents mètres, entre les arbres. Il découvre une véranda, éclairée par des lampes à pétrole, sur laquelle cinq personnes sont installées, buvant et devisant paisiblement.

Prends ton temps.

Il cadre les visages l'un après l'autre. Ils sont tous là : Stepa Oneguine, Matriona, la Montagne Humaine et mon cher Otto Krantz; plus un cinquième homme qui ne peut être que Venancio Carneira, gros homme en chemise et culottes de cheval enfoncées dans de hautes bottes, et fouet à portée de main, sans parler du revolver dans l'étui à sa ceinture.

Afonka? Où est Afonka Tchaadaïev?

Une domestique indienne va et vient de l'intérieur de la maison à la véranda. Candido la suit dans ses jumelles durant plusieurs minutes; il note que les fenêtres sont de simples ouvertures sans cadre ni châssis et il distingue vaguement des moustiquaires recouvrant des lits.

Il se déplace légèrement de façon à avoir la maison par le trois quart arrière, avec un petit bout de véranda et Stepa Oneguine.

Dix minutes pour repérer son itinéraire : aucun piège visible, c'est presque trop facile, Candido Stevenson.

Il se coule, le Lee-Enfield dans la saignée des bras, mètre après mètre. D'interminables minutes pour s'assurer que la petite écurie ne contient rien d'autre qu'une demi-douzaine de chevaux. Beaucoup de temps encore pour parcourir les deux cents pas au terme desquels il se trouve sous la maison. Il entend très bien la conversation, maintenant : Stepa Oneguine, de sa voix lente, raconte une histoire qui s'est passée à Belém, deux mois plus tôt, une histoire de femme.

Candido se hisse. Tâtonnements précautionneux pour vérifier qu'en franchissant la fenêtre il ne va pas déclencher quelque signal d'alarme.

Il est dans l'une des chambres. Une valise posée sur une chaise rudimentaire, un lit, une jupe de femme – Matriona? – étendue sur une corde, en train de sécher; suspendu à un clou dans la cloison de bois, un élégant nécessaire de voyage, en cuir de Russie, marqué aux initiales M.R. – c'est bien la chambre de Matriona.

Il sort dans le couloir. Coup d'œil à droite : Otto Krantz, à cinq mètres, lui tourne le dos, une cigarette entre les doigts de sa main gauche.

Candido ouvre porte après porte...

À propos Otto, Candido le Jaguar est juste derrière toi, tu te retournerais, tu le verrais te fixant de ses gentils yeux verts.

... Et se glisse dans la pièce : la domestique déambule. Il l'entend repartir vers la véranda et ressort. Il achève sa visite.

Rien à signaler. Je m'en doutais un peu.

Jamais Herr Doktor n'a été ici. (Tu n'y croyais pas réellement mais quand même un tout petit peu, reconnais-le.)

La cabane, à présent.

Quatre bonnes minutes pour entrouvrir la porte qui aurait un rien tendance à grincer. Il repère le souffle de deux dormeurs. L'intérieur n'est pas grand, il comporte deux bat-flanc, que sépare plus ou moins une toile tombant du toit pour ménager un peu d'intimité. L'un des bat-flanc est vide, l'autre est occupé par un homme et une femme – un métis et une Indienne - pareillement nus, la main de la femme reposant sur le bas-ventre de son compagnon, ils dorment tous les deux bouche ouverte.

Où est le deuxième homme, celui qui dort habituellement sur l'autre bat-flanc ?

Il est peut-être en congé. Ou aux nouvelles, dans le but de savoir si le Jaguar Féroce est enfin ressorti de sa forêt inextricable.

Candido frappe, d'un bon coup de crosse au milieu du front. Dans la seconde qui suit, il pose le canon du Lee-Enfield sur le visage de l'Indienne qui s'est réveillée.

– Chut.

Il attend, guettant une réaction de la part de l'un des occupants de la véranda. Deux minutes. Je pourrais attendre des heures, s'il le fallait.

Mimique à l'intention de la femme :

– Attache-le.

Il essaie à voix basse l'un des cinq ou six dialectes indiens qu'il connaît. Pas la moindre réaction : ou elle ne me comprend pas, ou elle est complètement idiote. Elle a de fort jolis seins, en tout cas, et si elle a quatorze ans, c'est le bout du monde.

Lorsqu'elle a terminé, il lui sourit et, par une nouvelle mimique, lui intime l'ordre de s'allonger à plat ventre sur le lit. Il la ligote. Il lui enfonce un morceau de vieille chemise dans la bouche, bâillonne également l'homme, qui n'a pas repris connaissance, j'espère que je ne l'ai pas tué, ce ne serait pas une très grande perte.

Sur la véranda, ils ne sont plus que quatre. Manque Venancio Carneira... Mais qui revient, rapportant une nouvelle bouteille de caxaça, et reprenant où il l'avait laissée une incompréhensible histoire de mulâtresses qui se ressemblaient comme deux sœurs et qui...

Candido s'éloigne de la maison. Cent cinquante mètres. Une fois à couvert, il s'accroupit.

Et les observe, paisiblement assis, jambes allongées, le ventre plein et sans doute ayant ingurgité pas mal de la caxaça de ton pays. Où ils t'ont poursuivi, sur des milliers de kilomètres, pour cette seule raison que l'Autre leur en a donné l'ordre. Tuant à gorge déployée, si j'ose dire. Ne calcule pas combien ils ont tué de gens, tu y passerais la nuit. Sans compter ceux que tu ignores, et qu'on va encore te mettre sur le dos. Finalement ils sont très heureux d'être au Brésil, coulant des jours paisibles, avec juste quelqu'un à découper à l'occasion, mais le reste du temps, les vacances, ils sont certainement mieux ici que dans leur Russie où ils seraient déjà en prison ou fusillés, pour quelque raison obscure.

Bon.

Il se dresse, épaule et tire. Enchaînant les balles aussi vite que cela lui est possible.

Stepa Oneguine, et d'un.

Otto Krantz, et de deux.

La Montagne Humaine...

Tiens, je n'ai fait que le blesser, celui-là. Il bougeait trop et puis il s'est jeté par terre, c'est malin. Il vient sur moi en courant, qui plus est en me mitraillant.

Venancio Carneira aussi a saisi son arme et ouvert le feu.

Pour les mains coupées, dom Venancio...

Candido tire sa quatrième balle. En plein front, comme pour Stepa Oneguine et Otto Krantz.

Il met Matriona en joue.

Non. Tu ne peux pas.

Choc sur le côté gauche de sa poitrine, qui un instant le plie en deux. La Montagne vient de me transformer en passoire. Depuis le temps qu'il me canardait !

Le colosse n'est plus qu'à vingt mètres. Il laisse tomber son arme vide et s'élance.

La cinquième balle de Candido lui troue la gorge ; il fait encore quelques mètres puis s'abat d'un seul coup, tel un arbre. Candido s'avance et le contourne sans lui accorder un regard. C'est sur Matriona qu'il a les yeux fixés.

Un petit pistolet pend au bout de son bras. Il continue de marcher. À cinquante mètres de la véranda, il stoppe.

– Où est Herr Doktor ?

Elle le considère, impassible.

– Où est-il ?

– Je n'en ai pas la moindre idée, dit-elle enfin.

– Il est au Brésil ?

– Pas que je sache.

– En Russie ?

– Je ne sais pas.

– Qui le sait ?

– Stepa le savait.

Cuidado, Candido Stevenson, elle te dit ça uniquement pour que tu détournes les yeux une seule seconde.

Il ne bouge pas.

– Essayez de me tirer dessus, dit-il.

– Il ne vous reste plus qu'une balle.

– C'est vrai.

– Afonka nous avait prévenus que vous étiez un tireur exceptionnel, mais Stepa ne l'avait pas cru. Il avait tort.

Tue-la, Candido Stevenson. Qu'elle soit une femme ne change rien. C'est une Griffe du Jaguar. TUE-LA !

Dix secondes. Matriona lâche son arme. Le Lee-Enfield toujours braqué, il parcourt les cinquante derniers mètres et monte sur la véranda.

Fouille Matriona, comme si elle était un homme.

– A plat ventre à l'entrée du couloir, bras et jambes en croix.

Elle s'exécute. Qu'est-ce qu'elle est belle !

Il fait alors les poches des trois cadavres.

Sur Otto Krantz, trois passeports : allemand, britannique et autrichien, de l'argent – environ mille dollars – et le couteau dans sa gaine de cuir, porté le long de sa cuisse. Lame de plus de vingt centimètres, extrêmement effilée. Rien d'autre.

– Cet homme était bien Carneira ?

– Oui.

Fouille de Carneira. De l'argent et quelques photos de mulâtresses nues, dans les positions les plus extravagantes.

Fouille de Stepa Oneguine. De l'argent encore – près de dix mille dollars ; divers passeports, quatre en tout, dont un russe au nom d'Oneguine, des accréditifs auprès de diverses banques dans toutes les villes du Brésil, un petit carnet relié en cuir noir, que Candido met dans sa poche.

Et une de ces pierres mystérieuses, en jade (il n'y a pas de jade au Brésil), vaguement taillées en forme de poissons, dont les collectionneurs affirment qu'elles remontent au temps ancien des Amazones, une muiraquita. Je me demande où Stepa a bien pu la trouver, oncle Ulisses me disait toujours qu'elles valaient plus que les plus belles émeraudes.

– Vous saviez que j'allais arriver ?

– Stepa le savait.

– Levez-vous et venez avec moi. Ne faites aucun mouvement brusque.

Elle vient de s'engager dans le couloir. Elle porte encore une fois des chaussures qui ne conviennent guère, et qui seraient mieux à leur place dans un palace de Rio, de Londres ou de Paris.

– Je n'en ferai aucun, répond-elle.

Quelque chose dans le ton de Matriona alerte Candido. Il pivote et en deux bonds regagne la véranda.

Il découvre la ligne des soldats en train d'encercler la maison.

Jamais il n'est allé si vite. Après un plongeon par-dessus la balustrade de la véranda, un roulé-boulé dans la terre grasse, tenant toujours le Lee-Enfield, il s'élance comme un fou vers la forêt, ce serait bien le diable si je ne parvenais pas à m'échapper.

Trois cents mètres et puis cinq cents, on court derrière lui. Et alors ? Qui pourrait le rattraper ? C'est même ridicule de leur part d'essayer.

Une barrière de fil barbelé.

Il se jette dessus en pleine course et est projeté en arrière.

Remue-toi. Voilà pourquoi ils te poursuivaient. Ils savaient, eux.

Tu n'as pas poussé suffisamment loin ta reconnaissance, abruti.

Les soldats sont maintenant à soixante mètres. Il se relève, le visage et la poitrine ensanglantés. Et la balle dans sa poitrine qui commence à lui faire assez mal, à vrai dire.

Il galope le long de la clôture. Tu n'auras pas le temps de la franchir, inutile d'insister. Une autre idée surgit : le fleuve. Je cours droit devant et je plonge. A tout prendre, je préfère encore les piranhas et les caïmans. Je nage sous l'eau, dans le sens du courant, je ressors toutes les cinq minutes, et à un moment, je flotte sur l'Amazone. Pas de problème.

C'est quand même bizarre qu'ils ne t'aient pas atteint, depuis le temps qu'ils te tirent dessus. Ils le font exprès, ou quoi ?

Ils le font exprès.

Ils te veulent vivant.

La rivière à quarante mètres. Je vais y arriver, je t'assure, Samantha, que je fais de mon mieux.

Il court, mais ses jambes le lâchent et il s'effondre.

Il y a un type à côté de toi, Candido Stevenson. Avec des bottes étincelantes qui te rappellent quelque chose.

Il se traîne, plantant dans le sol le canon du Lee-Enfield. Ce qui m'embête, c'est que ce soit justement lui, avec ses bottes étincelantes et ses moustaches d'imbécile.

Bon.

Il se retourne et braque le Lee-Enfield sur le colonel du Mato Grosso, celui d'autrefois, le même, qui va encore me mettre dans une cage, tu verras, c'est un vrai obsédé.

Il pose son doigt sur la détente et vise entre les deux yeux. Puis il redresse le canon, et le coup part en l'air.

Ils t'ont pris, Candido Stevenson.

Je sais.

Tu vas renoncer?

Non.

Tu comprends maintenant ce que doivent ressentir les vrais jaguars, tous les fauves, les bêtes libres, quand soudain on les emprisonne pour les mettre dans un zoo.

Descente du rio Madeira sur une chaloupe à moteur escortée d'autres chaloupes surchargées de soldats. Et l'ex-colonel du Mato Grosso devenu général, qui, de temps à autre, plante devant le nez ses bottes étincelantes, en disant : « J'ai toujours su que je finirais par vous reprendre, Cavalcanti. »

Après le rio Madeira, l'Amazone. L'exposition sur les appontements, la foule tenue à distance par les soldats, tantôt silencieuse, tantôt pleine de murmures. Et toi debout, ce n'est pas facile avec cette cage trop petite ; tu es dressé sur tes pattes de derrière, et pour rire (tu crois ?) tu fais entendre un petit grrr, « en réalité le Jaguar est un animal silencieux, il se contente tout au plus de grogner sourdement, il hausse rarement le ton mais beaucoup de voyageurs prétendent qu'on peut le repérer par le vacarme auquel se livrent les singes hurleurs sur son passage ».

Grrr.

On te frappe encore et encore, pour te faire taire. Et plus on te frappe, plus tu fais grrr. Pas un gros grrr. Un petit, sourd, rien que pour les embêter.

Façon aussi de te prouver que tu n'abandonnes pas.

Grrr.

Qu'est-ce qui sent si mauvais, ça pue – c'est toi, tu aurais quand même pu attendre d'être hors de ta cage, tu me dégoûtes.

Je voudrais t'y voir, ce n'est pas ma faute.

Tu me dégoûtes, je te dis. Et tu renonces.

Alors là, pas du tout ! Ça, non.

Tu es devenu un animal qui jamais ne se résigne parce qu'il ignore le mot.

Tu ne vois donc pas qu'ils sont en train de braquer sur toi une lance d'arrosage ? Protège tes yeux, leur saleté de jet est si puissant qu'il te plaque contre les barreaux. Ça fait un tout petit peu mal mais rien de bien méchant. Et ça ne sera pas du luxe, un bon nettoyage.

Traversée d'une ville, sur le plateau d'un camion. Des soldats à gauche et à droite, tournant le dos et faisant face à la foule qui s'est massée sur les trottoirs.

Grrr.

Une prison. Ils ont mis ma cage dans une prison, ils sont réellement bêtes : ça fait double emploi.

Encore des coups. Je vais dormir un peu.

J'ai dit : dormir, pas me laisser aller ni renoncer, tu m'énerves à la fin.

– Cavalcanti ?

– Grrr.

– Vous m'entendez, Cavalcanti ?

– Grrr.

Des hommes parlent, discutent entre eux.

– Cavalcanti, je sais que tu m'entends. Ouvre les yeux et regarde-moi. Assez de comédie.

– Grrr.

– Sortez-le de cette cage, c'est inhumain, dit une autre voix.

Ils prennent des risques. S'ils me lâchent, je leur saute dessus et je les mange tous.

– Il ne vous répondra pas aussi longtemps qu'il sera dans cette cage, dit encore la voix vaguement familière. Sortez-le de là ou aucun d'entre vous n'aura plus le moindre galon, je vous en donne ma parole. Vous le sortez de cette saloperie et vous lui apportez à manger et à boire. Immédiatement.

Je vais dormir encore un peu, ce qui se passe n'a aucun intérêt...

– Candido?

Grrr.

– Candido, je suis Aristides Dantas. Vous m'avez fait parvenir une lettre.

Grrr.

– Candido, vous devez manger et boire. En refusant de vous alimenter, vous vous suicidez. Vous préférez abandonner, Candido? Cela ne vous ressemble pas.

Ne l'écoute pas, Candido Stevenson, c'est juste un de leurs pièges. Dors encore. Tu leur fais grrr et tu te rendors. Tu vas voir leur tête.

– Ils vous ont sorti de la cage, Candido. C'était ce que vous vouliez, n'est-ce pas? Vous n'avez plus aucune raison de refuser la nourriture et l'eau qu'on vous donne. Candido, vous m'entendez? Je suis Aristides Dantas, l'avocat de Rio. Vous ne vous rappelez pas la lettre que vous m'avez écrite? Si vous voulez que je vous aide, vous devez m'aider un peu, vous aussi.

Il ouvre les yeux, immédiatement blessé par la lumière. Je n'y vois pas trop bien, pour être franc. Il parvient à soulever une main et la silhouette penchée sur lui comprend et s'approche, très près.

Aristides Dantas.

Mais peut-être est-ce quelqu'un qui lui ressemble, méfie-toi. Non, c'est bien Dantas.

– Vous me reconnaissez, Candido?

– Oui.

– Vous allez accepter de manger et de boire? Je vous en prie. Je vous en prie.

Un peu d'eau sur les lèvres. Lèvres qu'il entrouvre, pour la première fois depuis...

... depuis je ne sais plus.

– Ça va?

– Je vais vraiment très bien.

– La prochaine étape devrait être un peu de toilette, vous allez avoir de l'eau et du savon. Et je peux obtenir que l'on vous rase et que l'on vous coupe les cheveux. Je vous ai également apporté des vêtements propres.

– Merci.

– Un médecin vous a examiné ce matin. Il reviendra tout à l'heure. En dehors des problèmes posés par votre grève de la faim de trente jours, et la balle qui vous a transpercé, il n'a relevé que trois fractures, des fêlures plus que des fractures en fait. Il a nettoyé vos plaies, qui pour la plupart s'étaient déjà refermées. Vous l'avez stupéfié : vous êtes d'une constitution exceptionnellement robuste et résistante.

– Samantha ? Et ma fille ?

– Je ne sais pas où elles sont. Et je crois que personne ne le sait. L'armée ne les a pas prises, si c'est là votre question.

Ne dis rien.

– Y a-t-il quelque chose que je puisse faire pour elles, Candido ?

– Non.

– Et l'armée révolutionnaire ?

– Je suppose que vous voulez parler de la bande conduite par Leite Abade et Tasso Aranha. On est sans nouvelles d'eux. L'armée continue de les rechercher. Je peux essayer d'en apprendre davantage.

Candido referme les yeux. Un peu parce que le sommeil le gagne, après cette première ingestion d'aliments (une espèce de soupe avec du lait), un peu pour esquiver cette conversation qui va trop vite pour lui. Samantha et Candida n'ont pas été prises, personne ne sait où elles se trouvent, c'est donc qu'elles sont toujours chez l'ermite, avec Lindolpho et Eglantina. En sécurité. Merci.

Le lendemain :

– Il faut convenir que vous avez meilleure mine, Candido. Je vous procurerai d'autres vêtements, ceux-ci sont un peu trop grands pour vous. Le médecin est venu, paraît-il ?

– Oui. Je vais vraiment très bien.

Ce matin, un coiffeur l'a rasé et lui a coupé les cheveux, sous la surveillance d'un officier qui a interdit toute conversation. Puis des soldats lui ont mis des menottes reliées par une chaîne à un gros anneau dans le mur de pierre.

... Au cours de la nuit, il est parvenu à se dresser sur ses jambes ; après trois ou quatre essais infructueux, il a réussi à faire au moins trois pas, soulevant la chaîne pour éviter tout cliquetis.

– Hier, nous parlions de votre compagne américaine, Candido. Et de votre fille. Elles seraient entrées dans le Mato Grosso avec vous et n'en sont toujours pas ressorties, d'après les autorités. Je comprends votre prudence, mais peut-être puis-je faire quelque chose pour elles. N'importe quoi.

– Non.

– Elles sont toujours vivantes ?

Il tourne son visage vers le mur à sa gauche.

– Je comprends, dit Aristides Dantas. Je veux dire que je comprends que vous ne vouliez pas parler, quelles que soient les raisons de votre silence. J'espère pour elles que vous n'aurez pas à regretter de ne pas m'avoir fait confiance.

Il fixe toujours le mur.

– Pour Leite Abade, Tasso Aranha et leurs hommes, je me suis informé, mais j'ai peu de chose à vous dire. L'armée a choisi de ne pas se hasarder trop avant dans la forêt. S'il y a des survivants à cette marche inouïe, on ignore où ils peuvent être. On parle de Guajara Mirim. En réalité, les soldats n'ont poussé une pointe dans cette région qu'à seule fin de vous y prendre. Ils étaient renseignés. Le général qui commandait les deux cent cinquante hommes partis à votre poursuite avait apparemment des raisons personnelles de tenir à votre capture. C'est bien le colonel avec lequel vous avez eu des ennuis autrefois dans le Mato Grosso, n'est-ce pas ?

Le mur.

Ô Samantha !

Le lendemain :

– Vous ne m'avez pas demandé si j'agissais sur la requête de votre père, Candido.

– Vous me l'auriez déjà dit, si c'était le cas.

– Nous sommes à Belém. Avant mon départ de Rio, je me suis rendu à São Paulo pour le rencontrer. Il a refusé de me recevoir. J'ai pu cependant m'entretenir avec des hommes qui le touchent de plus près que moi. Pour eux, il s'agit surtout d'entêtement. (Sourire :) Je ne crois pas qu'il faille chercher ailleurs votre remarquable force de caractère.

Il essaie seulement de m'amadouer. Je ne ressemble pas à dom Trajano. Sur aucun point.

– Vous ne voulez pas que nous discutions, Candido ? Je vais devoir assurer votre défense devant le conseil de guerre, dont vous êtes paraît-il justiciable en tant qu'officier. Mais je peux m'en aller, si vous le souhaitez.

Ne te laisse pas emporter, jamais de ta vie tu n'as cédé à la colère, ni au désespoir. Tu ne vas pas commencer maintenant.

– Veuillez m'excuser, dit Candido. Et merci d'être là. Je vais passer devant le conseil de guerre ?

– Vous étiez officier, dans le Mato Grosso, tout au début. On vous a, en ce temps-là, condamné à mort. Mais les circonstances ont changé. Laissons les multiples chefs d'accusation. La liste en serait trop longue. Dites-moi plutôt quels actes criminels vous avez commis. C'est votre version que je veux.

– J'ai tué cinq hommes. Un qui s'appelait Hastimphilo

et qui était l'un des chefs de leur révolution, un autre qui se nommait Venancio Carneira, plus Stepa Oneguine, et deux autres que je connaissais uniquement sous le nom d'Otto Krantz et de la Montagne Humaine.

– Les trois derniers étant ceux que vous surnommez dans votre lettre les Griffes du Jaguar?

– Oui.

– Et Carneira?

– Il ne m'avait rien fait personnellement. À part me tirer dessus et avoir coupé les mains des Indiens qui travaillaient pour lui de force.

– C'est un civil. Et sa réputation était des plus mauvaises. Un conseil de guerre militaire ne s'y intéressera pas énormément. Rien d'autre?

– J'ai déjà tout expliqué dans ma lettre.

– À un moment quelconque avez-vous délibérément et en toute connaissance de cause apporté une aide, sans y être contraint par quelque chantage, à cette tentative de révolution?

– J'ai aidé Leite Abade, Tasso Aranha et les autres à traverser la forêt. Je l'aurais fait pour n'importe qui.

Même pour le colonel du Mato Grosso entre-temps devenu général. C'est dire.

– Candido, que savez-vous de cette femme, Matriona Reczak?

– Qu'elle était l'une des Griffes. Je ne connaissais que son prénom. Où est-elle?

– Sa déposition vous accable, et il ne s'agit pas seulement de ces quatre hommes que vous avez tués à la plantation de Venancio Carneira. Elle affirme que vous êtes le Jaguar, et à ce titre, seul instigateur et chef de cette prétendue révolution.

– Elle a des preuves?

– Uniquement ce que l'on appelle des ouï-dire. Si je tiens pour exactes vos déclarations, ce qui est le cas, il est évident qu'elle ne pouvait aller trop loin dans les accusations qu'elle porte contre vous sans s'impliquer elle-même.

– Où est-elle ?
– Aucune charge n'a été retenue contre elle. Officiellement, elle n'est qu'une ressortissante suédoise visitant le Brésil. À Belém, elle a fait par hasard la connaissance d'un Russe émigré et de deux Allemands, avec lesquels elle a entrepris une croisière sur l'Amazone.
– Où est-elle ?
– Elle a des appuis et elle a pu quitter le pays.
Reprends-toi, Candido. Tu es en train de changer à un point incroyable. Tu ne renonces pas ! Au contraire. Tu es plus déterminé que jamais. Mais justement : tu es glacé. Tu n'es plus Candido. Reprends-toi.
Il demande :
– A part vous, quelqu'un est intervenu, pour moi ?
– Ciccio Vaz Vasconcelles et sa famille. Je dois dire que le jeune Ciccio, quoi que je puisse penser de lui, vous défend avec une énergie farouche.
– Qui d'autre ?
Tu n'aurais pas dû poser cette question, tu vois bien que tu gênes Aristides Dantas. Tu manques de correction à son égard.
– Veuillez m'excuser encore une fois, dit-il.

On le condamne à mort et il n'ouvre pas la bouche, devant le tribunal militaire. Il regrette seulement de n'avoir rien à lire, et qu'on ait refusé de lui donner une guitare et de quoi écrire.
Tu es déjà mort en dedans de toi, ça ne change rien.
Bon, pas réellement mort c'est vrai : tu guettes, avec une patience dont personne ne peut avoir idée, la moindre erreur. Qu'ils te laissent la plus petite possibilité – et tu files. Tu n'as que cela en tête, pour le moment.
Je ne renonce pas. Jamais.
Accroche-toi à ça. Jusqu'à la dernière seconde tu y croiras.

Aristides Dantas n'est pas revenu. Ni personne d'ailleurs.

Personne.

En revanche, ils font irruption en pleine nuit : dix soldats et deux officiers qui n'osent pas croiser son regard de jaguar. Ils l'emmènent. Et il tente le tout pour le tout, dans ces quelques secondes où il se trouve dans la cour. Malgré les chaînes qu'il a aux poignets et aux chevilles, et malgré le nombre invraisemblable de soldats. Il arrive à courir quelques mètres et à résister pendant au moins deux minutes, frappant et rampant alors même qu'une horde s'acharne à le maintenir.

Ils m'ont assommé, sans ça je les avais.

Quand il reprend conscience, il est écartelé sur une planche en métal, et qui roule. Il tente de tirer sur ses chaînes, mais elles ne bougent pas d'un millimètre.

Il se met à chanter *Le Jaguar, La Chanson d'Ezra MacAuliffe* et toutes les autres.

Je ne renonce pas.

Peu après, une porte s'ouvre, sur une lumière aveuglante. On le détache et il se débat plus que jamais. Ils sont je ne sais pas combien à tenter de l'immobiliser.

Des couloirs tout blancs.

– Une piqûre le calmera. Tenez-le bien. C'est une vraie bête fauve.

Il a le temps d'apercevoir un visage, celui d'un homme à cheveux blancs, en blouse blanche.

Ils le piquent, en dépit de ses soubresauts.

– Vous pouvez le lâcher.

Il se débat sitôt qu'on lui ôte ses chaînes. Il se débat, mais au ralenti.

– Cavalcanti, ma voix est la dernière parole que vous entendrez. La dernière.

– Je ne renonce pas.

Pas de réponse. Il rampe, incapable d'ouvrir les yeux et de résister au lourd sommeil qui vient.
Le Grand Silence tombe.

CHAPITRE VII

Lorsqu'un Jaguar s'est montré particulièrement féroce, les indigènes sont persuadés qu'il ne s'agit pas là d'un véritable animal, mais d'un être magique ou fantastique. Ils peuvent y voir aussi l'incarnation d'un homme particulièrement méchant, mort depuis longtemps.

Je ne renonce pas.

Il marche de long en large, onze pas dans un sens, onze dans l'autre.

C'est carré.

C'est blanc. Il y a du carrelage blanc sur chacun des quatre murs, sur le sol et au plafond. Des carreaux tous identiques, sans la moindre éraflure pour en singulariser un seul. Peut-être, en cherchant bien, mais vraiment bien, tu peux apercevoir un grain de sable gros comme le quart d'une tête d'épingle.

C'est mieux que rien du tout.

Pour rompre cette harmonie parfaite, toutefois, tu as cinq choses. Pas six, cinq.

Un : le cercle rond de lumière au centre du plafond, à trois mètres de hauteur. C'est un morceau de verre épais. La seule lumière vient de là. Elle ne change jamais d'intensité, ne s'éteint jamais.

Deux : le trou rond, de sept à huit centimètres de diamètre, par lequel l'air est renouvelé. Un air ni trop chaud ni trop froid, qui ne varie jamais, lui non plus. Et hors d'atteinte, absolument.

Trois : au ras du sol, le trou d'aisances. Il forme un entonnoir de trente centimètres de diamètre à la surface, et de quinze centimètres au fond. Un tuyau d'évacuation le prolonge. Par une fente dans le mur, de l'eau se déverse en dégageant une légère odeur d'antiseptique – pas désagréable, un vague parfum de citron vert. Le nettoyage se fait à intervalles réguliers, note-le. Toutes les six heures. Ou toutes les quatre. Tu n'es pas à deux heures près.

Quatre : l'arrivée d'eau pour boire et se laver. L'eau tombe tout droit du mur dans un petit regard rond, grillagé, de dix centimètres.

Cinq : le plus excitant, la trappe. Carrelée, elle aussi, mais si tu la soulèves elle découvre une niche de la largeur d'une main qui est le terminal d'un conduit. A intervalles réguliers, par ce conduit, un minuscule plateau en carton descend, suspendu au bout d'une cordelette très fine. Le contenu du plateau n'est pas mauvais, il y a souvent de la viande prédécoupée de façon à pouvoir la manger avec les doigts. Tu pourrais peut-être t'étrangler avec la cordelette.

On verra bien.

C'est meublé : un matelas de caoutchouc mousse blanc – quatre doigts d'épaisseur, et un oreiller rond de quinze centimètres de diamètre, également en caoutchouc mousse.

En les déchiquetant à l'aide de tes dents tu pourrais t'étouffer.

Rien ne presse.

Il est entièrement nu. A part le matelas, l'oreiller, le plateau en carton et la ficelle, il ne dispose de rien.

Pour la porte, il l'a cherchée pendant... beaucoup de temps. Finalement il a conclu qu'il n'y avait pas de porte, au sens propre du terme : il est pourtant entré, l'un des murs a dû être déplacé, puis rejointoyé. Il ne sait pas lequel : aucune espèce de différence entre eux, ils sont tous les quatre identiques.

Muré vivant.

Et deux ennemis mortels : le temps que tu ne peux pas mesurer...

... et le silence, le Grand Silence. On n'entend rien du tout : pas de bruit de pas, de murmure, de tintement de clés, de grincement de porte, de grignotement de souris, ou d'insecte. Pas de fourmis, de cafard, de puce, d'araignée.

Un silence à te faire éclater les oreilles, à te rendre fou. C'est ce qu'ils veulent.
D'accord.
Je ne renonce pas.

Il a craqué. Peut-être a-t-il été victime d'un accès de fièvre, cette dingue qui décimait ses compagnons pendant la traversée de la Forêt Inextricable. Au départ, des frissons, de plus en plus longs, de plus en plus douloureux, vous parcourent tout le corps. Sensation d'une poitrine qui peu à peu se comprime, d'un froid mortel dans l'intérieur des os, d'un cercle d'acier broyant le crâne. Puis les hallucinations : un bois noir de Mongolie aux arbres sanguinolents; un sol de sang qui ruisselle, coagule et palpite comme un gigantesque cœur; l'escalier suintant d'une forteresse de pierre murée, et des profondeurs, remontant en un flot continu, des égorgés qui rient jusqu'aux oreilles, tous avec les traits de Samantha.

Jusque-là, il se contrôlait à peu près.

Et puis d'un coup, une panique effroyable l'a submergé. Il se rappelle avoir hurlé, à n'en plus finir et s'être jeté la tête contre les murs.

Ça n'aura duré que quelques heures.

C'est fini.

Tu as repris le contrôle. Ça va. Je t'assure que ça va.

Il est tapi dans un angle. S'il pouvait s'incruster au carrelage, il l'aurait déjà fait, ses jambes sont pelotonnées sous lui, ses bras repliés contre sa poitrine, sa tête enfoncée dans les épaules. Un fœtus. La pièce paraît immense, des kilomètres de blancheur.

Si, si, ça va.

Tu émerges, c'est tout. Il faut un certain temps.

Il court après sa conscience, qui lui échappe, glissante, tu crois avoir mis la main dessus et elle te file entre les doigts.

Tu as déjà dit ça, ce n'est pas la première fois. Tâche de réussir, ce coup-ci.

Compte : un, deux, trois, quatre... Combien font sept fois sept ? Quarante-neuf.

Tu vois ? Tu y arrives.

Le début de Grimmelshausen, pour voir, mot à mot ?

La présente époque (dont on dit que ce sera la fin des temps) a vu naître parmi les petites gens une étrange épidémie...

Bien. Très bien. Allez, au hasard maintenant : Livre II, chapitre XVI :

À en juger sur les apparences, les choses allaient pour moi de mal en pis. Ma situation devint même si mauvaise que je crus n'être né que pour le malheur. En effet, je ne m'étais éloigné des Croates que de quelques lieues lorsque je tombai aux mains de bandits...

C'est bien, continue. Ça te calme. Tu tiens solidement ta conscience, à présent. Ne la lâche plus.

Ça va, Candido Stevenson ?

Je serais nettement mieux dans les bras de Samantha, mais ce n'est qu'une question de temps, je ne renonce pas du tout.

Ça n'est pas passé très loin, tu t'en rends compte ? À un poil près, tu devenais carrément fou.

Je sais. Mais j'en suis sorti. Et à propos, on n'est pas deux dans cette cellule de céramique, je suis tout seul. C'est moi qui me parle à moi-même.

Et je suis redevenu gai, tu remarques? Me revoilà Candido tel qu'en lui-même.

Il regarde autour de lui. Le carrelage du sol est d'une saleté repoussante, pire que la cage d'un fauve.

Ça n'a pas duré quelques heures, mais bien plus que cela. Bien plus.

Le matelas de caoutchouc mousse a été lacéré en trois ou quatre morceaux. L'oreiller est rongé aux deux tiers.

Et des bouts de la ficelle. Dont l'un forme nettement un nœud coulant. Tu as essayé de t'étrangler avec et ça a cassé. Te pendre à quoi, d'ailleurs?

J'ai faim et soif.

D'accord.

Mais d'abord, tu vas me faire le plaisir de nettoyer. Je veux voir le carrelage reluire.

À cet instant, il remarque ses ongles. À part ceux des index qui sont cassés, ils ont poussé de trois ou quatre bons centimètres.

Cheveux et barbe?

Pareil. Les cheveux descendent plus bas que les épaules, pourtant on te les avait coupés à Belém. La barbe est longue et soyeuse.

Ça a duré nettement plus qu'un certain temps. Des semaines, oui. Voire des mois.

Et à nouveau, l'incroyable flamboiement de la panique, cette bête rouge et noire dans le tréfonds de lui qui soulève le couvercle et se rue dehors, toutes dents sorties pour déchiqueter et hurler...

Neuf fois un, neuf; neuf fois deux, dix-huit; neuf fois trois, vingt-sept; neuf fois quatre...

Et Baudelaire, par exemple : *La très chère était nue, et connaissant mon cœur...*

Ça va. Referme-moi cette saloperie de couvercle et assieds-toi dessus. Tu le scelles.

Je t'ai eue, conscience.

Il a tout nettoyé, tu pourrais manger par terre. Et si le carrelage était d'une autre facture, tu t'y verrais dedans.

Il s'est lavé et relavé.

Il a réajusté tant bien que mal le matelas de caoutchouc mousse à l'aide des petits bouts de la ficelle. Confortable. Sauf que si tu y faisais un câlin avec Samantha, ça volerait aux quatre coins de la pièce, vite fait, si tu vois ce que je veux dire.

Tu vois trop bien, laisse tomber.

Bon, maintenant, il faut que tu te remettes un peu en forme. Tu vas te forcer à manger. Ce n'est pas si mauvais, ce qu'ils te donnent. Et puis tu as besoin d'exercice.

Cent tours de la pièce dans un sens, cent tours dans l'autre, pour commencer. Oui, je sais que c'est dur. Ne t'arrête pas!

Il s'attaque à l'oreiller, mais cette fois lucidement. À coups de dents, il en tranche un morceau d'environ quinze centimètres, le rogne délicatement et se fabrique une sphère.

Un ballon.

Tu es l'avant-centre de Botafogo et tu marques des buts. La cage, ce sera les six carreaux sur les quatre dernières rangées. Tu disputes le championnat de Rio de Janeiro. Attention, Flamengo mène déjà par dix-neuf à quatre, tu as intérêt à te reprendre.

... Peu après, il réduit la surface de la cage. Cela devenait trop facile. Même du pied gauche. Je tuerais une mouche à cinq mètres, maintenant.

Pour changer, il organise des tournois de pelote basque. À main nue – je n'ai pas de chistera, de toute façon.

Et de tennis.

Puis il joue aux dames sur les carreaux. Qu'il imagine blancs et noirs.

Il joue aussi aux échecs quoiqu'il n'en connaisse pas bien les règles; Herr Doktor a essayé de les lui apprendre dix fois, mais il préférait les demoiselles. Alors il les réinvente, ces règles, Samantha étant la reine blanche, et ses cavaliers des jaguars.

Il joue une centaine de parties puis cesse.

Ça t'énerve trop, cuidado !

Il est maintenant capable de courir trois mille tours. Il a tenté un truc : tu cours vers le mur opposé et tu y grimpes sur ton élan, et ensuite tu pousses sur tes jambes, saut périlleux et hop, tu te retrouves debout sur le sol. À présent, ça va. Parce qu'au début, pardon, j'en ai pris des gamelles !

Il saute aussi sur place. Cinq mille sauts consécutifs, essaie un peu, tu verras si c'est facile.

Plus la gymnastique.

Et l'entraînement pour la respiration.

De la musique. Il compose *La Chanson du prisonnier, La Chanson du Grand Silence* et *La Forêt Inextricable* et d'autres encore. Il imagine les portées et les notes sur les carreaux, septième, huitième, neuvième rangée. Croches et doubles croches, ça c'est en fa mineur.

Il lit dans sa mémoire. Le Simplicius Simplicissimus neuf fois de suite, sans en oublier un mot. Et *Du côté de chez Swann* et *Les Jeunes Filles*. Moins facile, avec ces phrases qui n'en finissent pas. Surtout en français. Je vais reprendre un peu d'Edgar Allan Poe, tiens, ça me changera.

Le temps.

Parfois, tu décolles, Madame la Conscience fait des fugues, tu as un mal fou (non, évite ce mot) à la rattraper.

Attention, Candido Stevenson, fais très attention. Cours, saute, joue à n'importe quoi, au tennis, à la pelote, au billard. Perfectionne ton jeu de tête, qui n'a jamais été terrible. Tiens : cinq cents rebonds sur la tête sans que le ballon touche le sol.

Attention.

Attention.

Samantha, aide-moi, je t'en prie, je t'en supplie, ne me laisse pas tomber, j'ai besoin de toi, ô Dieu Vivant, je n'en peux plus, je n'en peux plus, je n'en peux plus...

Il est à quatre pattes, il va de long en large, d'un mur à l'autre.

Grrr.

Il n'arrête presque jamais. À quatre pattes et de long en large.

Grrr.

Il grogne sourdement, le jaguar est un animal silencieux, tout au plus grogne-t-il sourdement.

Grrr.

Parfois il se dresse sur ses pattes de derrière, il lacère le mur carrelé de ses ongles de dix centimètres, de ses griffes tordues et vrillées. Au début, il grognait en direction du rond de lumière, mais plus maintenant.

Grrr.

Il urine en levant la patte, défèque n'importe où. Il piétine ses propres excréments, repart dans son va-et-vient incessant, hallucinant, de fauve en cage et qui ne se résigne pas.

Grrr.

Parfois il s'effondre, épuisé, et il se love, le menton sur ses pattes de devant. Il montre les dents en écarquillant ses yeux verts.

Grrr.

Cheveux à la taille.

Il ne mange pas, il fouille de son mufle les aliments et les dévore.

Il ne boit pas, il lape.

Grrr.

Des Hommes viennent, chaussés de bottes, lui piquent le corps.

GRRR!

Il griffe et mord. Sa gueule de jaguar émet des sons inarticulés et rauques, d'une extraordinaire sauvagerie.

Les Hommes le capturent avec des lassos, l'emmènent.

Ô Dieu Vivant, je les ai eus!

Il est sur un lit, attaché par les poignets et les chevilles. On l'a lavé, on lui a coupé les cheveux, les ongles, rasé la barbe.

Grrr.

– La résistance de ce gamin est phénoménale, dit l'homme aux cheveux blancs, elle bouleverse toutes les données connues. Personne n'a jamais tenu plus de deux mois dans le Grand Silence. C'est à n'y pas croire.

– Il redeviendra humain, je veux dire lui-même?

– Sa démence est complète et définitive, j'en ai peur. Je vous ai déjà dit que je refusais la responsabilité de ce que vous m'avez fait faire.

On lui donne de la viande crue et du lait, il ne veut rien d'autre. On lui a parlé, il a grogné. Mais il se domestique : il lui arrive de produire une espèce de ronronnement, à l'approche de certaine infirmière. Laquelle en est très fière, « il me reconnaît, dit-elle, voyez. Le pauvre garçon. Il se conduit comme un chat. Il est très doux maintenant ».

Il attend.

La onzième nuit. On a défait le lien de son poignet gauche, pour le laver.

Le nœud a été mal refait.

Il se détache et ronge les bandes qui ont servi à lier son poignet droit.

Il va vite, dès lors, Dieu sait qu'il a eu le temps de calculer chaque mouvement : au début, le moindre bruit le faisait trembler, lui crevait les tympans ou presque; il lui a fallu plusieurs jours pour recouvrer une acuité auditive normale – pas normale, elle est d'une finesse qu'il n'a jamais éprouvée auparavant.

L'infirmier de garde est sorti pour un instant ; la porte en fer du couloir est fermée de l'extérieur, comme prévu.

Il entre dans la salle de bains, met en place la bonde de la baignoire et celle du lavabo, rend hors d'usage la chasse d'eau...

Ouvre l'eau en grand.

Tu attends. Patience du jaguar qui pêche.

Mais tu n'es pas un jaguar, tu es Candido Stevenson Cavalcanti de Noronha, tu vas ressortir de cette prison déguisée en hôpital, filer dans la nuit, retrouver Samantha. Tout va bien.

L'eau monte dans la baignoire, le lavabo et le réservoir des toilettes. Elle déborde sur le carrelage. Il s'est perché sur une chaise pour n'être pas mouillé.

Je les ai eus. Ils m'ont cru fou, je n'en voulais pas davantage.

Je ne suis pas fou.

L'eau monte. Deux centimètres et bientôt trois.

Maintenant.

Il hurle au secours, de toute la force de ses poumons. À trois reprises.

Quelqu'un finit par tambouriner à la porte de fer qui est la seule issue possible. Il demande ce qui se passe.

Candido lance un quatrième au secours, celui d'un mourant. Et peu de temps après, la porte s'ouvre. Alors qu'il a déjà plongé dans l'eau les fils dénudés de la prise électrique.

Hurlements. Puis le silence.

Il retire les fils de l'eau et les accroche à un porte-serviettes. Très vite : même en faisant le jaguar fou, dans sa cellule de céramique, il s'est livré à une gymnastique efficace.

Des couloirs, des bureaux, un escalier extérieur, un jardin. Tout au fond, à plusieurs centaines de mètres, un bâtiment carré, dont l'accès est défendu par des barbelés – c'est là que j'étais. J'aimerais assez rencontrer l'homme aux cheveux blancs pour lui montrer les effets de sa thérapie.

Des cris dans l'hôpital. Il court vers des garages. Des gardes viennent dans l'autre sens, armes au poing.

Il crève à coups de démonte-pneu les roues du camion et de la Ford T, met en route la Fiat Sedanca 519 et fonce.

Deux coups de feu, mais tardifs. Il est déjà à six cents mètres et pulvérise le portail de bois. Au-delà, une piste tout à fait praticable; il écrase l'accélérateur.

On ne le poursuit pas.

Le Jaguar est lâché.

Quatre heures plus tard, il abandonne la Fiat dans Belém, parmi d'autres limousines, sur la praça da Republica, aux abords du théâtre de la Paix. Avec un peu de chance, il s'écoulera quelques jours avant qu'elle soit signalée. Il a fouillé le coffre et la boîte à gants du véhicule : pour seul butin, un appareil photographique, un stéthoscope dans une trousse de médecin, une petite valise en très beau cuir – du caïman superbement travaillé – emplie de quelques vêtements de rechange et, surtout, un nécessaire de toilette en argent et écaille.

Il vend le tout, sauf les chemises et les caleçons qui n'étaient pas à sa taille et qu'il jette.

Il a assez pour acheter un billet de bateau. Des musiciens jouent sur le kiosque de la praça tandis que passent des tramways dont l'intérieur est éclairé par des lampes à acétylène. Un vieil homme cherche à lui vendre un boa constrictor de quatre mètres. En haut du grand escalier du théâtre-opéra, des statues de femmes soutiennent les lustres; Samantha voulait venir ici, dans la salle où la Pavlova a dansé.

Il mange de la maniçoba, cette viande de porc enveloppée dans des feuilles de manioc, au marché de Ver-o-Peso et s'achète une brosse à dents. Il se lie avec des musiciens ambulants qui répètent au milieu des détritus de légumes et de poisson pourrissant; et pour la première fois depuis quatorze mois, il gratte les cordes d'une guitare.

– Tu as un sacré doigté.

– Merci. Je n'ai pas joué depuis longtemps. Je sors de l'hôpital.

Il se lance avec la chanson de *Candido-Candida* et celle d'*Ezra MacAuliffe*. C'est très beau, vraiment très beau, d'où viennent ces mélodies ? Il dit qu'elles sont de lui, il continue, toujours sans les paroles, *La Chanson de Samantha, Le Jaguar, La Demoiselle de Berlin, Le Prisonnier*, et encore *Le Grand Silence*. Et d'autres.

Ils sont cinquante autour de lui, on lui offre à boire et à manger, encore de la maniçoba, du pato no tucupi, du canard en sauce, et des poissons : tambaqui, pirarucu et curimoto. Il dévore. Des musiciens lui demandent s'ils peuvent colporter sa musique. Il dit oui, bien sûr.

Et il va à Manáos ? Il a acheté son billet ? Quand on écrit de la musique pareille, on ne paie pas son billet, on ne paie rien, ce sera un honneur et un plaisir pour le capitaine de la chaloupe, qui est un cousin, de l'avoir à son bord.

Avec l'argent qui lui est rendu, il fait l'acquisition d'une guitare, bien qu'on ait insisté pour la lui donner.

Il remonte l'Amazone aux sons de la mélopée si mélancolique du *Jaguar*, ou sur la samba du *Grand Silence*.

Et parfois, quand la nuit est tombée et qu'il est seul, de *La Chanson de Samantha*.

À l'escale de Santarem, il croise sur les appontements deux ou trois hommes qui l'ont suivi au travers de la Forêt Inextricable. Il ne se fait pas reconnaître, malgré son envie d'avoir des renseignements sur Clovis et Vivaldo Maria. Des jours et des jours plus tard, il est à Guajara Mirim, où il prend le risque de débarquer. Des Nord-Américains l'ont engagé comme guide-interprète. Ils se sont enquis de son nom et il a répondu : Simplicio.

Il part le lendemain, à l'aube, sous une pluie battante.

Seul. Après avoir expliqué aux Américains que son père, un sereingueiro, était malade. Il n'a d'autre arme qu'une machette.

Il commence par descendre le Madeira jusqu'à la plantation de Venancio Carneira, maintenant abandonnée. À l'endroit où il l'avait enterrée sous un peu de terre et des feuilles, derrière l'écurie, il récupère la sacoche contenant ses jumelles, le poisson de jade et le carnet de cuir noir pris à Stepa Oneguine. Il le feuillette : aucun nom, uniquement des séries de chiffres.

On verra bien.

La balle frappe la paroi en bois de l'écurie, à dix centimètres au-dessus de sa tête. Il plonge dans le bâtiment.

– J'aurais pu te tuer, dit Afonka Tchaadaïev.

– Je me doute bien que si tu m'as raté, tu l'as fait exprès, répond Candido.

Il se glisse sous l'ancien fourrage que l'humidité amazonienne a transformé en un magma puant. Je peux filer par-derrière, j'ai seulement besoin de repérer d'où il m'a tiré dessus, et où il est à cette seconde. La prochaine balle sera la bonne.

– Depuis quand es-tu là, Afonka ?

– Depuis que j'ai appris que tu avais réussi à t'enfuir des Prisons du Silence. Je ne croyais pas que tu pouvais en sortir. Sans être devenu fou, je veux dire.

– Mais Lui le croyait ?

– Oui.

Sitôt connue la nouvelle de son évasion, Afonka a sauté sur le premier bateau pour Santarem, où il a loué une petite chaloupe.

– Je ne pensais pas non plus que tu serais assez audacieux pour repasser par Guajara Mirim. Normalement, tu devais venir directement ici. On n'a pas retrouvé le carnet de Stepa. Et tu ne l'avais pas sur toi au moment de ton arrestation.

Afonka éclate de rire :

– Tu m'auras surpris jusqu'au bout, Candido. Tu as ce carnet ?

– Oui.

– J'ai dû passer à côté sans le voir, j'ai fouillé partout.

– Tu serais reparti, si tu l'avais découvert ?

Nouveau rire :

– Ce n'est pas pour lui que je suis ici, comme tu peux t'en douter.

– Où est Samantha ? Où est ma fille ?

– J'avais dit que ce serait une fille, tu te rappelles ?

– Où sont-elles, Afonka ?

– Je ne sais même pas où tu les as cachées.

– Tu ne réponds pas à ma question.

– Moi, j'estime que c'est une bonne réponse. Comment aurais-je pu te les prendre, puisque j'ignorais où elles étaient ?

Je ne sais pas s'il me ment.

– Tu vas me tuer, Afonka ?

– Eh oui, répond Tchaadaïev avec un rire contenu dans la voix.

– Est-ce que ma mort sera mythique ?

Ce rire encore :

– Non, c'est fini, ça. Il veut que je te tue, un point c'est tout. Il aurait mieux valu pour toi que tu deviennes fou dans ta prison du silence. Comment c'était ?

– Tranquille, dit Candido. Je n'étais pas gêné par les voisins. Il est jaloux de moi à ce point ?

– Jaloux ?

– Il n'a pas d'autre raison de vouloir me tuer que la jalousie, Afonka. Réfléchis.

– Ce n'est pas un homme à avoir des sentiments.

– Il a celui-là. Il est jaloux de moi et de Samantha.

Silence.

– C'est possible, dit enfin Tchaadaïev. Ce serait vraiment surprenant, mais c'est possible.

– Afonka, je vais rentrer dans la forêt et je n'en sortirai plus jamais. Dis-lui que tu m'as tué, ça ne fera pas de différence.

Rire.

– Il m'a dit de te tuer et je te tue.

Candido s'est rué avant la fin de la phrase. Par la porte. Il court droit en direction de l'estrada – pour la clôture de barbelés, pas question de commettre deux fois la même erreur.

Il freine juste à temps : l'estrada est bel et bien barrée. Frénétiquement, il creuse sous la plus basse des rangées. Bruit à quatre heures. Calme-toi.

Le passage est suffisamment ouvert : il s'y glisse et reprend sa course. Il s'enfonce immédiatement sous le couvert et après trois cents mètres, stoppe.

Il est à quatre cents mètres sur ma droite, à deux heures.

– Afonka, tu m'entends ?

– Très bien.

– Je suis dans la Forêt Inextricable, Afonka. Ne m'y suis pas. Tu n'as aucune chance, malgré ton fusil. Nous autres jaguars, nous sommes invincibles, dans la Forêt Inextricable.

– Tu me feras toujours rire, Candido. Ce que j'ai le plus aimé, dans ma vie, c'est chasser. Une fois, en Sibérie, j'ai pisté une zibeline pendant plus de cinq semaines. Pour le plaisir.

La balle frappe le centre exact du tronc derrière lequel Candido s'est abrité.

– Et tu l'as eue ?

– Évidemment, dit Tchaadaïev en riant.

Tout ce que tu as à faire, c'est de garder entre lui et toi une distance suffisante. Ni trop courte, il te troue de balles ; ni trop longue, tu le perdrais.

Et tu ne veux pas le perdre.

La poursuite dure depuis plusieurs jours. À mon avis, c'est lui qui va céder. De là où je l'entraîne, il ne reviendra jamais, ce n'est pas la Sibérie, ici, c'est même tout le contraire. Et puis lui n'a pas Samantha et Candida comme objectif.

La nuit suivante, il décide de prendre un peu de repos. Afin d'éviter que l'ex-chasseur de zibelines ne lui tombe dessus par surprise, il laisse une piste à peine visible. Elle s'achève dans un marais où les orchidées sauvages foisonnent. Des souches peut-être millénaires, s'élève une odeur de vase, de terre humide. Ne le sous-estime pas, surtout pas ; une branche brisée sur la rive droite, puis trente pas plus loin, l'empreinte presque imperceptible du talon de sa botte sur de la mousse – ça suffira.

Il rebrousse chemin et se faufile sans « faire plus de bruit qu'une feuille qui tombe » au cœur d'une végétation extraordinairement touffue.

Un bruit très discret à neuf heures. A soixante mètres, je dirais. Il s'immobilise. Le bruit se reproduit à deux reprises, aussi ténu que la cassure d'une allumette. Afonka Tchaadaïev surgit avec une saisissante soudaineté, *puxa vida*, il marche aussi légèrement que moi.

Tu as peur, hein ?

De lui, oui.

Afonka fait encore quelques pas, puis se fige à son tour. Il me sent aux alentours, s'il se retourne, je suis mort, malgré le feuillage.

Vingt secondes, interminables. Tchaadaïev repart. Une minute après, le clapotis d'une eau à peine agitée – il franchit le marais. Silence. La nuit est venue.

Candido s'endort, comme toujours amarré par la sangle de l'ermite prise dans sa sacoche.

Les jours suivants, il n'en finit plus d'avancer, à une allure qui lui brûle la poitrine. Par deux fois, il a repéré

Tchaadaïev dans ses jumelles. Et il t'a vu aussi, sûrement. Tu ne croyais pas qu'il tiendrait si longtemps, avoue-le.

Il n'avait pas l'air trop frais, dans les jumelles. Mais peut-être qu'il fait semblant.

La forêt redevient inextricable, personne n'a jamais dû passer par ici, même pas les Indiens.

Candido hésite : la sagesse conseillerait d'obliquer au sud-est, pour reprendre les crêtes.

Oublie les crêtes. La jungle, o mato, la Forêt Inextricable. Tu vas peut-être y rester, mais il y restera aussi. Ou alors, c'est un surhomme.

Candido ne cherche plus à feindre, à dissimuler sa piste ou, comme il l'a fait jusque-là, à accumuler les faux-semblants, pour contraindre Tchaadaïev à des marches inutiles dans des culs-de-sac épuisants. Il n'en a plus tellement la force. Quatre-vingts heures d'affilée il avance, jour et nuit, la plupart du temps obligé de s'ouvrir un passage à la machette. À deux ou trois reprises il évite de justesse un serpent lové sous les feuilles, contourne un monstrueux anaconda paisiblement pendu à une branche, ou une véritable ville de marabuntas, des fourmis rouges. Après s'être jeté hors dc la route de sangliers au mufle féroce – tu dirais dom Trajano -, il n'en peut plus et s'octroie une pause, mais demeure sur le qui-vive. Je suis convaincu qu'il est encore derrière moi, ça paraît impossible mais il y est, je le sens.

Il repart. Cependant, sous cette constante voûte crépusculaire à la lumière d'aquarium, il s'égare. Malgré la peur qui l'étreint, il progresse, et à l'aube suivante, soudain, la pente s'accentue sous ses pieds : si ce ne sont pas les premiers contreforts de la serra dos Parecis, je me suis fourvoyé...

Des heures plus tard, enfin, le mur de végétation s'entrouvre et la lumière l'inonde.

La serra dos Parecis.

Pas de doute. La reducción est à environ cent quarante kilomètres. Quatre à cinq jours de marche.

Il se hisse au sommet d'une crête d'environ cinq cents mètres et braque ses jumelles : si Afonka est encore dans le coin, ce qui m'étonnerait quand même, il ne peut surgir que par là – en somme je lui ai tracé la voie.

Une heure.

Rien.

Il s'est perdu.

Tu attends encore, Candido Stevenson. On ne sait jamais. Pas question de ne pas en avoir le cœur net. Tu as envie qu'il te tombe dessus avec sa saleté de sourire, quand tu seras dans les bras de Samantha ? Au soleil, il est environ huit heures du matin. Tu patientes jusqu'à midi, et après seulement...

Non. Toujours pas. Après tu redescends et tu vas vérifier qu'il est bien mort. Finis ton travail.

Afonka Tchaadaïev émerge de la forêt juste avant la tombée de la nuit. Il se traîne à quatre pattes ; il a perdu son chapeau et sa chemise de toile verte est en lambeaux ; il porte une large entaille sanglante à la cuisse droite ; il tire son fusil au bout d'une corde de six ou sept mètres. Deux fois, il s'écroule et se relève après un temps infini. Encore une vingtaine de mètres, puis il s'affale.

Et maintenant, Candido Stevenson ?

J'attends demain matin.

S'il n'a pas bougé...

Afonka Tchaadaïev gît au même endroit que la veille, et à peu près dans la même position, son fusil à huit mètres. Candido s'approche.

Il te tend un piège, il t'appâte, en te faisant croire qu'il est mort ou mourant. Et sitôt que tu te montreras à découvert, il te mettra deux balles dans la tête. Tu l'as vu tirer. Tu sais de quoi il est capable.

Le soleil monte dans le ciel. Déjà, une colonne de fourmis s'avance avidement à l'assaut de cette chair immobile. Des mouches bourdonnent autour des plaies.

D'un bond, Candido a ramassé le fusil et le braque de la main gauche (il a dû le désarmer, c'est un piège, tu ne le vois pas ?) tandis que de la main droite il brandit la machette.

Pas de réaction.

Il pose la pointe de la machette sur la gorge d'Afonka dont il surveille l'autre main demeurée sous son corps. De la pointe du pied, il retourne lentement Tchaadaïev :

– Tu n'auras pas le temps de tirer, Afonka.

Il jette le fusil au loin et bloque le poignet, qu'il dégage doucement. Le revolver apparaît. Candido le détache des doigts.

– Tu es mort ?

Le visage est hideux, horriblement boursouflé, les lèvres sont crevassées, les narines rongées. Candido se débarrasse du revolver comme il l'a fait du fusil. Une veine bat encore, à la gorge.

– On ne peut pas dire que tu sois facile à tuer, Afonka.

Il saisit sa propre gourde qu'il a emplie à un ruisseau sur les hauteurs et déverse un peu de son contenu sur les lèvres du moribond. Les paupières se soulèvent, le regard de neige grise se fixe sur lui, petits insectes pétrifiés au centre de la pupille.

– De l'eau, dit Afonka.

Candido lui redonne à boire puis s'écarte et va s'accroupir à trois mètres, en emportant le coutelas de Tchaadaïev.

– Vraiment bonne chasse, dit Afonka.

– Mais on dirait que la zibeline a gagné, cette fois. Qu'est-ce que tu as à la jambe ?

– Serpent.

Le sang sur la lame du coutelas a déjà raconté l'histoire à Candido : mordu par un serpent, il a tailladé la plaie pour tenter d'empêcher le venin de se répandre. La blessure doit dater de trois jours au moins.

– Tu crois que tu m'aurais eu, même sans le serpent, Afonka ?

– Non.

– Tu admets que je t'ai battu ?

Tu es puéril, Candido Stevenson, de vouloir à toute force qu'il reconnaisse sa défaite.

– Oui, dit Tchaadaïev. Ce n'est pas le serpent. Tu as marché trop vite pour moi.

– Tu attendais que je m'approche du fusil que tu traînais derrière toi, pour me tirer dessus avec le revolver, hein ?

– Oui. Mais trop fatigué.

Les yeux se referment.

Tue-le, maintenant. Il était, lui aussi, une des Griffes du Jaguar, et sûrement la plus dangereuse. Tu as bien tué Stepa Oneguine, Otto Krantz et l'autre Montagne, dont tu avais pourtant moins peur. En outre, je t'assure que c'est un service à lui rendre : la gangrène a gagné sa jambe. Il ne survivra pas et il va souffrir beaucoup.

Tue-le.

Il grimpe les pentes de la serra dos Parecis avec Afonka Tchaadaïev sur son dos, qu'il transporte depuis deux jours. Il l'a soigné autant qu'il a pu, lavant ses plaies dans de l'eau, lui posant des emplâtres de feuilles.

Halte. La sixième en huit cents mètres. Tu es fou, de le trimbaler de la sorte. Il va mourir. D'abord, tu prends du retard, ensuite tu risques d'y laisser tes forces.

Il allonge Afonka. Qui brûle de fièvre et qui pue, d'une puanteur à vomir, toutes ses plaies sont suppurantes. Afonka délire, en russe. À nouveau de l'eau fraîche. Les yeux s'ouvrent et après pas mal de temps, s'accommodent enfin.

– Salut, Candido. Ça ne sert à rien, ce que tu fais.

La voix est très faible.

– Où sont-elles, Afonka ? Où sont Samantha et ma fille ?

C'est la première fois depuis deux jours que Tchaadaïev est conscient.

– Tu sais où elles sont, n'est-ce pas, Afonka ?

Silence. Les yeux se sont à nouveau fermés. Il est vraiment aux portes de la mort, je l'aurai transbahuté pour rien.

– Matriona, dit Afonka. Avec Matriona.

Pas la petite fille, dit-il encore, après plusieurs bredouillements incompréhensibles.

Pas la petite fille. Seulement Samantha.

Samantha est avec Matriona ? Elle est prisonnière ?

– Oui, bonne chasse, Jaguar.

Candido s'efforce de le ranimer. Mais c'est fini. Afonka est vraiment mort.

Quatre jours plus tard, Candido parvient à la reducción. Et de n'avoir pas vu s'élever la moindre colonne de fumée lui a déjà tout révélé, ou presque. Il passe le porche monumental, traverse la cour, visite les pièces l'une après l'autre. Tout est en ordre. Mais désert.

La lettre est sur la table du bureau, placée en évidence ; il la lit.

Il reste prostré pendant un temps dont il n'a pas idée, puis il se lève. Le cimetière des jésuites est derrière l'habitation, cinq ou six tombes très anciennes, dont les croix de bois ont pourri, et une tombe plus récente, à en juger par la hauteur des herbes sur le tas de terre tout proche, dans lequel une pelle est plantée. Il se penche et le cadavre de l'ermite est au fond, allongé paisiblement, mains jointes sur la poitrine, même si les vers ont déjà commencé leur œuvre. Il s'empare de la pelle et comble la sépulture, dresse la dalle de pierre qui était prête, gravée.

Avec des œufs frais du poulailler, il se fait une omelette et se force à la manger, malgré la nausée qui l'étreint. Des heures durant, il demeure dans le bureau, il n'arrive pas à pleurer tout en sachant que cela le soulagerait. Le livre qu'il s'efforce de lire est d'un certain Edward Morgan

Forster, Samantha l'avait acheté à Rio. Une phrase : *La vie, c'est tantôt la vie, tantôt simplement du théâtre; prière de ne pas confondre.*

Dans le lit qui était le sien quinze mois plus tôt, il retrouve le parfum de Samantha.

Il quitte la reducción en fin de matinée, ayant dormi davantage qu'il ne prévoyait.

Direction Cuïaba. Et Rio.

Rio qui ne sera pas le bout de la route, tu le sais.

Petit Notaire sursaute et se fige, en le découvrant assis dans sa bibliothèque, éclairé par une lampe, tous rideaux tirés.

– Ô mon Dieu, je désespérais de jamais vous revoir.

À peine laisse-t-il à Candido le temps d'énoncer sa question. Non, il n'a pas vu Samantha. Il ne sait rien d'autre que ce qu'il a appris d'Eglantina et de ce Lindolpho Juraci : les trois mois passés dans une reducción jésuite au cœur de la serra dos Parecis, puis le départ, à l'instigation de Samantha qui n'en pouvait plus d'attendre le retour de Candido. Et, alors qu'enfin ils étaient sortis du Mato Grosso et voyageaient en voiture, des centaines de kilomètres plus loin, un détachement de soldats leur a barré la route, avant de les escorter tous les quatre jusqu'à la petite ville de Jataï dans l'État de Goïas. Bizarres compagnons. L'officier et les soldats n'ouvraient pas la bouche, sinon au début pour annoncer que c'en était fini du Jaguar, qu'il était mort et que le diable l'emporte, lui qui les avait fait tant courir. Ils ont été emprisonnés, à Jataï, Lindolpho dans une cellule, Eglantina dans une autre, chacun d'eux au secret. On les a libérés deux semaines plus tard, sans explication aucune.

– Arrivés à Rio, Lindolpho et Eglantina sont aussitôt venus me voir. J'en savais encore moins qu'eux. Je vous croyais mort, fusillé à Belém. Dom Aristides Dantas le pensait aussi. Et puis un jour, voici des mois, alors que j'étais une fois de plus aux prises avec les avocats de monsieur votre père, l'un d'entre eux secoue la tête et me déclare qu'il est hors de question que l'argent aille à votre fille avant que vous soyez mort officiellement. Je lui demande ce qu'il entend par « mort officiellement » : il n'y a donc pas eu d'exécution, à Belém ? Il répond que ce n'est pas aussi simple, mais qu'il n'a pas le droit d'en dire davantage... Mais je m'embrouille, j'ai tant de choses à vous raconter, à commencer par l'essentiel : votre fille est vivante et à Rio. J'ai cru bien faire en conservant près d'elle Lindolpho et Eglantina, auxquels elle était attachée. Je suis un vieux fou, surpris en plein sommeil, j'aurais dû vous l'apprendre aux premiers mots, je vais faire préparer ma voiture et nous y allons.

Petit Notaire João Pessoa habite Santa Teresa, sa maison est dans une ladeira, une rue tranquille, pentue et sinueuse, qui domine la ville. Dans l'aube naissante, le chauffeur descend vers la mer en direction du sud.

– J'ai acheté la maison où ils sont, dom Candido, avec votre argent mais pas sous votre nom, par prudence. Je suis le seul avec dom Aristides à en connaître l'existence. Plus ceux qui y habitent et veillent sur votre fille : Eglantina et Lindolpho bien sûr ; et une institutrice que j'ai engagée moi-même et que j'ai fait venir tout droit d'Angleterre. Je ne compte pas les gardes, au nombre de six, en qui j'ai confiance autant que l'on puisse se fier à quelqu'un.

Je n'ai pas d'argent, pense Candido. Et pourtant je vais en avoir besoin. Parce que je crois deviner où est Samantha. Du moins suis-je certain de savoir où elle n'est pas : au Brésil.

– De quel argent parlez-vous ?

– Vous l'avez oublié et c'est compréhensible : vous m'aviez demandé d'entreprendre des investigations et, si besoin était, d'engager une action en recouvrement de l'héritage de monsieur votre grand-oncle, dom Amilcar

Cavalcanti. Le combat n'a pas été facile, mais j'ai obtenu en grande partie satisfaction. Les avocats de monsieur votre père et moi sommes convenus qu'un arrangement valait mieux qu'un procès. Que nous eussions gagné, sans doute, mais dans des années.

– Il me faudrait une dizaine de milliers de dollars.

– L'arrangement s'est fait sur la base de quatre millions de dollars américains, si je ne me trompe pas dans la conversion. Plus la fazenda de Bragança Boa Vista, la maison d'été de Petrópolis, un certain nombre de toiles et quelques bijoux.

Meus Deus!

– Tout cela au compte d'une société anonyme que j'ai créée en usant des pouvoirs discrétionnaires que vous m'aviez confiés. Je n'entrerai pas dans les détails juridiques mais vous êtes le seul propriétaire de cette société, votre fille ayant l'usufruit du capital et des biens, à égalité avec Mlle Samantha Franck. J'ai cru agir au mieux en prévoyant également qu'au cas où vous ne réapparaîtriez pas d'ici neuf ans et cinq mois, à compter de ce jour, votre fille et sa mère seraient à leur tour en possession de tous les droits de propriété.

– Vous avez très bien fait, je ne saurais vous remercier assez.

Tu as les larmes aux yeux, Candido Stevenson. Sûrement pas à cause de cet argent, dont tu te fiches à l'extrême. Mais en souvenir de grand-oncle Amilcar...

– Nous y voilà.

Une grille, une allée au-dessus de laquelle la ramure des grandes bougainvillées, des manguiers, des flamboyants et des jacarandas forme une voûte. Deux gardes les contrôlent scrupuleusement. Lindolpho sort et les deux hommes échangent une accolade silencieuse. Eglantina pleure.

– Elle dort encore, dom Candido. Si j'avais su que vous arriviez...

– Ne la réveille pas.

Il entre dans la chambre de Candida seul, tire sans bruit une chaise et s'assoit à côté du lit.

Tu n'as pas réussi à pleurer à la reducción parce que tu ne sais pas pleurer devant les défaites. En revanche, là, oui. Elle ressemble si extraordinairement à Samantha, sauf les yeux, dit-on.

Tu n'as pas à avoir honte. Ça ne t'affaiblira pas, tu es bandé comme le grand arc qu'Hastimphilo braquait vers le ciel, pour attraper des oiseaux migrateurs à des hauteurs vertigineuses.

Tu pleures de bonheur, ce n'est pas la même chose.

Il faut que je te dise, Candida, que je suis extraordinairement amoureux de ta mère. Tu l'appelles maman et moi Samantha, mais c'est une seule et même personne. Qu'elle puisse être cette femme que j'ai eue dans mes bras, et cette autre femme qui te donnait le sein, voilà un mystère qui me dépasse un peu. Je n'ai pas été jaloux de toi, mais presque. Ne m'en veux pas. Ma seule excuse, c'est que je n'ai pas vingt-quatre ans; il paraît que je suis très jeune, encore.

Je suis extraordinairement amoureux de ta mère. Et à mon avis, c'est définitif. Tu connais E.M. Forster? C'est un écrivain qu'elle aimait beaucoup. Il prétend qu'un amour unique est un amoindrissement. Tu veux savoir quel est mon avis? On peut être un grand écrivain et un parfait imbécile.

Mais je m'écarte du sujet. Je suis extraordinairement amoureux d'elle, pourtant je ne suis pas assuré du tout qu'elle éprouve les mêmes sentiments pour moi. Par moments, je m'enhardis à imaginer qu'elle a de l'affection, le reste du temps, je me dis que j'ai été seulement son amant, et qu'elle m'a accepté comme père de son enfant (toi), pour cette seule raison qu'elle m'avait sous la main.

Faut-il que je sois intelligent pour réussir à être aussi idiot!

Elle est partie, Candida. Mais si elle t'a abandonnée derrière elle, c'est qu'elle y était obligée. Elle est convaincue que je suis mort, sinon elle m'aurait laissé un message. Ou bien on lui aura dit que je vivais encore et que la seule façon pour elle de prévenir mon exécution, c'était de s'en aller. Je n'y crois guère : il faudrait qu'elle soit très amoureuse de moi pour se soumettre, être sensible à un chantage de ce genre.

Non, c'est à ton sujet qu'on l'a fait chanter. Ou bien ils te tuaient, ou bien elle partait avec eux. Matriona, tu te souviens d'elle ? Elle est belle, hein ? J'aurais dû la tuer sur les bords du Madeira.

Mais si je l'avais fait, Il aurait envoyé quelqu'un d'autre.

Parce que c'est à Lui que je veux en venir, Candida. Si elle est à nouveau avec Lui, je la tue, Candida. Désolé. Ou je me tue.

... De toute façon, l'Autre me tuera. J'ai eu Afonka Tchaadaïev, par pur miracle. Avec l'Autre, je n'ai aucune chance. Il faut que j'aille le chercher en Russie. Tu te rends compte ? Tu me vois avec un fusil dans Moscou, jouant les Jaguars Féroces ?

Je vais y aller quand même, bien entendu. Seulement cette fois, ça va très mal finir, petite.

Ne me dis surtout pas qu'elle est morte. Je suis déjà en colère...

– Vivaldo Maria est mort, dit Clovis. Il a été fusillé avec quelques autres, à Manáos. Mais c'est sa faute : il n'a pas voulu venir avec nous.

– Vous alliez où ?

– Au Pérou, à Iquitos.

Iquitos, où Leite Abade et Da Silva sont peut-être encore. Clovis n'a plus de nouvelles d'eux depuis des mois ; et il ne veut plus en avoir, tout est fini maintenant.

À Iquitos, il n'est resté que deux mois. Il en avait assez

des rêves, des batailles et des révolutions. Après un long voyage, il a atteint Lima, puis il a réussi, avec deux autres, à s'embarquer à Callao.

Personne n'a fait attention à lui, à son débarquement.

– Je ne quitterai plus jamais Rio. Et je ne veux plus voir un fusil de ma vie. Tu sais que mon arrière-grand-mère Domitila est toujours vivante?

– C'est elle qui m'a appris où tu étais, et sous quel nom.

– Elle a au moins cent ans.

– Moi aussi, dit Candido en souriant.

Clovis, sous sa nouvelle identité d'Anacleto Patiençia, vit dans le quartier assez misérable de Cachambi. Il n'a pas repris son emploi à la compagnie des tramways, où il risquait d'être reconnu. Il réussit tant bien que mal à faire vivre sa femme et ses deux enfants – un troisième est en route – plus sa sœur et les cinq enfants qu'elle a eus d'Hastimphilo, avec son salaire de chauffeur d'autocar sur la ligne de Rio à Belo Horizonte.

– Et toi, Candido?

– Je vais vraiment très bien.

– Et Samantha et votre fille?

– Elles aussi. Je suis content de t'avoir revu, Clovis. Je voudrais te demander un dernier service. Demain, ou en tout cas le plus tôt possible, il faudrait que tu ailles chez dom João Pessoa, le notaire. Tu sais où il habite, à Santa Teresa. Il te remettra quelque chose.

– Et qu'est-ce que je dois en faire?

– Le garder pour moi. Pour Samantha, Candida et moi.

Il s'agit des titres de la compagnie d'autocars qui emploie pour l'instant Clovis; ils sont établis au nom d'Anacleto Patiençia, ainsi que l'acte de propriété d'une maison que Petit Notaire achètera en accord avec Clovis. Mais Candido n'a pas envie d'entendre les remerciements de Clovis.

– Je te croyais vraiment mort, tu sais. Mais je les ai quand même conservés, en souvenir de toi.

La balalaïka et le Grimmelshausen, pareillement moisis.

– Merci, dit Candido. Que Nossa Senhora te protège. Je ne pense pas que nous nous reverrons, quoiqu'on ne sache jamais. Samantha a très envie de voyager en Europe et nous allons partir, pour très longtemps.

– Je suis content de l'apprendre. Tu es en danger, au Brésil. En Europe, tu seras tranquille.

– Tu as tout compris, dit Candido.

Il passe sa dernière nuit au Brésil dans le sobrado que possède, à Rio, Ciccio Vaz Vasconcelles. Par les fenêtres de derrière, on découvre la lagune Rodrigo de Freitas et le Corcovado, par celles de devant la plage et les vagues dures de l'Atlantique.

– Tu es sûr que tu ne veux pas de champagne, Candido ?

– Certain.

– Je te regardais courir, cet après-midi, dans la forêt de Tijuca, depuis la voiture. Tu cours vraiment bien, et longtemps. Tu as couru deux pleines heures et tu n'étais même pas fatigué, après.

– Je l'étais. Ça ne se voyait pas, c'est tout.

– On ne voit jamais rien sur ton visage. En apparence tu es exactement le même, et tu souris toujours avec les yeux, et tu sembles toujours avoir dix-huit ans. Moi, j'ai déjà des rides. Malgré les crèmes ou à cause d'elles, je ne sais pas.

– Ne me fais pas rire : nous avons le même âge.

– Ce doit être parce que j'ai les cheveux noirs.

– Sûrement.

– Tu me trouves vieilli, Candido ?

Meus Deus !

– J'ai quand même réussi à te faire sourire, dit Ciccio. Tu as lu les livres de Proust que je t'avais donnés ?

Ciccio est ravi quand il l'entend dire que c'est carrément génial, par moments. Ensuite, ils évoquent leur enfance et leur adolescence. Il est plus de onze heures du soir, les derniers bruits se sont éteints dans ce quartier résidentiel, quand Aristides Dantas arrive enfin.

– On vous croit réellement mort, Candido, c'est une vérité qui satisfait tout le monde, la version officielle est que vous avez succombé à vos multiples blessures dans votre cellule, à la suite d'une tentative d'évasion.

– Et mon père ?

– Je ne l'ai pas revu depuis, dit Aristides Dantas après une hésitation révélatrice.

C'est tout de même gênant, Candido Stevenson, de deviner quand les gens te mentent, ou te cachent une partie de la vérité. Heureusement que tu ne vas pas vivre vieux, parce que cela finirait par devenir insupportable, à la longue.

Mais, Dieu merci, Dantas a compris.

– Candido, je ne suis pas revenu vous voir dans votre prison de Belém parce que j'étais à São Paulo. J'ai tout tenté jusqu'à la dernière minute.

Candido attend.

– Votre père est intervenu, Candido. Je désespérais, et pourtant lui seul pouvait intervenir.

– Pour faire commuer ma peine.

– Il a éveillé en pleine nuit le président.

– Vous y étiez ?

– Non. J'étais en route pour Belém. Malheureusement on vous avait déjà emmené.

– Et il m'a fait envoyer dans les Prisons du Silence.

– Dont personne avant vous n'était ressorti sain d'esprit ou vivant. Il n'avait pas le choix.

– Très bien, dit Candido. Il sait que j'en suis sorti ?

Aristides Dantas secoue la tête : il l'ignore, il n'a jamais revu dom Trajano.

– Vous allez quitter le Brésil, Candido ?

– Sous mon nom, dit Ciccio ouvrant la bouche pour la première fois depuis que Dantas est là. Je me suis fait établir un passeport en donnant la photo de Candido. C'est très amusant : je serai en même temps à Rio ou São Paulo, et à Londres, Paris ou Rome, ou ailleurs.

Question de Dantas, hésitante, sur Samantha et Candida. Même réponse qu'à Clovis. Dantas n'est sûrement pas dupe, mais ne dit rien.

Il s'en va. Ils se sont donnés l'accolade, avec une amitié sincère. À ceci près que je suis resté glacé; je n'ai rien ressenti à l'égard de cet homme, qui a tant fait pour moi, et sans lequel je serais mort.

Candido part le lendemain. En voiture de maître, Ciccio jouant, non sans délectation, les chauffeurs stylés. La gaieté de Ciccio a toujours été – avec son intelligence, son goût pour la musique et les livres – ce qui nous rapprochait le plus, en dépit de nos divergences à propos des demoiselles.

– Tu ne m'as pas joué de ta balalaïka, hier, Candido.

– Tu ne me l'as pas demandé.

– Je te l'ai demandé, mais tu n'auras pas entendu. Dommage.

– Garde-la.

– La balalaïka? Jamais de la vie. Fais-moi plaisir et emporte-la. Tu en auras besoin. Le jour où tu te remettras à en jouer, tu redeviendras mon Candido Chéri.

– Je ne serai jamais Candido Chéri.

Ils passent les contrôles, Ciccio en casquette et livrée rose bonbon pour détourner l'attention des policiers.

– Tu n'avais pas besoin de monter sur le bateau, Ciccio.

– Nous autres, chauffeurs de maître, sommes attentifs au confort de nos employeurs vénérés. Et puis dans un sens, c'est ma cabine. Et si je partais avec toi, en qualité de valet de chambre? Je te donne ma parole que je ne te regarderai pas pendant que tu seras dans ton bain.

– Fiche-moi le camp, cette sirène est pour toi.

Et voilà Ciccio qui se met à pleurer.

– Tu ne reviendras pas, Candido, je le sais. Ou plus exactement je sais que tu penses ne pas revenir. Je suis vraiment triste. Tu me promets d'essayer de jouer de la balalaïka?

– Oui.

Ciccio l'a fourni en livres pour la durée du voyage : Marcel Proust évidemment, depuis *Le Côté de Guermantes* jusqu'à *La Prisonnière* récemment publié; mais aussi Thoreau et notamment *Walden ou la Vie dans les bois*, et Melville et Poe et bien d'autres; plus un opuscule des poèmes de Ciccio, relié en cuir rose et édité à compte d'auteur, avec une dédicace des plus compromettantes : *À mon Candido Chéri en souvenir des nuits,* etc.

Meus Deus. Il sera parvenu à me faire sourire même après notre séparation.

Candido ne quitte pas sa cabine pendant la traversée – il a prétexté quelque douleur de dos – et y prend tous ses repas.

Il débarque à Londres et aussitôt se met en quête d'un libraire spécialisé dans la littérature russe, en éditions originales.

– Auriez-vous *Les Récits de Saint-Pétersbourg* de Nicolas Gogol? en russe?

Le libraire, qui sait le russe, lui demande s'il parle cette langue ou la lit.

– Ni l'un ni l'autre. Je voudrais simplement en faire cadeau à quelqu'un.

– C'est superbe, déclare le libraire. Dostoïevski disait que toute la littérature russe est sortie de l'un des récits contenus dans ce recueil : *Le Manteau.*

– Quel dommage que je ne sache pas le russe. Mais je vais me procurer une traduction en anglais et la lire. Il s'agit bien d'une édition complète? On n'a rien coupé?

Le libraire se récrie : cet ouvrage est une édition originale et il ne pourrait être plus complet.

Candido regagne l'hôtel *Connaught* sur Carlos Place, dont le merveilleux escalier l'enchante. Sitôt dans sa chambre, il s'enferme et place sur la table du bureau, côte à côte, *Les Récits* de Gogol et le petit carnet noir de Stepa Oneguine.

Stepa Oneguine lisant au fin fond de l'Amazonie un recueil de nouvelles de Gogol (qui n'est même pas l'un des grands écrivains consacrés par le régime), ce n'est pas invraisemblable. Mais c'est peu crédible.

D'ailleurs, tu n'as rien d'autre.

Il se met au travail, ayant en tête les articles écrits par Edgar Allan Poe, selon lesquels n'importe quel code secret chiffré pouvait être décrypté.

Deux bonnes heures plus tard, une première hypothèse s'effondre : le premier chiffre n'est pas le numéro de la page, ni le deuxième celui de la ligne, ni le troisième celui du mot.

Trop simple. Mais le Gogol doit forcément servir à quelque chose.

Le carnet est important, et les informations qu'il contient sont capitales. Afonka ne te jouait pas la comédie quand il t'a demandé ce que tu en avais fait.

La solution est dans ce livre, point final. Autrement il ne te restera plus qu'à aller visiter une à une toutes les villes de Russie, en demandant aux gardiens de square s'ils n'ont pas vu passer Samantha.

Il essaie le livre à l'envers. Rien.

Il essaie de compter les lignes de bas en haut. Rien.

De droite à gauche ? Non.

Il écarte tout codage basé sur le titre, le nom de l'auteur, voire celui de l'éditeur – Oneguine n'aurait pas eu besoin d'emporter le livre partout avec lui.

Il ressort, et chez un autre libraire de Piccadilly, à côté de Fortnum & Mason, il s'achète trois livres traitant de cryptographie ; les souvenirs de Poe sont bien frais dans ta tête, mais on a amélioré les techniques, depuis 1840.

Il se reporte à la table de Blaise de Vigenère, l'inventeur de la cryptographie moderne. On inscrit l'alphabet horizontalement, puis verticalement en se servant deux fois du A comme pierre de touche. On obtient ainsi vingt-six cases horizontales et autant de verticales, que l'on emplit de lettres. Il n'y a jamais que vingt-six solutions possibles.

On lui sert ses repas dans son appartement et, chaque jour, il fait trois fois en courant le tour de Hyde Park, sous les yeux scrutateurs des bobbies qui, pourtant, le laissent tranquille.

La table de Vigenère ne donne rien du tout, en quelque sens qu'il la prenne.

Je m'en doutais. Il eût fallu que Stepa la transportât avec lui, et je l'aurais trouvée en le fouillant. Tant pis, j'élimine.

Voyons Kasiski l'Allemand. Qui pose comme principe que toutes les langues comportent fréquemment des groupes de deux et trois lettres et qu'il est impossible, sauf dans un message très court, d'éviter une répétition.

Rien.

Le chiffre chinois, que l'on appelle ainsi parce que l'écriture et la lecture s'en font en montant et en descendant et non de gauche à droite, ne donne rien non plus.

Substitution numérique? Double substitution numérique? Transposition et substitution numérique?

Il est enfermé au *Connaught*, hormis ses tours dans Hyde Park, depuis plus de huit jours.

– Je prépare un examen, a-t-il cxpliqué au personnel.

Surchiffrement par chiffre combiné?

Avec JAGUAR comme mot clé?

Je sais que tu es fatigué, Candido Stevenson. Mais tant pis.

D'abord sur une seule ligne : J.A.G.U.A.R. Puis les autres lettres de l'alphabet qui ne sont pas contenues dans ce mot, c'est-à-dire B, C, D, E, F, H, I, K, L, M, etc.

Voilà pour la première ligne.

Immédiatement sous celle-ci, l'alphabet normal : le A sous le J, le B sous le A, le C sous le G... Tu as deux A dans ton mot clé, mais tant pis. À moins que tu ne remplaces le deuxième A de Jaguar par un E?

J.A.G.U.E.R.B.C.D.F.H.I.K.L, etc.

L'alphabet normal en dessous.

Et maintenant tu écris I LOVE YOU SAMANTHA avec les lettres de la première ligne : DLOWEZOVSJMJNTCJ, essaie de prononcer ça pour voir.

Tu vas devenir réellement fou, Candido !

On se calme et on réfléchit, Candido Stevenson, tu m'entends ?

D'accord. Ne te fâche pas.

Le premier mot clé est sûrement JAGUAR. Seulement il en faut un deuxième. Un mot de quatre lettres que Stepa Oneguine ne pourrait pas oublier.

URSS ?

Otto (Krantz) ?

Niet ?

Isba ?

NIET ! Ô Dieu Vivant !

JAGUAR-NIET, le *Jaguar-non*, l'Autre aura fait de l'humour. Je suis sûr que c'est ça !

Il se jette sur le carnet noir et ne se préoccupe plus des tirets, ni des points séparant les chiffres, qui doivent être des leurres.

La foudre : dès la première série de chiffres – à condition d'éliminer le premier chiffre qui lui aussi est un leurre (mais il lui faut cinq heures pour s'en rendre compte) –, le nom et l'adresse lui sautent aux yeux : Warszawa (Varsovie), Adam Lipovski, 54 Bednarska.

Stepa, par une ultime précaution, a empli son carnet d'adresses en commençant par les dernières lettres de l'alphabet.

Les autres adresses apparaissent une à une, dans toutes les villes importantes du monde, disons une soixantaine, sauf en Russie, où Stepa et ses acolytes n'avaient pas besoin de soutien.

Il y en a au Brésil, à São Paulo, Rio, Belém, Manáos, Recife et autres Porto Alegre. Il y en a aussi en Europe, ici même à Londres, à Dublin, Édimbourg.

À Paris, Monte-Carlo, Rome, Genève, Zurich.

Partout.

Une chose est sûre, Candido Stevenson, *Les Récits* de Nicolas Gogol ne t'ont strictement servi à rien. Ce n'était que le livre de chevet de Stepa Oneguine, qui l'aurait cru ?

Oublie Gogol. Tu tiens la piste.

Il a repéré Harvey Bloggs. Cet homme qui était si bavard à Petrograd, à Moscou et dans le train pour Nijni-Novgorod.

Depuis une douzaine de jours à Paris, Candido monte la garde non loin de l'entrée du 49 rue de Bellechasse – l'une des adresses du carnet noir d'Oneguine. Au rez-de-chaussée habite un certain Louis Grosjean, blond aux yeux bleus, de haute taille, à l'évidence convaincu des bienfaits de la marche. Il tient une librairie sur la rive droite, avenue George-V, où il se rend chaque matin à pied et en revient à la nuit tombée. Sans raison particulière pour s'attacher à ses pas, Candido a failli renoncer et passer au suivant sur sa liste. Déjà, à Londres, il a perdu huit jours à épier les allées et venues et les rencontres d'un certain Paul E. Jupp, un avocat apparemment sans histoires. Mais l'impatience l'a emporté.

Et puis le troisième jour, un dimanche, Grosjean est sorti de chez lui avec une femme, visiblement la sienne, presque aussi grande que Matriona, et donc que Samantha; cette femme était blonde avec des yeux bleus, des pommettes accentuées. Quelque chose dans son visage trahissait une origine orientale – russe, peut-être. Il a suivi le couple à un concert, les a entendus parler : elle a un accent, russe ou polonais; l'indice est dérisoire, mais il faut t'en contenter, tu n'as rien d'autre.

Les jours suivants, le libraire est allé à sa librairie du même grand pas, le talon frappant très fort le sol, avec un léger et inconscient balancement des épaules, caractéristique.

Voici dix minutes, il a fermé boutique, tiré son rideau, éteint ses lumières. Mais au lieu d'emprunter la rue François-Ier ainsi qu'il l'a toujours fait, il a remonté l'avenue George-V, et s'est installé à la table d'un café des Champs-Élysées.

Où se trouvait déjà Harvey Bloggs avec ses dents en avant, ses lunettes à grosse monture et sa faconde habituelle.

Candido attend. Il fait doux. Malgré cela, il porte un imperméable léger, confectionné sur mesure à Londres et réversible : beige et brun sombre; comme sa casquette. Il peut ainsi transformer son aspect en deux mouvements.

Au bout d'une demi-heure, le libraire se lève, serre la main à la façon française, et descend les Champs-Élysées. Bloggs ne bouge pas, il prend ses aises, recommande un bock, regarde passer des femmes en affichant un demi-sourire fort satisfait.

Je te préviens, Bloggs, je vais te suivre pendant un an, et jusqu'au bout du monde, s'il le faut. Tu es mon seul recours.

Cinq jours. Bloggs baguenaude. Il rencontre des inconnus, dont il claque le dos avec jovialité, et c'est toujours lui qui règle les additions. Par deux fois, il regagne son hôtel de l'avenue de Messine en compagnie d'une femme, levée dans la rue ou dans un café.

Le sixième jour vers onze heures du matin, Bloggs se rend à l'hôtel Crillon, place de la Concorde, échange quelques mots avec le concierge. Candido n'a pu s'approcher suffisamment pour entendre, mais la mimique de l'homme aux clés d'or était claire : la personne demandée par Bloggs n'est pas à l'hôtel.

Tu le sens, Candido Stevenson, n'est-ce pas? Quelque chose va se produire...

Pour un peu, il cesserait sa filature et surveillerait le Crillon et ses abords – par exemple le restaurant Maxim's, où Samantha rêvait d'aller souper un soir.

Bloggs est reparti. Rue Royale, puis boulevard de la Madeleine, boulevard des Capucines. Il flâne, guilleret. Il déjeune, seul, roulant des œillades inefficaces à l'adresse de deux jeunes femmes qui minaudent.

Deux heures. Bloggs se remet en route, son déjeuner arrosé de trois cognacs.

Il revient au Crillon, tu le savais!

Bloggs pénètre dans l'hôtel. N'y entre pas, il te reconnaîtrait du premier coup.

Et elle arrive, une trentaine de minutes plus tard. Elle est toujours d'une rare élégance. La voiture qui la dépose devant l'hôtel est suivie d'une autre, emplie de bagages luxueux.

Matriona.

– Vous me croirez si vous voulez, dit Candido, mais j'ai été le seul propriétaire d'une locomotive qui pesait bien ses deux cent cinquante tonnes. Quand elle ôtait une partie de ses jupons, elle en faisait encore deux cent vingt-cinq. On ne la prenait pas aisément dans ses bras.

La jeune femme baisse la tête pour dissimuler un sourire, et continue à marcher sous les arcades de la rue de Rivoli. Il est dans les six heures du soir.

– Et j'ai mangé des caïmans, poursuit-il. J'étais alors un pauvre petit Brésilien accablé de vicissitudes. Aujourd'hui, j'ai quatre ou cinq millions de dollars américains. Je me doute bien que ce détail vous laisse indifférente, j'en parle juste pour meubler la conversation. Mon principal atout, c'est mon extrême gentillesse et mes yeux verts. Vous avez remarqué mes yeux verts?

Elle ne va plus tenir très longtemps. Je dirais quarante-cinq secondes.

– Et je peux également faire l'anaconda. Je m'enroule et je serre délicatement, c'est délicieux.

Elle craque.

Il se penche gentiment vers elle : veut-elle dîner d'une soupe dans un estaminet ou sur un coin de table dans sa modeste chambre d'étudiant?

Dix minutes plus tard, elle regarde autour d'elle et ses yeux noisette rient :

– Une modeste chambre d'étudiant?

Ils sont au Ritz, dans l'appartement de Candido. Deux ou trois garçons d'étage cornaqués par un maître d'hôtel procèdent à la préparation du dîner dans le plus petit des deux salons attenants à la chambre.

– Et une soupe sur un coin de table?

Le personnel se retire en bon ordre, les pourboires disparaissent avec une rapidité discrète.

– J'ai vraiment cru que vous n'étiez qu'un étudiant.

Sa surprise est sincère. Elle n'a accordé aucune foi à ses histoires de locomotive, d'anaconda et de caïmans, et moins encore à ses millions de dollars et à ce grand-oncle qui, soixante-dix ans plus tôt, se toquait de tous les trottins. D'ailleurs, elle n'est pas un trottin, elle est première vendeuse chez Edward Molyneux, au 14 de la rue Royale, et parle l'anglais et l'espagnol.

Ils dînent. La jeune femme se nomme Juliette Maizoué et elle est ravissante.

Elle est dans la haute couture. Il ne le sait que trop bien.

Voici en effet quatre jours qu'il piste Matriona, ne levant sa surveillance que pour aller dormir un peu, et encore l'un des trois chauffeurs de taxi dont il a loué les services à la journée prend-il chaque fois le relais. Matriona déjeune ou dîne toujours en compagnie d'un homme; en trois occasions son hôte a été le même, d'évidence un Nord-Américain des plus aisés et très amoureux. Je te parie la lune qu'elle conduit une nouvelle mission que l'Autre lui aura confiée, l'affaire du Jaguar étant close.

Le reste du temps, elle est allée chez Edward Molyneux à quatre reprises, mais aussi chez Coco Chanel, Lucien Lelong, Maggie Rouff sur les Champs-Élysées, Jacques Heim. Elle a rendu visite à des bottiers et des modistes, au bijoutier Boucheron, place Vendôme, à des parfumeurs, à des boutiques de lingerie féminine. Ce n'est pas tout : avenue de l'Opéra, par exemple, elle a passé des heures dans une librairie anglaise; et elle a également consacré beaucoup de temps à des marchands de disques et de gramophones. Mieux : il l'a suivie jusque chez les agents de compagnies de production cinématographique, quasiment toutes américaines.

Certes, on lui a livré des paquets, à l'hôtel Crillon. Mais peu. Une telle frénésie d'achats et de démarches n'a eu que des résultats somme toute assez maigres.

C'est inexplicable, sauf si...

Ton idée est folle, Candido Stevenson.

Mais c'est la seule qui explique tout.

Il est devenu l'amant de Juliette Maizoué; avec une efficacité glaciale qui ne l'étonne même pas, il lui a donné tout le plaisir possible. Juliette est amoureuse, il va pouvoir se servir d'elle. Pour justifier l'intérêt qu'il porte à la belle Mme Reczak, il invente une histoire : cette jeune femme est la seconde épouse de son père, demeuré au Brésil.

– Juliette, ça m'est complètement égal qu'elle dépense tant d'argent, nous sommes tellement riches. Mais d'après ce que tu me dis, et que j'ai vu, une partie de ce qu'elle achète n'est pas livrée à son appartement de l'hôtel Crillon. Je veux savoir pourquoi. Elle doit se constituer un trousseau secret, peut-être pour s'enfuir avec un autre homme. Et ça, je ne peux pas l'accepter...

Cette histoire, qu'il a pris le plus grand soin de distiller aux bons moments, avec les réticences qu'il fallait, en vaut bien d'autres. Juliette Maizoué la croit – les yeux verts de Candido expriment tant de désarroi, de chagrin et d'innocence – et consent volontiers à un peu d'espionnage. Si accoutumés qu'on soit chez Molyneux aux fantaisies des riches clientes, l'attitude de Mme Reczak a étonné : souvent, elle achète en double; des tailleurs, des robes, des manteaux, qu'elle paie sans barguigner, toujours en argent liquide; quand elle fait l'acquisition de modèles en un seul exemplaire, ils sont un peu trop larges pour elle. C'est surprenant, car elle a d'ordinaire un goût sûr et une idée fort précise de ce qui lui convient.

... Et jamais elle nc fait livrer au Crillon les modèles pris en double, ni ceux qui ne sont pas exactement à sa taille. Ils sont regroupés, en attente d'une expédition à l'étranger dont elle indiquera la destination en temps voulu.

– Et il n'y a pas que chez nous qu'elle procède ainsi. J'ai une amie chez Lelong, nous nous connaissons toutes, dans ce métier. Elle fait pareil là-bas. Je peux vérifier chez Chanel et Maggie Rouff, si tu veux ?

– S'il te plaît, fais-le.

Il éprouve une certaine difficulté à ne pas trembler, sous le coup d'une exaltation sauvage. Il interroge :

– Est-ce qu'elle achète également des chaussures ?

La réponse lui est fournie le jour suivant, après une enquête discrète auprès de deux ou trois des meilleurs bottiers parisiens. La réponse est oui, bien sûr. Juliette en est abasourdie.

– Elle a choisi des dizaines de paires, Candido. Quelques-unes sont certainement pour elle, mais celles qu'elle a fait mettre de côté sont trop grandes. Mme Reczak chausse du 39, ce qui est déjà une bonne pointure ; à quoi peuvent lui servir les autres ? Ce n'est vraiment pas courant, du 42, pour une femme.

Samantha chausse du 42, c'était un sujet à éviter, autrefois, ses pieds.

– Juliette ? Puis-je te demander un dernier service ? C'est au sujet de cette expédition à l'étranger...

La mécanique dès lors se met en place. Juliette Maizoué se rend à l'hôtel Crillon, en compagnie d'un des meilleurs livreurs de chez Molyneux, un certain Dieudonné. Elle l'a choisi pour sa jeunesse et sa relative petite taille. Reçue par Mme Reczak, elle lui propose que tous les achats effectués chez Molyneux, et ailleurs, soient convoyés par Dieudonné : un envoi d'une telle valeur mérite d'être escorté, et la maison Molyneux est prête à...

Mme Reczak accepte, l'idée lui semble bonne ; elle souhaiterait même davantage : que le livreur soit en tenue et que, parvenu à destination, il récite un message dont le texte lui sera remis en temps utile.

– Bon sang, Candido, j'ai bien cru un moment qu'elle allait refuser. Tu me fais faire de ces choses ! Cette femme a un regard à te donner froid dans le dos, par instants ; elle est très belle, mais je serais un homme... Enfin, tu es content, tu as ce que tu voulais ?

Oui, il est très content, merci Juliette, merci.

Sauf que...

– Et maintenant, dit Juliette, tu vas prendre la place de Dieudonné, mais je préfère ne pas savoir comment. Pour moi, c'est bien le vrai Dieudonné qui partira, je ne veux pas avoir d'ennuis.

D'accord.

C'est très simple. Candido voyagera avec le passeport de Dieudonné qui a obtenu sans délai, grâce à l'intervention de Matriona, un visa d'entrée en Russie.

Ensuite, il suffit d'une substitution de photo, avec la complicité d'un employé de la préfecture, qui reçoit assez d'argent pour s'en aller vivre de ses rentes au Maroc.

Quant au vrai Dieudonné, il empoche tranquillement une petite fortune ; et il est convenu qu'il quittera Paris pour l'Italie en voyage de noces, le jour où Candido s'embarquera.

Désormais Candido est Georges Albert Dieudonné, âgé de vingt-trois ans et onze mois, né à Fontenay-aux-Roses. Livreur de la célèbre maison Edward Molyneux depuis sept ans déjà, il lui est souvent arrivé d'aller porter en catastrophe, par le Paris-Lyon-Méditerranée, une robe à des clientes pressées ; à plusieurs reprises même, il a dû se déplacer jusqu'à Londres, en Suisse, en Allemagne ; il parle plus ou moins l'anglais, l'allemand et l'espagnol.

Le départ est prévu pour le mercredi suivant. En train. Un wagon entier a été réservé. Première étape. Vienne.

Candido va chez Boucheron ; il y fait l'emplette d'un collier, d'un bracelet et d'une bague – près de quarante mille dollars en tout. Il paie comptant :

– Pour Mlle Juliette Maizoué, voici l'adresse. Je souhaite une livraison jeudi prochain dans la soirée, elle sera certainement chez elle après sept heures. Vous joindrez cette lettre.

Il boucle ses valises, qu'il va laisser à la consigne du Ritz, et dans lesquelles il a déversé le contenu de ses poches : le passeport au nom de Ciccio Vaz Vasconcelles, le carnet noir de Stepa Oneguine et jusqu'au poisson de jade, dont pourtant il a hésité à se séparer, sous l'effet d'une superstition inexplicable. Il ne garde rien sur lui qui ne puisse appartenir à un livreur.

Afin d'éviter une rencontre avec Juliette, il passe ses deux derniers jours à Paris dans un petit hôtel près de la gare de l'Est, à lire.

Tu as peur, Candido Stevenson ? Peur du piège que peut-être Matriona t'a tendu ?

J'ai peur, mais pas de ça.

Et je n'ai pas peur non plus qu'Il me tue, ce qui va pourtant se produire, sûrement.

Non, j'ai peur de ce que je vais trouver, qu'elle soit partie avec Lui de son plein gré.

J'ai froid, je suis glacé.

À Vienne, les douanes autrichiennes ne s'intéressent guère à lui, dès lors que les malles plombées au départ de Paris ne font que transiter. Fidèle à son personnage, il refuse avec le dernier acharnement de s'éloigner de ces trésors. Il dormira dans le wagon de marchandises. « Monsieur Edward Molyneux, mon patron, m'a bien recommandé de veiller, je veille; est-ce que vous vous rendez compte que tous les grands couturiers de Paris m'ont fait confiance, et que cela vaut des millions ? »

Un transitaire de la Westbahnof viennoise se présente.

– Je dois simplement vérifier la destination. Je ne sais même pas ce que contiennent vos malles et vos caisses.

– Si vous l'ignorez, c'est qu'on n'a pas jugé utile de vous le dire.

– C'est juste écrit : effets personnels. Et vous allez jusqu'à la destination finale? Vous n'êtes pas encore arrivé.

– J'ai tout mon temps. Je suis payé au mois.

Le vrai Georges Albert Dieudonné est plus snob que ses clientes. Etre remplacé par un « amateur » l'avait beaucoup tracassé!

Après deux jours d'attente sur une voie de garage, le wagon repart, accroché à un autre train, et entre en Tchécoslovaquie. À Bratislava, nouveau train et nouvelle attente. Candido entame les provisions choisies pour lui par Dieudonné et échange trois des bouteilles de vin contre six dames-jeannes d'eau pure. Le démarrage du convoi le prend par surprise : il dormait et la nuit est encore obscure.

Prochain arrêt, la Russie, Candido Stevenson. Tu vas voir qu'Il sera sur le quai, à t'attendre, en souriant. Le train stoppe et les uniformes dépenaillés indiquent que l'on vient de changer de pays. Deux hommes montent dans le wagon de marchandises :

– Monsieur Dieudonné, Georges Albert Dieudonné? Voudriez-vous descendre? On vous a réservé une voiture plus confortable.

– Il est absolument hors de question que je quitte les caisses et les malles que l'on m'a confiées, répond Candido en allemand comme le vrai Dieudonné : avec un fort accent français.

Mais les ordres reçus concernent aussi son chargement.

Pendant le transbordement, les deux civils, qui

semblent inspirer beaucoup de considération et presque de la peur aux policiers en uniforme, vérifient à peine son passeport. Bientôt il se trouve installé dans une voiture de deuxième classe dont toutes les banquettes ont été enlevées sauf deux, réservées à son usage. Un homme, en blouse serrée à la ceinture, lui apporte du thé et, dans des gamelles, plusieurs plats chauds.

– Bienvenue en Russie soviétique, monsieur Dieudonné.

Le train repart. Et il est seul dans le wagon, les caisses soigneusement disposées à côté de lui. J'aurais pu y cacher six fusils et deux mitrailleuses, sans parler de quelques bombes.

Mais ça ne veut rien dire. Il doit t'attendre plus loin. Pourquoi se donnerait-Il la peine de courir à ta rencontre sur le seuil de son propre pays ? Il sait où tu vas.

Il a toujours tout prévu, jusqu'ici. Cette fois sera comme les autres.

Il t'attend à l'arrivée, et te laissera espérer jusqu'à la dernière seconde.

Il doit sourire, en ce moment.

Ivano-Frankovsk. Il fait nuit à nouveau, le train s'est traîné misérablement dans ces confins septentrionaux de l'Ukraine. Trois hommes en civil frappent poliment à la vitre et demandent s'ils peuvent monter. Ils sont souriants, malgré leur air important.

– Nous ne voulons en aucune manière vous déranger, monsieur Dieudonné, mais simplement nous assurer que votre voyage n'est pas trop désagréable. Souhaiteriez-vous que nous remplacions l'une de ces banquettes par un lit ?

Tout cela en assez bon français, ma foi. Tu ne vois donc pas qu'ils s'amusent de toi ?

Ils savent que tu es Candido Cavalcanti, de São Paulo et environs.

– J'aimerais bien un lit, en effet. Merci beaucoup.

L'un des policiers va à la porte et lance un ordre en russe. Des soldats se précipitent.

– Autre chose ? N'hésitez pas, je vous en prie.

– De quoi me laver ?

Nouveau sourire.

– C'est évident. Excusez-moi de n'y avoir pas pensé. À Kiev, une voiture plus confortable sera mise à votre disposition. En attendant, nous allons essayer d'améliorer celle-ci. Nous retarderons simplement le départ de ce train.

– Si vous aviez un peu de lecture. Je lis le français, l'anglais et assez bien l'allemand.

Nouvel ordre en russe, d'une voix d'homme qui n'a nul besoin de crier pour être obéi dans la seconde.

– Ivano-Frankovsk est assez pauvre en livres, surtout étrangers, mais nous ferons de notre mieux.

Quoi d'autre ? Une balalaïka ? Non, arrête de faire l'imbécile, non, Candido !

– J'aimerais assez une guitare, dit-il. Je gratte un peu à mes moments perdus.

Tu es fou.

– Une guitare sera peut-être assez difficile à trouver ici. Connaissez-vous la balalaïka ?

– Pas du tout.

– Je ne m'y entends guère en musique, mais je crois que cela ressemble assez à une guitare.

– Vous êtes trop aimable.

– C'est un plaisir.

Quatre heures plus tard, le train se remet en route.

On lui a bel et bien installé un lit. Deux fauteuils (pourquoi deux ? Il y en aura un pour Lui, parbleu), un tapis, une petite table avec une lampe à pétrole, et des livres : trois Balzac et deux Jules Verne (pas *Michel Strogoff*, mais *L'Ile mystérieuse* et *Cinq semaines en ballon*, je ne les avais pas lus, ça tombe bien).

... Et une baignoire, qu'on a déjà emplie d'eau chaude,

ainsi qu'un petit morceau de savon. Au cas où il souhaiterait reprendre un bain plus tard, le chauffeur de la locomotive a reçu l'ordre de se tenir à sa disposition.

C'est fou, mais logique.

L'Autre s'amuse – toujours son sens de l'humour, vraiment spécial.

Trois bains plus tard, il est à Kiev, mais vue de son lit, la rive gauche du Dniepr ne lui semble pas très exaltante. Il contemple la rive droite : la colline Saint-Vladimir, la Ville Haute, la Ville Basse, les jardins et les parcs, le monument élevé au prince Vladimir par les habitants de Kiev, la cathédrale Sainte-Sophie avec son campanile, les vestiges de la Porte d'Or qui au XIe siècle était l'entrée principale de Kiev, tous les musées de la Laure Kievo-Petcherskaïa. C'est joli, Kiev.

– Je suis de Kiev, déclare le policier secret.

– Belle ville, dit Candido.

Ce nouveau policier secret – un homme charmant – a installé Candido-Dieudonné dans un wagon mou. Fini le tortillard et ses haltes devant chaque poteau télégraphique; on roule à une vitesse raisonnable, dans un train de voyageurs. Mais sur chacune des portes de son wagon spécial, un panneau a été apposé, sur lequel on peut lire que l'accès ou même l'approche sont strictement interdits à quiconque. Jusqu'aux chiens errants qui s'écartent.

Le doigt du Dieu Rouge est sur moi.

De Kiev, il s'attendait à ce que le convoi fît route au nord-est, vers Moscou. Non. On se dirige vers l'est, en fait le sud-sud-est. En Sibérie?

Une routine monotone s'établit. À Kharkov, il reçoit la visite de deux autres policiers secrets. On décroche son wagon mou sans l'en faire descendre; on lui sourit mais on ne lui fournit aucune explication, puisque l'on suppose qu'il ne comprend pas le russe. Après un court instant, le wagon à destination spéciale, de nouveau accroché, s'ébranle entre deux hoquets.

Le matin quand il s'éveille, un employé du train lui apporte du thé chaud, des petits pains beurrés et du poisson fumé.

– Spassiba.

– Vous parler russe ?

– Moi pas parler russe niet, moi juste connaître spassiba niet. Nous aller Caucase et mer Noire ?

L'employé secoue la tête.

Soudain la Volga surgit sur la gauche ; le fleuve, très large, décrit ici une vaste boucle qui modifie la direction vers l'est.

– Depuis peu, cette ville où nous sommes a cessé de s'appeler Tsaritsyne et se nomme désormais Stalingrad, en l'honneur du camarade génial, Petit Père des Peuples.

– Ah, dit Candido simplement.

– Vous êtes, dit l'homme de la police secrète – il a encore changé de tête mais au fond c'est toujours le même –, sur le point d'effectuer votre livraison, monsieur Dieudonné. Il doit vous tarder d'être au terme de votre voyage.

Il parle anglais, sans accent. Il a des yeux de chasseur de tétras aux aguets, c'est un des hommes de l'Autre.

– Est-ce que mon voyage de retour est déjà prévu ?

– Vous êtes dans un pays où l'on veille constamment au bien-être de chacun. Je suis certain que toutes les dispositions vous concernant ont été prises.

– Vous me rassurez.

Du caviar ? Un peu plus tard, il n'a pas très faim. Non, il ne boit pas de vodka, ni aucun alcool. Et il ne fume pas non plus, merci.

Il se rencogne dans son wagon mou, contemplant la Volga à présent sur la droite, dans le lointain. Une chose est sûre : tu es au bout de la route.

Il ne savait même pas que cette ville existait, et croyait que ce n'était qu'une sorte de fourrure. Astrakhan : la fin du voyage, Candido Stevenson.

Tu ne vas pas tarder à savoir, maintenant. Curieux comme tu es calme. Presque serein. Il faut dire que la course a été interminable.

– Bienvenue à Astrakhan, monsieur Dieudonné.

En anglais. Quatre hommes. Trois qui ont des têtes de sous-fifres, et un quatrième, celui qui vient de parler, tout blond, tout rose, tout jeune – moins que Candido mais à peine.

– Vous ne devez pas faire souvent des livraisons aussi lointaines.

Sourire aimable et même chaleureux.

– Je n'avais jamais dépassé Londres et Berlin, dit Candido dans un anglais qu'il n'essaie même plus d'estropier. Est-ce que je suis arrivé ?

– Presque. Avez-vous un uniforme de livreur ?

Bien sûr. Pantalon à double passepoil de côté, dolman assorti, casquette et gants blancs.

– Je l'enfile ?

– S'il vous plaît. Mes camarades commenceront à décharger, pendant ce temps.

Il se change. Tout est clair : Il aura voulu me jouer la comédie jusqu'au bout, est-ce drôle, je vais mourir habillé en livreur de maison de haute couture, sur les bords de la mer Caspienne.

D'ailleurs, les camarades de Boucle d'Or ont des physionomies de tueurs aux abattoirs.

– Je suis prêt.

– Quelle élégance ! dit Boucle d'Or.

Un chauffeur les attend. L'une des ailes de la voiture est ornée d'un fanion recouvert par un étui de cuir noir. Les caisses et les malles ont été transbordées dans deux camions.

– Le voyage ne vous a pas semblé trop long ?

– J'avais hâte d'arriver.
– Mon pays vous a plu?
– Il est superbe.

Boucle d'Or allume une cigarette mais ne tend pas l'étui de bois – il sait que je ne fume pas.

– Nous allons loin?
– Une trentaine de kilomètres. La maison appartenait à un grand seigneur, aux temps heureusement terminés des Tzars. Elle est très belle. Et le climat est agréable. Moins qu'en Crimée; cependant les automnes y sont très doux, ainsi que vous le voyez.

Longeant des tanneries d'astrakan de part et d'autre de la route, le convoi sort de la ville. Quelques arbres se dressent au milieu des prairies au fur et à mesure que l'on s'éloigne.

Sur la droite, le vent soulève de courtes vagues à la surface de la mer.

– On peut se baigner?
– L'été certainement. Mais la saison touche à sa fin.

Moi aussi.

Boucle d'Or dit qu'il s'appelait Grigori Kirilenko, grand bien lui fasse. Maintenant il pose des questions sur Paris. Candido a du mal à lui répondre. C'est comme une brume qui descend, il s'enferme.

Tu as peur?

Là, oui.

Les arbres se multiplient, la côte est rocheuse, ressemblant un peu à ces photos qu'il a vues de la Côte d'Azur, sauf que les pins ne sont pas les mêmes.

– Nous y sommes.

Ils pénètrent dans un jardin, rempli d'arbres et de statues qu'entoure un mur de pierres roses. Deux gardes armés. Un troisième, à cent mètres et quatre heures, tient un chien en laisse.

L'allée ombragée, dallée de grosses pierres plates et blanches, a des airs de l'Italie telle que je l'imagine. Quatrième garde, *ô puxa vida*, combien sont-ils?

La voiture s'arrête et les camions aussi.

– Voilà. Voulez-vous me suivre, je vous prie ?

Derrière Kirilenko, il passe sous un porche à double colonnade. Ils débouchent dans un grand hall, d'où part un escalier.

– Par ici. Attendez, s'il vous plaît.

Il se tient immobile au milieu d'un salon immense où jadis l'on a dû donner des bals. Trois domestiques, deux femmes et un homme, apparaissent. Les tueurs aux abattoirs sont déjà en train de décharger les camions. Ils s'activent, sous la direction de Boucle d'Or qui paraît s'amuser.

– Je dois faire quelque chose de particulier ? s'enquiert Candido.

– Rien. Le moment venu, vous remettrez simplement ceci.

Une enveloppe scellée. Il la prend dans sa main droite. Bientôt, le contenu des caisses et des malles est étalé sur toute la longueur de la pièce : robes et tailleurs, jupes et chemisiers, chaussures, fourrures, chapeaux, objets de lingerie dans leurs délicats emballages...

Les bijoux sont exposés sur la table centrale, au pied de deux grands chandeliers d'argent.

Les parfums sont alignés sur un bonheur-du-jour en marqueterie, que l'une des domestiques est allée chercher.

– Je crois que cela ira ainsi, dit Boucle d'Or en tournoyant lentement sur lui-même. Qu'en pensez-vous, monsieur Dieudonné ?

– Je suis sûr que la dame sera ravie.

– C'est bien mon avis. Ne bougez surtout pas, je vous prie.

Dix minutes. Puis un bruit de voiture dehors. Et des pas – Ô Dieu Vivant ! – qu'il reconnaît.

Elle entre, seule, et prend le temps de refermer la porte du salon sur elle.

– Eh bien, dit Samantha, il était temps ! Qu'est-ce que tu fabriquais, nom d'un chien ?

Je n'ai pas du tout envie de rire. Vraiment pas.

– Tu me fais la gueule, Cavalcanti, c'est ça ?

Il lui tend la lettre.

– Ouvre-la, dit-elle. Puisque tu meurs d'envie de savoir ce qu'elle contient.

D'accord. Il décachette l'enveloppe. C'est manuscrit, en anglais :

À Sam. Avec tout mon amour. Aliotchka.

– Tu me fais la gueule, pas de doute, répète-t-elle. Eh bien c'est très simple : tu sors et tu cours jusqu'au garage, il n'est jamais qu'à quatre cents mètres. En principe, ils t'auront tiré comme un lapin avant que tu atteignes les voitures. Ils tirent sur tout ce qui bouge. Ne te gêne pas.

Et pourquoi pas ?

– Il est ici ?

– Aliotchka ? Pas que je sache.

Elle le fixe :

– Ma fille, Candido. Où est Candida ?

– En sûreté. Elle va très bien.

Elle l'appelle toujours Aliotchka.

Des bruits de pas, la porte s'ouvre sur Grigori Kirilenko, toujours aussi souriant.

– Qu'en pensez-vous ? demande-t-il en russe à Samantha.

– Je suis extraordinairement impressionnée. Je n'aurais certainement pas choisi aussi bien si j'étais allée moi-même à Paris.

– Il n'y a pas dix hommes dans ce pays capables de réussir ce qu'il a fait pour vous.

– J'en suis convaincue. Je suis comblée, les mots me manquent.

Elle se met à marcher dans le salon, s'arrêtant devant chaque pièce de l'extravagante garde-robe, enfilant la veste d'un tailleur ou un manteau, posant une robe sur elle ainsi que font les femmes.

– Il me faudrait un miroir, dit-elle.

– J'ai donné ordre qu'on vous en apporte un, répond Grigori.

– Merci, Grigori. Vous êtes toujours aussi gentil.

Candido se tient immobile, le billet d'Alekhine à la main. Je n'arrive pas à bouger. Même dans les Prisons du Silence, je n'ai pas eu le sentiment d'être ainsi éparpillé, je suis incapable d'assembler deux idées. Si ça se trouve, je suis encore dans ma cellule carrelée, je crois en être sorti mais j'ai tout imaginé.

Je suis devenu fou.

– Monsieur Dieudonné ?

Quelqu'un lui secoue le bras.

– Monsieur Dieudonné, vous êtes souffrant ?

Enfin il parvient à distinguer un homme jeune aux cheveux blond doré.

– J'ai peur, dit la voix de Samantha, que ce garçon n'ait pas supporté le voyage. Ce doit être ces jours et ces nuits passés dans le train. Il n'a sans doute pas l'habitude de voyager autant.

– Venez, dit le jeune homme aux cheveux d'or. Vous avez mérité du repos. Je vais vous confier à Oleg, il sait un peu de français.

Des gens sont entrés, transportant un de ces grands miroirs sur pieds dont on peut faire varier l'inclinaison.

– Sortez tous, intime le jeune homme en russe. Oleg, occupe-toi du livreur, il dort debout, fais-le manger et surtout mets-le au lit.

À l'instant de franchir la porte, Candido se retourne : Samantha, devant le bonheur-du-jour, contemple les bijoux d'un air extasié ; elle pose une rivière de diamants sur sa gorge, s'examinant dans le miroir, de profil et de face, souriante et les yeux brillants.

Il est dans le hall.

– Vous viens, lui dit-on en français.

Il monte un escalier, suit un couloir, emprunte un deuxième escalier.

– Vous viens ici. Vous mange ?

Candido secoue la tête, s'assoit sur le lit – le matelas de caoutchouc mousse est plus épais que d'habitude, ils ont dû me le changer. Quelqu'un l'aide à se déshabiller, il se laisse docilement faire, s'allonge, ferme les yeux.

Et quand tu les ouvriras, tu verras la céramique blanche.

– Vous dors. Mange demain.

Mais oui, cause toujours, tu n'existes pas.

Candido est debout devant la fenêtre ouverte. La mer Caspienne sous un semblant de lune est à cent mètres au plus, un jardin y descend en terrasses sous des treillis de roses ; çà et là, des statues blanchâtres se détachent des zones d'ombres dessinées par les pins ; sur la gauche une chose bizarre émerge d'un groupe de rochers, peut-être un bateau...

Imagine que tu ne sois pas fou.

Et en supposant que tu nages dans la folie, pourquoi ne pas aller jusqu'au bout ? Qu'est-ce que tu risques ?

NON.

Fais comme si tout cela était normal. Il n'est pas ici, elle te l'a dit, profite de son absence. Encore une fois, qu'est-ce que tu risques ? Si tu es fou, et en pleine hallucination, les risques sont nuls.

D'accord.

Il ôte ses chaussures et se glisse hors de sa chambre, dont la porte n'est même pas fermée à clé.

Il marche dans un corridor qui dessert l'étage des domestiques. Ça ronfle de toutes parts. En chaussettes, il progresse sur le parquet de bois, se coulant le long d'un mur pour diminuer les éventuels craquements des lames.

Il descend l'escalier étroit avec des précautions de chat.

... Pas de chat : de Jaguar Féroce. Tant qu'à halluciner, autant y aller franchement.

Le hall est à peine éclairé par une veilleuse, posée sur une console. Il se faufile jusqu'à la porte de gauche. Le battant entrouvert découvre des pièces en enfilade et tout au fond, de la lumière : quelqu'un ne dort pas, comment s'appelle-t-il déjà? Grigori Kirilenko-Boucle d'Or, « vous êtes toujours aussi gentil, Grigori... ».

Je vais être particulièrement méchant, pas de problème.

Il retraverse le hall et, avec une prudence infinie, fait tourner la poignée en porcelaine fleurie et or. Il pénètre dans le grand salon éteint. Pas facile de retrouver, au milieu de tant de fanfreluches, la robe bleue en crêpe de Chine qu'il a achetée lui-même et rajoutée aux autres. Où est cette saleté de robe, choisie, au demeurant, de la couleur exacte des yeux de Samantha?

Sur une chaise, jetée en boule.

La robe a toujours son portemanteau. Et sa ceinture assortie. Il défait le portemanteau, simple barre de bois creuse, capitonnée de soie et garnie de petits rubans; une tige souple de métal, en V renversé, complète cette barre. Il se débarrasse de la partie métallique.

Il sort du grand salon, traverse le hall.

Une fois dans le jardin, il s'accroupit et attend, ses yeux verts de félin fouillent l'ombre, son ouïe si fine aux aguets.

Respiration et petit piétinement à trente mètres à une heure. En voilà un.

Candido s'apprête, prenant tout son temps : il ouvre avec précaution le fin étui de caoutchouc qu'il tenait à la main, en tire six fléchettes en bois et enduit de curare la pointe de chacune d'elles; puis il introduit une fléchette dans la barre de bois creuse, qu'il secoue en bouchant ses deux extrémités avec un pan de sa veste, afin de vérifier que le projectile y glisse bien, ainsi que les Indiens du Mato Grosso le lui ont enseigné. J'espère que leur curare est encore efficace, ils t'avaient assuré que oui ; cela dit, ils te verraient avec une de leurs sarbacanes capitonnée de soie rose et décorée de rubans bleus, ils en tomberaient par terre de rire.

Prêt ?

Oui.

Il rampe sur les genoux et sur les coudes, avec des mouvements d'une infinie lenteur.

Tu as toute la nuit devant toi.

Le garde est à trois mètres, même pas, avance encore un peu et tu devras lui passer entre les jambes.

Il ajuste sa première fléchette.

Tu n'en as pas trop, Candido Stevenson ! Et prends-la par le bon bout, tant qu'à faire.

Et vise bien. La nuque. Tu t'es entraîné pendant des heures et des heures, il doit t'en rester quelque chose.

Le faible chuintement de son souffle dans la sarbacane. Le garde porte aussitôt la main à sa nuque...

Il tombe.

Au suivant.

En espérant qu'ils ne sont pas plus de six – tu ne peux pas récupérer les fléchettes lancées, ils te l'ont expliqué, à tous les coups elles se cassent, tant elles sont fines.

Il en tue trois autres. En somme, ils étaient à peu près disposés aux quatre points cardinaux, sauf celui qui surveillait la mer Caspienne.

Il n'a plus que deux fléchettes. Dont l'une, au toucher, lui semble avoir un peu souffert du voyage : elle paraît fendue.

Les gardes deux et trois ont été touchés, l'un à la nuque et l'autre à la main. Numéro quatre l'a entendu, à la dernière seconde, une feuille morte a craqué, il s'est retourné, la main sur l'étui de son Nagant...

Poum ! Dans la figure.

Qu'en dis-tu ? Est-ce que je ne suis pas particulièrement méchant, hein ?

Si, mais il y en a peut-être d'autres, qui dorment dans la maison. Bien qu'en principe, en raison de la présence de Georges Albert Dieudonné, ils aient dû doubler la garde, dehors.

De toute façon, il ne faut pas oublier Boucle d'Or et les trois domestiques.

Et Lui.

Pour Lui, on verra bien. Tu vas rire, mais je n'ai pas l'intention d'essayer de Le tuer sans qu'Il sache que c'est le gentil petit chaton devenu, par l'effet de ses constants efforts, le Jaguar Féroce. Pas question d'embuscade. Lui et moi face à face.

Il ne fait jamais que trente centimètres et quarante kilos de plus que moi.

Tu monteras sur une chaise pour l'étrangler, c'est tout.

Il a fouillé le jardin, le garage, l'isba où devaient cantonner les gardes, il a poussé une pointe jusqu'à la petite crique où est amarré un bateau à moteur avec cabine.

Il est revenu dans la maison.

... Un garde dort dans la première pièce à gauche, en face du grand salon. Il est affalé sur un canapé tendu de soie, telle une sentinelle assoupie, autrement dit je suis passé voici des heures à quelques mètres de lui, sans le voir et sans qu'il m'entende ; il faut croire que je suis assez silencieux.

Sixième fléchette, dans la bouche entrouverte du dormeur, à bout portant.

Le rez-de-chaussée est vide.

Au premier étage, la disposition des lieux parle d'elle-même : trois portes identiques, très belles, dont deux à double battant et une par laquelle passait autrefois la femme de chambre, mènent à un grand appartement. Normalement, Samantha doit être là. Il essaie de tourner les poignées mais le battant résiste. Fermées. De l'intérieur ou de l'extérieur ?

Il parcourt le couloir. Huit autres chambres. Aucune n'est fermée à clé. Dans la cinquième, le souffle d'un dormeur ou d'une dormeuse, on n'y voit rien. Il ressort et essaie les trois dernières chambres. Vides. Il revient à la cinquième et de nouveau y pénètre. Pour un peu, dans cette obscurité totale, il se heurterait au bois du lit à quenouilles. Il s'immobilise et tente de distinguer quelque chose.

Une personne est allongée seule.

Il allume la lampe.

– Ceci est une sarbacane, la fléchette dedans est empoisonnée au curare. Vous mourrez en même pas deux secondes. Vous voulez crier ?

– Non, dit Grigori Kirilenko.

– Je viens de tuer cinq de vos gardes, reprend Candido en russe. Vous pouvez ouvrir la fenêtre et les appeler, je doute qu'ils vous répondent. Essayez. Mais sans crier, je vous prie. Je ne voudrais pas avoir à vous tuer tout de suite. Ni vous, ni les trois domestiques. Levez-vous et allez à la fenêtre. Parlez normalement, comme si vous vous adressiez à quelqu'un juste au-dessous de vous, dans le jardin.

L'une des extrémités de la sarbacane collée contre sa joue, Boucle d'Or sort lentement de son lit, ouvre la fenêtre.

– Pas de nom ou de prénom, dit Candido. Vous demandez simplement si tout est calme.

Kirilenko penche le buste au-dehors :

– Tout est calme ?

Silence. Évidemment.

– Refermez la fenêtre, maintenant. Contre le mur, jambes écartées, en appui sur les paumes.

Candido passe le nœud coulant de la cordelette prise à son passage dans la cuisine et serre, à la limite de l'étranglement.

– Je ne vais pas vous tuer, calmez-vous.

Il enroule la cordelette autour d'une cheville, puis de l'autre.

– À plat ventre. Il y a d'autres gardes ?

– Il y avait cinq gardes, dit Kirilenko. Quatre dehors, un dedans.

– Mains derrière le dos.

Candido pose la sarbacane et lui lie les poignets avec le reste de la cordelette. Kirilenko est couché sur le ventre, les reins cambrés, la tête rejetée en arrière par la traction du nœud coulant.

– D'autres gardes vont arriver demain, n'est-ce pas ?

– Non.

– Si je vous laisse dans cette position, vous vous étranglerez, et ce sera très douloureux. Qui vient demain ?

– Personne.

– Et le ravitaillement ?

– Personne avant au moins trois jours. Qui êtes-vous ?

– Le Jaguar.

Il le bâillonne en lui enfonçant un morceau de savon dans la bouche.

Même opération quelques minutes plus tard avec le domestique homme, qui, avant d'être bâillonné, confirme ce qu'a dit Boucle d'Or.

Il attache les deux femmes sur leur lit, chevilles ensemble, poignets au-dessus de la tête et les bâillonne.

Tu as oublié quelqu'un, Candido Stevenson ?

Pas que je sache. Et j'ai fouillé partout, jusque dans le grenier.

Très bien. À elle, maintenant.

– Espèce d'abruti, dit-elle à travers la porte. Parce que

tu crois que je peux sortir toute seule ? C'est Grigori qui a les clés.

– Il n'a rien sur lui.

– Cherche.

– Tu es seule ?

– Juste les chœurs de l'Armée rouge, en attendant qu'Il revienne. Tu veux qu'ils te chantent quelque chose ?

Il regagne la chambre de Boucle d'Or, dont les yeux lancent un message désespéré. Il vérifie que cet imbécile n'est pas en train de s'étrangler tout à fait, puis réussit à dénicher le trousseau de clés sous une pile de vêtements pliés sur une chaise.

– J'ai tué presque tout le monde, Samantha.

– Ouvre-moi cette saloperie de porte.

Il essaie plusieurs clés et trouve la bonne.

Il ouvre la porte. Elle se dresse devant lui, le regard terrible :

– Où est ma fille ?

Cette fois il le lui dit et en détail.

– Tu l'as vue ? Elle va bien ?

– Elle ne pourrait pas aller mieux.

La réponse est pour le moins maladroite. Il se fait immédiatement moucher.

– Elle irait mieux encore si sa mère était près d'elle, dit Samantha, la voix glacée.

Elle écarte Candido et sort dans le couloir.

– Tu as tué qui ?

– Les gardes.

– Et qui d'autre ?

Stepa Oneguine, Otto Krantz, la Montagne Humaine et un seringueiro appelé Venancio Carneira...

Et Afonka.

– Afonka ? Tu as tué Afonka ?

Elle ne pensait pas que tu avais la moindre chance, contre Afonka. Il est sur le point de lui raconter la longue traque, mais il se tait.

– Afonka est mort, tu peux en être sûre, dit-il simplement.

Elle le dévisage. Et qu'elle soit si belle, dans sa chemise de nuit de dentelles, sous un déshabillé qui doit valoir très cher, ne diminue en rien sa rage. Au contraire. Il n'a pas regardé à la dépense...

Et elle porte ces vêtements sans vergogne.

– Et Grigori, tu l'as tué aussi ?

Il l'emmène à la chambre de Boucle d'Or.

– Détache-le, dit-elle. Il a été très gentil avec moi. Très gentil.

– Non.

Il la fait sortir de la pièce, referme la porte à clé, puis glisse le trousseau dans sa poche.

– Tu es devenu fou.

– C'est ça, dit-il en souriant. Je n'ai pas tué non plus les domestiques. Tu veux t'en assurer ?

– Grigori va mourir étranglé.

– Pas avant que j'en aie décidé.

Il s'engage dans l'escalier étroit conduisant à l'étage supérieur et elle se décide à le suivre. Ne te laisse distraire par rien. Surtout pas par elle. Tu te mures.

Il lui permet de jeter un coup d'œil sur les trois domestiques ligotés et bâillonnés.

– Liova a été comme une sœur pour moi, depuis que je suis ici. C'est la plus jeune des deux. Je serais devenue folle, sans elle.

– Eh bien, tant mieux.

– Détache-la. Elle ne tentera rien.

– Non.

– Détache-la !

Il lui sourit :

– On m'a pas mal frappé, au cours de ma vie, et on ne peut pas dire que cela ait servi à grand-chose. En outre, je suis plus fort que toi, Samantha, bien que tu sois plus grande.

Il passe devant elle et redescend, gagne la cuisine où il cherche quelque chose à manger. Le jour vient de se lever et éclaire, à une trentaine de mètres, le cadavre de l'un des gardes. Samantha sort dans le jardin et s'agenouille près du mort. Il la voit tendre la main vers la fléchette. Il hésite une demi-seconde (c'est incroyable, mais tu as hésité) et s'avance sur le seuil :

– N'y touche pas. Il y a du curare.

La main de Samantha s'immobilise.

– Il y avait cinq gardes, dit-elle. D'habitude, ils se relayaient, la nuit, deux par deux. Je suppose que la nuit dernière Grigori leur a ordonné de demeurer éveillés. À cause de toi. Tu les as tous tués ?

– Comment es-tu arrivée jusqu'ici ?

– Ça n'a vraiment aucune importance.

Et tant qu'à être dans le jardin, autant l'inspecter une fois de plus à la lumière du jour. Trois autres cadavres. Les Indiens avaient raison, les fléchettes sont cassées.

Quant au cinquième garde, à part la couleur de son visage, on pourrait le croire toujours endormi, jambes allongées et écartées, la nuque appuyée sur le dossier du canapé de soie.

– Tu es content de toi, Candido ?

Il ne répond pas, revient dans la cuisine et y boit du lait.

Puis il remonte dans la chambre où elle était soi-disant enfermée. Soi-disant ? Je ne veux même pas me poser la question de savoir ce qu'elle a fait, comment et pourquoi. Ce n'est pas important pour l'instant. Si je me mets à y penser, tout va s'embrouiller, dans ma tête.

Il parcourt la chambre qui fait partie d'un appartement de trois pièces avec une vaste salle de bains. C'est luxueux et bien décoré. Rien n'y manque : des livres anglais, des partitions de musique, une grande table avec des jeux de toutes sortes – dont des puzzles anglais.

... Et un très grand lit.

Évidemment, avec Sa taille.

– Je voudrais que tu viennes avec moi, maintenant, Samantha, dit-il.

– Et si je refuse ? Tu m'assommes ou tu m'enfermes ? À moins que tu ne me ligotes comme Grigori.

– Je voudrais que tu viennes avec moi, c'est tout.
– Pour quoi faire?
Il a envie de se baigner dans la mer Caspienne.

Depuis plus de deux heures, il nage et plonge. À plusieurs reprises, il s'accroche à un rocher sous-marin et compte. Pour voir. Ça va, tu es en bonne forme. L'eau est froide mais supportable.

Il ressort et se hisse sur la petite plate-forme cimentée qui sert d'embarcadère au bateau. Samantha est assise jambes repliées sous elle. Ne la regarde pas trop.

– Le bain t'a calmé, Cavalcanti?

– Pas vraiment.

Il avait gardé son caleçon, et accroché au cordonnet de ceinture le trousseau de clés.

– La mer Caspienne, dit Samantha, se trouve à vingt-huit mètres au-dessous du niveau de la mer, elle s'étend sur plus de quarante-trois mille kilomètres carrés; sa profondeur moyenne est de deux cents mètres environ, avec un maximum de plus de mille mètres; ainsi que l'honorable assistance a pu le constater, son eau est salée.

Candido s'allonge face au soleil qui est assez chaud pour faire fondre peu à peu la glace qu'il a l'impression de charrier dans ses veines. Tu n'as même pas claqué des dents ni grelotté. Remarque, dans l'état où tu es, tu serais capable de prendre dans ta main des charbons ardents sans rien sentir.

– La largeur de la mer Caspienne, reprend Samantha d'une voix de maîtresse d'école, varie évidemment suivant les endroits. D'ici, par exemple, la côte opposée se trouve approximativement à deux cent soixante kilomètres; un bon nageur accomplirait aisément la traversée en trois ou quatre cents heures, s'il ne coule pas à pic en route, saisi par le froid; et en face, il y a une petite ville avec une garnison du nom de Fort-Tsevchenko. Mais à supposer que ledit nageur parvienne à aborder sans être vu, il aurait devant lui les superbes déserts du plateau d'Oust-Ourt et ceux du Karakoum et du Kyzyl-Koum, dont une petite marche de quelques mois, en général sans eau ni nourriture, viendrait facilement à bout ; et il ne lui resterait plus qu'à enjamber l'Himalaya.

Candido ferme les yeux. Ne t'endors surtout pas, s'il te plaît.

Pas de danger.

– Mais revenons à la mer Caspienne, continue Samantha. Ledit nageur pourrait envisager de traverser dans le sens de la longueur, et dans ce cas, il n'aurait jamais que la bagatelle de onze cent vingt-trois kilomètres et quatre pouces à parcourir, pour atteindre la côte la plus proche d'un pays qui ne serait pas l'Union des républiques socialistes soviétiques, récemment créée à ce que l'on m'a dit. Il serait en Perse, capitale : Téhéran.

J'ai encore faim. J'ai envie de viande.

– Candido, les clés du bateau sont sur le trousseau que tu ne lâches pas. Je crois qu'il faut une clé pour mettre le moteur en route et deux autres pour ouvrir les cadenas des chaînes.

Il doit y avoir de la viande, parmi les réserves dont a parlé Kirilenko.

– Toutefois, j'ignore si ce bateau est capable de couvrir six cents miles et plus sans tomber en panne. J'ai posé la question à Grigori ; il a ri sans me répondre. En outre, il nous faudra passer au travers des vedettes et des bateaux de guerre.

Candido se redresse et commence à se rhabiller.

– Mais nous pouvons essayer, dit-elle. En naviguant de nuit et en se cachant le jour sur la côte est, la moins habitée, on a une chance. Même si le moteur finit par tomber en panne, ça nous aura rapprochés de la Perse. Et il y a peut-être des courants. Dans la bonne direction, je veux dire.

Il endosse le veston de Georges Albert Dieudonné, le

trousseau de clés bien serré – trop serré, détends-toi – dans sa paume.

Coup d'œil sur la Caspienne.

Oui.

– Candido...

Il commet l'erreur de regarder Samantha et pour un peu, il craquerait.

– Oh, Candido, qu'est-ce qu'ils t'ont fait ? Tu n'es plus le même...

Elle pleure. Elle pleure à n'en plus finir.

Il regagne la maison.

Il ôte le bâillon, puis le morceau de savon de la bouche de Boucle d'Or.

– Je vais laisser cette cordelette autour de votre cou, dit-il en russe. Vos poignets et vos chevilles resteront attachés.

– Je vous en supplie, dit Boucle d'Or.

– Venez. J'ai trois moyens de vous tuer, au moindre geste que vous feriez sans mon autorisation : la sarbacane, ce revolver à ma ceinture, et ce couteau. J'ai déjà égorgé des quantités de personnes, je n'en suis plus à une près.

Il relève Boucle d'Or et l'aide à descendre les marches. Sous l'œil de Samantha qui pleure encore un petit peu.

Ils arrivent à la salle du télégraphe. Samantha les rejoint.

– Asseyez-vous, mains sur la table. Et ne bougez plus.

Il vérifie que le tiroir ne contient aucune arme.

Il rédige le texte.

– Oh, mon Dieu ! s'exclame Samantha qui s'est penchée par-dessus son épaule pour lire. Candido, non ! Pour l'amour de moi, s'il t'en reste, ou pour ta fille...

Tu n'entends rien, Candido Stevenson, tu te mures. Tu ne penses même pas qu'en voulant empêcher ce que tu es en train de faire, c'est Lui qu'elle cherche à protéger.

Tu es devenu particulièrement méchant, Jaguar.

– Vous envoyez ce message, Kirilenko. Au mot près.

– Peux pas lire, dit Boucle d'Or que la cordelette étrangle.

Candido desserre le nœud coulant.

– Tu peux, maintenant. Passe ce message sans rien y ajouter et je ne te tuerai peut-être pas.

À A. M. Alekhine : *Le Jaguar sollicite un entretien en tête à tête.*

Une fois le message expédié, Candido, tout en se reprochant sa mansuétude, s'est contenté d'enfermer Boucle d'Or dans une resserre sans autres issues qu'une forte porte et un soupirail garni de barreaux. Il le fait asseoir sur une chaise et l'attache par les poignets à un anneau dans le mur.

– On pourrait au moins lui donner à boire, dit Samantha d'une petite voix.

– Si tu veux, répond Candido avec une réelle indifférence.

Dans une autre resserre, où sont entassés sur le sol de longs blocs de glace, des quartiers de viande sont suspendus à des crocs. Avec le couteau de cuisine qu'il ne se décide pas à reposer depuis qu'il est remonté de la crique, il se coupe un bifteck d'un bon kilo et met la cuisinière à bois en route.

– Qu'est-ce que je peux dire, Candido, pour te convaincre de partir sur ce bateau ?

– Tu as déjà tout dit.

Elle n'a pas cessé de parler, elle a pleuré et supplié, menacé, supplié encore. Tu n'as rien entendu, tu n'entends rien.

– Tu veux un peu de mon bifteck, Samantha ?

– Il ne viendra pas, dit-elle.

– Ne dis pas Il, Samantha. Il s'appelle Aliotchka Mikhaïlovitch Alekhine.

Les braises commencent à se former, je vais le manger bien saignant. Il fouille les placards à la recherche de sel.

– Il viendra, Samantha. Il n'enverra pas son armée personnelle. Il viendra, et seul. Pour trois raisons : la première parce qu'il ne doit pas avoir envie de raconter comment il s'est aménagé cette maison pour sa satisfaction personnelle; la deuxième parce qu'il ne voudrait reconnaître devant personne au monde que le petit Joueur de Puzzle a battu le Faiseur de Puzzles, et trompé Aliotchka Mikhaïlovitch Alekhine l'Infaillible...

Ça va, le bifteck est assez cuit, presque carbonisé de chaque côté, et saignant à l'intérieur. Il dépose la viande dans un plat pris au hasard et s'installe devant la table.

– La troisième, parce que s'Il venait accompagné, cela signifierait qu'il a peur de moi.

Il découpe un morceau de viande avec le grand couteau de cuisine qui tranche comme un rasoir, et le porte à sa bouche avec ses doigts.

Très bon. J'en avais rudement envie.

– Il viendra, Samantha. Mains dans les poches, pour m'écraser entre son pouce et son index.

Pas assez de sel, il en rajoute.

C'est mieux.

– Je peux te donner la clé de contact et celles des amarres, Samantha. Tu arriveras bien à mettre le bateau en marche. La Perse est au sud. Rien ne t'empêche de partir. Si tu le désires, évidemment.

Il détache les clés du trousseau et les lance sur la table.

Elle tourne les talons et s'en va. Il l'entend remonter dans sa chambre.

Tu es content de toi, Candido Stevenson? C'était vraiment nécessaire, cette dernière phrase?

Je m'en fous. Je m'enfonce dans un grand puits sombre, avec des parois de velours glissantes, je descends de plus en plus vite.

Au point de perdre ta lucidité, pour demain ?

Non. Pas de danger.

Samantha a peur de toi, tu as remarqué ? De toi et de ton grand couteau.

Je n'ai pas envie de penser à Samantha, seulement à l'Autre. Il sera là demain soir. Ou à la nuit. Ou à l'aube.

Il était dans le grand salon, assis sur le parquet, au fond de la pièce, quand elle est venue lui demander d'ouvrir les portes des chambres des domestiques ; elle avait préparé un repas pour eux et pour Grigori.

– Si tu veux.

Il l'a escortée et a refermé ensuite les portes, n'écoutant rien de tout ce qu'elle pouvait dire.

Il est parti faire quelques pas dans le jardin. La nuit tombée, il s'est couché dans les fourrés, enveloppé d'une couverture prise parmi celles de la maison des gardes. Il a dormi. Très bien. Sauf qu'en deux occasions il s'est éveillé brusquement, arraché au sommeil dans un soubresaut, convaincu que l'Autre était là, devant lui, gigantesque.

Tu as peur ?

Plus du tout. Je suis un peu impatient.

La matinée s'écoule, il n'a pas revu Samantha depuis la veille. Il est sur les rochers au sud de la crique et, vers trois heures de l'après-midi, à en juger par le soleil, il capte, par-delà le mur d'enceinte rose, le bruit d'un moteur de voiture. Il grignote le morceau de pain qui lui reste, puis escalade une à une les terrasses, il arrive à une pergola où un jardinier des anciens temps a planté une glycine qui meurt.

Il s'assied sur l'un des bancs de marbre, une large trouée entre les arbres dégage la vue sur des kilomètres de mer Caspienne.

Le bruit du moteur est à présent très net. Samantha aussi a dû l'entendre : des rideaux bougent, à l'une des fenêtres –

je préférerais qu'elle ne descende pas, qu'elle ne se montre pas.

Ça n'a plus aucune espèce d'importance, Candido Stevenson.

Tu as raison.

La voiture apparaît enfin, sous les pins, à l'extrémité de l'allée aux allures de voie Appienne. Elle stoppe. Il descend, se dirige sans hâte vers ce qui doit être le cadavre d'un garde, s'agenouille près du corps. Un temps. Il se relève, retourne à la voiture, y remonte ; roulant au pas, Il parvient sur l'esplanade de graviers devant la maison, y décrit un demi-tour nonchalant, et s'immobilise face à la pergola. Il ne coupe pas le contact : si sûr de Lui qu'Il soit, Il appréhende un piège et se tient prêt à redémarrer, droit vers la sortie.

Alekhine semble être seul. À part l'arrêt devant le cadavre du garde, à aucun moment Il n'a ralenti, ni changé de vitesse, depuis les premières secondes où j'ai perçu le bruit du moteur, à des kilomètres d'ici.

Il est venu seul. J'avais raison.

– Vous n'avez pas changé, Cavalcanti.

– Merci. Vous non plus.

Ils sont à une vingtaine de mètres l'un de l'autre. Alekhine toujours assis derrière son volant, Candido sur son banc. Dans une de ses mains, il tient le croûton de gros pain et de l'autre, il picore, détachant des miettes du bout de ses doigts et les portant à sa bouche.

Samantha est toujours invisible.

La portière s'ouvre, Alekhine sort, se dresse. Il tenait un revolver dans sa main droite mais le lance sur le siège. Il s'adosse à la voiture.

– Georges Albert Dieudonné. Une chose est certaine : personne ne vous a accompagné ou suivi jusqu'ici, je m'en suis assuré. En somme, c'est moi qui vous ai révélé l'existence de cette maison, et je vous y ai conduit, avec tout le confort possible, mes propres agents vous apportant leur aide pour que vous ne vous perdiez pas en route.

– Un moment, je me suis demandé si vous ne l'aviez pas fait exprès.

Alekhine se met à rire :

– Et maintenant ?

– Maintenant, je crois que pour une fois j'ai réussi à avoir une pièce d'avance sur vous.

– Vous avez retrouvé Matriona par hasard ?

– Grâce au carnet d'adresses de Stepa.

– Stepa ?

Il a réellement oublié de qui tu parles, Candido Stevenson. C'est bien ce que tu pensais : pour lui, l'affaire est enterrée depuis des lunes.

– Stepa Oneguine, précise Candido. J'ignore son nom véritable. Lui, et aussi Otto Krantz, et un homme encore plus grand que vous que j'avais surnommé la Montagne Humaine, et Matriona.

– Je les connaissais sous d'autres noms.

– Je m'en doute. Ils sont morts. Je les ai tués.

– Je me souviens, à présent. Et les adresses étaient dans ce carnet ?

– Codées, mais je me suis arrangé.

– Et Tchaadaïev ?

– Mort aussi. Il n'a pas supporté la jungle brésilienne. Jusqu'au bout il a essayé de me tuer, vous n'avez aucun reproche à lui faire.

– Vous êtes assez difficile à abattre, semble-t-il.

– Eh, oui. On le dirait pas, hein ?

– Je me rappelle qu'en vous suivant à Berlin, j'éprouvais le sentiment que vous aviez, disons, des possibilités inexploitées.

– J'en ai entrepris l'exploitation sur un grand pied, dit Candido. Grâce à vous. Vous avez énormément aidé à l'accomplissement de ma maturité. Un vrai père. Est-ce que je peux vous poser une question ou deux ?

– Le train qui doit me ramener à Moscou ne part que dans six heures.

– Comment ça va, pour vous, dans ce pays ?

– On ne peut mieux. Je n'ai pas encore atteint tous mes objectifs mais je n'en suis plus très loin. Je sais patienter.

– Vous songez à en devenir le chef?

Rire :

– Non. Je n'ai jamais eu cette ambition. Celui qui tient aujourd'hui les commandes me satisfait complètement.

– Vous êtes le chef de sa police, la Tchéka ?

– Non. J'ai créé ma propre organisation. L'Union soviétique est une forteresse assiégée et le demeurera pendant des générations. Moi, je suis responsable de ce qui se passe hors des murailles, en terre étrangère.

– Beaucoup de travail, n'est-ce pas ?

– Beaucoup. Merci de vous y intéresser.

– Je me trompe, ou l'affaire du Jaguar n'était qu'une opération secondaire ?

– Secondaire. Il s'agissait d'une sorte d'exercice d'école, de répétition, à une époque où j'avais besoin d'apporter quelques éclaircissements sur ce que je proposais. Une démonstration, si vous voulez.

– Comment susciter des révolutions ou faire assassiner des gens dans le monde entier sans jamais en être tenu pour responsable ?

– Par exemple, mais ce n'était qu'un détail, fabriquer de toutes pièces à partir de rien, excusez-moi, un personnage de terroriste international, insaisissable puisqu'il n'existe pas. L'idée a beaucoup plu, elle sera sans doute réutilisée.

– Quand avez-vous cessé de vous intéresser au Jaguar ?

– Je n'ai plus tout cela en tête, pour être franc. À partir de la Mongolie, un peu avant même. Ensuite, j'ai laissé agir ceux que vous appelez Matriona et Stepa Oneguine. Je m'occupais de choses plus importantes. Vous avez également tué Grigori ?

– Oui. Et les domestiques, tant que j'y étais.

– Où est-elle ?

Alekhine vient enfin de bouger. Il a jeté un coup d'œil sur la maison derrière lui, mais dans la seconde suivante a reporté son regard sur Candido. Et il se déplace : deux pas sur le côté – il est en train de s'assurer que je n'ai pas d'arme cachée sous le banc ou ailleurs.

– Où est-elle, Cavalcanti ?

– Dans la maison.

– Vivante ?

Candido détourne la tête et fixe la mer.

– Je ne crois pas que vous l'ayez tuée, dit la voix d'Alekhine.

– Entrez dans la maison et constatez. Où est Herr Doktor ?

– Mort. Crise cardiaque.

Crissement du gravier sous les pas d'Alekhine – quand je ne l'entendrai presque plus, cela signifiera qu'il marche sur le gazon.

Et il sera à environ douze mètres de moi.

Maintenant.

Candido continue à picorer son quignon. Le bruit de pas s'est fait léger, à peine perceptible.

Arrêt. Il doit être à cinq ou six mètres à peu près.

– Le pain, dit Alekhine. Je ne vois guère que ce morceau de pain dans lequel vous auriez pu dissimuler l'une de ces fléchettes que vous avez employées pour tuer les gardes.

Silence. Candido attend.

Alekhine ôte son veston et en enveloppe son bras gauche.

Il sourit :

– C'était donc cela. Je me demandais ce que vous aviez en tête. À moins que quelques-uns de vos amis ne soient arrivés par la mer et en cet instant me tiennent en joue depuis la maison ou les rochers. Pourtant je n'y crois pas. Vous aviez prévu que je viendrais seul, et...

Le mouvement du Russe a été d'une soudaineté, d'une vivacité phénoménales. Mais d'une détente de tout son corps, Candido roule sur lui-même, son élan l'emporte plus loin que prévu : il dégringole deux terrasses plus bas, une douleur lui vrille le thorax lorsqu'il heurte une pierre dans sa chute.

Très vite il se redresse et s'écarte, son pouce et son index toujours enfoncés dans le quignon de pain et serrant la fléchette.

– Amusant, dit Alekhine. Donc vous êtes seul, vous aussi. Votre haine pour moi l'a emporté. Vous n'avez plus le sens des réalités, Cavalcanti. Apparemment, votre séjour dans les Prisons du Silence a laissé plus de traces que vous ne le croyez. Vous vous êtes posé la question ? Oui, probablement. Mais un fou ne sait pas qu'il est fou.

Alekhine saute, avec une souplesse sidérante, portant en avant son bras gauche que protège le veston.

– Pour les fléchettes, si j'en juge par celle que j'ai vue dans le cou du garde, elles sont en bois et fragiles. Mais bien sûr, vous avez pu remplacer la fléchette d'origine par une aiguille d'acier, trouvée dans la maison. Qu'y a-t-il dessus ? Du curare ? C'est romantique.

Alekhine le surplombe d'une terrasse.

– Vous êtes très vif, mais moi aussi. Le petit Jaguar armé de son petit épieu empoisonné contre le grand tigre sans armes autres que sa force. Je vais vous broyer les vertèbres.

Alekhine s'élance de la hauteur du muret. Candido recule, la dénivellation suivante est juste derrière lui.

– J'ai couché avec elle, Cavalcanti. Elle a vraiment un corps superbe. Et quelle ardeur, dans l'amour, c'est inoubliable. Vous avez remarqué comme elle se ploie, parfois, creusant les reins et allongeant les bras au-dessus de sa tête, tendant sa gorge ?

Alekhine avance, bras gauche devant lui. Le rebord du muret suivant sous le pied de Candido. Il saute...

... et aussitôt bondit sur le côté : l'Autre l'a suivi, ses doigts ont bien failli lui crocher la cheville, il y a eu un contact, si fugitif qu'il ait été.

– Manqué de peu, Cavalcanti. La prochaine fois, peut-être. Mais je note que vous reculez sans cesse. Vous avez en tête de m'entraîner quelque part ? Près de la crique et du bateau ? Vous y avez caché quelque chose ? Une arme ?

Alekhine se remet en mouvement, d'une démarche dansante comme en ont les boxeurs et les hommes qui possèdent de leur corps une maîtrise absolue.

Candido tente de le contourner par la droite, en direction de la crique.

Bloqué.

Il doit reculer encore.

Il retire l'épingle d'acier du morceau de pain.

– Et le parfum de son corps dans l'amour, Cavalcanti ? Et cette façon de gémir doucement...

Il est incroyablement vif et rapide, pour un homme de sa taille, Candido Stevenson. Tu ne t'y attendais pas.

Tu l'as sous-estimé, hein ?

L'Autre se rue sur lui. Pendant une seconde, l'affolante sensation d'être saisi, agrippé, maintenu par le poignet gauche. Candido tente bien une estocade avec l'épingle mais son bras droit est immobilisé. Il s'arrache à la prise et file sur dix mètres. Il n'y a plus que les rochers, à présent. La mer à quelques mètres.

– Me tuer à coups d'épingle, Cavalcanti, vous ne doutiez de rien. Mais ça va devenir difficile pour vous, à partir de maintenant. Au cas où vous ne l'auriez pas remarqué, vous êtes coincé.

Une attaque de plus, un coup violent à l'abdomen, assené par le bras gauche que protège la veste. C'est pur miracle s'il parvient cette fois à esquiver, en se jetant au hasard sur des rochers, dont les aspérités lui écorchent un côté du bras.

– Le premier sang, Cavalcanti. Il est pour moi. Vous ne l'avez peut-être pas noté, mais vous avez essuyé votre ridicule petite épingle sur ma veste : il ne doit plus y rester tellement de curare. Il n'y a plus que deux mètres entre nous et si vous tentez d'escalader cette paroi dans votre dos, je me ferai un plaisir de vous écraser les os un à un.

Vous avez tablé sur ma jalousie, n'est-ce pas? Vous aviez raison. Apparemment je ne suis pas une machine parfaite. Pas encore. Je finirai par la tuer elle aussi, pour régler ce petit problème.

Candido guettait la main droite d'Alekhine. Il bondit une demi-seconde avant l'Autre, malheureusement, la place manque : il peut certes effacer son corps, mais son bras droit, projeté en une ultime attaque, épingle pointée, est immédiatement serré dans l'étau d'une poigne d'une puissance terrifiante.

– Lâche ça, petit bonhomme. Lâche ça!

Inexorablement ses doigts se desserrent et l'épingle tombe. Un coup de feu éclate alors, Alekhine a un sursaut, oh! il ne s'effondre pas, la balle ne fait que l'effleurer, ouvrant un sillon sanglant juste au-dessus du col de sa chemise. Cependant, c'est assez pour lui faire abandonner quelques secondes sa prise. Candido prend son élan et plonge dans l'eau glacée, tandis que deux autres détonations claquent.

Il descend à pic, au moins dix mètres, et s'agrippe à un rocher du fond...

... Commence machinalement à compter...

Il a juste le temps de relever la tête : dans cette mer d'une limpidité totale, il aperçoit l'Autre qui fonce vers lui à grandes brasses, semblant déchirer l'eau. Candido pousse désespérément sur ses bras et ses jambes...

... *Vingt-six, vingt-sept, vingt-huit...*

Il s'en est vraiment fallu de peu : les doigts d'Alekhine ont touché son talon. Il nage aussi bien que toi, Candido Stevenson, comment pouvais-tu en douter? Boucle d'Or t'a parlé de baignades.

Tu ne t'en sortiras pas, tu sais?

Trente-neuf, quarante, quarante et un...

Il s'enfonce, la pression sur les tympans s'accroît, je suis au moins à quinze mètres, tout ce qu'Il avait à faire c'est attendre à la surface, tranquillement, que tu remontes. Tu n'es pas un poisson, et même dans l'eau il t'écrase comme une noix, ça ne va pas être une mort plaisante, je te préviens.

... *Cinquante-cinq, cinquante-six, cinquante-sept*, la côte se rapproche, paroi verticale, sans algues ni plantes marines, ce n'est pas une vraie mer, pourquoi n'es-tu pas parti vers le large ? Pourquoi ô Dieu Vivant ? Tu pouvais lui refaire le coup d'Afonka Tchaadaïev, l'entraîner si loin dans la Caspienne, et si profond, que même Lui n'aurait jamais pu revenir ; vous seriez morts de froid tous les deux, mais au moins tu l'avais...

Il se cabre et file sur sa gauche : il a de nouveau senti les doigts de l'Autre.

Le trou noir dans la paroi, une entaille toute en longueur, très étroite. Quels genres de poissons ont-ils dans la Caspienne ? Des murènes ?

C'est carnivore, les murènes, les empereurs de Rome leur donnaient des esclaves à manger.

Soixante-dix-neuf, quatre-vingts, quatre-vingt-un, quatre-vingt-deux...

Il est obligé de se tenir verticalement pour se glisser dans l'anfractuosité, dont les parois sont à ce point resserrées qu'il ne peut s'y insinuer que de profil. Si je vais plus loin, je ne pourrai plus jamais ressortir.

Alekhine est à l'entrée, dans la lumière bleue. Un peu de sang, très peu, s'échappe de son cou. Ses cheveux blonds se dressent sur sa tête. Il a pris appui sur les deux lèvres de la faille. Il sourit. Il étend un bras et ses doigts se saisissent d'un pan de chemise, effleurent la peau de Candido.

Candido gagne quelques centimètres.

... *Quatre-vingt-dix-neuf, cent, cent un, cent deux...*

Alekhine s'aplatit contre la muraille et, s'assurant d'une main, avance l'autre, démesurément.

Cent trois, cent quatre, cent cinq, je ne vois plus son visage, seulement cette main qui n'en finit plus d'approcher...

Maintenant, Candido.

Il ramasse la chaîne qui servait pour l'une des amarres

du bateau, la passe autour de l'énorme poignet, boucle le cadenas.

Qu'est-ce que tu en penses, Aliotchka chéri ?

La réaction est fulgurante : le visage d'Alekhine – tu as cessé de sourire, Aliotchka ? – réapparaît dans la lumière bleue, la tension sur la chaîne est extrême et les maillons s'impriment douloureusement dans la cuisse de Candido.

Tu peux toujours tirer, Aliotchka.

Cent vingt, cent vingt et un, cent vingt-deux, cent vingt-trois...

Prends ton temps, Aliotchka.

Alekhine s'acharne, il s'arc-boute sur les rebords de la faille à s'en déchirer les reins, un rictus lui déforme la bouche. Il secoue la tête, la rejette en arrière, yeux clos.

Tire donc, Aliotchka. Tu es si fort.

Cent quarante-deux, cent quarante-trois, cent quarante-quatre, cent quarante-cinq...

Des bulles d'air s'échappent de la gorge de l'Autre.

Tu vas probablement y rester aussi, Candido Stevenson, mais tu l'as eu, pas de doute. Toutes mes félicitations.

Cent soixante-dix, cent soixante et onze, cent soixante-douze...

Trois minutes.

Le grand corps, sculpté par l'eau bleue de la Caspienne, se détend soudain, la main libre s'ouvre, les pieds se détachent de la paroi. Le corps bascule lentement, gracieusement ; la poussée de l'eau – tout corps plongé dans un liquide... oui, je sais, Herr Doktor – le fait remonter vers la surface. À part le bras qui demeure enfoncé dans la faille. L'entrée est libre.

Cent quatre-vingt-onze, cent quatre-vingt-douze, cent quatre-vingt-treize...

Sors de là, Candido Stevenson.

Je ne peux pas.

Essaie encore.

Deux cent trois, deux cent quatre.

Je ne peux pas, je te dis. Je n'ai pas de prise.

Il tire sur la chaîne, et très docilement le corps d'Alekhine vient se replacer devant l'entrée de la faille.

Deux cent huit... ou deux cent neuf.

Tu paniques, hein ?

Tu n'as plus d'air. Et tu es à douze mètres au moins de profondeur.

Deux cent onze.

Il y a sûrement un moyen. Ne renonce pas.

Deux cent seize.

Tu te souviens comme on fait passer un camion sous un tunnel trop bas de quelques centimètres ?

Fiche-moi la paix, c'est inutile.

On dégonfle les pneus. Alors tu fais pareil : tu chasses l'air de tes poumons.

Il voit distinctement les bulles d'air sorties de sa poitrine aller se coller au plafond de la petite grotte.

Encore un peu. Lâche tout ton air.

La seconde d'après, les jambes et le bras libre d'Alekhine semblent vouloir le retenir. Nouveau flamboiement de panique : Il n'est pas mort, Il faisait seulement semblant, Il va te garder prisonnier !

Sa bouche s'ouvre, sa gorge se débloque. Le miroitement de la surface, à des kilomètres au-dessus. Le vertige, je ne remonte pas, je m'enfonce, je...

L'explosion.

Une grande main autour de son cou. Il se débat.

– Candido ! C'est moi !

Des secondes avant que les mots n'arrivent à sa conscience.

Samantha. Qu'est-ce qu'elle fait dans l'eau ? Et moi ?

Elle nage contre lui, il est presque couché sur elle. Le bras de Samantha sous son menton.

La Caspienne. Je me souviens.

Ses doigts rencontrent un rocher. Une vague lui balaie le

visage. Il suffoque à nouveau. Mais Samantha le hisse, haletante, en le tenant sous les bras. Elle l'allonge sur le dos puis, comme il tousse et vomit, le bascule sur le côté.

– Ça va?

Je vais vraiment très bien.

Il ouvre les yeux, mais tout est embrouillé dans sa tête. Ça t'apprendra à vouloir battre des records dans une baignoire.

– Ça va, Candido? Ça va?

Le visage au-dessus du sien s'ajuste. Samantha. Il se dégage, bien qu'elle résiste. Il se retrouve à plat ventre; difficilement il appuie sur ses bras, ramène un genou sous lui, puis achève de se redresser. Il est sur l'embarcadère en ciment où le bateau est à l'ancre. Il n'y a plus qu'une chaîne d'amarrage. Candido titube et se rattrape de justesse au montant d'une bigue, sans doute destinée à haler le bateau au sec par gros temps.

Le bleu profond de la mer commence à virer au noir, dans le jour qui s'achève. Mais le cadavre est parfaitement distinct, à la verticale de la petite falaise rocheuse plongeant à pic, sous six ou sept brasses d'eau; on le dirait suspendu, ou alors en équilibre sur un bras, ce bras que retient la chaîne.

Candido s'effondre doucement, se laissant glisser le long de la poutrelle, sur laquelle il pose sa joue.

C'est fini.

Il lui faut un moment pour s'apercevoir qu'il pleure.

Elle a largué l'amarre et réussi à mettre le bateau en route, après avoir pris dans sa poche le trousseau de clés. Il s'est assis sur une banquette derrière elle. Ils avancent tous feux éteints, les lumières d'Astrakhan sur la droite, à des kilomètres.

– Comment sait-on qu'on va au sud?

– Il y a sûrement une boussole dans un coin.

Il ferme les yeux. Tu es descendu très loin dans le puits de velours, Candido Stevenson, mais à présent il faut en sortir, tu ne vas pas y rester toute ta vie.

Pourquoi pas ?

Le silence l'extirpe peu à peu du sommeil dans lequel il a sombré : le moteur s'est arrêté, le bateau file sans autre bruit que le léger chuintement de son étrave fendant l'eau.

– On est en panne ?

– J'ai coupé. Il fait presque jour.

Elle grimpe sur le toit de la cabine et gagne l'avant, tenant une espèce de lance en bois, avec une pointe et un crochet au bout ; qu'est-ce qu'elle fabrique ? Presque aussitôt, un gros choc.

– Je n'ai pas pu éviter ce caillou, dit-elle. J'espère que ça n'a pas fait un trou dans la coque.

Elle revient et pour la première fois depuis un temps infini, il la considère avec attention : ses yeux sont cernés, son visage est marqué par la fatigue.

– Tu as faim ?

Il ne répond pas.

– Tu as faim. Moi aussi, d'ailleurs. Il y a un réchaud à alcool, je vais faire du thé.

Elle disparaît dans la cabine. Ils sont dans une anse étroite, environnée de rochers, c'est à peine si l'on voit la mer. Silence total. Le bateau bouge et par l'un de ses bouts (tu ne connais vraiment rien à la marine, même pas les mots), frappe régulièrement, au gré des vaguelettes, ce qu'elle a appelé un caillou. Candido se lève. À part des étourdissements, je vais vraiment très bien. Dans une sorte de grand placard, il découvre une ancre, avec de la corde roulée. Il jette l'ancre le plus loin possible, vers la sortie de l'anse ; l'ancre s'accroche aux rochers du fond qui n'est même pas à deux mètres, il tire sur la corde et le bateau obéit avec une légèreté surprenante. Candido fait un nœud à la corde. Le bateau ne cognera plus, comme ça.

C'est vrai que j'ai faim.

Sur une table pliante, Samantha a posé une théière

emplie de thé bouillant, deux bouteilles de lait, des tranches de pain, de la gelée de groseille de chez Fortnum & Mason à Londres, du beurre et des œufs frits.

– J'en ai fait huit.

– Quoi ?

– Des œufs, j'en ai fait huit, tu en veux combien ?

– On partage.

Elle acquiesce. Ils mangent en silence, assis côte à côte sur la banquette à l'arrière, prenant soin de regarder devant eux.

– Encore du thé ?

– Du lait, si ça ne t'ennuie pas.

Je préfère le café au thé, ce n'est pas ma faute si je suis brésilien.

Dis donc, Candido Stevenson, tu es en train de remonter dare-dare du fond de ton puits de velours, on dirait ?

Oui. Mais ce n'est pas encore ça.

– Je vais dormir un peu, dit-elle.

– Je veillerai.

– On repart dès qu'il fait nuit. Il va falloir de l'essence. Il y a des bidons sous une trappe, à l'avant.

– D'accord.

Les heures suivantes, il somnole vaguement, l'oreille en alerte. Vers le milieu de l'après-midi, il s'occupe des bidons qui, à l'odeur, n'ont pas l'air de contenir de l'essence. Plutôt du mazout. Toujours est-il qu'il en déverse deux plus un peu d'un troisième dans ce qu'il estime être le réservoir.

– Tu sais où on est ?

Il était en train, à son tour, de préparer un repas à base d'œufs brouillés avec n'importe quoi. Son visage reflète la douceur moite qu'elle a, au sortir du sommeil.

– C'est toi qui pilotais, la nuit dernière.

– J'ai été sud-sud-est, d'après la boussole. À un moment, j'ai aperçu les phares d'un camion. Il doit y avoir une route pas loin.

– Tu as vu des îles ?

Non. Il y a des îles sur la carte, un peu avant la pointe de Fort-Tsevchenko. Peut-être les a-t-elle doublées sans les voir.

Peut-être. Elle mange.

– C'est vraiment dégueulasse.

– Je ne suis pas cuisinier.

– Et moi, je ne suis pas marin.

– Tu n'as pas paru surprise en me voyant arriver l'autre soir, sous le nom de Dieudonné.

La phrase est sortie toute seule de la bouche de Candido. Bon, c'est fait, tu l'as dit.

– Et alors ?

– Tu savais que j'étais vivant ?

– Je ne le savais pas. Je le souhaitais.

– Pourquoi ?

Elle baisse la tête puis la relève, elle est comme ça : du genre à te dévisager franchement.

– Parce que je voulais que tu le sois, c'est tout.

Elle le fixe.

– D'autres questions, Cavalcanti ?

Pas plus de cinquante millions, à une ou deux près. Sans compter les principales. Comme par exemple de savoir si elle et l'Autre... Et de deux choses l'une, Candido Stevenson : ou tu les poses, ces questions, et tu vas t'en vouloir ta vie durant ; ou tu les enterres au fin fond du puits de velours, avec le reste, et tu te reprocheras toute ton existence de ne pas les avoir posées. Parce que je te connais. Tu as la manie de calculer, d'analyser chaque mot, chaque silence, chaque intonation, et de suspecter des mensonges partout.

– Nous pourrions repartir, dit-elle. La nuit approche et il pleut.

Je n'avais pas remarqué. Je marche vraiment à côté de mes pompes.

C'est elle qui tient la barre.

– Rends-toi utile, relève-moi cette saloperie d'ancre, si ce n'est pas trop te demander, dit-elle.

Ils naviguent plus ou moins vers le sud et n'y voient rien du tout, sous cette pluie incessante et dans l'obscurité.

Si par miracle ils atteignent la Perse, elle ira chercher sa fille au Brésil et rentrera dans le pays qui, pour autant qu'elle s'en souvienne, est le sien, à savoir les États-Unis d'Amérique.

– J'ai la fazenda de Bragança Boa Vista, la maison de Petrópolis, et dans les quatre millions de dollars plus des babioles, dit Candido.

Elle répond qu'elle s'en fout complètement.

Ils passent le deuxième jour à nouveau cachés dans un recoin de la côte.

– Au Brésil, tout le monde me croit mort ou fait semblant de le croire. Personne ne me reconnaîtra ni fera mine de me reconnaître. Sauf Ciccio. Et Petit Notaire. Et Clovis. Et Jesuino et le personnel de la fazenda. Et Villa-Lobos, avec qui je ferai de la musique jusqu'à la fin de mes jours. Parce que ce n'est pas demain la veille que je quitterai le Brésil.

Elle s'en fout.

Elle est en colère, Candido Stevenson. Tu penses bien qu'elle a compris, qu'elle a deviné tes imbéciles de questions. Tu peux toujours les lui poser mais je te préviens, elle a toujours eu mauvais caractère. C'est vrai, tu as fait des câlins à Juliette Maizoué, à Paris (et de bon cœur, quelque prétexte que tu te sois donné) ; mais ce n'est pas pareil, toi tu es un homme, ça compte moins.

Tu crois ?

Non. Et d'ailleurs, qu'est-ce qui me prouve qu'elle a fait quelque chose avec l'Autre ? En réalité, elle n'a rien dit. C'est évident que tu l'énerves, avec tes soupçons.

Il pleut toujours à torrents. Ils ont été obligés, la troisième nuit, d'écoper avec un seau.

Et qui a ouvert le feu sur Alekhine au moment où il t'agrippait ? Qui, à part elle ?

Tu es vraiment sûr que c'est sur l'Autre qu'elle a tiré ? D'accord, tu étais déjà sous l'eau qu'elle tirait encore, et qu'elle ait raté sa cible ne signifie rien : elle se sert d'un fusil comme toi d'une marmite. Mais évidemment il est possible que...

Ça suffit, Candido. Tu tournes le bouton dans ta tête et tu n'y penses plus.

Stop.

– Pourquoi as-tu coupé le moteur ?

– Je n'ai pas coupé le moteur, Cavalcanti. Nous sommes en panne. Plus d'essence.

Elle abandonne le gouvernail et vient s'asseoir sur la banquette, non sans avoir flanqué un coup de pied à celle-ci.

Silence.

– On dérive, dit Candido.

– Quel esprit d'observation ! Ça doit être formidable d'être aussi intelligent.

– Je disais ça pour causer.

– Eh bien, je préfère que tu te taises.

C'est leur cinquième nuit sur la mer Caspienne. Et ils n'ont pas la moindre idée de leur position. Ils ont essuyé deux violents orages depuis la nuit dernière. Les vagues semblent se calmer, à présent. Et ils dérivent, que ça lui plaise ou non.

– Il y a un bateau qui arrive, annonce-t-il.

– Ne dis pas n'importe quoi, Cavalcanti. Tu es myope, en plus.

– Et il n'est pas seul, ils sont trois. Même davantage. Je dirais six ou sept. Ou huit.

Son ouïe si fine – je suis myope mais pas sourd – capte des ronronnements de moteur à deux miles environ. Les bruits lui parviennent de droite et de gauche, de derrière et de devant ; ils vont crescendo : les bateaux approchent.

– Ils nous encerclent, Samantha.

Elle ne répond pas. Elle s'est assise comme elle en a l'habitude, ses grandes jambes ramenées contre elle, ses grandes mains enserrant ses jambes ; yeux écarquillés, elle scrute le vide. Ils glissent sans bruit, et n'ont nul moyen de se diriger. La brume apparue à la tombée du jour, dix heures plus tôt, s'est épaissie, la visibilité est réduite à vingt mètres – et encore.

– Tu as entendu ce que j'ai dit, Samantha ?

– Oui.

– Ils nous cherchent. Je te parie qu'ils nous poursuivent depuis des jours et des jours. Sans ces orages, la pluie et la brume, ils nous auraient rattrapés depuis longtemps.

Elle ne bronche pas. Et il songe : nous n'allons pas nous laisser reprendre, pas question, Dieu sait ce qu'ils vont lui faire. Vivant, l'Autre la protégeait, au moins. Le mieux est de sauter dans l'eau. Je ne crois pas qu'il y ait une côte tout près. Elle coulera la première, dans cette eau si froide. Je descendrai avec elle, j'accompagnerai son corps le plus bas possible. Je mettrai des pierres dessus, au fond. Sur elle et sur moi. Pour ne pas remonter. Ils ne sauront jamais où nous sommes passés.

– Samantha ?

C'est à peine s'il ose la regarder. Comment lui dire ces choses ?

– Maintenant, je les entends moi aussi, dit-elle. Et tu as raison, ils nous encerclent.

– Samantha...

Soudain, elle a un hoquet étrange. Elle pleure, presque sans larmes, un désespoir terrible et sans recours. Elle dit :

– J'en ai marre, j'en ai vraiment marre. Je n'en peux plus. J'ai eu envie de me tuer, ces derniers mois, plusieurs fois j'ai failli le faire. Mais toujours je me disais que c'était impossible que tu sois mort, que personne ne pouvait te tuer, que tu réussirais à me rejoindre, comme en Mongolie. Dieu sait pourtant que j'aime ma fille, mais c'était toi que j'attendais, dans les pires moments je ne songeais qu'à toi. Je n'ai jamais cessé de le lui répéter, à l'autre salaud : vous ne pourrez pas l'arrêter, vous ne le connaissez pas comme je le connais. Il viendra et vous tuera, sale fils de pute, il vous tuera... Et tu es là, ô mon Dieu ! Et ils nous reprennent. C'est trop injuste, Candido, mon amour !

Il la contemple, figé. Rien de plus difficile que de s'arracher à cette paralysie qui le tient. Pour marcher vers elle, pour la prendre dans ses bras. Secouée de sanglots, elle se réfugie contre lui.

– Excuse-moi d'avoir tant tardé, Samantha. Ce n'est pas ma faute, je t'assure, j'ai vraiment fait de mon mieux. Je t'aime.

– Ah oui ! Il est bien temps de me le dire ! Ça oui, c'est le moment !

Il en reste bouche bée : comment ça, « il est bien temps » ? Est-ce qu'elle le lui a dit, elle ? Est-ce qu'elle le lui a dit une seule fois ?

– Moi, c'était évident, dit-elle.

Évident ? Quelle mauvaise foi ! Non, mais c'est pas croyable !

Une rage extraordinaire le saisit. Il se dresse debout sur la banquette. De toute la puissance de ses poumons, il hurle aux chiens courants d'Alekhine ce qu'il pense d'eux. Il les insulte. En dix langues. Et plus les feux des bateaux s'approchent, plus il hurle. D'accord, ils essaieront de le fusiller ou Dieu sait quoi ; d'accord, ils le prendront vivant, ils prendront Samantha vivante, mais ce ne sera pas fini pour autant, il s'évadera, il mettra toute leur Russie à feu et à sang, ils ne savent pas ce qu'est un Jaguar Féroce...

... En fait, ce qu'on attend surtout d'eux, c'est d'abord qu'il arrête de hurler, parce que ça fait peur au poisson, et ensuite qu'ils veuillent bien sortir leur saloperie de bateau des filets de chalutage...

... disent les pêcheurs persans.

Daddy, me dit-on, a trouvé des millions de lecteurs à travers le monde. Je ne suis pas encore, à vrai dire, tout à fait revenu de la surprise provoquée par un tel succès. Je n'ose espérer que le Jaguar recevra le même accueil. Plus simplement je souhaite aux lectrices et lecteurs du club qu'ils retrouveront, à lire les aventures de Candido, partie au moins du plaisir que j'ai pris à l'écrire.

Très amicalement,

[signature]

FICHE D'IDENTITÉ

Loup Durand est né le 18 septembre 1933, par hasard dans le bureau de poste de Flassans-sur-Issole (Var), localité que ses parents traversaient en voiture, n'y est jamais revenu.

Parle plusieurs langues, en baragouine quelques autres dont le khmer et le chinois qu'il améliore actuellement tout en apprenant le malais.

Plus de 120 pays visités.

Premier voyage personnel en 1950, à destination de la Laponie finlandaise pour faire un film sur la migration des rennes.

Voyages multiples à compter de cette date : séjours successifs d'un an en Grande-Bretagne, États-Unis et Canada, sept ans en Extrême-Orient (Cambodge, Thaïlande, Viêt-nam et Hong Kong).

Parmi les emplois occupés : docker, barman, assistant commissaire de bord, réceptionniste d'hôtel, guide touristique, agent de voyage, interprète, publicitaire, associé d'une société d'import/export en Asie du Sud-Est, directeur d'imprimeries, rédacteur en chef de journaux de courses, scénariste.

Mais pour l'essentiel : journaliste indépendant. À ce dernier titre surtout, a longuement parcouru l'Asie et l'Amérique du Sud pour United Press International, Washington Post, Borba, etc.

Par jeu, écrit en 1967 un roman policier, *La Porte d'or* (Prix du quai des Orfèvres), ne commence toutefois à écrire régulièrement qu'une dizaine d'années plus tard.

Produit dès lors une quinzaine de pièces radiophoniques, une autre quinzaine de dramatiques télévisées et une dizaine de romans policiers sous pseudonyme.

Publie *Pirates et Barbaresques en Méditerranée* (1975), *Le Caïd* (1976), *Un amour d'araignée* (Prix du roman d'aventures) en 1976, la série *TNT* (9 volumes de 1978 à 1980), *Jarai* (1980), *La Porte de Kerkabanac* (1982), *Daddy* (1987), *Le Jaguar* (1989).

AU PLAISIR DE L'AVENTURE
par Loup DURAND

C'est le plus charmant des petits jeunes hommes. Il a les yeux verts et très tendres. Écoutez-le parler de sa voix douce et nonchalante à l'accent brésilien. Écoutez-le s'étonner avec mélancolie : « Je ne comprends pas du tout pourquoi on m'appelle "le Jaguar". Je ne suis vraiment pas un jaguar féroce. Si je devais à toute force être un animal, à l'extrême limite, je serais un petit chaton bien tendre que les dames aiment à caresser... »

Il a dans les vingt ans et se prénomme Candido. C'est tout à fait vrai qu'il y a dans sa petite taille, sa gentillesse, son humour et, surtout, dans le grand air d'innocence candide qui illumine ses fameux yeux verts, quelque chose qui fait fondre toutes les dames sans exception. La preuve : parce ce qu'il a (et durant la même nuit, circonstance aggravante) rendu un hommage diablement câlin à la femme et à la fille du ministre brésilien de la Guerre, on l'a exilé dans une horrible garnison au fin fond du Mato Grosso. Contrée spécialisée, nul ne l'ignore, dans les marécages, les Indiens cannibales, les serpents, les sangsues, les caïmans.

Bon, il s'évade.

Dans la première page du livre (pourquoi perdre du temps ?). Il s'évade tout contristé de n'avoir pas la fibre militaire et le voilà pris à déambuler dans la jungle inextricable. Sans la moindre idée de ce qu'il est en train d'accomplir, un exploit physique hors du commun. Ignorant surtout qu'il commence à justifier ce surnom – le Jaguar – dont on l'a affublé par moquerie. Certes, il est encore très loin du Jaguar féroce qu'on va le forcer à devenir, mais attention, le grain est en germe, quoiqu'il n'en n'ait pas conscience.

Sautons les péripéties (nous n'avons pas fini de les sauter !), le voici en Allemagne où au moins le furibond ministre de la Guerre ne pourra plus le faire fusiller. En Allemagne où il y a Samantha.

Samantha est américaine. Elle a une grande bouche, un grand nez, de grandes mains, de grands pieds, elle dépasse Candido quasiment d'une tête... Elle est merveilleuse. Aux yeux de Candido, et à d'autres yeux, on le verra. Samantha aussi vient tout juste de traverser l'Atlantique sauf que, dans son cas, ce n'est certes pas pour fuir l'aventure ; mieux, elle la recherche. La vérité est qu'elle rêve d'une révolution – le détail n'est pas sans importance – dans tous les cas, boum !, c'est la rencontre.

Candido et Samantha.
ROMAN D'AMOUR

D'un côté, le petit Brésilien de poche qui ne tuerait pas une mouche et aime le monde entier avec bienveillance mais curieusement sans naïveté. De l'autre, la grande greluche qui ne sait même pas qu'elle peut être d'une beauté bouleversante et qui n'a en tête qu'une conflagration universelle. Pas triste. Et aussi charmant que possible, c'est ce qu'on lit dans la scène où, ayant enfin déterminé qu'une révolutionnaire authentique ne peut décidément pas rester vierge. Elle choisit, comme volontaire désigné d'office à sa défloration, un Candido déjà tout éperdu d'un amour irrémédiable.

« Quoique je sois très moche, mais il est tellement gentil et doux qu'il me rendra bien ce service. »

Roman d'amour donc. Ô combien. Et non sans drame.

Mais pas seulement cela. Car dans le même temps que les deux jeunes héros, est arrivé à Berlin le troisième homme. Aliotchka Alekhine le diabolique Faiseur de Puzzles est entré en scène. Il est celui qui n'aime rien tant que manipuler les êtres, dans le cadre mondial d'une infernale et sanglante stratégie. Un monstre de sang-froid et de machiavélisme, un géant dont on assure qu'il est le plus bel homme de Russie. Et les temps se prêtent admirablement au développement de ses ambitions dans le tout début des années 20, des Années Folles.

Une formidable révolution vient de se lever à l'Est, Vladimir Ilitch Lénine vit encore, il règne au Kremlin, un certain Staline vient d'entamer son implacable approche du pouvoir. Qu'on ne s'y trompe pas. Révolution, anarchisme et communisme sont ici un cadre. Le simple tissu sur lequel l'histoire est brodée. Rien d'autre.

Mais à l'heure où, justement à l'Est, tant de bouleversements s'opèrent, il est fascinant de savoir comment ce qui aujourd'hui s'achève peut-être a jadis commencé. Et d'ailleurs, Alekhine fait partie de ces très rares hommes qui ne croient en rien sinon en eux-mêmes. Il est le diable, pas de meilleur mot pour le décrire. Ne lui manque même pas la séduction. On ne dira pas ici par quel cheminement où la cocasserie côtoie le tragique, le Faiseur de Puzzles (celui qui invente les puzzles et non celui qui les reconstitue) croise la route et le destin de ses victimes.

Tout ceci à Berlin. Un Berlin pas encore empuanti par les chemises brunes, sans mur évidemment, où déjà commence à flotter le parfum maléfique de l'Ange Bleu. C'est à Berlin que la mécanique se met en place. Le gentil petit Jaguar venu du Brésil y commence sa mutation prodigieuse. Contre son gré. Contre sa nature. Du moins contre ce qu'il croit être sa nature. Ceci est également l'histoire du plus étonnant des apprentissages. Si l'on veut, c'est même le thème de l'innocence confrontée à la vie réelle dans ce qu'elle a de plus terrifiant, et peut-être pervertie par elle. Il y a un peu du Candide de Voltaire dans Candido le Jaguar. À des différences près : Candide aussi était en somme plus ou moins crétin, il gobait tout, croyait tout le monde; sans un docteur Pangloss pour lui ressasser que « tout est pour le mieux dans le meilleur des mondes possibles », il ne fût pas devenu fou, mais probablement plus idiot qu'il ne l'était au départ.

Candido n'est pas idiot, il s'en faut de quelques millions de kilomètres. Certes, il est flanqué, lui aussi, d'un savant précepteur qui répond au nom délibérément farfelu de Herr Doktor Taxile Grussgott. Mais est-on sûr que Herr Doktor Taxile Grussgott existe réellement ? Après tout, on ne le voit jamais. Ne serait-il pas, par hasard, pure invention et le moyen (pour Candido) de s'appliquer à lui-même sa si surprenante aptitude à voir clair dans les pensées des autres, serait-elle aussi effroyablement compliquée que celle du Faiseur de Puzzles. Même un Candido avec son extraordinaire gentillesse, sa bonté – sa candeur en un mot – a peut-être, au tréfonds de lui, une ombre noire. Et si tous, nous en avions une ? Si en chacun de nous, cachée, ignorée même, se trouvait une horrible méchanceté, une férocité de fauve dont nous ne soupçonnions pas l'existence et que seuls des événements forts, exceptionnels pourraient nous révéler ? Car pour ce qui est des événements exceptionnels, le nom complet du Jaguar est Candido Stevenson Cavalcanti de Noronha (un Brésilien qui porterait un nom long de moins d'un mètre ne serait sûrement pas un vrai Brésilien). Il s'appelle donc Cavalcanti. Il y a peu ou prou « cavalcade » dans Cavalcanti. Eh bien l'histoire cavalcade diablement. On y voyage beaucoup. Les trois personnages principaux appelés par le destin à se rencontrer à Berlin viennent du Mato Grosso, de Chicago, de Saint-Pétersbourg, autrement dit Leningrad. Suivent les abords dramatiques (moins gai, ça n'existe pas) de la capitale allemande sous la neige; puis via la Suède, la Russie où rouges et blancs s'entr'égorgent avec l'enthousiasme et la sauvagerie ordinaires des guerres civiles.

Ce n'est qu'un début. Il suffit de monter dans le Transsibérien pour se retrouver à Irkoutsk. (Se souvient-on de Michel Strogoff?) Et de là, en Mongolie, à l'époque essentiellement peuplée de l'ataman Semyonov ivre de sang, et surtout du Baron Fou. L'extravagant Ungern von Sternberg...

Cavalcade jusqu'en vue de la Grande Muraille de Chine, on atteint la Mandchourie que les Japonais convoitent. On passe un petit peu par le Japon, on traverse le Pacifique, voici les États-Unis. Simple halte : les émissaires invisibles, dépêchés par Alekhine que Candido a surnommés les Griffes du Jaguar, hantent les rues de Harlem tout autant que les steppes mongoles. Il faut fuir encore. Et désormais, un seul pays semble en mesure d'offrir une protection définitive : le Brésil.

Une précision : Candido Cavalcanti est imaginaire; Samantha Franck aussi; quant à Alekhine, si aucun chef de l'épouvantable Tchéka, ancêtre du KGB, n'a jamais porté ce nom, ils ont été plusieurs à conduire des opérations identiques à peu près à celles décrites dans *le Jaguar*.

Le Baron Fou a réellement existé en Mongolie, il est fidèlement décrit. Il y a réellement eu des tueurs aussi efficaces que les Griffes du Jaguar et ils ont en ce temps-là, ou plus tard, semé la mort sur tous les continents. Tout comme est authentique – enfin presque – l'hilarante et tragique aventure de la Léopolda, la locomotive indestructible. La longue marche brésilienne a réellement pris place. Un dictateur fou a réellement inventé les terrifiantes Prisons du Silence, quelque part, du degré de celle où Candido se retrouve enfermé. Et nul ne s'en est évadé.

C'est le lot, la magie peut-être de certaines histoires. On accumule la documentation la plus précise, on fouille toutes les archives, on parvient ainsi, par exemple, à reconstituer au mot près telle partie de chasse de Vladimir Ilich Lénine ou telle conversation tenue dans le total secret des murs rouges du Kremlin. Pour le reste, on invente... On croit inventer. Et voici qu'une vérité surgit à laquelle on ne s'attendait guère. L'invraisemblable devient vrai. Au point que l'on hésite à distinguer la vérité de l'invention pure. Mais qu'importe, l'auteur de *l'Ile au trésor,* Robert Stevenson (Candido porte son nom en guise de deuxième prénom) a écrit un jour : « La fiction est à l'adulte ce que le jeu est à l'enfant... Et quand ce jeu s'accorde avec la fantaisie du lecteur au point que ce dernier s'y livre de tout son cœur, quand chaque tour l'enchante... la fiction s'appelle roman d'aventures... »

Le Jaguar est un roman d'aventures. Il n'est pas de plaisir plus suave, pour un romancier, que de parvenir (ou de croire qu'il est parvenu) à prendre par la main son lecteur ou sa lectrice et de lui dire : écoute, je vais te raconter une histoire qui moi-même m'enchante, me fait rire et pleurer, qui m'émeut, qui me fait oublier un moment que le reste du monde existe.

Le Jaguar ne vise à rien de plus qu'à établir cette complicité-là.

Entre mille péripéties (mille tours, dirait Stevenson) et cent questions, deux sont demeurées en suspens, le livre terminé. En fait, elles le demeurent ou peut s'en faut.

La première était de savoir de qui, en réalité, Samantha était amoureuse. Candido, le temps d'un câlin, que les plus hallucinants obstacles ne peuvent stopper? Ou le bel Aliotchka Alekhine, avec sa perfection physique et intellectuelle?

La seconde était une devinette pour le moins ardue : comment le petit Candido pouvait-il affronter, en un duel singulier et mortel, sans armes, sans secours, sur un terrain dont il ignorait tout, le géant Alekhine capable de lui briser la nuque entre deux doigts? Dans la Bible au moins, David disposait d'une fronde pour terrasser Goliath.

Le livre réussit à donner une des deux réponses.

On peut toujours rechercher la seconde. Ou la choisir soi-même.

Loup DURAND

« LE JAGUAR » ET LA CRITIQUE

UNE HABILETÉ DÉMONIAQUE

« Ce thriller mené avec un brio infernal est aussi, peut-être même avant tout, un vrai roman d'amour. Ça n'est pas l'un des moindres paradoxes du talent de Loup Durand : il sait mener de front l'action et les sentiments, guider ses lecteurs sans défaillance dans les dédales les plus complexes de la jalousie et de la grande politique internationale, en maniant presque simultanément l'angoisse et l'humour, la naïveté et le machiavélisme, l'histoire – avec un grand H – la plus rigoureuse et l'invraisemblance sans qu'aucune pièce de ce puzzle de 415 pages ne nous échappe jamais... Loup Durand est décidément d'une habileté aussi démoniaque que les machinations qu'il imagine, pour notre plaisir exclusivement. »

Sylvie Genevoix, *Le Figaro*

SOBRE, SEC, EFFICACE

« Le livre est conçu à la fois comme une course-poursuite et comme une partie d'échecs. Il mène le lecteur de Berlin à Petrograd, de Moscou en Sibérie, via la Mongolie, l'Amérique, Londres, le Brésil et Paris. Loup Durand, dont l'imagination déborde, est ici à la fête. Il démarre vite, file à trois cents à l'heure, s'attarde en chemin sur le motif, sème les cadavres à profusion, complique l'histoire d'amour de son héros... C'est écrit sobre, sec, bref, efficace. Ni temps mort ni fioriture. Au point que l'on imagine aisément Durand concourir un jour pour les prix d'automne. »

Gilles Pudlowski, *Le Point*

LA PUISSANCE SAUVAGE DU THRILLER

« Tout l'art de Durand consiste à faire du vécu avec de l'invraisemblable et à nous rendre ce vécu vrai. Il y parvient grâce à une documentation historique parfaite, grâce à une connaissance sans faille de la géographie universelle et, surtout, par un trait d'invention qui porte la griffe du romancier... *Le Jaguar* marque l'intrusion de la grande histoire d'amour dans la littérature des services secrets. Il est passionnant à un autre titre, l'ambition du sujet traité : l'innocence du fauve confrontée à la diablerie politique et brisée par elle au bout du compte. Nous devons lire *Le Jaguar* comme une sorte de *Zéro et l'Infini* élevé à la puissance sauvage du thriller. »

Yves Salgues, *Madame Figaro*

UN REMARQUABLE CONTEUR

« Suspense et folie sont au rendez-vous du puzzle. Si Loup Durand confond un peu les pièces en fin de partie, il reste néanmoins un remarquable conteur, un créateur de figures marquantes. Tel ce Vladimir Ilitch Lénine qui entraîne le Jaguar dans une partie de chasse surréaliste... »

Olivier Mauraisin, *L'Express*

Les citations sur le jaguar sont tirées de *Beautés du monde animal* (Librairie Larousse).

Achevé d'imprimer
le 16.8.90
par Printer industria
gráfica sa
08620 Sant Vicenç dels Horts
Barcelona 1990
Depósito Legal B. 18597-1990
Pour le compte de
France Loisirs
123, Boulevard de Grenelle
Paris

Cet ouvrage a été imprimé
sur du papier des Papeteries de Vizille
et relié en toile du Marais
des Etablissements Rougier Couvrure

Numéro d'éditeur : 19489
Dépôt légal : septembre 1990
Imprimé en Espagne